黄裳集

古籍研究卷 I

古籍校注三种

山东人民出版社·济南
国家一级出版社 全国百佳图书出版单位

黄裳夫妇 1954 年摄于北京

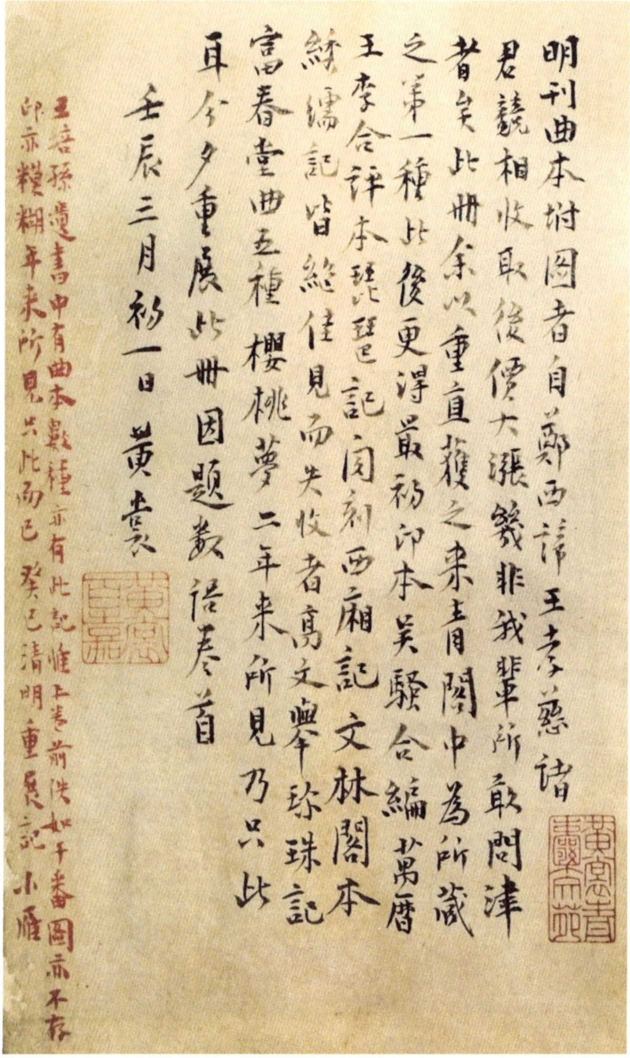

明刊曲本插圖者自鄭西諦王孝慈諸君競相收取後價大漲幾非我輩所敢問津者矣此冊余以重直獲之來青閣中為所藏之第一種此後更得最初印本吳騷合編萬曆王李合評本琵琶記閔刻西廂記文林閣本綉襦記皆絕佳見而失收者高文舉珍珠記富春堂曲五種櫻桃夢二年來所見乃只此耳今夕重展此冊因題數語卷首

壬辰三月初一日黃裳

王晉孫遺書中有曲本數種亦有此記惟上卷前佚如干番圖亦不存印亦糢糊年來所見只此而已 癸巳清明重展記 小雁

黄裳题跋手迹

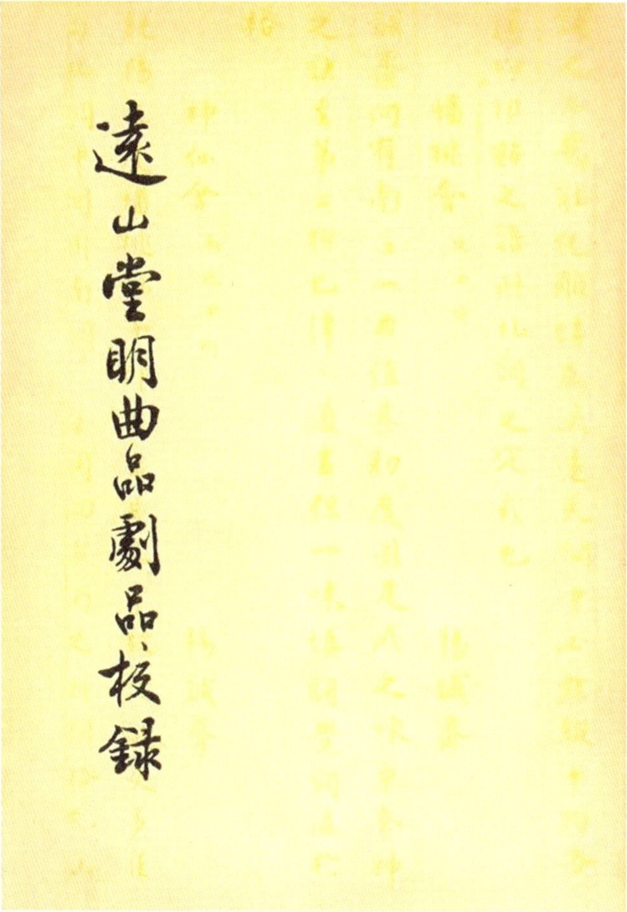

《远山堂明曲品剧品校录》1955 年上海出版公司初版书影

《玉簪记》1956 年上海古典文学出版社初版书影

《彩楼记》1956 年上海古典文学出版社初版书影

目 录

远山堂明曲品剧品校录

玉簪记

彩楼记

远山堂明曲品剧品校录

《远山堂明曲品剧品校录》，二十世纪五十年代初，黄裳先生从书估处获明代山阴祁彪佳所撰《远山堂曲品》《剧品》之未刊稿本，遂据以为底本，并取明吕天成《曲品》、高奕《新传奇品》，清代姚梅伯（燮）《今乐考证》及近人王静安（国维）先生《曲录》等，逐一参校，酌加笺注，成此校录之本。1955 年 4 月，由上海出版公司初版。后又于该版所附“杂录”之后，增辑“杂录补遗”，复由古典文学出版社（上海）于 1957 年 10 月，再出“新一版”。而祁氏稿本原件，则捐赠北京图书馆（今国家图书馆）。现据古典文学出版社（上海）1957 年新一版编入。

校录凡例

一、《明曲品》《明剧品》二册，远山堂竹纸蓝格写本。祁彪佳墨笔蓝笔手校。(《剧品》无校笔) 兹据原迹，录为正文，不事更动。凡有疑误，别入校注。

二、《明剧品》前原有撰者详目，惜已残失殆尽，兹不更录。别补二目，附之卷尾，便翻检焉。

三、祁氏墨笔蓝笔手校《曲品》原稿凡数过。每于句旁加重点及圈识，书眉亦多标记，今未能照入，附识于此。

四、原稿撰者姓氏有未知待补者，辄虚其位，今以□识之。其撰者别号或字，则作小字，今仍之。

五、校录所据，吕天成《曲品》、高奕《新传奇品》、姚燮《今乐考证》、王国维《曲录》，简称吕《品》、高《品》、姚《录》、王《录》。《古本戏曲丛刊》则简称《丛刊》，北京图书馆简称“北圕”，南京图书馆简称“南圕”，《西谛所藏善本戏曲目录》简称“西谛曲目”，余仿此。

六、此品所著录剧曲，凡未见于吕、高、姚、王四家目者，概于大题右上角着 * 号以别之。

七、剧曲现存旧本，浩瀚难知，兹据目及，或据他书，间注一二，失误必多。敬希读者教正，俾得增补。

八、《曲品》始于“逸品”，旧本原装，即已如此。更存副叶，不似残失。惟比之《剧品》，按之序例，前当更有“妙品”“雅品”，殆无可疑。且明人杰作，世所习知者，此品却未尽入。似即出妙、雅二品之中。乃别有小纸，蝇头细书，夹原卷内，体例并同，当即《曲品》逸文，录自初稿者。爰为写出，补列于后。

九、祁彪佳日记中，多及观剧种种，兹亦补辑附后。其中颇有民间小剧，不入此品者。比而观之，亦可当补逸也。

十、山阴祁氏淡生堂藏书，三百年来，为世所珍。彪佳、奕庆继起，蔚为大观。既遭家变，藏书零替，遗事流传，亦少记者，兹据故籍，辑为附录，以存我国典籍流散故实，并详此稿流传之端绪焉。

明曲品

曲品叙

予素有顾误之僻，见吕郁蓝《曲品》而会心焉。其品所及者未满二百种。予所见新旧诸本，盖倍是而且过之。欲囋评于其末，惧续貂也。乃更为之，为分六品。不及品者，则以杂调黜焉。品成作而叹曰：“词至今日而极盛，至今日而亦极衰。学究屠沽，尽传子墨，黄钟瓦缶杂陈而莫知其是非。予操三寸不律，为词场董狐。予则予，夺则夺，一人而瑕瑜不相掩，一帙而雅俗不相贷。谁其能幻我以黎丘哉。然阳春调寡，巴人之和者众，必且不自安其位，齐起而为楚咻。予舌危，予笔且为南山之移矣。不知夫予之品也，慎名器，未尝不爱人材。韵失矣，进而求其调；调讹矣，进而求其词；词陋矣，又进而求其事。或调有合于韵律，或词有当于本色，或事有关于风教，苟片善之可称，亦无微而不录。故吕以严，予以宽；吕以隘，予以广；吕后词华而先音律，予则赏音律而兼收词华。要亦以执牛耳者代不数人，虑词帜之孤标，不得不奖诩同好耳。世有知者，吾言不与易也。如或罪我，吾亦任之。”

曲品凡例

一、品中皆南词，而《西厢》《西游》《凌云》三北曲何以入品，盖以全记故也。全记皆入品，无论南北也。

二、文人善变，要不能设一格以待之。有自浓而归淡，自俗而趋雅，自奔逸而就规矩。如汤清远他作入妙，《紫钗》独以艳称。沈词隐他作入雅，《四异》独以逸称。必使作者之神情，与评者之藻鉴，相遇而成莫遁之面目耳。

三、吕品传奇之不入格者摈不录。故至具品而止。予则概收之，而别为杂调。工者以供鉴赏，拙者亦以资捧腹也。

四、词曲一经改窜，便与作者为二。有因改而增其美，如李开先之《宝剑》列能，陈禺阳之《灵宝刀》列雅是也。有因改而失其真，如高则诚之《琵琶》列妙，莲池师之《琵琶》列雅是也。故凡删改原本数折已上者，别自著评，各为标目。

五、音律之道甚精，解者不易。自东嘉决中州韵之藩，而杂韵出矣。自人误认中州韵之分三声，而南调亦以入声代上去矣。才如玉茗，尚有拗嗓，况其他乎？故求词于词章，十得一二；求词于音律，百得一二耳。品中虽间取词章，而重律之思，未尝不三致意焉。

六、才人名妓，词坛之所艳称。作者每窃其名以覆短。如卢次楩之《想当然》，韦长宾之《箜篌》，马湘兰之《三生》，梁玉儿之《合元》，考其真姓名而不可得。未能阙疑，姑以从俗。

七、作者如林，大江以南，尤标赤帜。予耳闻既陋，交臂尚寡。故有有姓而无名，有姓名而无别号，有名号而无居地。尚望同志者有所见闻，详以告我。

八、姓字之下系以传奇，皆予所已见者。如顾道行之《风教编》，郑虚舟之《大节》，皆以未见，故不敢雷同吕品。且有因传奇湮没，遂不得表著其姓字，可慨矣。是以旁搜广罗，不啻饥渴。

逸品

博笑

沈璟

词隐先游戏词坛，杂取耳谈中可喜、可怪之事，每事演三四折，俱可绝倒。

姚《录》、王《录》、吕《品》、高《品》俱著录。《丛刊》初集收天启刻本二卷。

四异

沈璟

巫、贾二姓，各假男女以相赚，贾儿竟得巫女。吴中曾有此事，惟谈本虚初聘于巫，后娶于贾，系是增出，以多其关目耳。词之稳协，不减他作。至于脱化，乃更过之。净、丑白用苏人乡语，谐笑杂出，口角逼肖。

姚《录》、王《录》、品《吕》、高《品》俱著录。

二淫

吕天成

不知者谓吕君作此，实以导淫，非也。暴二媱之私，乃以使人耻，耻则思惩矣。构局攒簇，一部左史，供其谑浪，而以浅近之白、雅质之词度之，此郁蓝游戏之笔。

姚《录》著录。

西楼

袁晋

写情之至，亦极情之变；若出之无意，实亦有意所不能到。传青楼者多矣，自《西楼》一出，而《绣襦》《霞笺》，皆拜下风；令昭以此噪名海内，有以也。

姚《录》、王《录》、高《品》俱著录。北图藏明剑啸阁刊本二卷，题袁于令撰。又藏《墨憨斋新曲》十种二十卷，明冯梦龙订，明刻清印本。中有《西楼楚江情传奇》二卷，题明袁白宾撰。又《西谛曲目》有《临川汤玉茗先生批评西楼记》二册。又有明刻《耐闲堂重订西楼梦传奇》二卷，首附圆图，甚精。

樱桃梦

陈与郊

炎冷合离，如浪翻波叠，不可摸捉，乃肖梦境；《邯郸》之妙，亦正在此。先生此记，尽泄其慨世之语，而其才情宕逸，皆不可一世，乃其守律正音，则居然老宿也。记中樱桃园之事，出《艳异编》，李丹已采入矣。

姚《录》著录。王《录》著录，误题任诞先。北圕藏万历刻本二卷。

鹦鹉洲

陈与郊

此即元《两世姻缘》剧。但其传玉箫处，从《云溪友议》来，较剧更详。传玉环者，以此女为妓，冤矣。此记逸藻翩翻，香色满楮；衬以红牙、檀板，则绕梁之音，正恐化彩云飞去耳。禺阳自诩为写之无逸景，用之无硬事，铺之无留情。乃世之评者云："局段甚杂，演之觉懈，是才人语，非词人手。"是耶？非耶？

姚《录》、王《录》、吕《品》俱著录。《贩书偶记》著录约万历中刊二卷附图本。南圕藏明刻本。

玉麈*

祁豸佳

短犊辕、玉麈尾、风流佳话，不谓遗之至今，乃供止祥摹写！烟姿玉骨，隐跃词中；香色声光，细缊言外。

诸家俱未著录。豸佳字止祥，彪佳从兄。张岱《陶庵梦忆》有“祁止祥癖”一章，言其喜梨园，精音律，不只是剧作家，而且也精通唱法，能自己导演的。

花筵赚

范文若

洗脱之极，意局皆凌虚而出，真是“语不惊人死不休”。温之痴、谢之颠、此记之空峭，当配之为三。

姚《录》、王《录》著录。北圕藏清初刻《玉夏斋传奇》中有《山水邻新镌花筵赚》二卷；又明刻《丽句亭评点花筵赚乐府》二卷。

东郭

孙钟龄

掀翻一部《孟子》，转转入趣。能以快语叶险韵，于庸腐出神奇；词尽而意尚悠然。迩来作者如林，此君直凭虚而上矣。

姚《录》著录。王《录》著录，题无名氏撰。《西谛曲目》有崇祯刻本，题孙仁儒撰。《八能奏锦》别题《饭袋记》，实即一书。

睡乡

孙钟龄

孙君聊出戏笔，以广《齐谐》。设为乌有生、无是公一辈人，啼笑纸上，字字解颐。词极爽，而守韵亦严。

姚《录》、王《录》著录，俱作《醉乡记》。《西谛曲目》有崇祯刻《醉乡记》二卷。按王《录》更有《醉乡记》一种，题白雪道人撰。入清人曲作。姚梅伯称仁儒二种合刻曰《白雪楼二种》。王《录》复出。

梦境

苏元俊

传黄粱梦多矣，惟此记极幻、极奇，尽大地山河、古今人物，尽罗为梦中之境。吕仙得太阴相助，一战入利名关；四十年穷通得丧，止成就得雪下一馁夫耳。嗟哉！世人乃逐逐魔吃乎？

姚《录》著录。北圕藏明继志斋刻二卷本，收入《丛刊》初编，题《重校吕真人黄粱梦境记》，“不二道人”苏汉英编次。

白练裙

郑之文

豹先为孝廉时，游秦淮曲中，遂构此记。备写当时诸名妓，而已仍作生，且以刺马姬湘兰，并讽及王山人百谷。俄为大司成所诃，仅半本而止。

姚《录》、王《录》、吕《品》俱著录。按姚、王俱称此本为子文与吴兆同作以讥马守真者。渔洋《秦淮杂诗》所谓“石桥巷口诸年少，能唱当年白练裙”者也。兆字飞熊，休宁人。

蕉帕

单本

槎仙生而不好学，故词无腐病；生而不事家人产，故曲无俗情；且又时以衣冠优孟，为按拍周郎，故无局不新，无词不合。龙骧、弱妹诸人，以毫锋吹削之，遂令活脱生动。

此君于词曲，洵有天才。

姚《录》、王《录》、高《品》俱著录。姚《录》题单槎撰。北圕藏明文林阁刻本《新刻五闹蕉帕记》二卷。

露绶

单本

全是一片空明境界地，即眼前事、口头语，刻写入髓，决不留一寸余地，容别人生活。此老全是心苗里透出聪颖，真得曲中三昧者。旧本《佩印》之传朱翁子，何足道哉！

姚《录》、王《录》、高《品》俱著录。姚《录》题单槎撰。

狮吼

汪廷讷

初止一剧，继乃杂引妒妇诸传，证以内典；而且曲肖以儿女子絮语口角，遂无境不入趣矣。曲、白恰好，迥越昌朝他本。

姚《录》、王《录》、吕《品》、高《品》俱著录。

有《汲古阁六十种曲》本，今存。

蝴蝶梦

谢弘仪

痦云功成而不居，在世出世，特为漆园吏写照。舌底自有青莲，不袭词家浅沈。文章之府，将军且横槊入矣。

姚《录》、王《录》著录，俱入无名氏。《西谛曲目》有钞本。

杏花*

胡遵华

为士子传一段感愤不平之概，遂有疑鬼疑神，不可方物之极思；真堪搔首青天，俯视一世。乃其词一遵词隐功令，又何其婉而切也！

未见著录。

想当然

卢柟

相传为卢次梗所作，谭友夏批评，然观其词气，是近时人笔，即批评亦未属谭。刘一春事，本之《觅莲传》，此于离合关目，亦未尽恰，但时出俊爽，才情迫露。

姚《录》、王《录》、高《品》俱著录。惟姚《录》题王光鲁撰，据周亮工云，其门人邗江王汉恭名光鲁所作，托卢名以行。《丛刊》初集收明刻《谭友夏批点想当然传奇》二卷，题款思居士编次。

玉镜台

玉镜台故事，凡□传，其在《花间（当作筵）赚》尚矣。此本与孙君作争衡，虽孙之韵律较胜于此，而此中佳句，亦自不乏。

姚《录》、王《录》、吕《品》俱著录，题朱鼎撰。有汲古阁本，今存。

青雀舫

徐阳辉

陈眉公曰：“名妓翻经，老僧酿酒，将军翔文章之府，书生践戎马之场。虽乏本色，故自有致。”此数语为古今辟大战场；玄辉林宗，遂借之为钳钟捧喝矣。疏疏散散，灵气统于笔墨，若无意结构，而凑簇自佳。

姚《录》著录，题徐元晖撰。

风流院

朱京藩

《春波影》传小青而情郁，郁故妩媚百出；《风流院》演为全本而情畅，畅则流于荒唐，故有所谓窈窕仙子幽囚落花槛中者；且传得汤若士粗夯如许，大煞风景。至其词，时现快语，不得以音韵律之。

姚《录》、王《录》著录，俱入清人院本。题朱京樊撰。北圕藏明德聚堂刻《小青娘风流院》二卷。

半孺*

朱京藩

以非烟之不终合也，而合之，差快人意。词极轻爽，正于疏处更见才情。然较之《风流院》，此亦可为应规入矩之作。

诸家俱未著录。

弹指清平*

陈情表

圣鉴不得志于时，此记多寄其感慨。而珠娘、檀娘婉媚之态，令人魂消。至其超轶处，自行自止，惊破世眼；当别设一格以待之。

诸家俱未著录。

当垆*

陈贞贻

传长卿者多矣，惟《骕骦裘》能集众长，此亦足分半席。虽音律尚疏，好句多为疵掩，而笔性遒上。如谢家子弟，纵复不端正，爽爽有一种风气。旧本入买臣妻生离，为文君对症，近以宾胜去之。

诸家俱未著录。

广爰书*

三吴居士

不尽组织朝政，惟以空中点缀；谑浪处甚于怒骂。传崔、魏者，善摭实，无过《清凉扇》；善用虚，无过《广爰书》。

诸家俱未著录。

秦宫镜*

白凤词人

传崔、魏者详核易耳，独此与《庆爰书》，得避实击虚之法，偏于真人前说假话。内如“儒秽”“祠沸”数折，尤为趣绝。

诸家俱未著录。

艳品

紫箫

汤显祖

工藻鲜美，不让《三都》《两京》。写女儿幽欢，刻入骨髓，字字有轻红嫩绿，阅之不动情者，必世间痴男子。先生称禹金《玉合》并其沈丽之思，减其浓长之累。然则此曲有曼衍处，先生亦自知之矣。向传先生作酒、色、财、气四剧，有所讥刺，是非顿起，作此以掩之；又为部长吏抑止，仅成半帙而罢，然已得四十三出。十郎塞上初归，会于牛女之夕，亦可作结体，正不忍见小玉憔悴一段耳。愿知音者亟附红牙。

姚《录》、王《录》、吕《品》、高《品》俱著录。《丛刊》初集收明富春堂刻《新刻出像点校音注李十郎紫箫记》四卷，题临川红泉馆编、新都徐筠轩校。

紫钗

汤显祖

先生手笔超异，即元人后尘，亦不屑步。会景切事之词，往往悠然独至，然传情处太觉刻露，终是文字脱落不尽耳。故题之以艳字。

姚《录》、王《录》、吕《品》、高《品》俱著录。《丛刊》初集收明柳浪馆刻《批评玉茗堂紫钗记》二卷。

红渠

沈璟

此词隐先生初笔也。记中有十巧合，而情致淋漓，不啻百转。字字有敲金戛玉之韵，句句有移宫换羽之工。至于以药名、曲名、五行、八音，及聊韵、叠句入调，而雕镂极矣。先生此后一变为本色，正惟能极艳者方能极淡；今之假本色于俚俗，岂知曲哉。

姚《录》、王《录》、吕《品》、高《品》俱著录。均作《红蕖》。高奕云谱郑德璘事。

三星

吕天成

烟鬟阁主人色天散圣也。此记以自写其壮怀，借极嬿婉欢笑之境；而赤虹紫电，喷薄纸上，自是词场大观。

姚《录》著录。

戒珠

吕天成

勤之每下笔，藻采飚发，倾倒胸中二酉。如此记传王、谢风流，收罗一部晋史。语以骈偶见工，局以热艳取胜。

姚《录》著录。

蓝桥*

吕天成

于离合悲欢、插科打诨之外，一以绮丽见奇。字字皆翠琬金镂，丹文绿牒，洵为吉光片羽，支机七襄也。直堪对垒《昙花》；且能压倒《玉玦》。

诸家俱未著录。

金合

吕天成

卢子良薄神仙而欲作人间宰相，卒不免风雪长安；以此为张无颇游仙对证，名根安得不淡！“水晶宫”一段，光景奇幻，阅之令人目眩。

姚《录》著录。

神女

吕天成

此勤之未解音律时之作。沈词隐评之谓，东邻客舍，曲有情境，而音律尚堕时趋。乃其才情富丽，每一词如万绣齐张，亦堪配骚，亦堪佐史。

姚《录》著录。

玉合

梅鼎祚

骈丽之派，本于《玉玦》，而组织渐近自然，故香色出于俊逸；词场中正少此一种艳手不得。但止题之以艳，正恐禹金不肯受耳。

姚《录》、王《录》、吕《品》、高《品》俱著录。北圕藏明世德堂刻本，二卷。《西谛曲目》有明万历刻本李卓吾评本《玉合记》二册。《丛刊》初集收入，即虎林容与堂刻。

昙花

屠隆

先生阐仙、释之宗，穷天罄地，出古入今。其中唾骂奸雄，直以消其块垒。学问堆垛，当作一部类书观，不必以音律节奏较也。

姚《录》、王《录》、吕《品》、高《品》俱著录。北圕藏明刻《新镌全像昙花记》二卷。《丛刊》初集收西谛藏万历刻本，题武林天绘楼校梓。前有一衲道人（即隆别号）序。

玉玦

郑若庸

以工丽见长，虽属词家第二义，然元如《金安寿》等剧，已尽填学问，开工丽之端矣。此记每折一调，每调一韵，五色管经百炼而成，如此工丽，亦岂易哉！

姚《录》、王《录》、吕《品》、高《品》俱著录。《丛刊》初集收马隅卿旧藏明富春堂刻本《新刻出像音注释义王商忠节癸灵庙玉玦记》四卷，豫章敬所谢天祐撰，金陵对溪富春堂梓。万历刻《摘锦奇音》选入一折，改题《炼丹记》。高奕注："谱郑元和事。"恐非一本。

箜篌

韦宓

组织藻绘，不见雕镂之痕。"初阳处处蒲萄绿，零露枝枝缨络珠。"吾当举以赠此词。乃以才人艳笔，而曰乩仙之作，岂仙人亦袭一二人间语耶？吾友叶瑛石目击乩笔若飞，片刻成数纸；彷彿其才致，云大类徐文长。然此曲以较《四声猿》，尚逊其奇快。

姚《录》、王《录》俱入无名氏。吕《品》、高《品》则谓系乩笔。吕天成更谓"或云乃越人郑圣成生作"。北圕藏明刻《唐韦状元自制箜篌记》二卷。

双合

王澹

澹翁饶有才情，闲于法而工于辞，虽纤秾之中，不碍雅则。但人面桃花，情长而景短，引入他事，虑其蔓衍，不引入，又虑寂寥，所以此曲终未得为大观也。女殇在崔舍人从戎先，及其凯旋，自云已历半载，而情感复生，乃其死方三日之内，是其粗处。

姚《录》著录。

紫环

陈汝元

内传丽云入宫、出宫，瑶娘失偶、得偶，不必作意纽合，自是大家举止，饶有丰韵。若其霞明雾涌之词，是主人剩技耳。

姚《录》、王《录》、吕《品》、高《品》俱著录，惟姚王均作《紫怀》。

金莲

陈汝元

记苏长公，此可称实录。然亦有附缀以资谐笑，如鲍不平之雪愤是也。亦有省削以为贯通，如赐莲之在廷对，焚券之在琼崖。再谪之后，即内召入直是也。至于韵金屑玉，以骈美而归自然，更深得炼字之法。

姚《录》、王《录》、吕《品》、高《品》俱著录。

有汲古阁本，今存。

太霞*

陈汝元

函三主人作此侈杜将军阀阅功名之盛，卒之默契玄诠，以证仙终。其称全者，即杜也。太霞者，将军集名也。眉公评之以“骈丽精整，雄奇变幻”，足为此曲定论。

诸家俱未著录。

天函*

文九玄

为汪昌朝作谱，极意敷词，粗见亹亹。但其谈玄晰理处，未免改鼠为璞、呼驴作卫耳。以其所入北词，皆妙选旧人者，故入艳品。

诸家俱未著录。

纨扇

谢廷谅

为申伯湘作谱，或曰其自况也。一意填词，虽绮丽可观，而于阖辟离合之法，全是瞶瞶。

王《录》、吕《品》、高《品》俱著录。

钿盒*

戴应鳌

所传皆天宝以后事。纵笔于绮丽之场，用唐律供其挥洒。末以游仙结明皇，便无《惊鸿记》情终之恨矣。但字雕句镂，微少天然之趣。

诸家俱未著录。王《录》有无名氏《金钿盒》，北圕藏明末刻本西湖居士《金钿盒》二卷，未知即此本否。

阴德*

王烋

记窦谏议积德累行，五子骈第，身都诸福，而卒列名丹台。此与俗本《五桂》《全德》绝不同。词意甚古，宾白则出入经史，字字典雅，可想见其胸中武库。

诸家俱未著录。

能品

牧羊

此等词，所谓读之不成句，歌之则叶律者。故《南曲全谱》，收其数调，作式。

姚《录》从徐文长《南词叙录》入宋元无名氏作。吕《品》、高《品》均题元马致远作。惟王《录》题明无名氏撰。《丛刊》初集收大兴傅氏藏旧抄二卷。卷末有“戊午岁腊月朔日抄箓宝善堂较政”一行。

罗囊

高汉卿之于继母，酷肖《鸾钗》；其后立节于异域，又似《怀春雅集》所称苏道春者。词虽有杂韵，而质甚古。

姚《录》、王《录》、高《品》俱题邱濬撰。姚《录》附录徐文长《南词叙录》南曲目，明人编本中有

《高汉卿罗囊记》，梅伯注："当即邱琼山作。"

银瓶

不传郑公清之训理宗于潜邸事，而独传其少年琐尾之状。稳熟轻脱，是极利于场上者。

姚《录》、王《录》、高《品》俱题沈寿卿撰。吕《品》未题撰人。《西谛曲目补遗》中有无名氏《银瓶牡丹》三册一目。

寻亲

词之能动人者，惟在真切，故古本必直写苦境，偏于琑（疑当作琐）屑中传出苦情。如作《寻亲》者之手，断是《荆》《杀》一流人。惜两加改削，讹处遂多。

姚《录》、王《录》、高《品》俱著录。高注："周羽事。"姚《录》附录徐文长《南词叙录》南曲目宋元旧编中有《教子寻亲》一条，姚注云："未知即本录入明无名氏《寻亲》本否？"《丛刊》初集收马隅卿旧藏富春堂刻《新镌图像音注周羽教子寻亲记》四卷。题剑池王錂重订。《丛刊》初集又收长乐郑氏藏钞本《黄孝子传奇》二卷，元阙名撰。殆即元人旧制。

琼台*

吴彩鸾琼台仙女，下嫁文箫，其意境俱无足取，但颇有古曲典型。

诸家皆未著录。

茶舡

《三生记》所传苏小卿，是冯魁负双生者，此则反是。曲有古意，当位置于《寻亲》《八义》之间。

姚《录》据《南词叙录》宋元旧编著录，作《苏小卿月夜贩茶船》。下注："北词有此目。"

孤儿

此古本《八义》也。词颇古质，虽曲名多未入谱者，然与今信口之词，正自不同。后如徐叔回等所改《八义》诸记，皆本于此。惜今刻者、演者，辄自改窜，益失真面止矣。

姚《录》、王《录》、吕《品》俱著录。姚《录》又据《南词叙录》著录《赵氏孤儿》，注云："元北剧有此目，本录明无名氏《孤儿》本，未知即此否？"《丛刊》初集收北圕藏明世德堂刻《新锲重订出像附释标注赵氏孤儿记》二卷，题“姑孰陈氏尺蠖斋订释，绣谷唐氏世德堂校梓”。

双盃*

张廷秀累遭困辱，易邵姓显达，相传为浙中一大绅，然实无此事也。近日词场，好传世间诧异之事，自非具高识者不能。不若此等直传苦境，词白稳贴，犹得与《荆》《刘》相上下。

诸家俱未著录。《西谛曲目》有万历刊《八义双盃记》，存一册。合众图书馆藏明刊《八义双盃记》二卷。

断发

李德武妇节孝可以垂之彤管；匿李密事，亦必有所据，惜作记者犹不脱寒酸态耳。词甚工整，且能守律，当非近日词人手笔。

姚《录》、王《录》、吕《品》、高《品》俱题李开先作。日本神田喜一郎藏万历刊《重订出像注释裴淑英断发记》二卷，亦题李开先作。《词林一枝》《八能奏锦》等选本皆选入零折。

渔樵*

杨太仆义臣，先机而隐，复仇而遁，记之者灿若列眉，当是隋唐间第一佳传。但调有错杂，而东钟与庚青、鱼模与尤侯，两韵混用，难以经有识者。

诸家俱未著录。

金丸

炼局炼词，在寻常绳规之内；惟拷问南北曲，叶支思一韵，古雅绝伦，或即元人《抱妆盒》剧中语耶？闻作此于成化年间，曾感动宫闱。

姚《录》、王《录》、吕《品》、高《品》俱题姚茂良作。《丛刊》初集收大兴傅氏藏旧抄本《金丸记》二卷。万历刊《词林一枝》选入，别题《妆盒记》；《赛征歌集》选入，别题《金弹记》，实皆一书。

跃鲤

任质之词，字句恰好；即一节生情，能展转写出。

姚《录》、王《录》、高《品》俱著录。王、高均题陈罴斋撰。《丛刊》初集收明富春堂刊《新刻出像音注姜诗跃鲤记》四卷。

精忠

虽庸笔，亦不失音韵。金牌宣召一折，大得作法，惜闲诨过繁。末以冥鬼结局，前既枝蔓，后遂寂寥。

姚《录》、王《录》、吕《品》、高《品》俱题姚茂良撰。有汲古阁刻本，今存。

鸾钗

王元美评《幽闺》有三短，终本不令人堕泪，其一也。若此记点点是泪矣。盖繇作手轻熟，故转折不费力，而科诨无不妙合。传为吴下一优人所作。

姚《录》、王《录》、高《品》俱著录。高《品》题郑国轩作，谱刘汉卿事。

四豪

记孟尝、春申、信陵、平原四公子。首之以周天王之分封，合以邯郸解围，中分记其事，各五六出，如《四节》

例。构局颇佳，但填词非名笔耳。

姚《录》、王《录》、吕《品》、高《品》俱著录。

赤松

全以简练为胜，遂使一折之中无余景，一语之中无余情。且有蹈袭《千金》处；夜宴曲更不宜全抄。

姚《录》、王《录》、吕《品》、高《品》俱著录。北圕藏明文林阁刻《新刻全像点板张子房赤松记》二卷。

赤鲤

刘司狱以逸囚被谴，历种种苦趣。即记中所载，亦是有气谊汉子，但为僧不了奈何。传者照应精密，每于俗境，更见雅词，断非近日词人手。

姚《录》、王《录》、吕《品》、高《品》著录，俱题《黑鲤》。吕、高均谓谱刘司狱事，当即此本。

百顺

记中述王公旦立朝大节及丁谓构寇公事。一览朗彻，词章烂然。

姚《录》、王《录》、吕《品》、高《品》均著录。

花园

其事大类《钗钏》《风筝》。词之撰造处，设色亦浓。但讹字几不可辨，当取定本较正之。

类《风筝》者，是周锡珪所作《苦风筝》，非近日李笠翁之《风筝误》也。孙晋识。

姚《录》、王《录》、高《品》俱著录。按，祁晋字良朖，彪佳孙。

合纵*

杂入张仪一事，较《金印》稍详。曲有数语袭《金印》者，虽其他稍逊之，而时出本色，令人会心。

诸家俱未著录。

金雀

轻倩之词，利于搬演，不耐咀嚼。安仁掷果一段，正可想见当年。

姚《录》、王《录》、高《品》俱著录。《西谛曲目》有万历间白鹤山樵校刊《新编出相点板金雀记》二册。又有汲古阁本，今存。

金钏*

金时之狎刘小桃，似《玉镯》所载王顺卿事。守律之词，粗见亹亹，但不堪纵观耳。

诸家俱未著录。

四友*

以罗畸老之兰、周茂叔之莲、陶渊明之菊、林和靖之梅，合之为四友。于四贤出处，考究甚确；但意格终乏潇散，故不得与《四节》并列。

诸家俱未著录。《西谛曲目》有抄本无名氏撰《四友记》二册。

珠衲*

作者刻意求新，亦轻脱。亦纤巧，但词局犹落小乘耳。赵旭初遇仁宗时，止与以一缄，令两承局挟之至四川，第云引其干谒。及至而迎者满道，承局始告之故；出其缄，则安抚文凭也。赵且惊且喜。仓卒间易贫士为贵人，此是绝妙之境，记中何以不及？

诸家俱未著录。

摘缨*

止就绝缨一事，敷衍成曲，虽乏婉转之致，犹不致于庞杂。

诸家俱未著录。惟姚《录》清人院本中有笔花主人撰《摘缨会》一种，王《录》有无名氏撰《接缨会》一本，未知即此本否。

钱神*

直刺时事，毫无忌讳，遂有以缙绅大老，横罹粉墨者。词亦不俗，但俱是拗嗓。

诸家俱未著录。

五福

韩忠宪事功甚盛，此独取其还妾一事。先后贯串，颇得构词之局。词有叶处，亦有用韵不稳处，若出两手。

姚《录》著录，入无名氏作。王《录》两见，一题徐时勉撰，一题郑若庸撰。吕《品》著录，题无名氏撰，高《品》两见著录，一题郑虚舟撰，韩忠献事；一无撰人姓氏，谱徐勉之事。

完贞*

记王顺卿全彷原传。说白极肖口吻，亦是词场所难。较《玉镯》稍胜之。

诸家俱未著录。

百花

内传：元时安西谋逆，江女右花、江生六云以被擒为内应；而安西之百花郡主，卒与六云偕合卺。结构亦新，但意味尚浅。

王《录》著录。姚《录》有无名氏《百花台》一目，疑非是。

双钗*

格局大类《紫环》，此则反以浅近胜之。胡僧之舞天魔，最可观。记中以押衙之概，属之刘福通，何也？

诸家俱未著录。

平湖*

聂、戴二公，皆豫章人，万历间成进士。此何以入之战场？盖余杭丁姓者，以豪贵占南湖，唐煜、费俊诸乡民与之为难，赖二公得平，遂作是记，亦去思意耳。事情了彻，一览易竟。

诸家俱未著录。

运甓

词气宏敞，陶士行之忠孝，凛然当场。惜填词过繁，未免收处有病。

姚《录》、王《录》俱著录。有汲古阁本，今存。

三益*

以三益、三损为朋友者箴，取境不入恶俗。人以粗浅故弃之，予以粗浅故收之。

诸家俱未著录。惟姚《录》“何义门焯补录明人编本”中有《口益记》一种，颇疑即是此本。

平妖*

永儿王则之乱，记之井然有绪。然终是神头鬼脸，景促而趣短。

诸家俱未著录。王《录》有无名氏撰《平妖传》一目，颇疑即是此本。

西洋*

郑和历使西洋诸国，凡十数年而后报命，此在永乐间可谓中珰之表表者。作手似与《三遂记》同，总是铺叙为词，不知本色当行之道者。

诸家俱未著录。

玉掌*

一涉仙人荒诞之事，便无好境趣，第以笔下设色亦浓，故勉收之。

诸家俱未著录。

古剑*

《红丝》《四义》仅以传郭代公耳，以兼传李多祚，颇有豪侠之概。但演之场上有不合处，第可为知者道也。

诸家俱未著录。

绛雪*

李愬雪夜擒吴元济，向未有记之者，记之自此始。且以张云容、萧凤台为开元时宫人，因服绛雪丹返魂，为薛昭、李愬之配，有此一段风韵，便自可观。

诸家俱未著录。

金花

作者目中，止识数字，便欲掉弄笔端，虽浅浅铺叙，而优人已有歌舞之矣。其事大类木兰女，以女伪男，不免涉近日之俗套。

姚《录》、王《录》、高《品》俱著录。姚《录》凡两见：一明无名氏撰。一据《曲考》称："词典劣，无姓名可改者，皆抄本。"《西谛曲目》有抄本。

还带

沈练川

裴晋公生平事功，表表唐史，还带其末节耳。是记虽无隽冷之趣，而局面正大，词调庄练，其《金印》《孤儿》之亚流乎。

姚《录》、王《录》、吕《品》、高《品》俱著录。姚《录》、王《录》无名氏内亦有此目。《丛刊》初集收马隅卿旧藏明世德堂刻《新刻重订出相附释标注裴度香山还带记》二卷，题"星源游氏兴贤堂重订，绣谷唐氏世德堂校梓"。北圕又藏明富春堂刻《新刻出像音注花栏裴度香山还带记》二卷。

双雄

冯梦龙

此冯犹龙少年时笔也。确守词隐家法，而能时出俊语。丹信为叔三木所陷，并及其义弟刘双；而刘方正者，不惜倾赀救之。世固不乏丹三木，亦安得有刘方正哉！姑苏近实有其事，特邀冯君以粉墨传之。

姚《录》、王《录》、吕《品》、高《品》俱著录。北圕藏明刻清印本《墨憨斋新曲》中有《双雄记传奇》二卷。姚《录》称“新创稿，一名《善恶图》”。

旗亭

郑之文

董元卿遭胡金之乱，得遇隐娘，既能全元卿于宋，复能全己于元卿，隐娘之侠，高出阿兄上矣。区区衲中之金，何足窥此女一班哉。曲亦爽亮，但铺叙关目，犹欠宛转；后得清远一序，殊为增色。

姚《录》、王《录》、吕《品》、高《品》俱著录。《西谛曲目》有万历刻《旂亭记》二册；北圕有明继志斋刻本。

芍药

郑之文

卢储之妇，能赏其文于未第之先，闺阁中如此具眼，不愧女状头之号矣。登第、成婚，俱是顺境，无他曲酸苦之态；词之秀逸，亦雅足配之。郑君词曲，可称文人之雄，所少者，曲折映带之妙耳。

姚《录》、王《录》、吕《品》、高《品》俱著录。

孝感*

王澹

吐词丰蔚，守律亦严。但为许君作传，欲尽传其生平，而并以贡谀，自不能有一段凌空出奇之妙矣。

诸家俱未著录。

长生

汪廷讷

汪鹾使奉吕祖惟谨，一日忽梦若以玄解授之者；乃叙其入道成仙，以至显化济世之事，井然有条，词亦浓厚可味；但于结构之法，不无稍疏。

姚《录》、王《录》、吕《品》、高《品》俱著录。

威凤*

汪廷讷

记韩生阋墙之变，曲尽惨苦。构词虽未超轶，亦自有大雅体裁。

诸家俱未著录。

彩舟*

汪廷讷

江生、吴女，既私合舟中矣，吴太守无可奈何，遂令伪为溺者，遽认作故人之子，许谐婚焉。此段情事可摹，但舟次数数往返，记凡八出，未免入闺情之套。

诸家俱未著录。北圕藏明刊本《彩舟记》二卷。

义烈*

汪廷讷

张元节一人逃死，祸及万家，迨其后，党锢之禁虽解，而终以贤奸互击，汉祚随尽。藏身之智固巧，谋国之才却疏。

故记此者，如天宝父老谈丧乱，语至畅尽，感慨随之。

诸家俱未著录。北圕藏明刊本《义烈记》二卷。《西谛曲目》有环翠堂刊本《义烈记》二册。

投桃

汪廷讷

作手犹未脱俗，惟守律甚严，不愧词隐高足。投桃传情，亦小有致。

姚《录》、王《录》、吕《品》、高《品》俱著录。北圕藏明刻本《投桃记》二卷。

二阁

汪廷讷

郁蓝生传此为画扇，翩翩逸韵，是少年场中得意之语。昌朝此记，虽雅有裁炼，但于二阁初之失和、继之合欢，俱不能刻入深情，觉未大快人意。

姚《录》、王《录》、吕《品》、高《品》俱著录。

三祝

汪廷讷

范文正父子事功文章，既表表一代矣，至敦伦尚义，此记能阐其微。

姚《录》、王《录》、吕《品》、高《品》俱著录。北圕藏明刻本《三祝记》二卷。

种玉

汪廷讷

霍休文一平阳小吏，而有去病霍光以为之子，尚复何求！曲中于休文身上，全无发挥，不过现成得妻子，受禄荫耳。调有倩语，局亦简紧。经梅花墅改订者，更胜原本。

姚《录》、王《录》、吕《品》、高《品》俱著录。北圕藏明刻本《种玉记》二卷。

飞鱼*

汪廷讷

渔隐子垂钓溪头，不过一渺小丈夫耳，及见弃于杨翁，有意外之得，遂据赀自雄，结客破贼，以豪侠终。岂不可垂之青翰，为我明一奇事！所以清远道人作序嘉赏之。

诸家俱未著录。

同升

汪廷讷

无无居士，昌朝自称也。偕潘太史习林居之乐，悟三教合一之理，大概即《天函记》中意耳。乃以颖二阳为生，而盛述其家庆，末第与居士略一映带，终觉气味寞索。

姚《录》、王《录》、吕《品》、高《品》俱著录。

天书

汪廷讷

记孙、庞事。不肯袭元剧中语，亦堪自家生活。但北词多讹，是以昌朝再订之，而后付梓。

姚《录》、王《录》、吕《品》、高《品》俱著录。北圕藏明刻《天书记》二卷。

北亭*

王元寿

此记作在《李丹》之前，而境界多相似。波斯仙叟之赠金，则又似小说所载杜子春事。《李丹》之王敬之，提醒以裴信玄；此记之李令伯，提醒以卢二舅。学仙者岂不能如禅家直截机锋，而必令魔内生魔，方以道证道耶？令伯为田水月所困，则伯彭乃自寄其所慨耳。

诸家俱未著录。

玉马坠*

王元寿

《玉马坠》原有传记。乃若黄损以追寻素玉，转展困苦，正堪为痴情者解嘲。然非我辈有情，不能道此。

诸家俱未著录。王录有无名氏《玉马缘》一种，当非是。

一轮画*

王元寿

陈建伯自是多情者，与绿翘作合一段，绝得稔色之趣。但其后巧遇之处，反欠恰合。

诸家俱未著录。

击筑*

王元寿

高渐离不死，而始皇卒以荆卿死，快极！快极！传之者激烈中转为悠扬之韵，觉满纸萧瑟，令人泣下。

诸家俱未著录。姚《录》、王《录》均有无名氏《燕台筑》一种，颇疑似。

紫骝马*

王元寿

取意于王焕《百花亭》剧，乃其失妇得妇处，别构一局，自是文人流利之笔。此伯彭得意作也。

诸家俱未著录。

将无同*

王元寿

匠心独构，谈生、贾妹，皆无是公也，故名其曲曰《将无同》。风流自赏，如昔人评谢康乐诗："似东海扬帆，风日流丽。”

诸家俱未著录。

中流柱*

王元寿

传耿朴公强项立节，而点缀崔、魏诸事，俱归之耿公，方得传奇联贯之法。觉他人传时事者，不无散漫矣。

诸家俱未著录。

紫绶*

王元寿

记文姬保孤事，有陆无从、钦虹江各出其长；近日冯犹龙删合之，足称合作。伯彭此记，于李燮佣工处，描写苦状，阅之令人酸楚。且陈列条畅，竟可与钦、陆二先生争胜。

诸家俱未著录。

石榴花

王元寿

伯彭喜为儿女子传情，必有一段极精警处，令观场者破涕为欢。若此记罗惜惜寻花下之盟，竟致误约是也。然结末只宜收拾全局，若叠起峰峦，未免反致障眼；如惜惜之误谒，非乎？

王《录》著录，入无名氏。

莫须有*

王元寿

杂取《博笑记》中事，串入于巫嗣真一人，巧笑叠出。想见其胸有成竹，非徒资谑浪于他人者。

诸家俱未著录。

宝碗*

王元寿

伯彭诸词，带有一种秀媚之致，全似翩翩少年。此记首尾关键，俱为濯锦小儿所播弄，较他曲更觉轻洒。

诸家俱未著录。

领春风*

王元寿

为柳耆卿写照，风流不减当年。可与周禹锡之《宫花》争道而驰。

诸家俱未著录。

郁轮袍*

王元寿

大意本王辰玉剧，“应试”一折，全用剧中之曲，万户伤心之咏，乃仍之夺解者；但王推冒试、王球复冒婚，则伯彭意为之，恐闺门太寥落耳。然末段似多一二转，于煞局有病。至若词之清新，当为诸本最。

诸家俱未著录。惟北圕藏明末刻本《郁轮袍》二卷，题西湖居士撰，未知即此否？姚《录》、王《录》、《清人杂剧》中俱有黄石牧此剧，殆非是。

鸳鸯被*

王元寿

取意于《错送鸳鸯被》剧，而穿插别一情境。朱次柟投之江上，反以登山破贼，及得第处，乃从辨卷来，事俱可诧。但每从一被上生出情致，正自不必。

诸家俱未著录。惟姚《录》清人院本中有《四会堂鸳鸯被》一种，恐非是。

题燕*

王元寿

刘方、刘奇事，自叶桐柏作剧之后，已再见于黄履之之《双燕记》矣。此记插入妓女夜来，而二刘颠连之状，层叠点缀，令观者转入而转见其巧。

诸家俱未著录。

异梦

王元寿

无端渭塘一梦，王生几遭缧绁，顾女两厄于奸人，其魔梦耶？赖有李中丞吴学士，成名成婚，方不负碧甸环之约耳。

此曲排场转宕，词中往往排沙见金，自是词坛作手。

姚《录》、王《录》、吕《品》、高《品》俱著录，入无名氏。有明刻二卷本。明刻《玄雪谱》内亦有此目。

鸾书错*

王元寿

向有《钱秀才错配凤鸾俦》一传，奇姻已出人意外，今之错中更错者，则伯彭之巧思耳。

诸家俱未著录。

梨花*

王元寿

《红梨花传奇》有两种，皆本之元人《三错认》剧。此记结构稍幻，而三婆说鬼一段，情趣少减。惟后之再遇金莲，觉有无限波澜。

诸家俱未著录。《丛刊》初集收明"书林素卿杨居寀梓"《红梨花记》二卷。又明朱墨刊本《校正原本红梨记》四卷，题"阳初子填辞"。徐复祚撰。后附元张寿卿《红梨花杂剧》一卷。皆非此本。

灵宝符*

王元寿

予向阅元人《看钱奴》《来生债》二剧，喟然异之曰："是可以砭钱虏矣！"乃摭为传，寄示伯彭，不一月而新声遂尔绕梁。北词之雄，南词之婉，兼极其致。

诸家俱未著录。

玉扼臂*

王元寿

取江昌朝所传韦将军闻歌纳妓剧，而杂之以虎易美姝事。其中以豪侠肝肠，不乏丽情婉转，是作者传神处。

诸家俱未著录。

空缄*

王元寿

刘元普之仗义，奇矣。李伯承一不识面之交，以空缄托妻子，奇更出元普上。此记贯串如无缝天衣；词曲中忠、孝、节、侠，种种具足。此与《紫绶》，皆伯彭有关世道文字也。

诸家俱未著录。

紫绮裘*

王元寿

田夫人幽配崔炜，事极诡异。记中，崔子以好施受祉，任贼以扑满招尤，作者欲以惕世也。

诸家俱未著录。

紫台怨*

王元寿

向见元人《汉宫秋》剧，觉染指一脔，犹有余味。伯彭以工词丽响，为明妃写照；后之紫台相合也，更足以消磨青冢之幽恨矣。

诸家俱未著录。

孝泉*

陈□

海樵越之高士。其传姜诗也，不无道学气；以之登场歌舞，似逊《跃鲤》一筹。

诸家俱未著录。

檀扇

史槃

叔考诸作，多是从两人错认处，搏捖一番。一转再转，每于想穷意尽之后见奇。幸其词属本色，开卷便见其概，不令人无可捉摹耳。

姚《录》著录。

青蝉

史槃

海公子盗池生书物，乃为金媚娘所易，竟达空函，绝处逢生，取境甚巧。末段反覆说明，词、白绝无重复，深得词隐作法。但青蝉鹔钗，每从此一物转摺，觉布置过繁，阅者费解。

姚《录》著录。

双鸳

史檠

曲多儿女离合之事，而无骈语、涩语，易谐里耳，故叔考一记出，优人争歌舞之。如李部宛转作刘蕡之合也，有意想不到处。想叔考胸中有九曲珠，故多巧乃尔！

姚《录》著录。

唾红

史檠

叔考匠心创词，能就寻常意境，层层掀翻，如一波未平，一波复起。词以淡为真、境以幻为实，《唾红》其一也。

姚《录》、王《录》、高《品》俱作《吐绒》，王《录》、高《品》俱入无名氏。姚《录》称："即《唾红》，信州郑仲夔云，曾见《唾红记》，为郁金丸事，极曲中奇幻。《唾红》取名未善，余改为《唾绒》。"

朱履*

史槃

童羖主人云："近日富春实有其事，而借南宋时人以谱之者。"备诸苦境，刻肖人情。但菊花庄杀仇已后，头绪太烦，细绎之乃见贯串之巧。

诸家俱未著录。

鹈钗

史槃

此记波澜，只在荆公误认宋广平为康璧耳，搬弄到底。至于完姻之日，欲使两女互易，真戏场矣。柳沃若桃斗一段，大有逸趣。但韦安石之构国□，境界叠见，其中宜删繁就简。

姚《录》著录。王《录》、高《品》均有此目，俱入无名氏，姚《录》亦另有一目，入无名氏。未知果有二本否？

合纱

史槃

传儿女子情者，须婉转，尤须洒脱。若合父、母、兄、妹、门生、故友，尽人而商量一纱，虽奇姻巧凑，不无反为情累乎。叔考于曲道称大匠，此处犹不无伤指之虑。

姚《录》、王《录》俱著录。姚《录》注称“即《双缘舫》”。

琼花

史槃

于梵贝中标出慈云一事，可以仰配双修，抹杀妙相矣。但语过率真，未是叔考得意之作。

姚《录》著录。王《录》有无名氏《琼花女》一目，疑非是。

樱桃

史槃

丘素平樱桃之盟几败矣，而作之合者，乃在黄巢；此君作贼，犹不失英雄本色。后以死丁香易生爱娟，凿空出奇，大可捧腹。

姚《录》著录。北圕藏明末刻本《樱桃记》二卷。《西谛曲目》有明末刻本，题《爱娟女全本樱桃记》二册。

李瓯

史槃

于错处见境，为沈为彭，几令人莫可端倪，而巧笑于中叠出矣。但关键原佳，二瓯反觉为赘物。

姚《录》著录。

梦磊

史槃

文景昭富贵姻缘，俱得之于石，故梦中白玉蟾以“磊”字授之，其中结构，一何多奇也！但刘以司农而夜送女于文生旅邸，与《檀扇》之以甥女私慰凌生，皆非近情之事。

姚《录》、王《录》、高《品》俱著录。有明末墨憨斋刻《梦磊记》二卷，今存。姚《录》称即《巧双缘》。

双串*

史□

大荒此记，操纵合法，韵度俱胜。叔考少加损益，便有史叔语气矣。

诸家俱未著录。按“少加损益……”云云，当非槃作。原本史下本有槃字，墨笔涂去。

忠孝*

史槃

传沈公青霞者，叔考难兄有《壁香记》，初以宫商稍舛，乃尽更之，沈公浩气丹衷，恍忽如见。故叔考作此，亦遂有冠冕雍容之度矣。

诸家俱未著录。王《录》有无名氏《忠孝录》一种，当非是。

双忠

姚茂良

传张、许事，词意剀切，可以揭忠义肝肠。但睢阳已陷之后，必传大创安、史，收复两京，方为二公吐气，乃以阴魂聚首，结局殊觉黯然；张之母、妻，亦何必同游地下也。且后半词亦不称。

姚《录》、王《录》、吕《品》、高《品》俱著录。《丛刊》初集收王国维旧藏富春堂刻《新刻出像音注唐朝张巡许远双忠记》二卷。

伍伦

丘濬

一记中尽述伍伦，非酸则腐败矣。乃能华实并茂，自是大老之笔。或谓文庄有《种情丽集》，自述少年所遇，或有讥之者，遂令门客促成此记，以节孝掩风情耳。

姚《录》、王《录》、吕《品》、高《品》著录，俱作《五伦》。《丛刊》初集收北圕藏明世德堂刻《新刊重订附释标注出相伍伦全备忠孝记》四卷，题“星源游氏兴贤堂重订，抚东王氏蜚英堂参阅，绣谷唐氏世德堂校梓”。

宝剑

李伯华

中有自撰曲名，曾见一曲，采入于谱，但于按古处，反多讹错。且此公不识练局之法，故重复处颇多。以林冲为谏诤，而后高俅设白虎堂之计，末方出俅子谋冲妻一段，殊觉多费周折。李自负在康封山、王渼陂之上。问王元美：“此记何如《琵琶》?”王谓：“公辞之美，不必言，第令吴中教师十人唱过，随腔字字改妥，乃可耳。”李拂然罢去。尚有《登坛》一记，未见。

姚《录》、王《录》、吕《品》、高《品》俱著录。《丛刊》初集收北圕藏嘉靖原刻本《新编林冲宝剑记》二卷，题中麓放客撰。前有嘉靖丁未雪蓑渔者序，后有嘉靖丁未姜大成后序，嘉靖己酉王九思后序。

娇红

沈寿卿

卢伯生为申娇作传，中有种种情态可摹；沈翁之词，能斩绝葛藤，虽近于古，然不无浅促之憾矣。

姚《录》、王《录》、吕《品》、高《品》俱著录。按《娇红记》尚有孟称舜撰一种，又《丛刊》初集收刘兑撰《金童玉女娇红记》二卷，宣德本，亦与此异。

龙泉

沈寿卿

节、义、忠、孝之事，不可无传。沈君手笔，绝肖丘文庄之《五伦记》。

姚《录》、王《录》、吕《品》、高《品》俱著录。

红叶

祝长生

此记守韵甚严，而葩藻之词，如三峡波涛，随地委折。但于祐拾叶在未第时，无一种轩举之气，所以终逊《题红》一筹。

姚《录》、王《录》、高《品》著录，俱作《题红》。惟吕《品》著录作《红叶》。按北圕有万历继志斋刻《重校韩夫人题红记》二卷，王骥德撰，非此本。

清凉扇*

王应遴

此记综核详明，事皆实录。妖姆逆珰之罪状，有十部梨园歌舞不能尽者，约之于寸毫片楮中。以此作一代爰书可也，岂止在音调内生活乎！

诸家俱未著录。

蛟虎

黄伯羽

黄伯羽取周孝侯除三害事，有合于过勿惮改之义，作者思深矣。孝侯死于王事，此故生之。铺叙亦当，但气色不振耳。

姚《录》、王《录》、高《品》俱著录。

四喜

谢谠

传二宋事。作手虽平，词亦明丽。但小宋既有宫人琼英，又何必增红楼青霞也。小宋张灯宴客，大宋诘问盐齑时语，此段正当补入。

姚《录》、王《录》、吕《品》、高《品》俱著录。有汲古阁本，今存。

合钗

秦鸣雷

调不伤雅，而能入俗。清风亭遇子一出，宛然当年情景，弋优盛演之。后半稍浅略，为强弩之末。

姚《录》、王《录》著录俱作《清风亭》，误题李鸣雷撰。吕《品》题“秦华峰（鸣雷字）撰《清风亭》”。按《合钗》另有吾邱瑞（一作邱瑞吾）一目，惟所谱为明皇杨妃故事，当非一本。又王《录》更有李宗泰作《清风亭》一目，李亦字华峰，当即一人，唯云宗泰长洲人，与鸣雷之天台人有异耳。

红拂

张太和

汤海若序此记云：“《红拂》已经三演，在近斋外翰者，鄙俚而不典；在冷然居士者，短简而不舒；今屏山不袭二家之格，能兼诸剧之长。”然吕郁蓝谓其通篇不脱俗气，当亦不能为屏山讳。

姚《录》、王《录》俱著录。《丛刊》初集收张凤翼撰《红拂记》四卷，明朱墨刊本。

玉簪

高濂

幽欢在女贞观中，境无足取。惟着意填词，摘其字句，可以唾玉生香；而意不能贯词，便如徐文长所云“锦糊灯笼，玉镶刀口”，讨一毫明快不得矣。

姚《录》、王《录》、吕《品》、高《品》俱著录。北圕藏明文林阁刻本，又继志斋刊《重校玉簪记》二卷，目录后题“己亥孟夏秣陵陈大来校录”。已影入《丛刊》初集。《西谛曲目》有《陈眉公评本玉簪记》二册。

节孝

高濂

陶文亮之《归去辞》、李令伯之《陈情表》，皆是千古至文，合之为《节孝》，想见作者胸次。但于二公生平概矣，未现精神。且“赋归”十六折，而陶凡十五出；“陈情”十六折，而李凡十三出，不识场上劳逸之节。

姚《录》、王《录》、吕《品》俱著录。高《品》题马瑞兰作，似误。《丛刊》初集收北圕藏明世德堂刊《新刊重订出相附释标注节孝记》二卷，上卷题“节部赋归记”，下卷题“孝部陈情记”。姑孰陈氏尺蠖斋重订，绣谷唐氏世德堂校梓。

玉香

程文修

此即《天缘奇遇传》也。其词不能别有巧构，而朗朗可歌。但为子辅妾者，玉胜而下，尚四五人，不特场上不可演，即此记之后，亦收煞不尽，不能不举此遗彼矣。尚有传此名

《玉如意》者。

姚《录》、王《录》、吕《品》、高《品》俱著录。

呼卢

全无垢

传宋武微时至发迹，后以臣节终之，恰得结体。组织富丽，稍欠轻脱，且白之闲语亦多。

姚《录》著录，题金无垢撰。（附注“一本作全无垢”。）王《录》著录，题“金无垢号逍遥”撰。吕《品》、高《品》著录，题金逍遥撰。全无垢原作合无垢，彪佳墨笔改合为全。

题桥

陈济之

此于长卿记传之外，无所增饰，觉情致尚少婉曲。然构词不轻下一语，虽未能琢宫敲羽，亦自华整可贵。

姚《录》、吕《品》题陆济之撰。王《录》作《题红》，题陈济之撰。高《品》著录，全同此品。

锟铻

两宜居士

叙事有条，此与《斩祛》之记晋文，各得明畅之旨。但如老农圃谈稼穑，虽皆实际，却多俚词。

姚《录》、王《录》、吕《品》、高《品》俱著录，惟姚、王作《昆吾》。

夺解

秋阁居士

王辰玉作剧，以《郁轮袍》为王摩诘讳，余以为此是文人不羁处，非热心功名，不必讳也；但此记又嫌其太直截耳。以王为李林甫婿，恐是附会。

姚《录》、王《录》、吕《品》、高《品》俱著录。王《录》题秋闲居士撰。

合璧

王恒

写事必畅其本末，词亦朗朗如日月之入人怀，但觉才情少减。解大绅之脱狱，作者饰之以为结局耳。

姚《录》、王《录》、吕《品》、高《品》俱著录。万历刻《乐府名词》中选入此记。

双环

鹿阳外史

记木兰从军事，全不蹈徐文长一语。铺叙战功，烂然生色；但于关情之处，转觉未尽。

姚《录》、王《录》、吕《品》、高《品》俱著录。

玉镜台

朱鼎

《玉镜台》故事，元剧绝有摹拟，此不及风情；而惟铺叙太真事迹，于紧切处反按以极缓之节，不逮孙、范两君及清阮堂之作远矣！

姚《录》、王《录》、吕《品》俱著录。有汲古阁刻本，今存。

金鱼

吴鹏

此记传韩君平非不了彻，但其气格未高，转入庸境。益信《玉合》之风流蕴藉，真不可及也。郁蓝生论词才、词学，而归字词品，信然。

姚《录》、王《录》、吕《品》、高《品》俱著录。

练囊

吴大震

传章台柳，插入红线，与《金鱼》若出一手。自《玉合》成而二记无色矣。

王《录》、吕《品》、高《品》俱著录。王《录》附注，据《传奇汇考》，此本与张仲豫合作。

龙剑

吴大震

传哱承恩事。作者未识裁炼之法，故喧而未雅。以魏公学曾为生，殊无事功可见。中间如萧、麻诸帅，米、梅诸公，忽隐忽现，杂出不伦。曲白虽工，未足树词坛之帜也。

姚《录》、王《录》、吕《品》、高《品》俱著录。

纯孝

张从德

董叔达斩仇人之头，归报其母，遂以奇孝证为正神；迩见梦于其裔孙。按事填词，殊不嫌其平实。

姚《录》、王《录》、吕《品》、高《品》俱著录。姚《录》题张从怀撰。王《录》亦题从怀，注“一作从德”。

锦带

杨夷白

词章斐然，第苦不得佳境。中如乔招讨之背约、马当户之夺婚，即作者或以意创，终似近于蹈袭。

姚《录》、王《录》、吕《品》、高《品》俱著录。姚《录》题杨第白撰，注“一署四德堂作”。

节侠

许三阶

传裴伷先伯侄在武后朝，大有丈夫本色。语多藻丽，从组织得之。

姚《录》、王《录》俱入无名氏。有汲古阁本。《丛刊》初集收北圕藏明刻《玉茗堂批评节侠记》二卷，题“梅花墅改订”。前有浮斋主人序。

龙膏

杨夷白

杨君见吕郁蓝《金合》，谓龙宫近怪，乃易龙女为元载女。艳异远逊吕作，而色泽亦自不减。闻半出之王伯彭手。

姚《录》、王《录》、吕《品》、高《品》俱著录。有汲古阁本，今存。

红丝

许三阶

郭代公之生平，《四义》传之鄙而杂；此以采丝为婚姻之始，驱虏为功名之终，结构殊恰。词有新创之《五色丝》《桃叶歌》《凤楼十二重》等调。在许君工于音律，必有当于抗坠掩抑、顶叠关转之法。

姚《录》、王《录》、高《品》俱入无名氏。姚

《录》注“一云四合堂作”。

龙绡

黄惟楫

黄山人在王新建座上，作此为新建寿，三日而成。又五日而伶人遂歌以侑觞。郁蓝云：“旧有《传书记》；姑苏周侍御亦撰其传，皆不及此。”乃此记犹未能免俗。安得奇幻之笔，令人惊魂荡魄耶？内《云华怨》《黄莺尾》二调，不载谱，不知何所本也？

姚《录》、王《录》、吕《品》、高《品》俱著录。

遇仙

心一子

填词打局，皆人意想所必到者。然语不荒、调不失、境不恶，以此列于词场，亦无愧矣。

姚《录》、王《录》、吕《品》、高《品》俱著录。

杖策

涵阳子

邓禹杖策谒光武，为中兴名佐，封侯时方二十四岁。此记半杂以家人离合之情，不使有偏喧寂。但作手颇平，通本不脱学究气习。中以邓为梅福婿，不知梅婿乃子陵也。

姚《录》、王《录》、吕《品》、高《品》俱著录，姚《录》作《策杖》。王《录》入无名氏撰。

玉玫*

泰华山人

冯玉玫之节，不可以不传；若王仲良，不过因仙人指度，侥幸成功耳。词亦奔流滔滔，但乏委曲。

诸家俱未著录。

合剑

泰华山人

载唐、隋事，一味铺叙，详略失宜。但其中以北《朝天子》配南《二郎神》，北《倘秀才》配南《甘州歌》，北《醉太平》配南《宜春令》，北《驻马听》配南《驻马听》，南北各配四五调，歌之颇叶，似可采以为式。太宗为生，不与旦对；结尾以十八学士各陈治道，亦见作者之非庸芜。若节取晋阳起兵、娘子军功、禁门喋血，错综演之，当不失为善曲。

姚《录》、王《录》、吕《品》、高《品》俱著录。高《品》题泰华山民撰。

钗钏

月榭主人

皇甫嵩受欺于韩时忠，身几不免，可为密事告友之戒。独惜史女碧桃，计赠完姻，无愧女侠，而几为奸辈所窘，倘非遇张侍御，已作河伯妇矣。可伤哉。此曲词调朗彻，尽有本色，是熟于科诨排场者。旧有贼杀侍婢一段，令稍易之矣。

姚《录》、王《录》、吕《品》、高《品》俱著录。大兴傅氏藏抄本二卷。

玉杵

杨文炯

文彩翩翩，是词坛流美之笔，惜尚少伐肤见髓语，而用韵亦杂。若与郁蓝之《蓝桥》较才情，此曲当退三舍；然律以场上之体裁，吾未敢尽为《蓝桥》许也。

姚《录》、王《录》、吕《品》、高《品》俱著录。惟姚、王、吕俱题杨之炯撰。《丛刊》初集收北圕藏明万历浣月轩刻《新镌全像蓝桥玉杵记》二卷，题云水道人著。前有虎耘山人序，《裴仙郎全传》，后附《蓬瀛真境》。

溉园

赵于礼

此以王孙贾为生，插入齐世子灌园一段。于覆齐、复齐处，言之独详，而贾绩之可纪者，转觉寥寥，是为客胜于主。

姚《录》、王《录》、吕《品》俱著录。

画莺

赵于礼

丘文庄公自述少年所遇《钟情丽集》，遂饰为辜生辂事。传之应规入矩，似古之为曲者。

王《录》、吕《品》、高《品》俱著录。明刻《八能奏锦》选入，别题《题莺记》，《万曲长春》选入，作《黄莺记》。

丹管

汪肇邰

汪宗姬诗人也，故其为词多风雅。李斌之拜官，用孟东野故事。后以羁旅而仗剑刺贼，差快人意。

姚《录》、王《录》、吕《品》、高《品》俱著录。

姻缘*

冯之可

此与分钗俱传贾云华、魏寓言事，惟云华之死而复生，稍异于彼。词似非近时人作，而曲有全抄《明珠》，何也？

诸家俱未著录。王《录》、吕《品》、高《品》俱有冯之可撰《护龙》一目；姚《录》亦有《护龙》，题冯时可撰。不知与此有无关涉。

白璧

黄廷俸

张仪蒙盗璧之疑，而以舌在自解。及苏秦之笼络仪处，确是一本佳传，惜演之犹未畅快。然词近本色，白亦恰当，可取也。

姚《录》、王《录》、吕《品》、高《品》俱著录。姚《录》题黄廷奉撰。

西厢

李□□日华

观其中不涉实甫处，亦尽自堪造撰，何必割裂北词，致受生吞活剥之诮耶！然此实崔时佩笔，李第较增之；人知李之窃王，不知李之窃崔也。

姚《录》、王《录》俱著录。《丛刊》初集收大兴傅氏藏明富春堂刻《新刻出像音注花栏南调西厢记》二卷。

红梅

周□□仪玉

手笔轻倩，每有秀色，浮动曲白间，当是时调之隽。裴舜卿无端一遇，遂冒门婿拒似道之聘，倘非李惠娘以幽欢解免，舜卿危矣。书生乘兴之事，其可再乎？

姚《录》（作夷玉）、王《录》（题周俊字梯玉）、高《品》（作夷玉）俱著录。《丛刊》初集收长乐郑氏藏明刻《玉茗堂批评红梅记》二卷。前有王穉登序。北大圃藏明剑啸阁改刻《玉茗堂批评红梅记》二卷，又藏明三元堂刻《新刻袁中郎先生批评红梅记》二卷，题“公安中郎袁宏道删润”。

轩辕*

王潾

意调若一览易尽，而构局之妙，令人且惊且疑，渐入佳境，所谓深味之而无穷者。词甚轻快，虽偶有数字不叶，亦无愧于大雅。但郑仲经邂逅结姻，崔夫人终不说出心许之故，岂择婿者轻率至此哉。

诸家俱未著录。

珍珠衫*

柳□□

此易蒋兴哥为王士英。讹奸一节，皆六婆为之，而巧儿卒以贞终。然末段收煞，殊少精神。

按姚《录》、王《录》、高《品》俱收此目，题袁令昭撰，或非一本。

翡翠钿*

柳□□

迩来词人每喜多其转折，以见顿挫抑扬之趣，不知转折太多，令观者索一解未尽，更索一解，便不得自然之致矣。如此记择婿一段，自饶雅韵，而韦祥之夺婚，头绪过繁，大有可删削处。然柳君之词，皆轻倩圆软，殊不易得。

诸家俱未著录。

橘浦*

许自昌

余阅黄山人所撰《柳毅传奇》，嫌其平衍，乃此又何多骈枝也。于传书一事，情景反不彻。词喜用古，而舌本艰滞，便为累句。惟钱唐君数北调，有豪举之致，故拔入能品。

诸家俱未著录。《丛刊》初集收明万历刊本二卷，题“勾吴梅花墅编”。前有慧山叶昼引，又秽道比丘序。

水浒

许自昌

记宋江事，畅所欲言，且得裁剪之法。曲虽多稚弱句，而宾白却甚当行，其场上之善曲乎？

王《录》著录。高《品》著录，题“梅花墅作”。有明刻本、汲古阁本。

检书

王元功

用调恰当，无一可删处，演之尽可悦目。但耳子为女、贾女作男，止入传奇纤巧一道耳。轻烟为广陵之妓，安能遽逸至滇中作贼？贾女亦安能以红粉戴兜鍪，从戎对垒哉？

王《录》著录，入无名氏。

水浒*

王元功

此梅花主人改订者。曲白十改八九，稚弱亦十去八九矣。前本用犯调，有不便于歌者，今取调极稳。前本宋江有妻，以�，今并去之。惟下韵仍杂，不能为全瑜耳。

诸家俱未著录。此书许玄祐改订者非自昌作也。

保主*

王元功

赵子龙为生，传事能不支蔓。但曲有繁简之宜，未必一简便属胜场。如此记，每一人立脚未定，便复下场，何以耸观者耳目？

诸家俱未著录。按王《录》许自昌撰有《报主》一目，疑似。

看剑*

王元功

格善变、词善转，便是能手。此记生、旦通本不脱豪侠之气，而始终作合者，乃在一黎女，大奇！大奇！其间聚散，原不关一剑，此中似可省一二转摺。

诸家俱未著录。

灵犀佩

王元功

大凡情缘一起，必有一种大不快意处，为之颠倒、为之龃龉，方见吾辈独有所种。乃萧凤侣但击情宝湘灵，而并以得梅琼玉，无情有情，其何以解？至于两魂互换，各不相认，似涉于稚。

王《录》著录，题王异撰。明刻《玄雪谱》中选入此曲，或题许自昌撰。

玛瑙簪*

王元功

无功诸作，一以曲折争奇。阿兄伯彭有《将无同记》，此略取其意，惟卞生之遇薄女不同耳。无功喜传女侠，故红侠中每有技击者。

诸家俱未著录。

弄珠楼

王元功

轻描淡染，不欲一境落于平实。但姓名之错认，创于《拜月》，遂多为不善曲者所袭，无功今之作手，何不别寻结构耶？

王《录》著录。王《录》又有许自昌撰同目一本。

种玉*

王元功

此梅花主人改订者，简炼过原本，一洗脂粉之病。

诸家俱未著录。

花亭*

王元功

此无功改《百花》本也。彼以邹化为生，此以江六云为生；情节亦不无稍异。

王《录》著录作《百花亭》。姚《录》无名氏有《百花亭》。按王氏诸作，原本俱题“元功”。“元”或是“无”之讹，兹皆不为更动。

金凫*

王韶

谱杨恒陷虏事，事在天顺间，大类苏子卿。情境浅促，一过便嫌易尽，然亦轻脱，故取之。

诸家俱未著录。

八翼*

何斌臣

为陶士行作记，而攒簇江左风流之概。词甚整丽，有鸣珂佩玉之度，当不得以板实少之。

诸家俱未著录。

女状元*

何斌臣

为女状元增一弟纯嘏，盖以结周女娇凤之配耳。就徐剧略演之，为出止十八，其中数折，不失文长本色。

诸家俱示著录。

凌云* 北

韩上桂

《曲藻》云：北字多而调促，促处见筋；南字少而调缓，缓处见眼。北则辞情多而声情少；南则辞情少而声情多。故自南辞易谐于耳，而北音亡矣。天游子力返于古，为司马长卿作北曲，词不易宫、宫不易调，入明以来，仅见于此。但其为词有芜杂处，而流利觉少。且一折中用两人唱，亦非旧式。

诸家俱未著录。

跃剑*

潘□□

作法撇脱，且能即景会情，以曲打科，以白引曲，遂尔转摺生动，胜《蛟虎记》多矣。

诸家俱未著录。

合元*

梁玉儿

此即文长《女状元》剧所演者。闺阁作曲，终有脂粉气，然其艳香殊彩，时夺人目。红儿、雪儿、玉娘以一人兼之矣。

诸家俱未著录。

采真*

包胤祺

传仙鬼者多矣，灵奇怪异，已透露几许聪明。此记取境犹平，但喜其轻脱如弄丸，洵翩翩裘马中语也。独自忭假符召鬼，桃妖反借之以愚赵生，此段致趣不乏。

诸家俱未著录。

金合*

程守兆

程君工于曲，而科诨之妙，犹未深晓，故少洗脱之工，便觉意为词掩。梁伯龙《红线》剧，不减梅叔之《昆仑奴》，此与李既明所作，俱不足为伯龙注脚。

诸家俱未著录。王《录》有无名氏《金钿合》一种，疑非是。

鸳簪

王国柱

李节镇器重欧生，遂有要姬之赠。不必俟红拂夜奔，磨勒宵窃，其贤于杨越公、郭汾阳远矣。乃欧生之所以报之者，亦在崔、李二君上。

姚《录》、高《品》俱著录。王《录》有此目，题梦觉道人撰。姚《录》亦收梦觉道人撰《鸳簪合》。

海棠诗*

王国柱

是时曲气格，但两金生绾合处，不至如他曲之枝节耳。文气大概疏爽，惜词有失韵处。

诸家俱未著录。

碧珠*

王国柱

周惟光排陷赵怀之，怀之因居于龙宫者六载；绝似袁凫公之《窦娥冤》、沈宁庵之《合衫记》。曲用杂韵，为近日锢疾，独此一曲之中换两韵，似尤碍口。

诸家俱未著录。

德政编*

徐应乾

弘农之渡虎，中牟之驱蝗，潮州之驯鳄，被之弦歌，足为治谱。至广宁迁乌，则徐君自道也。

诸家俱未著录。

两诗*

徐应乾

徐君官医巫，以强项为当事所扼，乃直记其事，而盛斥李宁远、赵中丞，快其胸臆，不顾悠悠之有口也。

诸家俱未著录。

筹虏*

徐应乾

边臣启衅促强，卒贻辽左十余年不结之局。非君一片热肠，安能写得明透如许。

诸家俱未著录。

庡廖*

徐应乾

百里事，于此凡三见矣。此记清婉不及张伯起作，而气昌词畅，以视端平川者，迨过之。

诸家俱未著录。吕《品》更记有张太和一本。

三迁*

徐应乾

剧场意欲纤，格欲变，词欲淡而雅，于泰山岩岩之气象，自不相肖。

诸家俱未著录。

汨罗*

徐应乾

闻友人袁凫公有《汨罗记》，极状屈子之忠愤，记成乃为秦灰，不可得见。惟散其事于《神女双栖记》中。孔坪为此，历历叙致，已是畅其所欲言。

诸家俱未著录。

双梅

史载言

此记合笋处，只在李清臣认水女为韩亿娥、月仙认士简为清臣。其间词意关生，转转不穷，酷似阿翁所作。

姚《录》著录，题史槃撰。

合璧*

许次纾

以李、杜为双璧，传天宝韵事，不一而足。其为词也，如宋人玉叶，几夺天巧，惜联合未见精神。

诸家俱未著录。

金合*

李既明

此亦传红线事，而与程君所作异。语俱独造，多有初读之不解，再读之后知其博奥者。当于传奇中别设一格以待之。

诸家俱未著录。

画竹*

李既明

南词一派，西北不传，少谷为此记，殊无合处。但用句古奥，可想见其武库一班。记赵子昂而及唐、林二义士，满眼皆亡国之惨。

诸家俱未著录。

放蛟*

樵风

樵风主人采《剪灯余录》《野史缫谈》，构《蟠龙》《放蛟》二记，音调多不叶。而此之词章燿灿，能用故典，差胜《蟠龙》。

诸家俱未著录。

砥澜*

章□□

萧梦白之狎轻霞，似《绣襦》，其后又似《玉玦》；张奇客之援梦白，似《西楼》，其后又似《龙膏》；赵郑州之阱轻霞，似《霞笺》；王云英之报郑州，似《百花》，虽无境不袭，无语不因，而取境既近人，构词亦谐世，便为场上之善曲矣。惟是时时以北曲散用一二支，似于韵律有碍。

诸家俱未著录。

八义

徐□□叔回

传赵武事者有《报冤记》，又有《接缨记》，此则以《八义记》名。记中以程婴为赵朔友、以獒犬在宣孟侍宴之际、以韩厥生武而不死于武、以成灵寿之功，皆本于史传，与时本稍异。运局构思，有激烈闳畅之致，尚少清超一境耳。

姚《录》、王《录》、高《品》俱著录。北圕藏抄本二卷。又有汲古阁本，今存。《西谛曲目》有万历刊《八义双盃记》存一册。

投笔

华山居士

词虽平实，局亦正大。投笔出关处，想见古人慷慨之概。“无语倚南楼”一曲，歌者盛习之。

姚《录》、王《录》、吕《品》、高《品》俱题邱濬撰。《丛刊》初集收吴瞿庵旧藏明存诚堂刻《鼎镌魏仲雪先生批评投笔记》二卷。题“上虞魏浣初仲雪父批评，门人李裔蕃九仙父注释”。北圕藏明文林阁刊《重校投笔记》四卷。华山居士疑即濬别属。

斩袪*

汪景旦

叙晋文去国、复国之事，洒洒可观。长舌阶厉，斯可以戒矣。词甚古质，与《合剑记》若出一手。

诸家俱未著录。

增寿*

觉非子

记载陆君九渊有妹桂华，指腹结姻于许文德。陆以忤权使元。桂华遭吴羲之乱，周妪转鬻之德化令钟离君。钟离知桂华即前令女也，善视之，与己女兰英等。许君初聘英，继闻钟离之义，改聘令女，而不知令女即指腹之桂华也。遂以兰英归陆君，两家世称姻娅。钟离好义，获增禄寿，因名之为《增寿记》。是记体格大类《香囊》，而头绪过烦，阅者不易解，故为缕述之如此。

诸家俱未著录。姚《录》无名氏杂剧中有此目。

长铗*

龙门山人

尽冯驩之事，一往叙述，乃其中败笔不少。阅此始知车柅斋《弹铗》之妙。

诸家俱未著录。

三纲*

孙一化

田嘉谷遇俭岁，受孙珰之赈得活，后以征哱功，父子建节，故作此记。前半多以媚珰。词虽明爽，无足取也。

诸家俱未著录。

兴吴*

吴于东

孙武子以十三篇兴吴，吴几霸矣。功成身隐，盖不欲为胥江之怒涛耳。此记考据甚确，的可以传。

诸家俱未著录。

禅真*

徐胤佳

俗有《禅真逸史》，为僧林澹然传也。此以澹然三弟子为王，而终以禅悟证入，中亦具有侠概。但词致不长，未耐咀嚼。

诸家俱未著录。

合衫*

周继鲁

作此专以供之场上，故走笔成曲，不暇修词。其事绝与《芙蓉屏》相肖，但此罗衫会合处，关目稍繁耳。

诸家俱未著录。沈璟亦有此记，诸家著录俱载沈作。

燕子楼

竹林逸士

关盼盼不从张本立死，盖不欲张公有重色之名耳。乃白香山以“歌舞教成心力尽，一朝身去不相随”之句以促其死。故盼盼临诀，有所云“儿童不识冲天物，漫把香泥污雪毫”。岂若此记传出盼盼皎日之心。即所传皆合欢，而殉节之意自在。白公不能知盼盼，作者顾知之矣。

王《录》著录，入无名氏。

饮泉*

寒潭主人

以陈仲子为生，用齐人盗跖一辈点缀其间，虽不能搏挽肖物，亦小有韵致。北人能南词，足为空谷之音。

诸家俱未著录。

三槐*

王伯原

此以王公旦为生者。惟真宗赐美珠一瓮，事系实录，他皆摭捏，不足为王公重。词能近人，故收入能品，亦才难之思耳。

诸家俱未著录。

忠孝*

赵蔺如

传吴公百朋一生宦谱，段段衬贴忠、孝二字，所以绝无生趣。然曲白庄丽，宜演之喜庆筵前。

诸家俱未著录。

三妙*

若水居士

《三妙》原有一传，此记，白皆传中语耳。写闺情而乏婉转之趣，盖作者能填词，不能构局故也。

诸家俱未著录。

升仙*

黄粹吾

情缘尽处，立地成佛，以此为《西厢》注脚，亦是慧眼一照。但莺娘千古艳香，忽然消减，其如色界之寂寞何！且成佛又何必在红娘后也。

诸家俱未著录。《丛刊》初集收马隅卿旧藏明刊《玉茗堂批评新著续西厢升仙记》二卷。旧题明盱江韵客撰，附图四页，后有朱之蕃、周钟等题词。

双红

更生子

《红线》《昆仑》，俱有佳剧，穿插两事，即敷以剧中之词。虽未能大有锤炉，却自婉丽可玩。

姚《录》著录，题更生子撰。姚《录》、王《录》、吕《品》、高《品》更著录一本，题无名氏撰。按北圕藏文林阁刻《重校剑侠传双红记》二卷，此书又有明末德聚堂本。殆为无名氏作。

南楼梦

冯延年

此即《剑侠除倭》剧所演者。生不与旦配，张子文不以功名终，而为海外王；友人严有秋夫妇，且以同溺为水仙，皆传奇未辟之境也。但词多写景，遂未入情，至有一二学步临川者，转觉才情不露。

姚《录》、王《录》、高《品》俱入无名氏撰。

青螺*

程从周

谢端卿得一青螺，乃化作美女，日为谢设馔，在诡异中兼有逸趣，然不堪作曲也。此记插合而成，如病措大习白猿公术，操舞如度，击刺未堪。

诸家俱未著录。

绿华轩*

□□□仲仁

和生陷身匈奴，卒投贼以杀贼，功成而名不居，不识缝掖中乃有能出奇若此者。作者刻意求新异，亦刻意求华整，故自佳。

诸家俱未著录。

怀春*

王□□五完

此亦传苏道春者，位置亦自楚楚。但用韵颇杂，而炼字琢句之工，不及《忠节》多矣。

诸家俱未著录。

合襟*

王洙

覆楚、复楚，事有可纪。疏者下舡，元剧中已绝摹其状矣。此记韵律有错处，着急修词，遂多浮蔓，所谓满屋是钱，但欠索子耳。

诸家俱未著录。

诗会*

闻王

向传有士人妻为姑所迫，从商舶过金山，题诗以明志者。此君记之亦明简，而一览之后，绝无余韵。

诸家俱未著录。

大刀*

夏□□

刘将军綎平番征倭，厥功懋著。其后死事于辽阳三路之设，识者惜之。此叙其战迹，以将军之子刘佶破虏终焉。其词之受病处不一，若《水底鱼调》凡十数用，及温纶五六颁，皆可摘之瑕也。

诸家俱未著录。

盐梅*

青山高士

构思曲折，极欲超出俗套，但其中如宋道光已登贤书，复改青衣之饰，人情乎？迨后王滕儿伪为男妆，亦觉饶舌。总是未当家处。

诸家俱未著录。

双燕*

黄中正

刘尔正以探叔失水，投刘珍为子，方一娘亦以流离相托，遂以结姻。局段无奇，且乏逸趣。闽人少知音者，填词不甚失律，仅见之黄君耳。

诸家俱未著录。

金牌*

陈衷脉

《精忠》简洁有古色，而详核终推此本。且其联贯得法，武穆事功，发挥殆尽。

诸家俱未著录。

合屏*

张其礼

《芙蓉屏》之记崔俊臣也，简而隽，此少逊之。惟此关目更自委婉。

诸家俱未著录。

翠钿*

何樑

赤绳之系，月下老指点韦固，卒谐巹于十年后，以为传奇足矣，乃益之以兄韦圉，头绪纷然，遂有不能舒转处。

诸家俱未著录。

飞丸

秋郊子

易完虚几死于严世蕃，略见之《鸣凤记》；但传解免者为陆姑事，而此以出之世蕃女，卒与谐婚，未知是否？曲能以骈丽胜，但宾白不当家，遂有如里老骂座、村巫降神者。

姚《录》、王《录》俱入无名氏。有汲古阁本，今存。

玉掌*

一涉仙人荒诞之事，便无好境趣。第以笔下设色亦浓，故勉收之。

诸家俱未著录。

犀轴*

是记成于逆珰乱政时，借一沈青霞以愧世之不为青霞者。虽不能协律比声，逞运斤之技，亦可称铁中铮铮。

诸家俱未著录。

鬋虎*

向见俗优演《高唐记》，亦是传朱仝、雷横者，秽杂无足比数。此犹稍知节奏，故不以韵病、词病辄弃之。

诸家俱未著录。

去思*

沈应召

王公铁令姑熟，保境御寇，倭贼呼之为王铁面。华荡之役，卒以身殉，惜哉。姑熟志去思焉，遂有是记。词白严整，意境俱惬，令阅者忽而击案称快，忽而慷慨下泣。事当与《五伦》《龙泉》伍，而词更胜之。

诸家俱未著录。

灌城*

□□□隐求

记宁夏哱贼事，有《赐剑》《龙剑》二记。《赐剑》卑卑不足道，《龙剑》亦嫌其庞杂。此等意境，安能求其委折？得畅达如此记，足矣。

诸家俱未著录。

香罗*

张应昌

香罗之合、香罗之分、香罗之分而再合，俱不脱时曲科臼；然自是委婉近人，玩之亦复不厌。中有全抄沈青门《咏月词》，殊觉无谓。

诸家俱未诸录。

麟游*

金三秉

穆生去醴，白生守墓，申生传经。一则存孤，一则恤死，一则救婺，君臣朋友之伦，始终无憾，其曲之有关伦化者。倘得笔力爽俊，北曲再加工整，便可与《浣纱》争雄。

诸家俱未著录。

请剑*

穆成章

记魏珰事。详核不能过他本，而轻圆软熟，罕见其俦。

诸家俱未著录。

双镜*

穆成章

范鳅儿原有《双镜再合》之传，不谓岳侯八日洞庭之捷，亦为范作姻缘帐也。此记简净得法。或以为下笔不能用一句学问，不知词坛中即有学问，无所用之。

诸家俱未著录。

双星*

穆成章

以杜预为牛星降世，已涉悠谬，且为预之生也，关公欲生之以灭魏、破吴，岂知玉垒锦江，先残破于钟、邓乎？内全抄《渔阳三弄》一出，尤属无谓。

诸家俱未著录。

不丈夫

高汝拭

此记与《冰山》最早出。韵调虽讹，结构少胜。但四谏官头绪不清。且杨氏一家，何必尽死？

姚《录》著录，题藻香子撰。

回天*

水云逸史

记杨中丞死谏事，不入里闾影响之谈。词能守律，故才虽不逮，而亦焕然有章。

诸家俱未著录。

题扇*

任皞臣

俞柳园之狎妓，作者自谓巧创，实不能出《西楼》《霞笺》之范。惟后来徂击海贼，大有英雄气味。词亦时作俊语。

诸家俱未著录。

浮鸥*

翀圆生

范少伯亡吴、霸越，《浣纱》记之详矣，此续之以泛湖，至于宾仙；英雄回首，令人不胜兴亡之慨。词情窅奥，但科诨稍未谐耳。

诸家俱未著录。

合义*

初阳子

桐柏先生记之为《宝铃》，正是此事。此记效颦而不益其丑，夫亦婢子堪作夫人耶。

诸家俱未著录。

合珠*

陈显祖

杨大中事有《宝簪记》，吾以琐杂故斥之。此君能用实，不能用虚；能用多，不能用寡，第谓之稍胜《宝簪》可也。

诸家俱未著录。

具品

新金印*

此俗优所演者，较原本十改五六。一经抹涂，色泽大减。另名为《新金印记》，燕石良玉，固自有别也。

诸家俱未著录。

三关*

吾尝欲以元人《私下三关》《昊天盗骨》二剧，合为南曲而难之；若此，则又易易耳。

诸家俱未著录。明刻《词林一枝》《万锦清音》各选入之。此剧《曲海目》作明施凤来撰。

四德*

冯商还妾，沈寿卿有《三元记》。今插入三事，改为《四德》。然《谈苑醍醐》称，冯京常过外兄，见其侍妾，询知同年某人女，亟请嫁之。未载京父名。所谓还妾者，或即此附会耳。

诸家俱未著录。明刻《玉谷新簧》《八能奏锦》选入之。吕《品》“三元”条下亦及此本。

葵花*

前半全袭《琵琶》，后半孟日红被毒，竟入荒诞。作者之胸次眼界，只如是耳。

诸家俱未著录。《西谛曲目》有唐振吾刻《新刻出像葵花记》，存一本。

四美

蔡为端明学士守温陵，原未作状头，传者之讹也。作者自谓十分点缀，终是庸俗。惟较之荒谬者略胜耳。

王《录》著录。《西谛曲目》有万历刻《全像音释四美记》二卷。北圕藏明文本阁刻《重校四美记》二卷。

金貂*

敬德初为刘武周将，太宗遣任城王道宗谕之，乃举地降，是道宗固汲引敬德者也。乃以位次故殴道宗，敬德误矣。记中乃以为援薛仁贵故，不知仁贵将兵击高丽，在贞观十九年，敬德之忿争，在贞观六年，邈不相及也。惟史称敬德晚年悔过韬戢，谢绝宾客，则是记所为渔樵之乐，其所固有耶？

诸家俱未著录。《丛刊》初集收马隅卿旧藏富春堂刻《新刻出像音注薛平辽金貂记》四卷。附《功臣宴敬德不伏老》四折。

三桂

词亦朗然可观，但以老夫狎一青衣，境界庸俗，无堪赏心耳。

姚《录》、王《录》俱著录。《丛刊》二集收明刊《全像三桂记》二卷，题“秦淮墨客校正，唐氏对溪刊行”。

五桂*

搬出满腔书袋，即一“腐”字不足尽之。内有自撰曲名，可笑！

诸家俱未著录。演燕山窦氏五子故事。明刻《八能奏锦》《万曲长春》《词林一枝》等俱选入之。

蟾蜍*

湘子于筵前顷刻开牡丹，有“云横秦岭，雪拥蓝关”之句，曾见之于《外纪》。及考《太平广记》，韩昌黎谪潮州，行次商山，有云水迎立马首，送至邓州者，盖其甥而非侄也。此凑集孟郊、贾岛诸人，而未得作法，故联合无情。惟记中以《谏佛骨表》为曲，亦自朗彻可观。

诸家俱未著录。

鹦哥*

苏妃事殊不经。其词亦明顺，但立格已堕落恶境，即实甫再生，亦无如之何矣。

诸家俱未著录。

月桂*

桂仙下嫁言生，此是古《辰钩月》剧，剧词极绮丽。此记第寥寥数语耳。

诸家俱未著录。

妆楼*

陈宜中之事近真，离合处逐节敷衍，绝无情景。郑虎臣之杀贾似道也，何不传出，令观者称快。

诸家俱未著录。北圕藏万历间刊本二卷，题“玩花主人编”。

南华*

记漆园吏尚不及《玉蝶》，则其鄙陋更可知矣。

诸家俱未著录。

还魂

俗本有高文举，此传之稍近于理。初尤疑其为古曲，迨后半散杂，遂不足观。

姚《录》所列《还魂》凡五本，除玉茗《还魂》非是外，有溧阳人作《贾云华还魂记》《风流梦》冯犹龙改《还魂》，又无名氏《还魂》（一名《玉龙佩》）。王《录》亦著录《玉龙佩还魂》一目，此所指不知究为何本。

锦苏鞋*

初以《锦苏鞋》之名类古曲，亟构得之，则是记竹太以征播陷彼中，妻受侮于都艺，盖俗境也。其村儿未窥音藩者耶？

诸家俱未著录。

举鼎*

此古本也，词不大失，然终非深解音律者。史传所记伍员事，绝不一及，惟以己意续之，真是点金为铁手！

姚《录》、王《录》、高《品》俱题邱濬撰。《丛刊》初集收长乐郑氏藏抄本二卷。

春秋*

曲有丽语，亦能守律，但累千百言，无一着痒处。且张知事于官衙狎一妓女，有何趣味而传之乎？如此记四五种，自开场以至终本，所演之境，所说之白，皆与时曲迥异，半不可解，意其曲之最古者耶？然何以《荆》《刘》一派，至今能入时眼。此或作者乡士所习，抑其有参军打磕爪者，其古院本式耶？

诸家俱未著录。

绨袍

词气庸弱，失韵处不可指屈。何不取元人《谇范叔》剧、太史公《范睢传》，合订之为善本。

姚《录》、王《录》、高《品》俱著录。北圕有富春堂刻《范睢绨袍记》四卷。

草庐*

此记以卧龙三顾始，以西川称帝终，与《桃园》一记，首尾可续，似出一人手。内《黄鹤楼》二折，本之《碧莲会》剧。

诸家俱未著录。《丛刊》初集收马隅卿旧藏富春堂刻《新刻出像音注刘玄德三顾草庐记》四卷。

桃园*

《三国》传中曲，首《桃园》，《古城》次之，《草庐》又次之。虽出自俗吻，犹能窥音律一二。

诸家俱未著录。

七胜*

孔明七胜孟获，事故可传。此曲演出热艳，亦可免于荒俚。

诸家俱未著录。大兴傅氏藏明唐振吾刻《武侯七胜记》二卷，题“秦淮墨客校，唐氏振吾梓”。

试剑

取先主东吴联姻一事，仅能铺叙已耳。

按姚《录》著录，题长啸山人撰，未知系此种抑下一种。

试剑

此以刘先主为生者。杂取诸境，便如屠沽小肆，强作富人纷纭，殊增厌贱。不若赵云作生之《试剑》，犹得附于简洁。内一折，全抄《碧莲会》剧。

见前。

咬脐*

别设科目，绝不类《白兔记》。乃彼即口头俗语，自然雅致，此则通本调文，转觉不文。故知运笔为词场第一义。

诸家俱未著录。

恩荣*

陈希夷对镜掀髯曰："非帝则仙。"及其道成，不啻蘧芦视帝王矣，而作者加以人间之富贵，何浅之乎窥希夷哉！

诸家俱未著录。

丹忠

郭汾阳奋迹行伍，收复两京，为唐名臣，惜此记传之不尽。套局既多，实谱转觉寥寥。惟曲有爽语，少败笔，聊可掩其构局之病。

王《录》著录。

鸾刀*

以卢俊义为记，能仿佛《水浒》笔意，便为高手，其如作者之庸庸何!

王《录》著录。

青楼

窃宋江一事，全无作法，止是顺文敷衍。犹稍胜于荒俚者。

姚《录》、王《录》、高《品》俱著录。

红鞋*

秀英为董贤女，必自佳丽，固宜马君卿之钟情。记中强婚被难一段，亦有可观，然浅近易尽，聊以谐里耳可也。

诸家俱未著录。

红杏*

袁女、方女，作黎丘之幻，传奇多有此套，此则更为下里之音耳。

诸家俱未著录。

四恩*

高云受陷于妻舅，获报于平日施恩之人，亦可坚世之好修者。钱氏育孤而未识其夫，高天祥登第而不认其父，相逢时一段错愕情景，稍堪解颜。

诸家俱未著录。

玉杵

蓝桥玉杵事，吕棘津、龙朱陵皆有《蓝桥记》，杨星水亦有《玉杵记》。此嚽出逐婿、溺女，后始会蓝桥之杵，饶舌甚矣。词中往往披沙见宝，而韵曲多讹，几不可读，良以无善本故也。

姚《录》、王《录》著录，亦不能定果为一目否。

万全

传陈相国循、高相国谷，掇拾遗事，至于不经。此等识见，欲以作者自命，难矣！

姚《录》有此目，注“一名《富贵仙》”。题四愿居士撰。云系范希哲别属，入清人院本。

西湖*

秦一木伪为佣书，求配段女，本之唐解元伯虎事，又与俗演《桃花记》同。内惟段女终不苟合一节可取。曲不能守韵，白复多老头巾语。

诸家俱未著录。《西谛曲目》有唐振吾刻《新编全相点板西湖记》二册。北圕有明唐振吾刊本《西湖记》二卷。

金牌*

杨延昭事，《三关》及此，凡两见矣。取境不同，而庸俗则一。

诸家俱未著录。

鸳鸯

王邦臣经商荆楚，受一妓所赠，得免于流离，后卒以巡方解妓祸，遂为二室。传之绝无景色，第节取其明畅之词可也。

姚《录》著录。

宝钏

前半全袭《钗钏》，后以诸神诛妖僧，而必汇战场之赤面者七人，以实《七红》之名，即此可见其取境之俗。

王《录》著录，作《七红》，下注："一名《宝钏》。"

白袍*

曲之明者半、俚者半，俚语着一二于齿牙，便觉舌本强涩。元有《比射辕门》剧，是亦传薛仁贵者，今为村儿涂塞，令人无下手处矣。

诸家俱未著录。《丛刊》初集收马隅卿旧藏富春堂本《新刻出像音注薛仁贵跨海征东白袍记》二卷。明刻《万曲长春》亦选入之，别题《征辽记》。

高士

汪廷讷

此记，本以赞无无居士者，乃借发于水光冯闳诸生，仅能敷衍，殊无曲折之趣。中以海阖黎一段，引为武教事，必有所感而发者。张灵墟序称：好事作以媚昌期，非昌期笔也。

姚《录》、王《录》、吕《品》、高《品》俱著录。

蟠龙*

□□□樵风

词坛之解音者，必非俗笔，是以审律谐声，吾无望于此辈矣。江生缙事，出《剪灯缫说》，月娥诡男免难，真无愧女史之称。

诸家俱未著录。

胡笳*

黄粹吾

《琵琶》之妙，在不拾中郎一事，能于空处现神情。此记以蔡琰结局，遂称《续琵琶记》，白俱学究语，曲亦如食生物不化，是何等手笔，乃敢续《琵琶》乎。

诸家俱未著录。

折桂

□□□秦淮墨客

此亦传梁太素者；母与孙系添出，虽其中点缀一二，终是庸笔所为。以视《题塔》一记，何异蜣转之于苏合也。

姚《录》凡两见：一江义田撰《折桂传》，一无名氏撰。王《录》亦入无名氏。

全德

汪拱恕

此第记窦禹钧初生仪、俨诸子事，非《五桂记》也。虽欲窃阴德之绪余，而未免入俗。

王《录》著录，入无名氏。北圕有抄本《全德记》不分卷，无撰人名。《八千卷楼》有抄本一卷，亦不著撰人。姚《录》称《王百穀》有此目。北圕藏明广庆堂刊《新编全像点板窦禹钧全德记》二卷，题“太原王稺登编辑，金陵唐氏梓行”。

镶环

翁子忠

即蔺相如怀璧一事，大有侠烈之致可传，何必增出闺阃，反入庸俗。

姚《录》、王《录》、吕《品》俱入无名氏。明刻《摘锦奇音》《万曲长春》《乐府菁华》各选入之，易题《箱环记》。

八德*

陈世宝

传王曾父、母、兄、弟，板实敷衍。曲止数调，叠用之。亦能守韵。惜作者眼界不宽，手笔入俗。

诸家俱未著录。

阴抉*

□□□青霞仙客

前半与《精忠》同，后半稍加改撺，便削原本之色。不识音律者，误人一至于此！

诸家俱未著录。

十全*

王□□玉门

王玉门欲创一家之言，诡为富长春作记，而记中乃节节沿袭。即其词非不腴美，终不脱肥痴两字。

诸家俱未著录。

分钗*

谢天瑞

记贾云华毁容立节，境入平庸。且悔姻分钗，在魏寓言登第之后，尤不近情。

诸家俱未著录。

忠烈*

谢天瑞

传苏道春者凡三，以此为最下。然尽去风情，独著忠烈，犹不失作者维风之思。

诸家俱未著录。

靖虏

谢天瑞

祖士雅击楫渡江、刘越石闻鸡起舞，千古而下，想像英雄。乃阅及此记，反见索寞。

姚《录》、王《录》、吕《品》、高《品》俱著录。姚、王题谢天祐撰；吕、高题谢思山撰。按《江西通志》载“天祐”作“天祜”，抚州乐安人，万历十九年举人，官知州。《曲录》载天祐号思山，杭人。疑是两人。马隅卿批《曲录》，于“天祐”下注“一作天瑞”，则疑为谢天瑞。天瑞亦杭人。

狐裘

谢天瑞

记孟尝君事。平铺直叙，详略尚未得法。末入子之篡燕一段，全不关合孟尝。

姚《录》、王《录》、吕《品》、高《品》俱著录。

剑丹

谢天瑞

画工画鬼魅易，若词家反难之。盖如元曲所称为神头鬼脸者，易涉于俚。至此记载八黑诛妖，以并《宝钏》之“七红”，尤为鄙俗可笑。

王《录》著录，作《八黑》，下注“一名《剑丹》”。

麦舟*

谢天瑞

不传范文正公生平大节，第加以信谗逐妻，纷纭诟谇之状。阅此鄙语，不能终篇。

诸家俱未著录。

玉佩

彭□□南溟

彭将军序云："万历三年，有仙人自称徐庶乞封号，上封为散诞神仙。"故此记以飞升终元直。然其事多属妄传，不若《十孝记》载元直仍佐先主，曹瞒被擒。大快人意。

姚《录》、王《录》著录，俱入无名氏。

双侠*

彭□□南溟

王伯彭传荆卿，而侠烈之概，英英千古。乃此传聂政，觉举体沓拖，少一段龙威虎振意气。

诸家俱未著录。

四义*

彭□□南溟

郭元振有《红丝》一记，足传之矣。此亦述其生平，而饰以酒、色、财、气四孽，是何见解？

诸家俱未著录。

遗香*

彭□□南溟

以封花月为姓，亦子虚无是公之意耳。独芳英陷身于虏，能生全娇香，而卒以死报月生，不愧奇女子。彭将军四记，惟此稍可观。

诸家俱未著录。

犀佩即玉章

胡文焕

士人妻题诗金山，有《诗会记》；侠士于金虏营中携南官归，有《旗亭记》。此合传之。第供搬演，不耐咀嚼。

姚《录》、王《录》著录；吕《品》、高《品》亦著录，俱题胡金庵撰。

余庆*

胡文焕

以《余庆》名其记，想见作者一副谐媚肺肠，不觉入于鄙俗。故传奇烂套，不收尽不已。

诸家俱未著录。

奇货

胡文焕

阳翟大贾，以吕易嬴，当以雄豪突兀之词传之，乃平庸若此耶，吕郁蓝欲记此为《玉符》，不果。

姚《录》、吕《品》、高《品》俱著录。王《录》著录王廷俸亦有此目。

三晋

胡文焕

罗括赵简子事，惟“肤浅庸陋”四字耳。

姚《录》著录作《三普》。王《录》、吕《品》、高《品》俱著录。

三节*

许以忠

辽阳之役，高衷白仗节死难，且有义仆如高永者，至今凛然有生气。但附之以王君日宣，而许君亦强预其内，反遗不核之诮。许君能作骈语，其为词何多陋耶！

诸家俱未著录。

宝带*

夏邦

以小旋风为生，而添捏宝带结姻一事，他人一语可了者，此数十语不了。取境既俗，出吻亦庸。

诸家俱未著录。

骊山*

周景王太后游骊山，为犬戎所困，邢芳遇御之被围，后以谗构几不免。而跃马持戈，援芳遇父子者，遇之妹淑真也。

牵演冗长，殊无节奏；北调尤多舛讹。

诸家俱未著录。

底豫*

郑元禧

止熟一部《四书》，便欲作曲，何言之易也！古帝王圣贤，原有厉禁，不入氍毹场中，此记宜亟毁之。

诸家俱未著录。

御带*

谢恩

杨思义救猿获带，许玄祐已采入《橘浦记》中。此记不甚支离，犹得传奇之法。

诸家俱未著录。

妒妇记*

释湛然

湛然大师以妇人悍妒，多入三涂，遂取房玄龄事，讳其名为白心室。虽大师一片婆心，亦未免老僧饶舌。

诸家俱未著录。

完扇*

□□□寄鸣道人

贺君狎妓秦小凤，为刘亮所构，亮以从倭为俘，小凤卒归贺，其中参成者，裴子益也。此似近时事，所云寄鸣道人，或贺自谓乎?

诸家俱未著录。

鸳鸾*

谢惠

吴廷璋得两娇为室，以赵文兕之构，流离者二十年，有二子而几不能认，颇尽传奇离合之致。乃其以俗吻构之，如桓宣武似刘司空，无所不可恨!

诸家俱未著录。

玉蝶*

谢惠

如此钝根，乃以作曲。正似酒肉伧父，学王谢衣冠耳。漆园吏叹髑髅数折，虽袭之云莱道人者，终不能掩其他曲之陋。

诸家俱未著录。

钗鱼*

沈惟生

花生之狎妓秀英，必尽入余唾，乃能勉强成曲，作者亦何自苦乃尔。

诸家俱未著录。

蓝田

龙□□渠翁

记杨伯雍种玉事。气味古朴，与《扊扅》相类。

姚《录》、王《录》、吕《品》俱著录。

分钗

张□□瀨滨

伍生箧中金钗，为神人授之二兰，后相值贞女祠，往来酬和，卒两谐之。此与《春秋》《蓝田》诸记，皆别设科诨，绝非近日所演者。情境俱梦梦，词如呓语不休，忽然而止。虽其藻丽迥非凡笔，然不可语曲也。

姚《录》、王《录》、吕《品》、高《品》俱著录。姚《录》题张漱滨撰。

庡廖

端鏊

吾以为别有结构，为百里奚写照耳，若只此叙述，何须学邯郸之步！

姚《录》、王《录》、吕《品》俱著录。

鸾绦*

□□□瀫南子

记王爽韩琦，自为诸生时，各狎一妓，牵缠到底。吾不知作者何所取义？而蹈袭庸腐至此也！

诸家俱未著录。

完赵*

朱道明

赵氏一门疫死，两孀从容殉义，可以泣鬼神而贞金石矣。但其词非人所乐观。

诸家俱未著录。

负剑*

程良锡

作者不明音律，半用北调，效颦《西厢》，遂为衬字所误。虽运词骈丽，亦不足观也已。

诸家俱未著录。

玉鱼

汤家霖

传郭令公。前半全袭《琵琶》，后半虽多实迹，总如肓贾人张肆，即有珍玩，位置杂乱不堪。

姚《录》、王《录》、吕《品》著录，俱题汤宾阳撰。高《品》著录，题杨宾阳撰。吕《品》上卷，称杨家霖字瑞甫，钱塘人。殆即作者。

宁胡*

陈宗鼎

记王嫱事颇核，记匡衡事反涉于诞。畅达之词，第未莹彻，且音调不明，至有以引子作过曲者。

诸家俱未著录。

华盖*

潘□□

记此欲为《三元记》正讹，亦第窥其家庭一班，于商文毅公事功节义，尚不免望洋耳。

诸家俱未著录。

西游

陈龙光

将一部《西游记》，板煞填谱，不能无其所有，简其所繁，只由才思庸浅故也。

姚《录》何义门补录明人编本中有无名氏《唐僧西游记》一目，疑是此本。《丛刊》初集收日本宫内省图书寮藏明本《杨东来先生批评西游记》四卷，元吴昌龄撰。非此本也。姚《录》又有《俗西游》一目。

玉镯

李□□玉田

不谓郑元和之后，复有王三舍，而此妓之才智，较胜李娃，即所遇苦境，亦远过之，惜传之未尽耳。

姚《录》、吕《品》、高《品》俱著录。惟吕《品》题朱玉田撰。

聚星*

张子贤

卢俊义始末，已有《鸾刀记》，此惟卢妻投庵一段，与《鸾刀》稍异耳。两曲皆出庸手，此则似又逊之。

诸家俱未著录。

玉钗*

□□□心一山人

何文秀初为游冶少年，后来备尝诸苦。写至情境真切处，令人悚然而起。若于结构处，敷以新词，当成佳传。

诸家俱未著录。《丛刊》初集收长乐郑氏藏富春堂本《新刻出像音注何文秀玉钗记》四卷。题“心一山人编次；金陵唐氏梓行”。

玉钗

陆□□江楼

记蒯刚谋占紫芝园，转展计陷，阅之如嚼蜡，曲亦有不可读者。惟后段安丙擒吴曦事，传之详明，若出两手。首折以过曲出场，亦奇。

姚《录》、王《录》、吕《品》、高《品》俱著录。北圕《书目》亦载富春堂本《何文秀玉钗记》四卷，题陆江楼撰。殆误。

凤簪*

李阳春

记何文秀，犹之《玉钗》也，不若彼更敷畅。

诸家俱未著录。

进瓜*

王□□昆玉

从《西游记》截出一段，曲亦衬贴。李翠莲借魂成婚，恰得结体。

诸家俱未著录。

玉蝶*

戴之龙

裴得道酷信丹铅之术，至子女流离，家破而身几不免；此必作以讽刺人者。当与之熟讲排场，令深晓科诨之法，方可令此君填曲。

诸家俱未著录。

锦囊

浑然子

安定周邂逅邻舟之女，金太守竟以神拥信之。安理为逆奴所构，都宪兄不能庇其一弟，皆出情理之外。

姚《录》、王《录》、高《品》俱著录。王《录》、高《品》入无名氏。姚《录》称浑然子即张翀。

白鹤*

王巑

徐二孺幼慕游仙，得一雏鹤蓄之，鹤衔珠以谢而去。自是为紫虚玄女所引，遍历仙、魔诸境，遂证上升。此必腐儒作此，以侫求仙者。

诸家俱未著录。姚《录》、王《录》俱有无名氏《白鹤图》一目，不知即此本否。

脱颖*

□□□汉上公

以毛遂为生，中入相如完璧、平原杀姬事。局段散漫，宾白全抄《左》《国语》，使歌者如吃人作期期声。

诸家俱未著录。

金环

□□□木石山人

海忠介亮节宏谟，自广文以至总宪，百折不变。被之丝管，有裨世教。但母妻流离，本传所未有，亦何必重诬之也！

诸家俱未著录。姚《录》李云虚有《紫金环》；王《录》无名氏有《双金环》，不知与此有无关涉。

云台*

蒋俊卿

传东汉初兴事。粗知腔调，终是庸笔。中以四《清江引》配《四朝元》，前后语相接，亦他本所未见者。

诸家俱未著录。北圕有明文林阁刻《新刻全像汉刘秀云台记》二卷，未著撰人；《西谛曲目》钞本下有《云台记》一册，题薄俊卿撰。

玉丸

朱期

作南传奇者，构局为难，曲白次之。此记、局既散漫，且词不达意。意既蒙晦，而词遂如撞木钟、扣石鼓，虽填得畅满，亦何益哉！玉丸之遇，万山以自况者；虞江故有曲派，吾未敢为此君许也。

姚《录》、吕《品》（作《玉瓦》）、高《品》俱著录。《丛刊》初集收北圕藏《新编奇遇玉丸记》二卷。

莲囊*

陈显祖

关白之役，戡定之者刘、李诸帅也，徐嘉不过侧名偏裨耳，亦何足齿。中记沈惟敬以通款误石大司马，自是实谱。

诸家俱未著录。

觅莲

邹逢时

此道明畅者，类涉肤浅；婉曲者，偏多沉晦；即使词意簇凑，又易入于小乘。所以识者致叹于当行之难也。若此记，全不脱刘一春本传，科诨尚不识，又安能求其词采乎。

姚《录》、王《录》、吕《品》、高《品》俱著录。

湘湖

丁鸣春

何兢力报父仇，矐邹令之目，张宗子收之《义烈传》中，有以也。此记事详而核；末段则不无骈枝可删。

姚《录》著录，入无名氏，目作《邹知县湘湖记》，原注：“多系实事。”

雷峰*

陈六龙

相传雷峰塔之建，锁白娘子妖也，以为小剧则可，若全本则呼应全无，何以使观者着意。且其词亦欲效颦华赡，而疏处尚多。

姚《录》、王《录》皆有无名氏《雷峰塔》一目，姚《录》称有《岫云词逸》改本，是乾隆中本，非陈六龙作也。

普化*

程九鸣

未窥音律之藩，强作解事。其记吕祖，盖皆欲正《长生》之讹也，而不知运局构思，远逊《长生》矣。

诸家俱未著录。

玉花*

黄日

作者欲以通本按一岁之景，如前三折即入初春，而不用花柳莺燕之语，似工于词者矣。乃何以俗腐转甚，散漫尤多也。闽中向无曲派，此等醯鸡之见，原未识瓮外事耳。

诸家俱未著录。

还金*

吴文义

刘道卿还金纳妾，亦是丈夫寻常事，何必记之。况卑琐若此，又何足为其事重。此君尚有《李纲挂印记》《卜式合钱记》，未见。

诸家俱未著录。北京大学藏稿本《还金记》，原题“恒阳张瑀”，演瑀与表兄梁相事，非此本也。

远帆楼*

□□□闲闲子

此即《珍珠衫》传，惟会合稍异。其中俊句不乏，惜安顿无法，盖繇作者尚未梦见音律，漫然握管耳。

诸家俱未著录。

赐剑*

陈德中

以李将军如松为生，所传止宁夏哱贼一事。头绪纷如，全不识构局之法，安得以畅达许之！

诸家俱未著录。

金盃*

叶泰华　吴怀绿

于忠肃公昭代伟人，事功方勒钟鼎，而传之者乃掇拾一二鄙亵之事，敷以俚词，令人肌栗。

诸家俱未著录。

双麟*

沈棹

记成仁以二子成名，俗笔所作，第可为优人贡谀耳。但其中抗节虏庭，大义凛凛，犹足为世教之资。

诸家俱未著录。

香毬

金怀玉

江子以把钓误入徐舟，徐夫人忽有婚姻之约，老妇粗率，一何至此。记中备江秩之状，堪为败家子下一针砭。

姚《录》、王《录》、高《品》著录，俱作《香裘》。按吕《品》所录金怀玉所作九种，俱题朱春霖，殆误。此记亦题《香裘》。

宝簪即合簪

金怀玉

小说中有杨大中事，此易其名为杨充。于二子认父处，亦具梗概，但琐杂不堪耳。

姚《录》、王《录》、吕《品》、高《品》著录，均作《宝钗》。吕《品》误入朱春霖。

望云

金怀玉

演狄梁公事甚备，可以文金君他作之陋，然以言乎还淳返雅则未也。

姚《录》、王《录》著录。高《品》著录，题程叔子，程文修亦有此目，见姚《录》。北圕有明文林阁刊《新刻狄梁公返周望云忠孝记》二卷，题“于越金怀玉辑”。吕《品》误入朱春霖。

完福

金怀玉

事出意创，于悲欢两境，但无入髓处。谬以黄香为仙姬之子，不知金君何所为而构此思。

姚《录》、王《录》、高《品》俱著录。吕《品》误入朱春霖。

妙相

金怀玉

演说因果，止堪入村姑、牧竖之耳。内多自撰曲名。且以北曲犯入南曲，大堪喷饭。

姚《录》、王《录》、高《品》俱著录。吕《品》误入朱春霖。

摘星

金怀玉

霍仲孺传已有《种玉记》，扬其世美。怀玉效之，转觉寒酸淡薄。

姚《录》、王《录》、高《品》俱著录。吕《品》误入朱春霖。

绣被

金怀玉

东汉王忳遇金彦于旅邸，邂逅托以生死，忳卒葬彦而却其金。盖大节也，奈何以鄙亵传之！令观者如堕云雾中。

姚《录》、王《录》、高《品》俱著录。吕《品》误入朱春霖。

八更即凿壁

金怀玉

词曲不能工美，得一明畅者足矣。然非笔力推敲得出，明畅亦自不易。若此等曲，如衣败絮行荆棘中，触处是碍。传匡衡而引入孝妇之冤，何也？

姚《录》、王《录》、高《品》俱著录。吕《品》误入朱春霖。

桃花

金怀玉

腐塾习气，时时露出；文章惟俗字不可医，正谓此等手笔耳。传崔护伪作佣书，如唐伯虎之于华学士，乃复造为指腹分襟之说，益其俗矣。

姚《录》、王《录》、高《品》俱著录。吕《品》误入朱春霖。

三槐*

金怀玉

王景叔父子功业，搬演殆尽，而能贯串有条，一洗诸作庸陋之习。金翁晚年为词，几几进乎技矣。

诸家俱未著录。

冰山

陈开泰

传时事而不牵蔓，正是炼局之法，但对口白极忌太文，便不脱学究气。崔作小生，是何多幸也！

姚《录》著录，题陈治徵撰。明刻《玄雪谱》中选入之。

馘隼*

王玄旷

为耿朴公作记，虽不及《中流柱》本，而绳趋尺步，犹不入于荒秽。但论词以律为主，此记韵多讹错，毛师之北词尤甚，故几欲收之，几复置之。内传吴中翰怀贤，因耿公惨死，竟出之记载之外。

诸家俱未著录。

鸣冤

盛于斯

此记魏珰，而以胡给谏天岳为生者。韵律全疏，传事亦多未核。此记成而给谏以乘箕去，中之以证仙结局者，岂先为之兆耶。

诸家俱未著录。

过眼浮云*

□□□鹏鹦居士

作者刻意求新，故首折即用魏珰以破衣出。乃贯串无法。目中不识九宫十三调为何物，语竟不可读，而况歌之乎！

诸家俱未著录。

冤符*

□□□阳明子

此记全以传刘侗初，而间入吴养春一案。当是老学究于三家村讲天话耳，不然何鄙俚至此！记魏珰者若此记，风斯下矣。

诸家俱未著录。

磨忠*

□□□阁甫

作者于崔、魏时事，闻见原寡，止从草野传闻，杂成一记，即说神说鬼，去本色愈远矣。调多不明，何以称曲。

诸家俱未著录。北圕有明末刻本《磨忠记》二卷，题闇甫撰。

金盔*

□□□春怀

此邵春怀为其先邵世荣所作。世荣有功于明兴，荣之内弟胡大海为佐命勋臣；荣之弟世芳，以早悟从周颠仙游。此于史传皆无可考，即此记亦未能阐扬，仅可记诸人姓名耳。

诸家俱未著录。

椎秦*

王万几

略窥史书，便为子房作传。殊不及旧本《赤松记》颇得词家之法。

诸家俱未著录。

双凤*

陆华甫

赵范、赵葵当金虏猖獗时，以两书生而擒李全、走杨姑、收枣阳之捷，真不愧“双凤”名矣。词多北音，故觉音韵不叶。

诸家俱未著录。《丛刊》二集收北圕藏明世德堂刻《新刻出相双凤齐鸣记》二卷，题“白下陆华甫甫纂”。

双喜*

此等境界、此等语意，才一经眼，便如嚼蜡，若复把玩，不禁肌栗。

诸家俱未著录。

孤忠*

聊述魏珰时事。虽不妨翻实为虚，然如此不伦，终涉恶道。

诸家俱未著录。

千祥

粗晓音律，便欲拈毫。记中以贾年少父子守长沙为艳称，而不知以地处卑湿，恐不得活；贾方赋鹏自悲，何艳之之有！

姚《录》、王《录》、高《品》俱著录。姚《录》题无心子撰。大兴傅氏藏抄本。

杂调

三元即断机

传商文毅全不核实。将自拟《彩楼》之传文穆乎？然境入酸楚，曲无一字合拍。

姚《录》、王《录》、吕《品》、高《品》著录，俱题沈寿卿撰。《丛刊》初集收北圕藏富春堂刻《新刻出像音注商辂三元记》二卷。

珍珠*

此即高文举《还魂记》也。《还魂》原本固不佳，此犹不得与之并列。

诸家俱未著录。北圕藏明文林阁刻《新刻全像高文举珍珠记》二卷。按此剧又题《米糷记》及《珍珠米糷记》。

香山*

词意俱最下一乘，不堪我辈着眼。

诸家俱未著录。北圕藏富春堂刊《新刻出像音注观世音修行香山记》二卷。

古城

《三国》传散为诸传奇，无一不是鄙俚。如此记通本不脱《新水令》数调，调复不伦，真村儿信口胡嘲者。

王《录》著录。姚《录》无名氏有此目，下注“非古本，并异田九峰作”。又著录容美田所著一本，并注：“为美田《九峰三弄》之一，与古本异。”然则梅伯所称田九峰者，系割裂致误矣。容美田作入清人院本，当非此记。《丛刊》初集收长乐郑氏藏明刊《新刻全像古城记》二卷。北圕藏明文林阁刊《新刻全像古城记》二卷。

双璧*

焦文玉生三子，妻一乳得二，妾出者一。文玉以仗钺征虏，困于祈连山十六年，而三子之以被寇散失者，竟以文武登科，救玉得完聚焉。作者有意构局，终未大雅，而又无奈其不识音律何也。

诸家俱未著录。

征辽*

此即删改之《白袍记》，较原本更为可鄙。

诸家俱未著录。

升仙*

传湘子不及《蟾蜍记》。若删其俚调，或可收之具品中。

诸家俱未著录。《丛刊》初集收马隅卿旧藏富春堂《新刻出像音注韩湘子九度文公升仙记》二卷。

射鹿

曹操之杀董妃，令人愤；马超之败阿瞒，令人喜。惜构词错杂，遂不足观。

王《录》著录。

鹿台

文理荒谬，腔拍全疏，第可供窥壁挂篱之观耳。

诸家俱未著录。

劝善

全不知音调，第效乞食瞽儿，浴（当作沿）门叫唱耳。无奈愚民佞佛，凡百有九折，以三日夜演之，哄动村社。

王《录》著录。《丛刊》初集收万历刻《新编目连救母劝善戏文》三卷，题新安高石山人郑之珍编，馆甥叶宗泰校。殆即此本。亦即浙东之《目连戏》也。

金台

阅此曲，如对伧父语，种种粗率。乐毅可作佳传奇，决不堪着此等俚句。

姚《录》、王《录》、吕《品》、高《品》俱著录。

韩朋即十义

李、郑救韩朋父子，程婴公孙之后，千古一人而已。惜传之尚未尽致。中惟父子相认一出，弋优演之，能令观者出涕。

王《录》著录。《丛刊》初集收王国维旧藏富春堂刻《新刊出像音注韩朋十义记》二卷；题“豫章寅所罗□□音注”。

和戎*

明妃青冢，自江淹《恨赋》而外，谱之诗歌，袅袅不绝。乃被滥恶词曲，占此佳境，几使文人绝笔，惜哉！

诸家俱未著录。北圕藏富春堂刻《新刻出像音注王昭君出塞和戎记》二卷。《怡春锦》选入，别题《青冢记》；《尧天乐》选入，别题《和蕃记》。实皆一书。

感虎*

记孙山纯孝感虎，杂以征倭一事，满纸荒秽，令人愦懑欲绝。内叠用《五圣林梢月歌》，皆土语也，尤可笑。

诸家俱未著录。

赛伍伦*

此熊概子孙，为其祖记复姓事。乃颠倒错乱，无复文理。将以此为其祖荣乎？

诸家俱未著录。

麒麟

搬尽一部《论语》，乃益其恶俗鄙俚。侮圣者非法，此真词坛之罪人也。

王《录》、高《品》俱著录，皆入无名氏。北圕有明刻《新编孔夫子周游列国大成麒麟记》二卷，题“明寰宇显圣公撰”。

赤符*

作者眼光出牛背上，拾一二村竖语，便命为传奇，真小人之言哉！

诸家俱未著录。

金凤钗*

记魏鹏事，无《姻缘》《分钗》拒婚之苦。乃其词理荒谬，则不及二记远矣。

诸家俱未著录。

白蛇*

翁子忠

此记孝友足法。但以救蛇而得果报，反近于诞，不若《鸾钗》之直截而复凄婉也。曲较《鸾钗》十改五六，便不通矣。

诸家俱未著录。

跨鹤*

古时月

传胡灵台授徒讲学，终于登仙，此必老腐村塾，聊口嘲以自况者。词之秽恶至此，令人字字欲呕。

诸家俱未著录。

偷桃*

吴德修

东方曼倩以滑稽玩世，传有西王母此儿三偷吾桃之语，故是一段佳话，惜此记鄙俚不文，安得即借东方之舌，巧传出当年生面乎？

诸家俱未著录。《西谛曲目》有唐振吾刊《东方朔偷桃记》二册，题“吴德修纂集”。北圕藏明广庆堂刊本《偷桃记》二卷。

赤壁*

黄澜

传子瞻事，叶桐柏有《玉麟》；陈太乙有《金莲》；又俗本有《麟凤记》，此拾旧曲余唾以成者。内有全抄《四节》数出，及误以诗余题为词，俱可捧腹。

诸家俱未著录。按沈练川撰《四节记》中有《赤壁记》一出，《词林一枝》及《八能奏锦》俱选入，之题《兴游赤壁》。《乐府菁华》选入，题《东坡赤壁》。万历刊《赛征歌集》亦收《赤壁记》，改题《赤壁怀古》。此题黄澜，未知果--本否？

三聘*

胡湛然

作者胡灵台，吾不知何如人。观其所为传奇，掇拾帖括，俗气填于肤髓。是迂腐老乡塾，而强自命为顾曲周郎者。以伊尹三聘入曲，岂得有佳境！

诸家俱未著录。

荆州*

金成初

关公之传，有桐柏先生壮调宏词，真足配铜琵琶铁绰板。若《大江东》及《义勇辞金》二剧，则具体而微耳。此记不知何调为南北，又何必问其工拙也。

诸家俱未著录。

还魂

□□□欣欣客

内传包文拯勘曹国舅，似从元剧《生金阁》《鲁斋郎》诸曲生发者。中如活袁文正以温凉帽，封以五霸诸侯，真可喷饭。

北圕藏明文林阁刊《新刻全像包龙图公案袁文正还魂记》一卷。明刊《玉谷新簧》选入，别题《返魂记》。

藏珠*

鲁怀德

妒妻欲杀妾子，须写出一段毒肠，令人可以切齿，乃足警世之为悍妇者。此记差能敷衍，不及《清风亭》远矣。

诸家俱未著录。明刊《词林一枝》选入“夫妇私会”“妒妾争宠”二折，《八能奏锦》选入“申澶夫妇私会”一折。

孝义*

汪湛溪

记闵子骞事。尚未能拾人残沈，又奚堪自家生活！

诸家俱未著录。

罗帕

席正吾

其事大类小说之《简帖僧》。作者一味粗率，亦繇不知音律之故。

姚《录》著录，入无名氏。《词林一枝》选入“王可居逼妻离婚”“窃婿逃难”二折；《八能奏锦》选入“夫妻游戏”一折；《徽池雅调》选入“迎母受责”“神女调戏”二折。

剔目

郑汝耿

此龙图公案中一事耳。包公按曹大本，反被禁于水牢。此段可以裂眦。

姚《录》著录《陈可中剔目记》，入无名氏。不知即此本否？

牡丹*

郑国轩

金牡丹为鱼妖所混，几不可辨，此境地之最恶者。虽然，槎仙以此演《蕉帕》，遂为佳曲，顾其运掉何如耳。

诸家俱未著录。按姚《录》、王《录》、高《品》俱著录此目，惟系朱春霖撰，谱梁山伯祝英台故事，非此本。

胭脂*

童养中

传郭华者，元有《留鞋》剧，亦曾见之于小说；但郭不得活，而有遗腹一子，与此记稍异耳。词句长短尚不识，吾何以观之哉。

王《录》著录，入无名氏。《丛刊》初集收马隅卿旧藏文林阁本《新刻全像胭脂记》二卷。

双节*

张□□竹亭

杜若芝原聘秦女淑贞，又狎一妓陈可兰，杜以鬻贩被骗，二女皆为矢节，因以《双节》名之。亦有数调明处。

诸家俱未著录。《八能奏锦》选入数折。

升仙

□□□锦窝老人

湘子经三演，别一本以《升仙》名者，原不足观，而此则荒秽特甚。即宪宗自称宪宗、文公自称文公，可概见矣。

姚《录》著录，题《升仙传》。

雷鸣*

许宗衡

初读之，亦似有成句之语，再阅数折，见其用调错落，出句复多荒谬，知作者无可浣之肺肠矣。

诸家俱未著录。

易鞋

董应翰

大意与涅川之《分鞋》不远，但音调既疏，构词转多俗语。

王《录》著录，入无名氏。姚《录》有无名氏《易鞋记》。《丛刊》初集收长乐郑氏藏明文林阁本《新刻全像易鞋记》二卷，题沈鲸撰。又有陆采所撰一本，不知与此有关涉否。

钗书*

叶倴

龙女配陈子春生三子，乃天、地、水三官，一何荒唐也！此等恶境，正非意想可及。

诸家俱未著录。

绣衣*

暨廷熙

袭《琵琶》之粗处，而略入己意，便荒谬不堪。此等词，皆梨园子弟自制者；在元之《娼夫词》，几与王、马诸公为敌，今竟绝响矣。

诸家俱未著录。

瓦盆*

叶碧川

窃元人《盆儿鬼》《陈州粜米》二剧，为包公作传，末及李宸妃诞仁宗一事，与《金丸》不类。闻已别有全曲矣。此记种种秽恶，直是一字不通耳。

诸家俱未著录。

征蛮*

叶碧川

传裴忠庆重赘卢氏，致妻琐尾流离。拾各传奇恶套，聊以塞白，不足言曲也。

诸家俱未著录。

英台* 即还魂

朱少斋

祝英台女子从师，梁山伯还魂结褵，村儿盛传此事。或云，即吾越人也。朱春霖传之为《牡丹记》者，差胜此曲。

诸家俱未著录。

金钗

朱少斋

全效《钗钏》，何秽恶至此！

姚《录》有无名氏《刘孝女金钗记》，疑即此。

破镜*

朱少斋

朱弁之忠，玉英之节，奈何以俚语辱之，一至于此！

诸家俱未著录。

跃鲤*

顾觉宇

此即《跃鲤》原本，经村塾改撺者。

诸家俱未著录。

梯袍*（梯当作绨）

顾觉宇

改原本十之七八，益荒不堪矣。

诸家俱未著录。

织锦

顾觉宇

《搜神记》称，董永父亡无以葬，乃自卖为奴。主知其贤，与钱千万遣之。永行，三年丧毕，欲还诣主供奴职。道逢一妇人曰："原为君妻。"遂与俱至主家，曰："永虽小人，蒙君恩德，誓当服勤以报。"主曰："妇人何能？"曰："能织。"主曰："必尔者，但令君妇为我织百缣。"于是，永妻织十日，而百缣具焉。阅此，知遇仙之非诬也。但此以仲舒为永子，则谬矣。

王《录》著录。明刻《八能奏锦》《乐府菁华》《尧天乐》《万锦清音》选入"槐阴分别"一折，《万曲长春》选入"仙姬天街重会"一折。惟易题《织绢记》及《卖身记》，实皆一书。

玉钩*

王公伟于明兴初，与刘、宋诸公首先归附，以文学重一时，死节云南，名与天壤全敝。作者亦知传此殊胜淫词，奈文理全荒何！

诸家俱未著录。

明剧品

妙品

苦海回头* 北四折

周藩诚斋

境界绝似《黄粱梦》，第彼幻而此真耳。及黄龙证明钟离呼寐，则无真幻一也。周藩之阐禅理，不减于悟仙宗，故词之超超乃尔。

姚《录》、王《录》俱未著录。北京图书馆藏明周藩刻本《诚斋杂剧》二十五卷亦无此目。《也是园古今杂剧》中收明新安徐氏刻《善智识苦海回头》，原题国朝诚斋，朱笔于诚斋上补周王二字。或题陈沂撰。《杂剧十段锦》（嘉靖刻）收“丁公言奸邪诱谤，胡仲渊贬窜雷州，圣天子赐还官职，善知识苦海回头”。未题撰人。又日本松泽老泉《汇刻书目外集》收明刊无名氏编《四大史杂剧》，中有《善知识苦海回头记》，题“明胡石亭著”。

继母大贤北四折

周藩诚斋

贤哉继母，传之有关风化。其词融炼无痕，得镜花水月之趣。然元人多于风檐中作剧，故至第四折往往力弱。周藩至此，亦觉笔阵少减，何耶？

姚《录》王《录》俱著录，作《清河县继母大贤》，北京图书馆藏明周藩刻《诚斋杂剧本》。《八千卷楼书目》误题杨诚斋。《也是园古今杂剧》收明新安徐氏刊，原题国朝诚斋，朱笔于诚斋上补周王二字。《杂剧十段锦》亦收之，作“莒城店亲兄友爱，清河县继母大贤”。

团圆梦北四折

周藩诚斋

只是淡淡说去，自然情与景会，意与法合。盖情至之语，气贯其中，神行其际。肤浅者不能，镂刻者亦不能。

姚《录》作《赵贞姬身后团员梦》，王《录》作《赵南姬身后团圞梦》。北圕藏明周藩刻本，目同姚《录》。《也是园古今杂剧》中收新安徐氏刻原题“国朝诚斋”，朱笔于诚斋上补周王二字。《杂剧十段锦》中亦收入，作“钱义仙生前夫妇，赵贞姬死后团圆”。

香囊怨北四折

周藩诚斋

按律之曲，精到者又恐笔钝耳。此剧毫锋铦利，以现成语簇出新裁，元人韦曲之调，当无能出其右者。

姚《录》、王《录》俱著录。作《刘盼春守志香囊怨》。北圕藏明周藩刻本。《也是园古今杂剧》中收新安徐氏刊本，原题“国朝诚斋”，朱笔于诚斋上补周王二字，《盛明杂剧》二集亦收入。作《香囊怨》。

烟花梦北四折

周藩诚斋

一剧中境界凡十余转，境本平常，词则珠圆玉润。咀之而味愈长。内多用异调，且有两楔子，皆元人所无也。

姚《录》、王《录》俱著录，作《兰红叶从良烟花梦》。北圕藏明周藩刻本。嘉靖刻《杂剧十段锦》收“徐彦鳞还乡风雪天，兰红叶诉良烟花梦”。未著撰人。

复落娼北四折

周藩诚斋

句句是痛骂，骂得快时，不知其为文字矣。但见金儿一辈人，啼笑纸上，即阅者亦恍然置身戏场中。

姚《录》、王《录》俱著录，作《宣平庵刘金儿复落娼》。北圕藏明周藩刊本。

花里悟真如北四折

周藩诚斋

向词曲中谈禅，遂令子夜红儿为散花天女。此剧于证果妙清则尽矣，于哈元善略欠发挥。惟茶三婆一折，于闲中见景，是作手高绝处。

姚《录》、王《录》俱著录，作《李妙清花里悟真如》。北圕藏明周藩刻本。

风月姻缘北四折

周藩诚斋

酷似元剧中语，恐亦未免蹈元人之蹊径。惟其气韵高爽，胸有成竹，便能自我作古，即以元人拟之，作者不屑也。末以番语入曲，尤为奇绝。

姚《录》、王《录》俱著录，作《美姻缘风月桃源会》。北圕藏明周藩刻本，“桃源会”作“桃源景”。

渔阳三弄北一折

徐渭

此千古快谈，吾不知其何以入妙？第觉纸上渊渊有金石声。

姚《录》作《狂鼓吏渔阳三弄》，王《录》作《渔阳弄》。《盛明杂剧》本。《丛刊》初集收南京图书馆藏明刊本《四声猿》，属天池生。收以下四剧。《阳春奏》《酹江集》俱收入。《徐文长全集》亦附入。以下三种同。

翠乡梦南北二折

徐渭

迩来词人依傍元曲，便夸胜场。文长一笔扫尽，直自我作祖，便觉元曲反落蹊径。如《收江南》一词，四十语藏江阳八十韵，是偈、是颂，能使天花飞堕。

姚《录》、王《录》俱著录，姚《录》作《玉禅师翠乡一梦》。《盛明杂剧》本，《四声猿》本。

雌木兰北一折

徐渭

腕下具千钧力，将脂腻词场，作虚空粉碎。汤若士尝云："吾欲生致文长而拔其舌。"夫亦畏其有锋如电乎。

姚《录》、王《录》俱著录。姚《录》作《雌木兰替父从军》。《盛明杂剧》本，《四声猿》本。

女状元南北五折

徐渭

南曲多拗折字样，即具二十分才，不无减其六七。独文长奔逸不羁，不轨于法，亦不局于法。独鹘决云，百鲸吸海，差可拟其魄力。

姚《录》、王《录》俱著录。姚《录》作《女状元辞凰得凤》。《盛明杂剧》本，《四声猿》本。

曲江池北四折

杨诚斋

才胆横轶，犹不及石君宝剧，而推敲点染，已极精工，是法胜于才者。一曲两唱，一折两调，自此始。

姚《录》误题周藩诚斋。王《录》未著录。惟于周藩项下注："尚有《曲江池》一种，疑即元人石君实（或作宝）酌删之余。"《八千卷楼目》有《李亚仙花酒曲江池》一卷，明刊本。即影印《元明杂剧》廿七种匏集卷四者。题国朝杨诚斋。今存《也是园古今杂剧》中有新安徐氏刊《李亚仙花酒曲江池》。原题国朝杨诚斋。朱笔改杨字为周王。嘉靖刊《杂剧十段锦》有"郑元和风雷打瓦罐，李亚仙花酒曲江池"，未题撰人。今案诸家校改，以杨诚斋为周宪王，多疑似之词，未可据。当依祁品仍归之杨氏。

郁轮袍北五折

王衡

或云，王辰玉既夺解，忌之者议论纷起，此眉山人作之以解嘲者。骂得痛快处，第恐又增一翻感慨。急须文殊大士，当头棒喝，方证无字禅。

姚《录》，王《录》俱著录。日本内阁文库藏明刊《新刊郁轮袍杂剧》，正目作“王摩诘拍碎郁轮袍，韩持国正本中书省”。《盛明杂剧》收入，题王君玉撰。《酹江集》亦收入。

真傀儡北一折

陈继儒

境界妙，意致妙，词曲更妙，正恨元人不见此曲耳。询之识者，始知是眉公在王辰玉座上所作。

姚《录》作《杜祁公藏身真傀儡》，与王《录》俱题王衡撰。《盛明杂剧》本，又日本内阁文库藏明刊《新刊杜祁公看傀儡杂剧》。

昆仑奴北四折

梅鼎祚

阅梅叔诸曲，便觉有一种妩媚之致。虽此剧经文长删润，十分洒脱，终是女郎之唱晓风残月耳。

姚《录》、王《录》俱未著。《盛明杂剧》收入，题梅禹金撰。明刻《酹江集》亦收入。

霸亭秋北一折

沈自徵

传奇取人笑易，取人哭难。有杜秀才之哭，而项王帐下之泣，千载再见；有沈居士之哭，即阅者亦唏嘘欲绝矣。长歌可以当哭，信然。

姚《录》、王《录》俱著录。姚《录》作《杜秀才痛哭霸亭秋》。《盛明杂剧》收入，题沈君庸撰。

鞭歌妓北一折

沈自徵

裴尚书举舟赠张本立，即鞭笞奴妓之偃蹇者，了无愧色，此其寄牢骚不平之意耳。剧中妙在深得此意，不然与小人得意，一旦夸张者何辨。

姚《录》、王《录》俱著录。姚《录》作《傻狂生乔脸鞭歌妓》。《盛明杂剧》收入，题沈君庸撰。明刻《酹江集》亦收入。

簪花髻北一折

沈自徵

杨升庵戍滇时，每簪花涂面，令门生舁之以游。人谓于寂寥中能豪爽，不知于歌笑中见哭泣耳。曲白指东扯西，点点是英雄之泪。曲至此，妙入神矣。

姚《录》、王《录》俱著录。姚《录》作《杨升庵诗酒簪花髻》（注：一本作《簪花记》）。《盛明杂剧》收入，题沈君庸撰。

蓦忽姻缘北四折

凌濛初

熟读元曲，信口所出，遒劲不群。如此妙才，惜其不作全记，今止获一脔耳。向日词坛争推伯起《红拂》之作，自有此剧，《红拂》恐不免小巫矣。

姚《录》、王《录》俱误入清人杂剧。均题空观主人撰。按即空观主人为凌濛初别署。

莽择配* 北四折

凌濛初

眉公常恨以南曲传髯客，如雷霆作婴儿啼，乃以红拂之侠，使歌纤调，亦是词场一恨事。初成以慷慨记之，且妙有蕴藉，每见其胜卫公一筹。

未见著录。

颠倒姻缘* 北四折

凌濛初

凌波旧有《桃花庄》剧，以韵调未谐而中废。及晤陈眉公，言微之《会真记》，张负崔也。欲传此张女以崔舍人死，死而复生，盖报张也。凌大然之，因撺旧作一新之。人面桃花，崔、张卒以合卺。张负崔，崔何尝负张哉。

未见著录。

穴地报仇* 北四折

凌濛初

且歌且泣，情见乎词。豫让报仇而死，苏不韦报仇而生，忠臣孝子，亦有幸有不幸耳。

未见著录。

独乐园* 北四折

苏澹

妙在从君实口角中，讨出神情，此于移商换羽外，别具锤炉。即在元曲，亦称上乘。

未见著录。姚《录》有叶绍良作《独乐园司马入相》；王《录》有桑绍良《司马入相》。按桑绍良有《青郊声韵杂著》，万历刻本。姚《录》作“叶”，殆误。《也是园古今杂剧》收明抄本。卷端题“濮阳桑季子绍良著，苏叔子潢校”。祁氏殆误以校者为撰者，又误潢为澹也。

雅品

八仙庆寿北四折

周藩诚斋

境界是逐节敷衍而成，但仙人各自有口角，从口角中各自现神情，以此见词气之融透，字字发光明藏矣。

姚《录》、王《录》俱著录。作《瑶池会八仙庆寿》。北圕藏明周藩刻本。《也是园古今杂剧》收抄本。目同姚、王二录。

夜半朝元引北四折

周藩诚斋

元人于青楼诸曲，无不极摹拟之妙，故此剧于“遁入华山”一折，洗刷更自莹净；游仙三折，大略点缀，不失先辈矩范。

姚《录》、王《录》俱著录。姚《录》作《小天香半夜朝元》，王《录》“半夜”作“朝夜”。北圕藏明周藩刻本，目同姚《录》。

辰钩月北四折

周藩诚斋

吴昌龄有《辰钩月》剧，周藩踵之，以桃妖代嫦娥。其序云，太阴至精之正气，不可诬以幽会之事。故耳风、花、雪、月，必点缀出相，见作者之苦心。

姚《录》、王《录》俱著录。作张天师《明断辰钩月》。北圕藏明周藩刻本。《也是园古今杂剧》收抄本，目同姚、王二录。元吴昌龄亦有《张天师夜祭辰钩月》，颇疑似，然非一本。

三度小桃红北四折

周藩诚斋

作手能开辟者，自于寻常科臼翻出新彩。如此剧，二圣以音乐着魔，即从音乐唤醒，便觉从来传仙佛济度者，同痴人说梦矣。

姚《录》、王《录》俱著录。作《惠禅师三度小桃红》。北圕藏明周藩刻本。《也是园古今杂剧》中有抄本。明刻柳枝集有《小桃红》一目。

义勇辞金北四折

周藩诚斋

不但关公之义勇，千古如见，即阿瞒笼络英雄之伎俩，亦现之当场矣。每恨关公未有佳传，得此大畅。

姚《录》、王《录》俱著录。作《关云长义勇辞金》。北圕藏明周藩刻本。明嘉靖绍陶室刊《杂剧十段锦》中收“曹孟德奸雄待士，关云长义勇辞金”。未著撰人。

乔断鬼北四折

周藩诚斋

本寻常境界，而能宛然逼真，敷以恰好之词，则虽寻常中亦自超异矣。

姚《录》、王《录》俱著录。作《搊搜判官乔断鬼》。北圕藏明周藩刊本。

豹子和尚北四折

周藩诚斋

元人多喜制《水浒传》词，然皆非罗贯中所作。周藩亦戏撰《豹子和尚》一剧，虽极意摹元，而实自得三昧之妙。

姚《录》、王《录》俱著录。作《豹子和尚自还俗》。北圕藏明周藩刻本。嘉靖刊《杂剧十段锦》收“虎皮客人胡索债，豹子和尚自还俗”。未著撰人。

福禄寿北五折

周藩诚斋

钟馗之语带趣，想其作躯老俱在画图中。以俗境而独入雅道，盖繇韵胜其词耳。

姚《录》、王《录》俱著录。作《福禄寿仙官庆会》。《也是园古今杂剧》中收抄本。目同姚、王二录。

获驺虞北四折

周藩诚斋

永乐间驺虞出于中州神后山，周藩作乐府以颂其盛。词如朱瑟冰弦，可以荐之明堂清庙。

姚《录》、王《录》俱著录。作《神后山秋猕得驺虞》。

海棠仙北四折

周藩诚斋

太行之阳，有海棠岭者，开时万花如绣。周藩移数本植苑中。既从而歌咏之，又制为新声，盖欲高烧银烛之时，不令红妆寂寞耳。南极作婿、西母为媒，韵致绝胜。

姚《录》、王《录》俱著录。作《南极星度脱海棠仙》。王《录》入无名氏。北圕藏明周藩刊本。《也是园古今杂剧》收赵清常过录于小谷本《南极星度脱海棠仙》，朱笔批云："诚斋集前有《海棠吟》。"

灵芝庆寿北四折

周藩诚斋

庆贺之曲，以工整为佳。既工整矣，又不板实，则如《何（当作河）嵩神》剧之独步词坛，复何疑哉。

姚《录》、王《录》俱著录。作《河嵩神灵芝庆寿》。北圕藏明周藩刊本。《也是园古今杂剧》中收抄本，目同姚王二录。此书《述古目续编杂剧目》始著录，《也是园目》有二本，一题周藩诚斋，一题“教坊编演”，当是一本。

黑旋风仗义疏财北四折

周藩诚斋

粗豪之曲，而独于假新妇处冷然入趣。即如《货郎》数调，反令元人望后尘矣。北词五折两人唱，此变体也。

姚《录》、王《录》俱著录。《也是园古今杂剧》有抄本，明刻孟称舜编《酹江集》有《仗义疏财》，《杂剧十段锦》有“张叔夜平蛮挂榜，黑旋风仗义疏财”。

甄月蛾春风庆朔北四折

周藩诚斋

范希文亦作是语乎？试观希文“都来此事眉间心上”之词，则亦一往有深情者。周藩作妓曲，无不极才情之变，此犹少逊之，而浑朴典雅，自非今人可及。

姚《录》作《甄月娥春风庆朔堂》。王《录》“朔堂”误“朔雪”。北圕藏明周藩刊本。明崇祯刻孟称舜编《柳枝集》中有《庆朔堂》一目。

新丰记* 北四折

周藩诚斋

词意条畅，一洗油腔陋习。但马周穷困之状，描写未尽，转觉乏慷慨之概。

未见著录。

金环记北四折

周藩诚斋

刻意拟《西厢》，亦有肖形处。然一经摹拟，便不及《西厢》远矣。

姚《录》、王《录》俱有《秦月娥误失金环记》一目，俱入元明无名氏。《也是园古今杂剧》中收赵清常抄于小谷本，入杂传。又收明抄一本题《清廉官长勘金环》。不著撰人。此周藩本未知孰是。

降狮子北四折

周藩诚斋

虽是灵鹫峰头一件可传之事，毕竟境界浅促。

姚目作《文殊菩萨降师子》，王《录》失收。北圕藏明周藩刊本。

常椿寿北四折

杨诚斋

紫阳之度椿，与纯阳之度柳相似，惟谷子敬剧，局更变幻，词则相伯仲耳。杨先生自云："南游江汉，北历沙漠，曾遇真人指授金丹秘诀。"故传仙宗者凡四剧，词源不竭，神色愈旺，盖繇其妙理具足，故能阐发无余。

王《录》作《紫阳仙三度常椿寿》。姚《录》"常椿"作"长春"，俱题周藩诚斋撰。北圕藏明周藩刻本。《也是园古今杂剧》收明新安徐氏刊《古名家杂剧》本《紫阳仙三度常椿寿》，原题国朝杨诚斋，朱笔改杨字为周王。《阳春奏》及《新续古名家杂剧》亦收入，作无名氏。当据祁氏此品仍入杨作。

十长生北四折

杨诚斋

《十长生》每折即一齐列出排场，尚有板实之议，然构词之工，几能化雕镂为淡远矣。词中必点缀十物，各还以切贴之语，此北词之定式也。

姚《录》、王《录》俱作《东华仙三度十长生》，均题周藩诚斋撰。北圕藏明周藩刊本。《也是园古今杂剧》收明刻《东华仙三度十长生》系新安徐氏刊《古名家杂剧》本。原题国朝杨诚斋撰。朱笔改杨字为周王。《阳春奏》亦有此目，惟“东华仙”作“陈华山”。《新续古名家杂剧》亦收入，作“陈华山”。

蟠桃会北四折

杨诚斋

诚斋向有《南吕》一曲，值其初度，因足成之。炼气养神之诀，至第二折已津津道尽。但一味填词，觉词溢于格。

姚《录》、王《录》俱作《群仙庆寿蟠桃会》。均题周藩诚斋撰。北圕藏明周藩刊本。案：也是园藏古今杂剧中，赵清常所录内府本曲，《众群仙庆赏蟠桃会》一目，下注：“教坊编演，补题周王诚斋。”又所收新安徐氏刊《古名家杂剧》本亦有《群仙庆寿蟠桃会》一种，原题国朝杨诚斋，朱笔改“杨”字为“周王”。万历刊费正位编《阳春奏》中，亦收《群仙侣庆寿蟠桃会》一种，不著撰人。万历刊玉阳仙史编《新续古名家杂剧》亦收《群仙庆寿蟠桃会》，亦无撰人姓氏。可知明人著录，原题杨诚斋，或佚其名。清人校本，遂以归之周藩。今据祁品，与杨氏为素识，且涉及其撰作种种，是确有杨诚斋其人，诸剧亦当复归之杨氏也。

神仙会南北四折

杨诚斋

纯阳之度蟠桃仙子，即在韦曲之中，故诸调更多佳句。北调中间用南调，调必用四，或两之，此创格也。《山花客》《南曲谱》无此调，即数南调，亦断非近日词人之笔。

姚《录》、王《录》俱作《吕洞宾花月神仙会》，均入周藩诚斋撰目中。北圕藏明周藩刻本。《也是园古今杂剧》收明刻本《吕洞宾花月神仙会》原题“国朝杨诚斋撰”。《阳春奏》及《新续古名家杂剧》俱收入，不题撰人。今按，此本当亦归之杨氏，而非周藩。

沽酒游春即曲江春　北四折

王九思

王太史作此痛骂李林甫，盖以讥刺时相李文正者，卒以此终身不得柄用。一肚皮不合时宜，故其牢骚之词，雄宕不可一世。

姚《录》作《杜子美沽酒游春》，王《录》作《曲江春》。《西谛曲目补遗》有《杜甫游春》一种，崇祯刻本。《酹江集》有此目。明刻《四大史杂剧》有《杜子美沽酒游春记》，题王美陂撰。《盛明杂剧》二集收“《曲江春》（王美陂）”，又崇祯十三年张宗孟刊《王氏全集》，亦收《杜子美沽酒游春记》一折。

醉写赤壁赋北四折

北剧每就谐语、俗语取天然融合之致，故北调以运笔为第一义，运掉未灵，便不能以我用古，不免堆积泛滥之病矣。此剧设色于浓淡之间，遣调在深浅之际，固佳矣，惜赤壁之游，词中写景而不写情，遂觉神色少削。

姚《录》作《苏子瞻醉写赤壁赋》，与王《录》俱著录。《八千卷楼目》有明刊本。《也是园古今杂剧》收新安徐氏刊本。题目：“王安石逸课《满庭词》，苏子瞻醉写《赤壁赋》。”不属撰人。

单刀会* 北四折

其意致自与常调迥别，此必是元人所作。“大江东”一折，可以正今日歌者之讹。

未见著录。日本内阁文库藏明刊《新刻点板乐府南音》中选入“单刀赴会”一折。《也是园古今杂剧》收明抄本《关大王独赴单刀会》，与元刊《古今杂剧》本颇异。

豫让吞炭北四折

忠臣义士之曲，不难于激烈，难于婉转，盖有心人决不作卤莽语。此剧极肖口吻，遂使神情逼现。

姚《录》、王《录》俱著录。姚《录》题《忠义士豫让吞炭》。《八千卷楼目》有明刊本。《也是园古今杂剧》收新安徐氏刊本，不著撰人。

猿听经北四折

微有致趣，但于禅宗尚未透彻，故顿悟处未觉快心。

姚《录》作《龙济山野猿听经》，王《录》作《野猿听经》。《八千卷楼目》有明刊本，目同姚《录》。《也是园古今杂剧》收新安徐氏刊本，不著撰人。《阳春奏》卷五中亦收入。

销魔镜北四折

二郎神醉中射破锁魔镜，致逸两魔，后同哪吒收缚。此等意想，大有元人之韵，但词气少欠振拔，用韵亦有杂者。

姚《录》、王《录》俱著录。姚《录》作《二郎神醉射锁魔镜》。北圕藏明刊《新续古名家杂剧》中有此，目同姚《录》。《也是园古今杂剧》所收凡二本，一明新安徐氏刻。一明抄。第四折两本互异。《阳春奏》卷五亦收入。

蓝采和北四折

度脱蓝采和，境界平常。词于淡中着色，有不衫不履之趣。

姚《录》作《汉钟离度脱蓝采和》，王《录》作《度蓝采和》。北圕藏明刊《新续古名家杂剧》本。又王《录》另著录来集之《蓝采和》一目。《也是园古今杂剧》收明新安徐氏刻本，不著撰人。《阳春奏》亦收入之。

中山狼北四折

康海

中山狼一事，而对山、禺阳、昌朝三演之，良由世上负心者多耳。曲有浑灏之气，白多醒豁之语。位置于元剧，在《朱砂担》《乔踏碓》间。三剧中以此为最。

姚《录》作《东郭先生误救中山狼》，与王《录》俱著录。《盛明杂》剧本。《也是园古今杂剧》有之，惟在黄丕烈时已佚。《酹江集》亦收入。

玉殿传胪即不伏老　北五折

冯惟敏

偶阅俗演《梁太素曲》，神为之昏，得此剧，大为击节。近有《题塔记》，能畅写其坎坷之状，而曲之精工，远不及此。

姚《录》作《梁状元不伏老玉殿传胪记》。王《录》作《不伏老》。八千卷楼藏明刊《玉殿传胪记》，误题冯时敏撰。明刻《酹江集》及《盛明杂剧》二集俱收之。

洞天玄记一名证有为太平仙记　北四折

杨慎

所陈者吐纳之道，词局宏敞，识者犹以咬文嚼字讥之。王凤洲《典藻》云：“升庵词流脍炙人口，颇不为当家所许。”盖杨本蜀人，故多川调，不甚谐南北本腔也。

姚《录》作《宴清都洞天元记》，王《录》作《洞天元记》。《也是园古今杂剧》收二本：一新安徐氏刊本，题《宴清都洞天玄记》。一抄本，题《证无为太平仙记》。刻本题杨慎撰，前有刘序，称“被陈自得窃而有之也”。抄本题《太平仙记》，与刻本大致无殊，似即点窜杨作而成。又明刊《四大史杂剧》亦列《洞天玄记》，题“杨升庵著，孙礼学校”。

高唐梦南一折

汪道昆

名公巨笔，偶作小技，自是庄雅不群。他人记梦以曲尽为妙，不知高唐一梦，正以不尽为妙耳。

姚《录》作《楚襄王阳台入梦》，王《录》作《高堂梦》。万历刊黄正位编《阳春奏》卷八收《襄王梦游高唐记》，题汪道昆撰。《古今名家杂剧》革集收《楚襄王梦游高唐记》，亦题汪道昆撰。《盛明杂剧》收《高唐梦》，题汪南溟撰。

五湖游南北一折

汪道昆

五湖之游，是英雄退步，正不可作寂寞无聊之语。此剧以冷眼写出热心，自是俗肠针砭。

姚《录》作《陶朱公五湖泛舟》，与王《录》俱著录。《盛明杂剧》本。《阳春奏》卷八收《范蠡归隐五湖记》，汪道昆撰。《古今名家杂剧》亦收入，惟“归隐”作“归泛”。

远山戏南一折

汪道昆

他人传张夫人不免妩媚，此则转觉贞静，所以远山一画，乐而不淫。

姚《录》作《张京兆戏作远山》，与王《录》俱著录。《盛明杂剧》本。《阳春奏》卷八收《张敞画眉京兆记》，《古今名家杂剧》革集亦收入，目同。

洛水悲南一折

汪道昆

陈思王觌面晤言，却有一水相望之意，正乃巧于传情处。只此朗朗数语，摆脱多少浓盐赤酱之病。

姚《录》作《陈思王悲生洛水》，与王《录》俱著录。《盛明杂剧》本。《阳春奏》卷八收《曹植怀思洛神记》。《古今名家杂剧》亦收入，目同。

红线北四折

梁辰鱼

秀婉犹不及梅叔《昆仑》剧，而工美之至，已几于金相玉质矣。

姚《录》作《红线女夜窃黄金合》，王《录》作《红线女》。《盛明杂剧》《酹江集》俱收入，作《红线女》。《盛明杂剧》题梁伯龙撰。

无双传补*南一折

梁辰鱼

伯龙心逊天池《明珠》之作，而独于王之会采苹也，以为详略未当。增五百余言，仍是《浣纱》整丽之笔。

未见著录。

正本扶余国北四折

凌濛初

凌初成既一传红拂，再传卫公矣，兹复传虬髯翁，岂非才思郁勃，故一传、再传至二而始畅乎？丰骨自在，精神少减，然鼓其余勇，犹足敌词场百人。

姚《录》作《虬髯翁正本扶余国》，王《录》作《虬髯翁》。俱著录。《盛明杂剧》二集收入，作《虬髯翁》，题凌初成撰。

祢正平* 北一折

凌濛初

《渔阳弄》之传正平也以怒骂，此剧之传正平也以嘻笑，盖正平所处之地之时不同耳。

未见著录。

刘伯伦* 北一折

凌濛初

初成自号酒人，欲与伯伦为尔汝交，醒眼醉眼俱横绝千古，故能作如是语。

未见著录。

淮阴侯* 南北四折

陈与郊

曲第四折，已悉淮阴生平大概，可以补《千金》之未尽者矣。词近自然，若无意为词而词愈佳。

未见著录。

王昭君南北一折

陈与郊

明妃从来无南曲。此剧仅一出，便觉无限低回。内有一二语，取之元人《汉宫秋》剧。

姚《录》、王《录》俱著录，并作《昭君出塞》。《盛明杂剧》本。题陈玉阳撰。

蔡文姬南一折

陈与郊

略具小境。以此入塞，配昭君出塞耳。《胡笳十八拍》何不一并演之。

姚《录》、王《录》俱著录，并作《文姬出塞》。《盛明杂剧》本。题陈玉阳撰。

义犬记南北五折

陈与郊

先生林居时，大不得意，作此以愧门墙之负心者。葫芦先生一段，穷极世态，乃王辰玉所作，先生第引入之耳。

姚《录》作《袁氏义犬》，与王《录》俱著录。《盛明杂剧》收入，题陈玉阳撰。

中山狼* 南北五折

陈与郊

借中山狼唾骂世人，说得透快，当为醒世一编，勿复作词曲观也。

未见著录。王《录》有《义犬记》《淮阴侯》《中山狼》《蔡文姬》四种，题清林于阁主人撰。姚《录》著录三，明杂剧卷尾按云："国朝杂剧焦氏考中载《林于阁四种》，曰《义犬记》，即陈作；曰《中山狼》，即康作。《蔡文姬》即《入塞》，亦陈作，《淮阴侯》无考，然均系明人作，列之国朝，一误也。四种为'林于阁选本'，非其所著，曰林于阁作，二误也。"此论甚确，王静安沿焦氏说，因亦致误。此五种均系陈作，兹益可信。《中山狼》当为别一剧，祁彪佳于汪廷讷《中山救狼》

剧内云："《中山狼》，陈记之而简，康记之而畅。……"又于康作条下云："中山狼一事，而对山、禹阳、昌朝三演之……"据此，梅伯以《中山狼》归之对山，以为只此一种，亦误。

北邙说法南北一折

叶宪祖

实地说法，不作空虚语。合律之曲，正以不露才情为妙。

姚《录》、王《录》俱著录。《盛明杂剧》本。题叶六桐撰。

团花凤南北四折

叶宪祖

其事仿佛《鸳衾》，而符女之认凤钗，关目更妙。读《三寄生草》曲，如闻遥天鹤唳。

姚《录》作《俏佳人巧作团花凤》，与王《录》俱著录。《盛明杂剧》本。题叶六桐撰。

骂座记北四折

叶宪祖

灌仲孺感愤不平之语，槲园居士以纯雅之词发之，其婉刺处有更甚于快骂者，此槲园得意笔也。第四折前后两调，各出一宫，可分为二折；第三折止可作楔子耳。

姚《录》作《灌将军使酒骂座记》，王《录》作《使酒骂座》。《八千卷楼目》有明刊本一卷，目同姚《录》，题槲园居士撰。《也是园古今杂剧》收明新安徐氏刻本。

寒衣记北四折

叶宪祖

传儿女离怨之情，深情以浅调写之，故能宛宛逼肖。槲园精工音律，于此剧北调，尤见其长。

姚《录》作《金翠寒衣记》。王《录》作《金翠寒衣》。《八千卷楼目》有明刊本一卷，题槲园居士撰。《也是园古今杂剧》收新安徐氏刊本，作《金翠寒衣记》。

易水离情即易水寒　南北四折

叶宪祖

荆卿挟一匕首入不测之强秦，即事败身死，犹足为千古快事。桐柏于死者生之，败者成之，荆卿今日得知己矣。

姚《录》作“《壮荆卿易水离情》（即《易水寒》）”，王《录》作《易水寒》。《盛明杂剧》二集本。日本内阁文库又有明刊《易水歌》一本，题槲园居士著，即此。

渭塘梦* 南四折

叶宪祖

桐柏之词以自然取胜，不肯镌琢。如此剧乃其镌琢处渐近自然，则选和练妙、别有大冶矣。梦中得物极奇，王伯彭已演为《异梦记》。

未见著录。日本内阁文库有明刊本一卷，未题撰人。大题下接总目：“做小买卖的是店小二，结好因缘的是梦游神，害干相思的是贾姝子，撞大造化的是王仲麟。”《也是园古今杂剧》收明抄本，不著撰人。

会香衫* 北二剧共八折

叶宪祖

此即《蒋兴哥重会珍珠衫》传也。上剧止奸尼赚衫一节事耳，未尽者以次剧继之。元人原有此体，如《西厢》之分为五剧是也。桐柏迩来之词，信手拈出，俱证无碍维摩矣。

未见著录。

碧玉钗南四折

叶宪祖

为《团花凤》翻一重境界。后之欢遇也，与彼剧绝不相肖，而繁简短长，各有佳处。

未见著录。

玳瑁梳* 南八折

叶宪祖

郁蓝生何所见，而谓嫡之妒妾也可解，妾之妒妾也不可解。乃摭为传，寄槲园度以清歌。纤纤团扇之怨，固自取之，即蕣华亦终觉不快：惟静妹以后进夺宠，大解人意。

未见著录。

鸳鸯寺冥勘陈玄礼* 南北四折

叶宪祖

马嵬埋玉，此是千秋幽恨，槲园欲为千古泄恨耶？然古憋生之腐亦自不可少。北词一折，几于行云流水，尽是文章矣。

未见著录。

芙蓉屏* 南四折

叶宪祖

今已有谱为全记者矣，乃槲园以四折尽之，不觉情景之局促，则繇其宛转融畅，词意具足耳。

未见著录。姚《录》据徐渭《南词叙录》，补入“明人编本”《芙蓉屏记》一种，殆是别本。

琴心雅调* 南八折

叶宪祖

玩其局段，是全记体，非剧体，故必八折。而长卿之事，乃陈其概。

未见著录。日本内阁文库藏明刊本二卷，未题撰人。

折名：挑琴，奔凤，涤器，题桥，献赋，还乡，交欢，重聚。

三义成姻* 南北四折

叶宪祖

词律严整，再得词情纡宛，则兼善矣。岂弄丸之手不以绘琢为工乎？近黄履之已演为《双燕记》；王伯彭已演为《题燕记》。

未见著录。日本内阁文库藏明刊本《三义记》。未题撰人。

桃花源* 南北四折

叶宪祖

传之飘洒有致，桃源一径，宛在目前。觉许时泉之一折，不免浅促。

未见著录。姚《录》、王《录》著录情尤悔庵作《桃花源》，非是。

龙华梦* 南北四折

叶宪祖

白娟娟之梦至独孤生于龙华寺目击之，及独孤归而娟娟之梦未已也。异哉！《南柯》《邯郸》之外，又辟一境界矣。

未见著录。

贺季真* 北一折

叶宪祖

同一超世者也，不遇时，则为渊明之三径五柳；遇时，则为季真之一曲鉴湖。故传季真之词，有闲适意而绝无感慨。

未见著录。

死生缘* 北四折

叶宪祖

此即小说中《金明池吴倩逢爱爱》也。头绪甚繁，约之于一剧而不觉其促，乃其情语婉转，言尽而态有余。

未见著录。

巧配阎越娘* 南北二剧共八折

叶宪祖

郭史为五代间霸主能臣，槲园主人传以新声，满纸是英雄侠烈之概。八折分二剧，如《会香衫》式，而此更杂以南曲一折。

未见著录。

福先碑* 北三折

车远之

以皇甫生之狂，因宜写以豪爽之调，如万斛泉源，滚滚不竭，真才人语也。

未见著录。

男王后 北四折

王骥德

取境亦奇，词甚工美，有大雅韵度。但此等曲，玩之不厌，过眼亦不令人思。以此配《女状元》，未免有天巧人工之别。

姚《录》、王《录》俱著录。王《录》题秦楼外史撰。姚《录》称此为作者别属。《盛明杂剧》本题秦楼外史撰。

弃官救友南北四折

王骥德

石中郎以忠致其君，穆考功以义全其友，郑夫人以节报其夫，此等事，在眼前已邈焉若千古矣。方诸为穆内史慷慨歌之，原不欲以词藻见奇，因自洒洒可观。南曲向无四出作剧体者，自方诸与一二同志创之，今则已数十百种矣。

姚《录》作《救友》，王《录》未著录。

倩女离魂南四折

王骥德

方诸生精于曲律，其于宫韵平仄，不错一黍，若是而复能作本色之词，遂使郑德辉《离魂》北剧，不能专美于前矣。白香山作诗，必令老妪能解，此方诸之所以不欲曲为案头书也。

姚《录》作《离魂》，王《录》未著录。《也是园古今杂剧》收新安徐氏刻本，作《迷青琐倩女离魂》，题

"元郑德辉"撰。《元曲选》《柳枝集》、童云野刻《杂剧》均收入，俱作郑撰，殆是另一本。

两旦双环南四折

王骥德

天然情景，不假安排，而别离会合，事事巧凑。然其词备别离之苦，即会合终是不快，奈何！

姚《录》作《双环》，王《录》未著录。

金屋招魂南北四折

王骥德

方诸生遵词隐功令，严于法者也，而曲犹能婉丽如许，盖其词笔天成，岂尽繇推敲中得耶。此剧虽不足写李夫人之生面，而"姗姗"一歌，几于满纸是泪矣。

姚《录》作《招魂》，王《录》未著录。

秀才送妾*南八折

吕天成

《辍耕录》载，维扬秀士为部主事致一妾，自邗关达于燕邸。时天渐暄，多虫蚋，乃纳之账中。部主事初疑之，既而谢曰：“君真长者也。”相与痛饮尽欢而散。剧中水仙作合，以配于焉支公主，则勤之增之，以为柳下叔子之辈，必获美报若斯耳。

未见著录。

儿女债* 南北四折

吕天成

向见有传子平二折，第碌碌完儿女债耳，阅之殊闷。勤之尽易前二折之词，而于禽子夏北调，大阐玄机，有眼空一世之想。末折变幻，尤足令痴人警醒。乃知向所见，非全剧也。

未见著录。

胜山大会* 南北四折

吕天成

此必实有其事，郁蓝以险韵谱之，意想无出人头地。若词之莹润，则非作家不能。

未见著录。

夫人大* 南北四折

吕天成

此勤之初笔也。填实梁冀孙寿事。及友通期冥诉，而冀寿卒无恙，何耶？词惟浓整而已。

未见著录。

樱桃园 南四折

王淡

张玉华萧寺孤魂，欧阳生为结缘于樱桃花下，自是寒食东风，不至抱梨花之泣，以得隽报张生，宜矣。淡居士词笔老到，不轻下一字，故字句俱恰合。

姚《录》、王《录》俱著录。均题王淡翁撰。姚《录》注："一作《樱桃梦》。"《盛明杂剧》二集收入，题王澹翁撰。

崔氏春秋补传* 北四折

屠畯

传情者，须在想像间，故离别之境，每多于合欢。实甫之以惊梦终《西厢》，不欲境之尽也；至汉卿补五曲，已虞其尽矣，田叔再补出阁、催妆、迎奁、归宁四曲，俱是合欢之境，故曲虽逼元人之神，而情致终逊于谱离别者。

未见著录。

梧桐雨* 南一折

王湘

传此欲与白仁甫北剧争胜，恐亦未免少逊之。然南曲得如此轻脱，不带一毫秾纤，固亦不易。

未见著录。

锁骨菩萨* 北三折

余翘

菩萨悯世人溺色，即以色醒之，正是禅门棒喝之法。聿云辟度门于戏场，大畅玄风，不第词笔之俊丽也。

未见著录。

救精忠* 北四折

祁麟佳

阅《宋史》，每恨武穆不得生，乃今欲生之乎？有此词而桧、卨死，武穆竟生矣。

未见著录。

红粉禅* 南北四折

祁麟佳

红裙斗茗，仕女参禅，并立词中。出以娟秀之调，如一枕松风，沁人心骨。

未见著录。

庆长生* 北四折

祁麟佳

太室作此以寿母。一幅神仙逍遥图，若小李将军寸人豆马，毛发生动。

姚《录》、王《录》无名氏中俱有《降丹墀三圣庆长生》一目。据《也是园古今杂剧》收赵清常录于小谷本有此目，未著撰人，当非一剧。

错转轮北四折

祁麟佳

水判之语雄，王生之语婉，雄则近怒，婉则近喜。至于拟狱数段，有痛骂处，有冷嘲处，令人忽怒忽喜。以是见文人之舌，不可方物乃尔。

姚《录》题祁元孺撰。云："明剧刻署太室山人编，《曲考》《曲目》俱入无名氏。"《盛明杂剧》二集收入，题祁元孺撰。按麟佳为彪佳兄。彪佳《远山堂文稡》有《大室山房四剧及诗稿序》，四剧即此。麟佳诗曰《问天遗草》。

死里逃生南北四折

孟称舜

子若作南曲，尚能松秀如此，横行词坛，当无敌手。阇黎面孔，已被此剧剥尽，是文之以怒骂当嘻笑者。

姚《录》、王《录》俱著录。《盛明杂剧》本。

残唐再创即英雄成败　北四折

孟称舜

为落第士子吐气，篇中俱是愤语。作手轻倩，元人之韵，呼集笔端。

姚《录》、王《录》俱著录，作《英雄成败》。明刻《酹江集》收《残唐再创》，《盛明杂剧》二集收《英雄成败》，题孟子若撰。

眼儿媚北四折

孟称舜

陈教授多情至此哉！可为《牡丹亭》之陈教授解嘲矣。词如鸟语花笑，韵致娟然。

姚《录》作《陈教授泣赋眼儿媚》，与王《录》俱著录。明刻《柳枝集》及邹式金《杂剧三集》均有此目，《三集》题孟子若撰。

逍遥游南北一折

王应遴

于尺幅中解脱生死、超离名利，此先生觉世热肠，竟可夺南华之席。

姚《录》、王《录》俱著录。《盛明杂剧》本，题王云来撰。日本内阁文库藏明天启刻本《衍庄新调》即此。题“古越云来居士编，友人常新道人订”。应附《王应遴杂集》后。前有天启丙寅新常道人序。

苏台奇遘* 北六折

史槃

叔考见孟子若有伯虎剧，遂奋笔为之，直欲压倒元白耳。北调六出始此。

未见著录。

城南柳 北一折

不过窃元剧之绪余耳，而词能镕铸，便堪自家生活。

姚《录》有谷子敬撰《吕洞宾三度城南柳》一种，入明杂剧。王《录》亦题谷子敬撰。北圕藏明万历刻息机子《杂剧选》中有目，全同姚《录》。《元曲选》亦收入。《也是园古今杂剧》收新安徐氏刻本。明童云野刻《杂剧》、明刻《柳枝集》俱收入。

罗浮梦* 北一折

徐□□号羽化

句中冷然有致，词甚雅，或不妨韵杂。

未见著录。

春风吊柳七* 南一折

邹式金

予常谱韵事以吊柳七为第一，得此数语，婉转令人魂消欲死。

未见著录。邹式金编《杂剧三集》中有自撰《风流冢》一卷，疑即此。

椽烛修书* 南一折

郑瑜

宋子京燃椽烛、拥歌姬、修润《唐书》，是一番极富丽景象。词亦华美称之。

未见著录。

朱翁子* 南九折

陈□□

此从《当垆记》摘出者。以朱翁子入长卿似赘，不若别自为一传。

未见著录。

逸品

双莺传南八折

袁于令

逸韵遄飞，妙在于多情之面目，得豪侠肝肠。红粉中有如此赏识，二生为之死可也。金閶一醉，又何足以酬两姬。

姚《录》、王《录》俱著录。《盛明杂剧》二集收入，题袁令昭撰。

僧尼共犯北四折

冯惟敏

本俗境而以雅调写之，字句皆独创者，故刻画之极，渐近自然。此与风情二剧，并可作词人谐谑之资。

姚《录》著录，王《录》无之。《八千卷楼》有明刊本，误题冯时敏撰。姚《录》引沈景倩云："《小尼下山》即北海《僧尼共犯》。”按此即昆曲《思凡》所本。《也是园古今杂剧》收明抄本，不著撰人。

耍风情* 南北四折

吕天成

传婢仆之私，取境未甚佳，而描写已逼肖矣。披襟读之，良为一快。

未见著录。

缠夜帐* 南四折

吕天成

以俊仆狎小鬟，生出许多情致。写至刻露之极，无乃伤雅！然境不刻不现，词不刻不爽，难与俗笔道也。

未见著录。

海滨乐即齐东绝倒 南北四折

吕天成

传虞舜窃负瞽瞍，为桃应实谎，为咸丘蒙附会，错综唐虞时人物事迹，尽供文人玩弄，大奇！大奇！

姚《录》、王《录》俱著录，并作《齐东绝倒》。均题竹痴居士撰。《盛明杂剧》本。

姻缘帐* 南北四折

吕天成

瑶翾仙何预人事而喋喋为闺阁饶舌？疏者令之亲，惧者动以怒；毕竟疏者不终疏，惧者乃终惧，儿女之情，固如是耳。瑶翾仙何事而饶舌哉。

未见著录。

一文钱南北六折

阳初子

世间能大富人，决非凡辈，不必假卢至散财破悭，吾已知臭员外具有佛性矣。此剧南曲较胜北曲，白更胜于曲；至构局之灵变，已至不可思议。

姚《录》、王《录》俱著录，并题徐复祚撰。《盛明杂剧》本题破悭道人撰。王《录》传奇类复收徐复祚《一文钱》一种，殆误。

空堂十举觞北一折

邹兑金

张幼于为吴中第一狂士，记其空堂自觞，却与唐子畏、祝希哲千里对面；醉语、梦语，无不是醒语、化语。皂公云："作者其青莲、坡老之裔孙；若士、文长之季孟耶？"

姚《录》作《空堂话》，王《录》无之。北圕藏顺治刻《杂剧三集》本，作《空堂话》，题邹叔介撰。郑西谛《清人杂剧》二集收入。

城南寺北二折

黄家舒

杜牧之状元入城南寺，遇入定僧，问其姓名，不对。杜诘之："汝知状元否？"僧云："不知。"杜故有"禅师都未知名姓，始识空门意味长"之句，黄君发之于词，读一过，令人名利之心顿尽，其以词证禅者耶？

姚《录》、王《录》俱著录。入清人杂剧。《杂剧三集》本，题黄汉臣撰。

春波影北四折

徐翙

此等轻逸之笔，落纸当有风雨声。小青得此，足为不死。填词若野客，再于韵律著意，则骎骎直追元人而矣。

姚《录》作《小青娘情死春波影》，与王《录》俱著录。《盛明杂剧》收入，题徐野君撰。

络冰丝南北一折

徐翙

奇事也，而以休文之情语度之，鲛人之泪，莹莹纬络矣。

姚《录》作《奇女子风里络冰丝》，与王《录》俱著录。《盛明杂剧二集》收入，题徐野君撰。

耍梅香* 南北四折

叶宪祖

淫奔之状，摹拟入神，当令《西厢》拜下风。作者必有所刺。

未见著录。

花前一笑北五折

孟称舜

唐子畏以佣书得沈素香，此正是才人无聊之极，故作有情痴。然非子若传之，已与吴宫花草同烟销矣。此剧结胎于《西厢》，得气于《牡丹亭》，故触目俱是俊语。

姚《录》作“《唐伯虎千金花舫缘》(《柳枝集》作《千金一笑》)”，王《录》作《花舫缘》。《盛明杂剧》本。按《柳枝集》作《花前一笑》，姚《录》误书。

桃花人面北五折

孟称舜

作情语者，非写得字字是血痕，终未极情之至；子塞具如许才，而于崔护一事，悠然独往，吾知其所钟者深矣。今而后崔舍人可以传矣。今而后他人之传崔舍人者，尽可以不传矣。

姚《录》、王《录》俱著录。姚《录》注：“《柳枝集》作《桃源三访》。”《盛明杂剧》本。

花舫缘北四折

卓人月

此即子若传唐子畏原本，易佣书为奴，易养女为婢。调中别出佳句，欲与孟剧较胜，而丰韵正自不减；乃其叶调之严整、更过于孟；而用韵少杂，则二剧同之。

姚《录》、王《录》俱著录。《盛明杂剧》收入，题卓珂月撰。

乔坐衙*北一折

张岱

一日寿张大尹，便博得宗子一传；二十年宰相，反乞不得崔舍人半纸谀墓文，此何以故？明眼人自当知之。文心之灵转不必言，至于选韵谐音，又何以累黍弄丸，巧妙若是也。慧业文人，才一游戏词场，便堪夺王、关之席。

未见著录。

红纱北一折

来镕

痛骂糊涂主司，或哭或笑，豪气拂拂纸上。闻来君方少年，何愤懑乃尔。

王《录》作《女红纱》，姚《录》失载。有晚明倘湖刻本。

碧纱北四折

来镕

王播当不得意时，寄食僧寮，止数茎木兰花，称相知友。天之困文人，乃至此哉！迨至碧纱笼盖，声光熠耀，痴人方欢羡不已，不知元成记此，正为之痛哭耳。

王《录》作《碧纱笼》，姚《录》失载。有晚明倘湖刻本。

闲看牡丹亭* 南一折

来镕

徐野君《春波影》有“小青翻阅《牡丹亭》”一境，元成为再记数语，无字不令魂断。

未见著录。有晚明倘湖刻《挑镫》一剧，即此。

钝秀才* 南北八折

陈情表

圣鉴不得志于时，借钝秀才舒自己胸臆。天才豪放，不一语入人牙慧。当时临川后身，不得复绳以韵律。

未见著录。

有情痴北一折

徐元辉

点醒处机锋颇利，绝似葫芦先生。至于玉娘、玉郎当面煞风景，尤为痴情者顶门一针。

姚《录》、王《录》俱著录。《盛明杂剧》二集收入。

眉头眼角* 南北四折

祁豸佳

画龙耳之举动神情，无不逼肖。词情宕逸，出人意表。齐班生不知何许人，有此剧可不朽矣。

未见著录。

闹风情* 南一折

姚江之馆师何罪？而辱之一至于此！巧处不乏，但少天然之趣。

未见著录。

余慈相会* 南一折

顾思义

从《锦笺》中之争馆讨出神情。乡语酷肖，而曲之致趣，亦自亹亹。

未见著录。

縠儒记* 南一折

铜臭之子，滥预衣冠，趣士为文以诮之，不足，又从而歌咏之，令人绝倒。

未见著录。

喝采获名姬* 北五折

王涣之酒楼事，秋阁居士已拈入《夺解》中。此剧于啸咏处豪爽绝人。恒居士自评："我辈填词，如侠客证禅，终带一分睚眦杀人气。"其真文人吞吐古今之笔乎？

未见著录。

玉珍娘* 北一折

朱京藩

朱君于剧中直自叙其姓名，而写其一段淋漓感慨之致。玉珍娘直寄情耳，非系情也。

未见著录。

文长问天* 北一折

董玄

牢骚怒骂，不减《渔阳三弄》，此是天孙一腔块垒，借文长舒写耳。吾当以斗酒浇之。

未见著录。

艳品

踏雪寻梅* 北四折

周藩诚斋

以殊艳之词，写出淡香疏影，而艳不伤雅，以是见文章之妙。但孟浩然以不才明主弃之句，终身放逐，何必拜官天禄，乃为文人胜事乎？

未见著录。北圕藏明周藩刻本，《新编孟浩然踏雪寻梅》一卷。《也是园古今杂剧》收赵清常校息机子刊《元人杂剧》选本。原题误马致远撰。又明刻《阳春奏》卷六亦收此剧。

赛娇容 北四折

周藩诚斋

文人学士有歌舞四时花木者，不若花木之自为歌舞，此周藩所以为花木歌舞之也。此剧但以词胜，故工整独至，然须用狙子十五六人，场上竟不可演。

姚《录》作《四时花月赛娇容》，王《录》“花”作“风”。北圕藏明周藩刻本一卷。《也是园古今杂剧》收抄本，目同姚《录》。不著撰人。

牡丹品北四折

周藩诚斋

按谱选词，尽名花之胜，而少欠虚景。至组识（当作织）乐府名，无一不巧，无一不恰，盖已极人工矣。

姚《录》、王《录》俱著录，作《天香圃牡丹品》。

牡丹仙北四折

周藩诚斋

六一先生曾作《洛阳风俗牡丹记》，诚斋即以此记作剧，其摹描处，如目击东都花事之盛。第于永叔欣赏之意，稍未畅耳。

姚《录》、王《录》俱著录，作《洛阳风月牡丹仙》。《也是园古今杂剧》收赵清常过录于小谷本。明刻《柳枝集》中亦收《风月牡丹仙》，《盛明杂剧二集》亦收之。

牡丹园北五折

周藩诚斋

周藩三传牡丹，以美人配名花，飘韵欲仙。缀词如绣，繁英嫩蕊，零落满楮。

姚《录》、王《录》俱著录。作《十美人庆赏牡丹园》。北圕藏明周藩刻本。《也是园古今杂剧》有抄本，目同姚王二录。

红莲记北四折

陈汝元

东坡为五戒后身，仅见之小说，亦因坡公为夙慧，想当如是耳。红莲事，叶美度已采入《玉麟记》中。太乙传此，藻艳俊雅，神色俱旺，且简略恰得剧体。

姚《录》、王《录》俱著录，作《红莲债》。按此本有明越中陈氏函三馆刻本。《盛明杂剧二集》亦收入，作红莲债，题陈太乙撰。

度柳翠* 北四折

李磐隐

柳翠事，已经三演。此剧，芳华不及王实甫，俊爽不及徐文长，然较王剧稍核，较徐剧稍备，而字句亦极琢炼之工。

未见著录。北圖藏息机子《杂剧选》，中有《月明和尚度柳翠》一卷，未著撰人。亦有《元曲选》本，殆即王作。徐作在《四声猿》中，此第三演，未见刻本。《元曲选》辛集下收《度柳翠》，题李寿卿撰。又明童云野刻《杂剧》亦收李寿卿撰《度柳翠》。寿卿或即磐隐，未可知也。

暗掌销兵* 北四折

胡汝嘉

词华充赡，亏透露得俊爽之气，否则一腐草堆矣。传红线之侠，不让梁伯龙，但彼之摆脱稍胜之。

未见著录。

鸳鸯锦* 南北四折

祁骏佳

新歌初转，艳色欲飞。以虎易美姝，沈词隐曾采之《博笑》内，较不若此剧之豪畅。

未见著录。骏佳字季超，承㸁子，彪佳兄。崇祯戊寅恩贡生。

能品

陶彭泽* 北四折

田子艺止数语耳，此则写来酣畅。然北韵甚严，不宜失叶。

未见著录。《也是园古今杂剧》收赵清常录内府本《陶渊明东篱赏菊》。不著撰人，疑即此。

武松打虎* 北四折

北调虽无警句，亦无芜语。然自词隐之《义侠》一出，而此剧削色多矣。

未见著录。姚《录》、王《录》俱刊元红字李二《折担儿武松打虎》，非明人作。

九曲明珠* 南北九折

陈六如

吴文滋得一妓，为其负心，中道弃捐，陈六如代构此剧，舒其郁愤之气，其如阅者之煞风景何！词不乏纤丽，若去其骈白，更觉当行。

未见著录。

琪园六访* 南北六折

六访中，惟错访、病访最有情景，曲亦具相思、相见之大概。他调尚未能洗俗还雅，用韵更杂。

未见著录。

相思谱南北九折

其语意大略在凫公《西楼》中打出，亦娟秀动人。但我辈有情，自能穷天罄地，出有入无，乃借相思鬼，氤氲使作合，反觉着迹耳。

姚《录》、王《录》俱著录。并题吴中情奴撰。《盛明杂剧二集》收入，题吴中情奴撰。

脱囊颖南北四折

徐元辉

平原之杀爱妾也，为其见跛者一笑耳，乃即以毛遂为跛，无乃蛇足乎？然映出脱颖一段，亦自有致，调有高爽之句；但第三折调不全，何不尽改为北？

姚《录》、王《录》俱著录。《盛明杂剧二集》本。

西楼夜话* 南四折

叶宪祖

越中旧有《郭镇抚》一记，惜无善本。桐柏第记其淫纵一段耳，可以插入原记，非剧体也。

未见著录。

婘童公案* 南北八折

吴礼卿

娈童之曲，《男后》奇矣。至《分柑》而畅，此亦可见一班。曲不无失韵处。真子方泣前鱼，遂尔经雉欢场，止为孽债耳。作者唤醒之思深矣。

未见著录。

再生缘北四折

吴仁仲

此亦作意构曲者，惜转笔未快，故生动处觉少。钩弋既为李夫人后身，何为复有留子夺母之事？

姚《录》、王《录》俱著录。并题蘅芜室撰。《盛明杂剧》收入，题蘅芜室撰。

东方朔* 南北一折

以雅谑供寿筵，便不入俗。东方朔之北调足矣，何必又用南调。

未见著录。按邹式金《杂剧三编》收《饿方朔》一种，题孙笨庵撰，恐非是。

宋公明南北四折

传事不沾滞，南剧有此亦可观。揭阳镇一折，不能收局，岂有遗脱之故耶？

未见著录。也是园藏《古今无名氏杂剧》中有《宋公明排九宫八卦阵》《宋公明劫法场》《宋公明喜赏新春会》三种。今存者只第一种。此目殆即《宋公明劫法场》。

黄花峪北四折

此亦非罗贯中传内所载。锄强抑暴，自是英雄本色。曲未峻拔，且须较正其讹。

姚《录》、王《录》俱作《鲁智深喜赏黄花峪》。《也是园古今杂剧》存明抄本。今案，此剧见天一阁抄本《录鬼簿》续编附载失名氏传奇目，《宝文堂目》亦收入。当为元人作也。

功臣宴* 北四折

典有讹处，衬字亦太多。然而出口松利，下韵轻稳，亦是词坛不易得者。

未见著录。富春堂本《薛平辽金貂记》后附有《功臣宴敬德不伏老》四折，殆即此。收入《丛刊》初集中。

黄鹤楼北三折

浅近亦是词家所许，但韵致不遒上耳。北词有一定之式，后二折删去数套，当不得为全调。

姚《录》无名氏内有《刘玄德醉走黄鹤楼》，又《捶碎黄鹤楼》。姚《录》、王《录》又著录郑瑜有此目。《也是园古今杂剧》收赵清常录内府本，不著撰人。曹寅刊《录鬼簿》题朱凯作。邹式金《杂剧三编》，题郑无瑜撰。祁品著录当系郑作。

西天取经* 北四折

番语入词，亦疏散不俗。曲有未叶处，已经函三馆主人订正。

未见著录。王《录》有元吴昌龄《西天取经》杂剧，姚《录》作《唐三藏西天取经》。此殆陈汝元重订本。

气伏张飞北四折

有数语近元人之致，惜有遗讹。

姚《录》、王《录》俱有《诸葛亮挂印气张飞》一目，入元人撰。《也是园古今杂剧》曾有之，今佚。

秋夜梧桐雨* 南北五折

此与王湘《梧桐雨》一折，总不及元白仁甫剧。马嵬之死，较他记独备。邢真人遇太真于蓬莱，而长生殿中竟不复明皇命，何以结果？

未见著录。

都中一笑* 南北三折

杨伯子

状燕市之骗局，可博一笑。但作者笔不超异，故词无耸目处。

未见著录。

青楼梦觉* 南六折

逢柱史至，其后乃始觉梦，然则柱史亦身在梦中久矣。此梦何难早觉，有识者直无梦可也。

未见著录。

中山救狼* 南北六折

汪廷讷

中山狼，陈记之而简，康记而畅，不必更问环翠之子墨矣。且若狼、若杏、若老牛作人语犹可，以之唱曲，太觉不像。遇青黎丈人寥寥数言，亦未发挥负心之态。

未见著录。

青梅佳句* 南北六折

汪廷讷

全普庵监赣郡，日借花酒自娱，刘婆惜以无意得之，更为花酒增胜。闻已有演为全记者矣。

未见著录。

诡男为客* 南六折

汪廷讷

昌朝搜核古今，于凡可为劝、可为戒者，俱入之传奇。如黄善聪以女子客处，能全身于始，可以为劝之一也。惜其作法不撇脱，造语未尖新，此必于善聪与李子同处时极力摹拟，乃见善聪有洁身之智。

未见著录。

损奁嫁婢* 南八折

汪廷讷

钟离令捐奁嫁亡令之女，传之可以范世。但须在令女身上发挥一段孤凄光景，方见捐奁者之高义，此第于两姓结姻处铺叙一番。其打局是全记体。

未见著录。

广陵月即闻歌纳妓 南北七折

汪廷讷

张永新隔帘以小豆记曲，能正李龟年音韵之讹，此在天宝间确为可传之快事，但其后离合情境，无足惊喜耳。

姚《录》作《广陵月重会姻缘》，与王《录》俱著录。《盛明杂剧》收入，题汪昌朝撰。

太平乐事北一折

汪廷讷

于灯市中搬演货物，亦足点缀太平。曲多恰合之句，但无深趣耳。

姚《录》题柳山居士，入清人撰。王《录》失载。

小春秋*南五折

谑语亦堪解颐，但曲本平实，便觉趣味不长。

未见著录。王《录》有张士复及无名氏两目，俱入传奇类。

夫子禅*南北八折

叶汝荟

迩来选佛场中，反令世人颠倒沉溺，乖庵恻然悯之，俾僧伽丑态，尽现当场，足为瞑眩之药。

未见著录。

泣鱼固宠* 南一折

事尽有逸致，传之尚未委婉，词亦多堆积之病。末逢二姬，何不留以扫龙阳之兴耶？

未见著录。

雪浪探奇* 南一折

金粟子

坡仙知定武军时，得雪浪石，为之制铭咏诗，又以名其斋；金粟采之作南曲一折，盖常调也。

未见著录。

衍庄* 北一折

冶城老人

长叹数调，于生死关头几于勘透矣，而脱离之道安在？当问之云来道人。

未见著录。殆即《衍庄新调》，日本内阁文库有天启刊本。云来道人王应遴别号，冶城老人当亦王氏别属。

三卜真状元* 南北六折

史槃

是剧也，一以见黄怀宁循良之征，一以见刘殿元积厚之报。其为词不涉夸张，自得颂述之体。

未见著录。

清凉扇余* 南北四折

史槃

此于王云来《清凉扇》之外，别构四折。内钱嘉徵面斥陆万龄一折，绝有生色。

未见著录。

地狱生天* 南北五折

散木湛然禅师

老僧说法，不作禅语而作趣语，正是其醒世苦心。词甚平，然无败笔。

未见著录。

归去来辞* 南一折

田艺衡

隐括《归去来辞》，只此数语，亦自不俗。

未见著录。

五岳游* 南北二折

北调高爽，想见向子平胸次。后段止见其碌碌完儿女债，而五岳之游绝不演出，何以为子平也。

未见著录。

鼓盆歌* 南北四折

虽未见超异，而语中转折，全不费力，是时时拈音律者，第限于才耳。剧中既多北词，不宜杂以南曲，且以《北醉春风》在《上小楼》后，亦非是。

未见著录。

折梅驿使* 北一折

陇头梅信，以诗料作词谱，惜未有冷月疏篱之致，与梅魂映带。《离亭煞》后不宜缀以别宫之《鬼三台》《油葫芦》四曲。

未见著录。

青楼访妓* 南一折

此似王生偶有所遇，聊以纪一时之胜耳。趣虽短，词亦畅。

未见著录。

问狸倩谐* 南北八折

钱珠

帮闲乃作巨盗乎？郁蓝之《双阁》已道破矣。此剧虽极意谑浪，终似奴婢学夫人。

未见著录。

五老庆贺* 南北一折

黄中正

合眊先生、跎大人、聋道者、跛山翁、吃处士为五老，盖以去听塞明，正摄生之善道耳。词未融脱。

未见著录。

分钱记* 南七折

此是未了传奇，非剧体也。郑生狎朱温子名友珪者，田令孜从中帮衬，极龙阳之态；此必有所指。

未见著录。

善戏谑* 南二折

却要之谑四子，真谑也，乃其为词，全不入趣，且多不叶处。惟风始四语，恰合可观。

未见著录。

女豪杰* 南北四折

诸葛味水

诸葛君以俗演《斩貂蝉》近诞，故以此女修道登仙，而于蔡中郎妻牛太师女相会，是认煞《琵琶》，正所谓弄假成真矣。乃其为词尽可观。

未见著录。

偷桃献寿 北四折

杨维中

未得北词之致，聊敷衍以供寿筵耳。

未见著录。

蟠桃记 南北七折

王淑忭

捃摭坎离之要，自谓窥仙宗涯埃，然于构词一道，未能不让他人也。

姚《录》、王《录》俱入明无名传奇内，恐误。

竹林小记* 南北十一折

腔调不明，南北错杂。以稽叔夜挟妓登仙，亦未尽竹林诸贤之趣。惟其文彩烨然，尽堪藻饰。

未见著录。

小青传* 南北六折

胡士奇

《春波影》一剧，已传青娘神色，他即极意摹写，终非镂月手。若此数折，则仅以铺叙了事，且词多不叶。

未见著录。崇祯刊卓人月《蕊渊集》有《小青杂剧序》，称："小青之死未几，天下无不知有小青者。而见之于声歌，则有若徐野君之《春波影》，陈季方之《情生文》……乃若传小青之事者，始于戋戋居士，居士之文淋漓宛转，已属妙手，而野君复从而填此剧焉，季方复从而填南剧焉。……"可参看。

裴渭源* 北一折

李大兰

渭源令裴伦，一门死难，大节凛然，不必如词中之饶舌。

未见著录。

白鹿洞* 南一折

李大兰

白鹿洞阐教数语，不减当年面命。尊儒辟佛，正非精于佛者不能，不意道学乃出之词曲！

未见著录。

华阳叟* 南北一折

李大兰

华阳叟生于宋仁宗时，至洪武而阅岁凡三百四十五矣，乃其得悟处，非以二氏之教，则又何必现天堂、地狱之二境哉。

未见著录。

访师论道* 南北一折

李大兰

西绪禅师挥麈而谈，既不援儒入释，亦不推释附儒，自有一种真精进、大慈悲处，此剧阐发甚精。

未见著录。

老归正道* 北一折

李大兰

李先生诸剧，大率崇儒黜释，又不若德公之逃释为儒，觅真绝路头也。佛法不明，多因说佛者，故词中以之寄慨。

未见著录。按德公祁凤佳字。

具品

可破梦南北六折

铎梦野人

略见大意，终未透发，且亦何必从选阉时起也！曲多讹韵，白有数语可取。

姚《录》、王《录》俱入清无名氏。

柳浪杂剧南北十折

醒狂散人

以俗笔为之，虽极摹写，终非雅谑。惟再醮、督妓二曲，少有余韵，偷期内数语可观。至若娈童、惧内诸折，不如他曲远矣。

姚《录》“清黄方印七种”曰：“倚门、再醮、淫僧、偷期、督妓、娈童、惧内。”王《录》无“偷期”，题《陌花轩杂剧》。有顺治刻本。题黄方胤撰。

男风记* 南北三折

数《寄生草》曲，虽觉色相太露，然正自不妨；惟嫌其他调不精切耳。

未见著录。

桂花风* 南北六折

胡文焕

此等话头，虽不妨出相，然亦终非雅谑。

未见著录。

斩貂蝉北五折

《庄岳委谈》云："斩貂蝉不经见，自是委巷之谈。"然《关公传注》称，关公欲娶布妻，启曹瞒，曹疑布妻有殊色，因自留之。则非全无谓也。

姚《录》（《古今无名氏杂剧》）、王《录》俱著录，作《关大王月下斩貂蝉》。《也是园古今杂剧》有之，今已佚去。孙楷第据钱谦益重编《义勇武安王集正俗考》："今内府《斩貂蝉》杂剧，谓布死后，貂蝉归于侯，巧言呰布。侯怒而杀之。则初无此事。"然则此剧殆明时内府本。

关岳交代* 南北四折

凌星卿

关壮缪、岳武穆生平，大略相类，但谓其一为天尊，一为天将，交代如人间常仪，则见属俚稚。惟勘桧、卨一案，或可步《昙花》后尘。

未见著录。

小雅四纪* 南北四折

程士廉

四时之乐，何必在酒。乃每曲以酣饮绝胜乎？访戴一出，略有点缀，终不得为俊雅之调。

未见著录。按《述古堂目续编》杂剧目有《小雅堂乐府》，明程士廉撰。细目为"帝妃春游，苏秦夏赏，韩陶月宴，戴王访雪"。北圕藏残明本《古名家杂剧》有《帝妃春游》一卷，他三目亦题"泣西湖苏秦赏夏，醉学士韩陶月宴，忆故人戴王访雪”（《汇刻书目》）。玉阳仙史编《古名家杂剧》亦收四剧，“帝妃游春”上有“幸上苑”三字。未著撰人。

一麟三凤* 南北一折

陈清长

作词以媚人者，词必不佳。所述皆富贵繁华之境，亦不能佳也。

未见著录。

举烽取笑* 南一折

此事宜有佳剧，盖幽王亦自绝痴情者，举烽犹不失韵事，奈作手之庸庸何。

未见著录。

园林午梦 北一折

崔之《长恨传》，曷若《李娃》？何必呶呶。词甚寂寥，无足取也。

姚《录》李日华有此目。今有金陵刻本李开先撰《园林午梦》，附入《西厢》之后。

游观海市* 北四折

尽能搬弄学问，但用调不全，下韵不叶。

未见著录。

孝感幽明* 南四折

樵风

渔父之孝，事可以风；惟是调多散杂不伦，不足为其事重也。

未见著录。

剑侠完贞* 南北七折

樵风

飞飞之援女子也，亦剑仙中之可传者。作者气格卑下，焉得有佳词乎？

未见著录。

参禅成佛* 南北六折

樵风

樵风于禅宗，原不深究，以口头语凑集成词，调既不谐，理亦未彻。

未见著录。

宦游济美* 南北四折

樵风

作此以佞戴君。满纸是塞白之语，索然无一毫趣味。

未见著录。

玻璃镜* 南北四折

王素完

偶为张刺史记此一事耳，而穿插俱不合拍。且音韵全疏，安能免俗。

未见著录。

黄粱梦北四折

北曲不可犯调，盖一调中有前后紧慢之不同也。况此剧用韵更杂。传《黄粱》者已穷奇极巧，安所取于是哉。

姚《录》有无名氏《吕洞宾黄粱梦》（北剧亦有此目）。《也是园古今杂剧》收新安徐氏刻《开坛阐教黄粱梦》，题马致远撰。又《丛刊》初集收明继志斋刻《吕真人黄粱梦境记》，题苏汉英撰。则是传奇。

秦楼箫史* 南一折

蹈袭成曲，惟两箫词泠泠飘洒，想别有所本。

未见著录。

竹林胜集* 南一折

如此雅集，而腐烂板实，岂不令竹林诸公笑人！以《水底鱼》作结，曲亦非是。

未见著录。

截发留宾南一折

贤哉陶母，一事可传。何和阳已采入《八翼记》中。

姚《录》、王《录》元秦简夫有此目。姚《录》作《陶贤母剪发留宾》。《也是园古今杂剧》有赵清常录于小谷本《陶母剪发待宾》，题元秦简夫撰。

鲁男子* 南一折

拙笔效颦，故庸庸若此。

未见著录。

铜雀春深* 南一折

二乔数语，殊无情致。遂使雀台之春，寂寞千载。

未见著录。

相送出天台* 南一折

集唐律成曲，如食生物不化。

未见著录。

逢人骗* 北一折

取境俗，故词亦粗夯如此。

未见著录。

五老庆庚星* 南一折

高□□

语既寥寥，趣复不长。

未见著录。

诛雄虎* 北一折

张大谌

侠士一言相许，不惜头颅，此剧略见大意。每曲换一韵，非法。

未见著录。

三难苏学士* 南四折

张大谌

他人记长公，皆以其嘻笑敏捷，以故反之，然不至庸拙如作者。

未见著录。

报恩虎* 南四折

张大谌

《报恩虎》可作《中山狼》针砭，然此正言之，又不若《中山狼》剧反言之。

未见著录。

庳国君* 北一折

李椝

以象之为弟，乃传其恭顺如许。戏场中安容道学套头。

未见著录。

独居教子* 北一折

李槃

涂山夫人教其子启，寥寥数语，阐发未透。

未见著录。

夏六贤* 北一折

李槃

少康一旅，以六贤复国，入之传奇，有何景趣?

未见著录。

周文母* 北一折

李槃

太姒之贤，即《葛覃》《麟趾》之咏，尚不能尽，乃此寻常口头语，何足垂训。

未见著录。

赵宣孟* 北一折

李檠

赵宣孟以公族大夫让其异母弟赵括，词中叙述亦达。

未见著录。

鲁敬姜* 北一折

李檠

传敬姜之贞静，即寸幅中俨见闺门雍肃之象。

未见著录。

首阳高节* 北一折

李檠

《采薇》一歌，清风千古，谱之为词，何寻常乃尔。

未见著录。

王开府* 南一折

李槃

王颁佐隋破陈，灰后主之骨，为父僧辨复仇，其事非人所忍观，记之何为。

未见著录。

孝义记* 南六折

谢天惠

记张克谐兄弟之孝，遇盗处，有似赵礼让肥。词皆俗腐口吻。

未见著录。

善恶分明* 南七折

谢天惠

坐怀不乱，事足描写，乃插入盗跖而各与以报应，何支离耶。

未见著录。

同心记* 南北五折

嫂奸姑事，《四异》《双串》已极其致，此剧粗具情节。曲、白无一可取。

未见著录。

附录

明曲品补目

作者	沈璟					吕天成				
作品	逸品二种	博笑	四异	艳品一种	红蕖	（共三种）	逸品一种	二淫	艳品五种	三星	戒珠
页码		八	八		二一			九		二二	二二

作者					袁晋（即袁于令）		陈与郊			祁豸佳	
作品	蓝桥	金合	神女	（共六种）	逸品一种	西楼	逸品二种	樱桃梦	鹦鹉洲	逸品一种	玉麈
页码	二二	二三	二三			九		十	十		十一

作者	范文若		孙钟龄			苏元俊		郑之文	
作品	逸品一种	花筵赚	逸品二种	东郭	睡乡	逸品一种	梦境	逸品一种	白练裙
页码		一一		一一	一二		一二		一三

作者					单本			汪廷讷									
作品	能品二种	旗亭	芍药	（共三种）	逸品二种	蕉帕	露绶	逸品一种	狮吼	能品十一种	长生	威凤	彩舟	义烈	投桃	二阁
页码		四四	四五			一三	一四		一四		四五	四六	四六	四六	四七	四七

作者									谢弘仪		胡遵华		卢柟	
作品	三祝	种玉	飞鱼	同升	天书	具品一种	高士	（共十三种）	逸品一种	蝴蝶梦	逸品一种	杏花	逸品一种	想当然
页码	四八	四八	四八	四九	四九		一二七			一五		一五		一五

作者	徐阳辉（徐元辉）		朱京藩			陈情表		陈贞贻		三吴居士		白凤词人		汤显祖	
作品	逸品一种	青雀舫	逸品二种	风流院	半繻	逸品一种	弹指清平	逸品一种	当垆	逸品一种	广爰书	逸品一种	秦宫镜	艳品二种	紫箫
页码		一六		一七	一七		一八		一八		一八		一九		一九

作者		梅鼎祚	屠隆	郑若庸	韦宓	王澹		陈汝元
作品	紫钗	艳品一种 玉合	艳品一种 昙花	艳品一种 玉玦	艳品一种 箜篌	艳品一种 双合	能品一种 考感（共二种）	艳品三种
页码	二一	二三	二四	二四	二五	二五	四五	

作者				文九玄	谢廷谅	戴应鳌	王烋	沈练川（即沈采）	冯梦龙
作品	紫环	金莲	太霞	艳品一种 天函	艳品一种 纨扇	艳品一种 钿盒	艳品一种 阴德	能品一种 还带	能品一种 双雄
页码	二六	二六	二七	二七	二七	二八	二八	四三	四四

作者	王元寿																
作品	能品二十三种	北亭	玉马坠	一轮画	击筑	紫骝马	将无同	中流柱	紫绶	石榴花	莫须有	宝碗	领春风	郁轮袍	鸳鸯被	题燕	异梦
页码		五〇	五〇	五〇	五一	五一	五一	五二	五二	五三	五三	五三	五四	五四	五五	五五	五五

作者								陈□（即陈鹤）	史槃（史磐）					
作品	鸾书错	梨花	灵宝符	玉扼臂	空缄	紫绮裘	紫台怨	能品一种 孝泉	能品十二种 檀扇	青蝉	双鸳	唾红	朱履	鹣钗
页码	五六	五六	五七	五七	五七	五八	五八	五九	五九	五九	六〇	六〇	六一	六一

作者	作品	页码
	合纱	六一
	琼花	六二
	樱桃	六二
	李瓯	六三
	梦磊	六三
	忠孝	六四
史□	能品一种　双串	六三
姚茂良	能品一种　双忠	六四
丘濬	能品一种　伍伦	六五
李伯华（即李开先）	能品一种　宝剑	六五
沈寿卿（即沈受先）	能品二种	
	娇红	六六
	龙泉	六六
祝长生	能品一种　红叶	六七
王应遴	能品一种　清凉扇	六七
黄伯羽	能品一种　蛟虎	六七
谢谠	能品一种　四喜	六八
秦鸣雷	能品一种　合钗	六八
张太和	能品一种　红拂	六九
高濂	能品二种　玉簪	六九
	节孝	七〇
程文修	能品一种　玉香	七〇
全无垢	能品一种　呼卢	七一
陈济之	能品一种　题桥	七一
两宜居士	能品一种　锟铻	七二
秋阁居士	能品一种　夺解	七二
王恒	能品一种　合璧	七二
鹿阳外史	能品一种　双环	七三
朱鼎	能品一种　玉镜台	七三
吴鹏	能品一种　金鱼	七四
吴大震	能品二种　练囊	七四
	龙剑	七四
张从德	能品一种　纯孝	七五
杨夷白（即杨珽）	能品二种　锦带	七五
	龙膏	七六

作者	许三阶	黄惟楫	心一子	涵阳子	泰华山人	月榭主人	杨文炯
作品	能品二种 节侠 红丝	能品一种 龙绡	能品一种 遇仙	能品一种 杖策	能品二种 玉玫 合剑	能品一种 钗钏	能品一种 玉杵
页码	七五 七六	七七	七七	七八	七八 七八	七九	七九

作者	赵于礼	汪肇郃	冯之可	黄廷俸（姚录作廷奉）	李日华	周仪玉（即周朝俊）	王濴
作品	能品二种 溉园 画莺	能品一种 丹管	能品一种 姻缘	能品一种 白璧	能品一种 西厢	能品一种 红梅	能品一种 轩辕
页码	八〇 八〇	八一	八一	八一	八二	八二	八三

作者	柳□□	许自昌	王元功
作品	能品二种 珍珠衫 翡翠钿	能品二种 橘浦 水浒	能品九种 检书 水浒 保主 看剑 灵犀佩 玛瑙簪 弄珠楼 种玉 花亭
页码	八三 八四	八四 八四	八五 八五 八六 八六 八六 八七 八七 八八 八八

作者	王韶	何斌臣	韩上桂	潘□□	梁玉儿	包胤祺	程守兆
作品	能品一种 金凫	能品二种 八翼 女状元	能品一种 凌云北	能品一种 跃剑	能品一种 合元	能品一种 采真	能品一种 金合
页码	八八	八九 八九	八九	九〇	九〇	九〇	九一

作者	王国柱				徐应乾							史载言		许次纾	
作品	能品三种	鸳簪	海棠诗	碧珠	能品六种	德政编	两诗	筹虏	扊扅	三迁	汨罗	能品一种	双梅	能品一种	合璧
页码		九一	九二	九二		九二	九三	九三	九三	九四	九四		九四		九五

作者	李既明			樵风					章□□		徐叔回（即徐元）		华山居士		汪景旦	
作品	能品二种	金合	画竹	能品一种	放蛟	具品一种	蟠龙	（共二种）	能品一种	砥澜	能品一种	八义	能品一种	投笔	能品一种	斩袪
页码		九五	九五		九六		一二七			九六		九六		九七		九七

作者	觉非子		龙门山人		孙一化		吴于东		徐胤佳		周继鲁		竹林逸士	
作品	能品一种	增寿	能品一种	长铗	能品一种	三纲	能品一种	兴吴	能品一种	禅真	能品一种	合衫	能品一种	燕子楼
页码		九八		九八		九九		九九		九九		一〇〇		一〇〇

作者	寒潭主人		王伯原		赵蔺如		若水居士		黄粹吾					更生子	
作品	能品一种	饮泉	能品一种	三槐	能品一种	忠孝	能品一种	三妙	能品一种	升仙	具品一种	胡笳	（共二种）	能品一种	双红
页码		一〇〇		一〇一		一〇一		一〇一		一〇二		一二八			一〇二

作者	冯延年	程从周	□仲仁	王五完	王洙	闻王	夏□□
作品	能品一种 南楼梦	能品一种 青螺	能品一种 绿华轩	能品一种 怀春	能品一种 合襟	能品一种 诗会	能品一种 大刀
页码	一〇三	一〇三	一〇三	一〇四	一〇四	一〇五	一〇五
作者	青山高士	黄中正	陈衷脉	张其礼	何檪	秋郊子	沈应召
作品	能品一种 盐梅	能品一种 双燕	能品一种 金牌	能品一种 合屏	能品一种 翠钿	能品一种 飞丸	能品一种 去思
页码	一〇五	一〇六	一〇六	一〇六	一〇七	一〇七	一〇八
作者	隐求	张应昌	金三秉	穆成章	高汝拭	水云逸史	
作品	能品一种 灌城	能品一种 香罗	能品一种 麟游	能品三种 请剑 双镜 双星	能品一种 不丈夫	能品一种 回天	
页码	一〇九	一〇九	一〇九	一一〇 一一〇 一一一	一一一	一一一	
作者	任晫臣	聃圆生	初阳子	陈显祖	秦淮墨客	汪拱恕	
作品	能品一种 题扇	能品一种 浮鸥	能品一种 合义	能品一种 合珠 具品一种 莲囊 （共二种）	具品一种 折桂	具品一种 全德	
页码	一一二	一一二	一一二	一一三 一四八	一二八	一二九	

作者	作品	页码
谢天端（姚、王、吕均作天祐）	具品六种	
	狐裘	一三二
	靖虏	一三一
	忠烈	一三一
	分钗	一三一
	麦舟	一三三
	剑丹	一三二
王玉门	具品一种	
	十全	一三〇
青霞仙客	具品一种	
	阴抉	一三〇
陈世宝	具品一种	
	八德	一三〇
翁子忠	（共二种）	
	白蛇	一六七
	杂调一种	
	镮环	一二九
	具品一种	
夏邦	具品一种	
	宝带	一三六
许以忠	具品一种	
	三节	一三六
胡文焕	具品四种	
	三晋	一三五
	奇货	一三五
	余庆	一三五
	犀佩	一三四
彭南溟	具品四种	
	遗香	一三四
	四义	一三四
	双侠	一三三
	玉佩	一三三
龙渠翁	具品一种	
	蓝田	一三九
沈惟生	具品一种	
	钗鱼	一三九
谢惠	具品二种	
	玉蝶	一三九
	鸳鸾	一三八
寄鸣道人	具品一种	
	完扇	一三八
释湛然	具品一种	
	妒妇记	一三七
谢恩	具品一种	
	御带	一三七
郑元禧	具品一种	
	底豫	一三七

作者	张濑滨	端鏊	瀫南子	朱道明	程良锡	汤家霖	陈宗鼎
作品	具品一种 分钗	具品一种 戾庨	具品一种 鸾绦	具品一种 完赵	具品一种 负剑	具品一种 玉鱼	具品一种 宁胡
页码	一四〇	一四〇	一四〇	一四一	一四一	一四一	一四二
作者	潘□□	陈龙光	李玉田	张子贤	心一山人	陆江楼	李阳春
作品	具品一种 华盖	具品一种 西游	具品一种 玉镯	具品一种 聚星	具品一种 玉钗	具品一种 玉钗	具品一种 凤簪
页码	一四二	一四二	一四三	一四三	一四四	一四四	一四五
作者	王昆玉	戴之龙	浑然子	王錂	汉上公	木石山人	蒋俊卿
作品	具品一种 进瓜	具品一种 玉蝶	具品一种 锦囊	具品一种 白鹤	具品一种 脱颖	具品一种 金环	具品一种 云台
页码	一四五	一四五	一四六	一四六	一四六	一四七	一四七
作者	朱期	邹逢时	丁鸣春	陈六龙	程九鸣	黄日	吴文义
作品	具品一种 玉丸	具品一种 觅莲	具品一种 湘湖	具品一种 雷峰	具品一种 普化	具品一种 玉花	具品一种 还金
页码	一四八	一四八	一四九	一四九	一五〇	一五〇	一五〇

作者	作品	页码
闲闲子	具品一种 远帆楼	一五一
陈德中	具品一种 赐剑	一五一
吴怀绿 叶泰华	具品一种 金盃	一五一
沈棹	具品一种 双麟	一五二
金怀玉	具品十种 香毬	一五二
	宝簪(即合簪)	一五二
	望云	一五三
	完福	一五三
	妙相	一五四
	摘星	一五四
	绣被	一五四
	八更(即凿壁)	一五五
	桃花	一五五
	三槐	一五六
陈开泰	具品一种 冰山	一五六
王玄旷	具品一种 醎隼	一五六
盛于斯	具品一种 鸣冤	一五七
鹏鹞居士	具品一种 过眼浮云	一五七
阳明子	具品一种 冤符	一五七
阁甫	具品一种 磨忠	一五八
□春怀	具品一种 金盔	一五八
王万儿	具品一种 椎秦	一五九
陆华甫	具品一种 双凤	一五九
古时月	杂调一种 跨鹤	一六七
吴德修	杂调一种 偷桃	一六八
黄澜	杂调一种 赤壁	一六八

作者	作品		页码
胡湛然	杂调一种	三聘	一六九
金成初	杂调一种	荆州	一六九
欣欣客	杂调一种	还魂	一六九
鲁怀德	杂调一种	藏珠	一七〇
汪湛溪	杂调一种	孝义	一七〇
席正吾	杂调一种	罗帕	一七〇
郑汝耿	杂调一种	剔目	一七一
郑国轩	杂调一种	牡丹	一七一
童养中	杂调一种	胭脂	一七二
张竹亭	杂调一种	双节	一七二
锦窝老人	杂调一种	升仙	一七二
许宗衡	杂调一种	雷鸣	一七三
董应翰	杂调一种	易鞋	一七三
叶俸	杂调一种	钗书	一七四
暨廷熙	杂调一种	绣衣	一七四
叶碧川	杂调二种	瓦盆	一七四
		征蛮	一七五
朱少斋	杂调三种	英台(即还魂)	一七五
		金钗	一七五
		破镜	一七六
顾觉宇	杂调三种	跃鲤	一七六
		绨袍	一七六
		织锦	一七七
不知姓名	逸品一种	玉镜台	一六

作者																		
作品	能品四十一种	牧羊	罗囊	银瓶	寻亲	琼台	茶舡	孤儿	双盃	断发	渔樵	金丸	跃鲤	精忠	鸾钗	四豪	赤松	赤鲤
页码		二九	二九	三〇	三〇	三一	三一	三一	三二	三二	三三	三三	三三	三四	三四	三四	三五	三五

作者																	
作品	百顺	花园	合纵	金雀	金钏	四友	珠衲	摘缨	钱神	五福	完贞	百花	双钗	平湖	运甓	三益	平妖
页码	三六	三六	三六	三七	三七	三七	三八	三八	三八	三九	三九	三九	四〇	四〇	四〇	四一	四一

作者																	
作品	西洋	玉掌	古剑	绛雪	金花	犀轴	髯虎	具品四十二种	新金印	三关	四德	葵花	四美	金貂	三桂	五桂	蟾蜍
页码	四一	四二	四二	四二	四三	一〇八	一〇八		一一四	一一四	一一五	一一五	一一五	一一六	一一六	一一七	一一七

作者																	
作品	鹦哥	月桂	妆楼	南华	还魂	锦苏鞋	举鼎	春秋	绨袍	草庐	桃园	七胜	试剑	试剑	咬脐	恩荣	丹忠
页码	一一七	一一八	一一八	一一八	一一八	一一九	一一九	一二〇	一二〇	一二〇	一二一	一二一	一二一	一二二	一二二	一二二	一二三

作者																
作品	千祥	孤忠	双喜	骊山	白袍	宝钏	鸳鸯	金牌	西湖	万全	玉杵	四恩	红杏	红鞋	青楼	鸾刀
页码	一六〇	一六〇	一五九	一三六	一二七	一二六	一二六	一二六	一二五	一二五	一二五	一二四	一二四	一二四	一二三	一二三

作者																	
作品	赤符	麒麟	赛伍伦	感虎	和戎	韩朋(即十义)	金台	劝善	鹿台	射鹿	升仙	征辽	双璧	古城	香山	珍珠	三元(即断机)	杂调十九种
页码	一六六	一六六	一六六	一六五	一六五	一六五	一六四	一六四	一六四	一六三	一六三	一六三	一六二	一六二	一六二	一六一	一六一	

作者			
作品	(共一百另三种)	玉钩	金凤钗
页码		一七七	一六七

共四百三十五种
杂调四十六种
具品一百二十七种
能品二百十六种
艳品二十种
逸品二十六种
明曲品著录

明剧品补目

作者	作品	页码
周藩诚斋	妙品八种	
	苦海回头	一七八
	继母大贤	一七九
	团圆梦	一七九
	香囊怨	一八〇
	烟花梦	一八〇
	复落娼	一八一
	花里悟真如	一八一
	风月姻缘	一八一
	雅品十六种	
	八仙庆寿	一九〇
	夜半朝元引	一九〇

作者	作品	页码
	辰钩月	一九一
	三度小桃红	一九一
	义勇辞金	一九二
	乔断鬼	一九二
	豹子和尚	一九三
	福禄寿	一九三
	获驺虞	一九三
	海棠仙	一九四
	灵芝庆寿	一九四
	黑旋风仗义疏财	一九五
	甄月娥春风庆朔	一九五
	新丰记	一九六

作者	作品	页码
	金环记	一九六
	降狮子	一九六
	艳品五种	
	踏雪寻梅	二四〇
	赛娇容	二四〇
	牡丹品	二四一
	牡丹仙	二四一
	牡丹园	二四二
	（共二十九种）	
徐渭	妙品四种	
	渔阳三弄	一八二
	翠乡梦	一八二
	雌木兰	一八三
	女状元	一八三
	（总名四声猿）	
杨诚斋	妙品一种	
	曲江池	一八四
	雅品四种	
	常椿寿	一九七
	十长生	一九七
	蟠桃会	一九八
	神仙会	一九九
	（共五种）	
王衡	妙品一种	
	郁轮袍	一八四
陈继儒	妙品一种	
	真傀儡	一八五
梅鼎祚	妙品一种	
	昆仑奴	一八五
沈自徵	妙品三种	
	霸亭秋	一八六
	鞭歌妓	一八六
	簪花髻	一八七
凌濛初	妙品四种	
	蓦忽姻缘	一八七
	莽择配	一八八
	颠倒姻缘	一八八
	穴地报仇	一八八
	雅品三种	
	正本扶余国	二〇六
	祢正平	二〇七
	刘伯伦	二〇七
	（共七种）	

作者	作品	页码
苏澹	妙品一种	
	独乐园	一八九
王九思	雅品一种	
	沽酒游春（即曲江春）	一九九
康海	雅品一种	
	中山狼	二〇二
冯惟敏（即冯琦）	雅品一种	
	玉殿传胪（即不伏老）	二〇三
	逸品一种	
	僧尼共犯（共二种）	二二九
杨慎	雅品一种	
	洞天玄记（一名证有为太平仙记）	二〇三
汪道昆	雅品四种	
	高唐梦	二〇四
	五湖游	二〇四
	远山戏	二〇五
	洛水悲	二〇五
梁辰鱼	雅品二种	
	红线	二〇六
	无双传补	二〇六
陈与郊	雅品五种	
	淮阴侯	二〇七
	王昭君	二〇八
	蔡文姬	二〇八
	义犬记	二〇九
	中山狼	二〇九
叶宪祖	雅品十八种	
	北邙说法	二一〇
	团花凤	二一〇
	骂座记	二一一
	寒衣记	二一一
	易水离情（即易水寒）	二一二
	渭塘梦	二一二
	会香衫	二一三
	碧玉钗	二一三
	玳瑁梳	二一三
	鸳鸯寺冥勘陈玄礼	二一四
	芙蓉屏	二一四
	琴心雅调	二一四
	三义成姻	二一五
	桃花源	二一五
	龙华梦	二一六
	贺季真	二一六

作者	作品	页码
	死生缘	二一六
	巧配阎越娘	二一七
	逸品一种	
	耍梅香	二三三
	能品一种	
	西楼夜话	二四七
	（共二十种）	
车远之	雅品一种	
	福先碑	二一七
王骥德	雅品五种	
	男王后	二一七
	弃官救友	二一八
	倩女离魂	二一八
	两旦双环	二一九
	金屋招魂	二一九
吕天成	雅品四种	
	秀才送妾	二一九
	儿女债	二三〇
	胜山大会	二三〇
	夫人大	二三一
	逸品四种	
	耍风情	二三〇
	缠夜帐	二三〇
	海滨乐	
	（即齐东绝倒）	二三〇
	姻缘帐	二三一
	（共八种）	
王淡	雅品一种	
	樱桃园	二三一
屠畯	雅品一种	
	崔氏春秋补传	二三一
王湘	雅品一种	
	梧桐雨	二三二
余翘	雅品一种	
	锁骨菩萨	二三二
祁麟佳	雅品四种	
	救精忠	二三三
	红粉禅	二三三
	庆长生	二三三
	错转轮	二三四
孟称舜	雅品三种	
	死里逃生	二三四
	残唐再创	二三五
	（即英雄成败）	
	眼儿媚	二三五
	逸品二种	
	花前一笑	二三四
	桃花人面	二三四
	（共五种）	

作者	王应遴	史槃（史磐）	徐□□	邹式金	郑瑜
作品	雅品一种 逍遥游	雅品一种 苏台奇遘 能品二种 三卜真状元 清凉扇余 （共三种）	雅品一种 罗浮梦	雅品一种 春风吊柳七	雅品一种 椽烛修书
页码	二二五	二二六 二五六 二五六	二二七	二二七	二二七

作者	陈□□	袁于令	阳初子	邹兑金	黄家舒	徐翙	卓人月
作品	雅品一种 朱翁子	逸品一种 双莺传	逸品一种 一文钱	逸品一种 空堂十举觞	逸品一种 城南寺	逸品二种 春波影 络冰丝	逸品一种 花舫缘
页码	二二八	二二九	二三一	二三二	二三二	二三三 二三三	二三五

作者	张岱	来镕	陈情表	徐元辉	祁豸佳
作品	逸品一种 乔坐衙	逸品三种 红纱 碧纱 闲看牡丹亭	逸品一种 钝秀才	逸品一种 有情痴 能品一种 脱囊颖	逸品一种 眉头眼角
页码	二三五	二三五 二三六 二三六	二三七	二三七 二四七	二三七

作者	作品	页码
陈六如	九曲明珠　能品一种	二四六
祁骏佳	鸳鸯锦　艳品一种	二四四
胡汝嘉	暗掌销兵　艳品一种	二四三
李磐隐	度柳翠　艳品一种	二四三
陈汝元	红莲记　艳品一种	二四二
董玄	文长问天　逸品一种	二三九
朱京藩	玉珍娘　逸品一种	二三九
顾思义	余慈相会　逸品一种	二三八
叶汝荟	夫子禅　能品一种	二五四
汪廷讷	太平乐事（即闻歌纳妓）	二五四
	广陵月	二五三
	捐衣嫁婢	二五三
	诡男为客	二五二
	青梅佳句	二五二
	中山救狼　能品六种	二五二
杨伯子	都中一笑　能品一种	二五一
吴仁仲	再生缘　能品一种	二四八
吴礼卿	媸童公案　能品一种	二四七
诸葛味水	女豪杰　能品一种	二六〇
黄中正	五老庆贺　能品一种	二五九
钱珠	问狸倩谐　能品一种	二五八
田艺衡	归去来辞　能品一种	二五七
散木湛然禅师	地狱生天　能品一种	二五六
冶城老人	衍庄　能品一种	二五五
金粟子	雪浪探奇　能品一种	二五五

作者	作品	页码
醒狂散人	柳浪杂剧	二六四
	具品一种	
铎梦野人	可破梦	二六四
	具品一种	
李大兰	老归正道	二六三
	访师论道	二六二
	华阳叟	二六二
	白鹿洞	二六二
	裴渭源	二六一
	能品五种	
胡士奇	小青传	二六一
	能品一种	
王淑忭	蟠桃记	二六〇
	能品一种	
杨维中	偷桃献寿	二六〇
	能品一种	
王素完	玻璃镜	二六九
	具品一种	
樵风	宦游济美	二六九
	参禅成佛	二六九
	剑侠完贞	二六八
	孝感幽明	二六八
	具品四种	
陈清长	一麟三凤	二六七
	具品一种	
程士廉	小雅四纪	二六六
	具品一种	
凌星卿	关岳交代	二六六
	具品一种	
胡文焕	桂花风	二六五
	具品一种	
李槃	王开府	二七六
	首阳高节	二七五
	鲁敬姜	二七五
	赵宣孟	二七五
	周文母	二七四
	夏六贤	二七四
	独居教子	二七四
	庳国君	二七三
	具品八种	
张大谌	报恩虎	二七三
	三难苏学士	二七三
	诛雄虎	二七二
	具品三种	
高□□	五老庆庚星	二七二
	具品一种	

作者	作品	页码
不知姓名	武松打虎	二四五
	陶彭泽	二四五
	能品二十二种	
	喝彩获名姬	二三九
	觳儒记	二三八
	闹风情	二三八
	逸品三种	
	城南柳	二三六
	蓝采和	二〇二
	销魔镜	二〇一
	猿听经	二〇一
	豫让吞炭	二〇一
	单刀会	二〇〇
	醉写赤壁赋	二〇〇
	雅品七种	
谢天惠	善恶分明	二七六
	孝义记	二七六
	具品二种	

作者	作品	页码
	青楼访妓	二五八
	折梅驿使	二五八
	鼓盆歌	二五七
	五岳游	二五七
	泣鱼固宠	二五五
	小春秋	二五四
	青楼梦觉	二五一
	秋夜梧桐雨	二五一
	气伏张飞	二五〇
	西天取经	二五〇
	黄鹤楼	二五〇
	功臣宴	二四九
	黄花峪	二四九
	宋公明	二四八
	东方朔	二四八
	相思谱	二四六
	琪园六访	二四六

作者	作品	页码
	逢人骗	二七二
	相送出天台	二七一
	铜雀春深	二七一
	鲁男子	二七一
	截发留宾	二七一
	竹林胜集	二七〇
	秦楼箫史	二七〇
	黄粱梦	二七〇
	游观海市	二六八
	园林午梦	二六七
	举烽取笑	二六七
	斩貂蝉	二六五
	男风记	二六五
	具品十四种	
	竹林小记	二六一
	善戏谑	二五九
	分钱记	二五九

共二百四十二种

具品三十九种

能品五十二种

艳品九种

逸品二十八种

雅品九十种

妙品二十四种

明剧品著录

作者	作品	页码
	（共四十六种）	
	同心记	二七七

曲品逸文

玉环

韦皋玉箫两世姻缘，不过前后点出，而极意写韦之见逐于妇翁，作者其有感而作□耶？

吕《品》、王《录》、姚《录》俱入无名氏撰。《丛刊》初集收北圕藏明慎余馆刻《韦凤翔古玉环记》二卷。题“玉峰如如子校”，卷尾有“玉峰慎余馆藏板”一行。

合镜

传乐昌镜之分合也。

吕《品》入无名氏撰。

分镜

又一本。

王《录》入明无名氏撰。姚《录》亦入无名氏，下注“古本，非《合镜记》”。

绣繻

闻有演《玉玦》而青楼绝迹，诸妓醵金构此曲，为红裙吐气，为荡子解嘲。

姚《录》、王《录》题郑若庸撰。《丛刊》初集收明朱墨印本四卷。又有文林阁刊本，今存。

霞笺

传青楼者，唯此委婉得趣。至《西楼》文大畅，此外无余地容人站脚矣。

姚《录》、王《录》俱入无名氏。吕《品》、高《品》著录，俱无撰人，高《品》注“翠眉娘事”。有汲古阁本，今存。

五全

叶李弹劾贾似道，已见之于《望春楼》，此转（?）传之而更畅，似道失意时描写详尽，可为奸邪金鉴。

姚《录》“无名氏院本”中有此目，下注“托明杨升庵名”。

茜囊

传奇中未有传以博赛破家者，有之，自王□□始。初之豪奢，末之穷困，写出毕肖。

未见著录。

犀合

旧有唐伯虎传奇，此仿之为是记，记中有人不知之巧，而归结于一合。

姚《录》著录，又作《八不知犀合记》。未题撰人。王《录》、吕《品》、高《品》俱著录，亦均不著撰人。

坠钗

□娘度非生生死死，皆因情至，转讶炳灵公卢二舅之婉转成就，以钱妹儿收得姊儿，得之谶定。岂神仙亦不断情累乎？

沈璟撰。姚《录》、王《录》、吕《品》俱著录。王伯良《曲律》卷四云："词隐《坠钗记》，盖因《牡丹亭记》而兴起者。中转折尽佳，特何兴娘鬼魂别后，更不一见。至末折忽以成仙会合，似缺针线。予尝因郁蓝生之请，为补入二十七卢二舅指点修炼一折，始觉完全。今金陵已补刻。"

十孝

沈□□阐发古孝子事，每事三折，令人□□猛然惊醒，先生不特有功于行孝也已。

沈璟撰。姚《录》、王《录》、吕《品》、高《品》俱著录。

分钱

杨广文之雁鱼锦，贾氏之女□元，杨长文之入破出破，皆先生效《琵琶》处。盖欲人审韵谐音，极力返于当行本色耳。

沈璟撰。姚《录》、王《录》、吕《品》俱著录。

双鱼

取全州佳偶事杂之《荐福碑》剧中，写书生沦落之状，□令人神魂惨淡。

沈璟撰。姚《录》、王《录》、吕《品》俱著录。明刻《古今小说》中有《单符郎全州佳偶》一目，即此所本。《丛刊》初集收明继志斋刻本二卷。

合衫

取元人《公孙合》新剧参错而成。极意摹古，一以淡而真者写出怨楚之况。

沈璟撰。姚《录》、王《录》、吕《品》、高《品》俱著录。

义侠

此记于武松侠烈之概、潘金莲淫奔之状，宛转写出。

沈璟撰。姚《录》、王《录》、吕《品》俱著录。《丛刊》初集收大兴傅氏藏明继志斋刊《重校义侠记》二卷。前有郁蓝生序。

鸳衾

富（?）翘之事，闻吴中实有之。桐柏生《团花凤》《碧玉钗》二剧，皆取于此。

桃符

演《后庭花》剧为南曲，曲第二十八折，已觉有无限波澜矣。闻旧有《刘天义传奇》，今不存。

沈璟撰。姚《录》、王《录》、吕《品》俱著录。《丛刊》初集收影明刊抄本。

分柑

男宠只方诸生《男皇后》一剧，自来无全本。拈毫搬弄，备极谑浪之态，但为乐未久，而辄为□□负心，受诸凄冷，觉欢场太短耳。虽状雌雄双飞，竟夺人国。原生以此破家，又何足责哉。

按此沈璟撰，姚《录》、王《录》、吕《品》俱著录。按《男王后》一本，王《录》著录题秦楼外史撰。有《盛明杂剧》本。按天启方诸馆刊王骥德伯良《曲律》卷四有一则云："予昔谱《男后》剧，曲用北调，而白不纯用北体，为南人设也。已为离魂，并用南调。郁蓝生谓自尔作祖，当一变剧体。既遂有相继以南词作剧者。后为穆考功作《救友》，又于燕市作《双鬟》及《招魂》二剧，悉用南体。知北剧之不复行于今日也。"又记："……今好事者。以《女状元》并余旧所谱陈子高传称为《男皇后》，并刻以传。……"可参看。

凿井

"凿井得铜，买奴得翁"，原是古语。今人以求友得妇，依主得兄一股，遂成佳传。

沈璟撰。姚《录》、王《录》、吕《品》俱著录。

珠串

崔孺都押一青衣，赋“侯门如海”之句，自是诗中佳话，今得于节镇，□作其合，大可快心。崔妻磨折于伯母，虽未脱套，而描写妇人反唇之状，非先生妙笔不能。

沈璟撰。姚《录》、王《录》、吕《品》俱著录。

奇节

一本分作二事，权皋以计避禄山而竟得生，贾直言饮药，有文命而卒不死，真可谓节之奇者矣。二事皆出正史，传之者情与景合，无境不肖。

沈璟撰。姚《录》、王《录》、吕《品》俱著录。

结发

此郁蓝生作传，先生谱之者。中间状白叟之负义，莺娘之守盟，萧生之异遇，一转一折，神情俱现。

沈璟撰。姚《录》、王《录》、吕《品》俱著录。

埋剑

郭飞卿陷身蛮中，吴永固以不识面之交，百计赎出，可谓不负生友。飞卿千里赴奠，移恤永固之子，可谓不负死友。世有生死交如此，洵足传也。

按此沈璟作。姚《录》、王《录》、吕《品》俱著录。有明继志斋本，马隅卿旧藏，今景入《丛刊》初集。

连环

元有《夺戟》剧，云貂蝉小字红昌，原为布配，以离乱入官，掌貂蝉冠，故名。后仍作王司徒父女，而连环之计，红昌不知也。

吕《品》、姚《录》俱题王雨舟撰。《丛刊》初集收长乐郑氏藏抄本二卷，题“明乌程王济雨舟撰”。

千金

纪楚汉事甚豪畅，但所演皆英雄本色，闺阁处便觉寂寥。

姚《录》、王《录》著录，题沈练川著。《丛刊》初集收沈璟《新刻出像音注花栏韩信千金记》四卷，明富春堂刻本。又大兴傅氏藏明万历间金陵刻《重校千金记》二卷，封面题“仇实父绘象《千金记》”，插图十幅，夜宴、别姬诸幅，精绝。

四纪

一纪四起，是此明以四名公配四景。沈练川作此寿钟（?）江杨相公者。

此殆即《四节记》也，沈练川撰。

明珠

记王仙客刘无双，文人之情，才士之□，具见之矣。

此陆采撰，王《录》据《历朝诗集》著录《王仙客》一本，即此。有汲古阁刻本，今存。

陆采西厢

天池以李日华《西厢》翻北为南，剽窃为词，气脉未贯，握管作此，不涉王实甫一字，但□□耳。

此陆天池《西厢记》，《丛刊》初集收大兴傅氏藏明刻《新刊合并陆天池西厢记》二卷，“赤水屠隆长卿父校正，乐天周居易子平父校梓”。

李丹

刘慈水阅掷李事，寄之属郁蓝生作记，二十日而成。郁蓝尚自逊为握管未疾也。

诸家著录勤之著作，俱无此种。

神镜

剑侠特盛于唐，而所载红线、隐娘尤奇秘可喜。至金生以神镜合隐娘，正是天然传奇。此记作得灵怪，又□于场上见构局之佳，曲□□□，是郁蓝生另一作法。韵亦不重押，□□韵内而□□又即用□韵所未及押者，更加辟法门。

吕天成撰，姚《录》著录。

双栖

此《神女》改本也。与□从不同。以□□骚雅供其笔端，觉汨罗江畔，暗雨凄风；黄陵庙前，暮色斜照，恍忽如见矣。

吕天成撰，姚《录》著录。

神剑

以王文成公道德事功，谱之声韵。欲令瞋笑皆若识公之面，可佐传史所不及。曲白工丽，情境完转。

吕天成撰。姚《录》著录。

右曲目三十一种，写在一张纸上，夹在《曲品》原书中间。这里都是《曲品》中未录之目，据《凡例》，“沈词隐他作入雅，独《四异》以逸称”大抵即是“雅品”的逸文。是否“雅品”全目都在这里，也很难说。《凡例》又一条说“高则诚之《琵琶》列妙，莲池师之《琵琶》列雅”，这里并无《琵琶》一目，则“雅品”亦当非完璧。

根据《剧品》的排列次序，这里也应该是“妙品、雅品、逸品、艳品、能品、具品、杂调”。今存《曲品》从《逸品》开始，前面的两品都已不存，现在根据这张旧抄残叶，可以使我们明了为什么许多明人院本的名作，都未曾收入的原因，原来是都包括在“妙”“雅”两品之中的。这样，把这仅存的“雅品”残叶做为附录仍旧辑入，也还是有意义的。

原迹是极细的蝇头行草书，辨识极不易。有疑问的处所，只能缺疑。误字之处，亦必不免。读者谅之。

祁公世培传从兄止祥、从弟文载附

公名彪佳，字虎子，一字幼文，号世培。浙江山阴人也。五世祖司员，御史，池州知州。曾祖清，陕西右布政使。伯祖汝东，两淮运使。父承㸁，江西右参政。生而英特。年十七，举于乡。天启壬戌成进士，除兴化推官。将之任，向其父长跪请教再四，不答。或叩其故，曰："子不见夫乡之诲泅者入水，势极险而泅成矣。今日此子入官，固翻壶却瓮时也。奈何复藉以肘。"既而公固以贤能称。会军士以饷迟大哗藩使者门，长吏皆杜门慑息，公独出而谕散之。计缚数人，械送抚军，置诸法。捕得海中巨寇数人，令狱胥善饮食之，盗感甚，乃复设酒食庑下，令醉饱。使各陈澥上情形，盗亦不自意其吐实也。崇祯四年擢御史，疏陈赏罚之要，言黔功因一级疑稽三年之叙，何以励陷阵冲锋之士？山东之变，连陷六城，未尝议及一官，欺蔽之习，不可不破。帝亟命议行。逾年，言九列之长，诘责时闻。宪臣陈于廷，四朝遗老，遽被重谴，恐诸臣怵严威，竞为揣摩迎合，以保名位。臣所虑于大臣者此也。方伯或至一二考，台员或至十余载，未得迁除，而监司守令多贬秩停俸，臣子精神才具不能稍有余地展布发舒，臣所虑于小臣者此也。抚按之事多令中官监视会同，开水火之端，其患浅；启交结之渐，其患深，臣所虑于内臣者此也。忤旨谯责。寻上合筹天下全局疏，以策关宁、制登海为要。分晰中州秦晋之流贼，江右楚粤之山贼，浙闽东粤之海贼，滇黔楚蜀之土贼为四大势。极陈控制驾驭之宜，而归其要于戢行伍以节饷，实衙所以销兵。帝嘉纳之。陈民间十四大苦曰里甲，曰虚粮，曰行伍，曰搜赃，曰钦提，曰隔提，曰讦讼，曰窝访，曰私税，曰私铸，曰解运，曰马户，曰盐丁，曰难民。帝善其言，下之所司，亦不能尽用也。巡按苏松，械少年拳勇无赖、稔恶可杀者四人，置之衢，集诸父老询之曰："是可杀否？"曰"可"。又遍询诸观者曰："是可杀否？"曰"可"。公笑曰："吾当与众弃之。"乃操大棰棰杀，陈其尸三日。一时悚息，习为之革。又预以十革、十四申、九询檄下属，乃据所答核之，以阴寓考功之法。革者，革其弊也。申者，申其当行也。询者，询其若者当行若者当革也。宜兴乡宦陈于鼎、于泰家奴肆虐，众怒，相与刑牲焚庐发冢，公先捕诸奴正法以平众心，尽追还所占掠男女田屋，而奏夺陈氏父子官。然后取为乱者治之。公美皙而颀，风度奕然。每出，士民女争观，而惮其英严莫敢犯。终以奏免陈氏官为舅辅周延儒所怨，阴嗾中官驳居下考。烈皇帝知先生，亲索笔改罚俸。寻以侍养归。执贽刘蕺山先生之门。家居立赈灾法，委巷穷山，无不遍者。活饥民无算。浙中诸郡皆仿之。先生知时事不可为，宦情日淡，自以病假过八年，请炤过五年闲住例，而诏起河南道御史掌察，会大清兵略山东，或劝公缓行。公奋然曰："君父有急，奈何迁延观望为!"星驰至都，首疏请留蕺山及御史金光宸，癸未举计典，一以虚公为衡量，无敢一钱自通于门者。疾吴昌时紊制弄权，面叱于朝而纠之。上卒诛昌时，昌时，延儒党也。循例刷卷南京。甲申之变，群臣会议南京，欲以福王为兵马元帅，如宋高故事。公曰："监国本朝故典也，何俟远引为?"众从之。未几，正大位。公言甫监国，而遽登极。示利天下心，且群帅劝进表未至，即忠如陶侃，犹耻不与定策，况其下乎。史公可法是公言，然是时贪功者多，蜚语史公有二心于潞王，史公惧，不敢复持朝议。以苏民变，公素有威望在吴，拜公右副都御史，巡抚其地。入丹阳，斩乱民三人以徇。所至设先帝位，率众哭，以大义谕之。且言中原已无贼，国有长君，人心乃安。先是苏民以乡官项煜、钱位坤、宋学显、汤有庆从贼，剽其家。常熟亦焚时敏宅，毁其棺之未葬者，公捕其为首者诛之，乃揭榜于路曰，毋借锄逆报私恩，毋假勤王造祸乱。犯者罪不赦。而嘉定华生家奴合他姓奴同时起，合数万人，坐缚主杖之，索身券去。公悉捕得，斩数人，令曰："有为原主所保者，宥其死，许出狱。"于是诸奴皆膝行匍匐哀叩原主乞命，乃赦而训练之为苍头军。又定京口之变，阁部史可法部将刘肇基、陈可立、张应梦、于永绶最桀黠，相与统骑兵，驻京口，骑兵恣横，民苦之。时浙江入卫都司黄之奎亦部水陆三四千戍其地，见骑兵强买民瓜斫伤民，心不平，缚而投之江。遂相与水火。而守备李大开续统浙兵至，复以争道斫杀镇兵马，镇兵益怒大哗，击杀大开。因迁怒于民，焚掠死者四百余人。公闻变驰至，而兵已遁至七里港。我兵尾击之，沉其悍卒四百余人，悉永绥所部也。于是出涕慰劳，验残毁，抚疮痍，民豁然如更生。兴平伯高杰者故降盗也，时已列为四镇，据瓜州。意耽耽江南，声言移屯丹阳以恫公，毛西河作公传，合两事为一事，讹矣。公不为动。牒止之。约会杰于瓜步大观楼。杰度公文吏畏己，必不至。至期风作，笑曰："祁抚有辞矣。"语未卒，遥见一舟破浪，顷刻达岸，传呼曰："祁都堂至矣。"挝鼓入。杰大骇，衷甲出迎。见公角巾单衣，从隶胥各一，又大喜。且劳且拜，手挥部士去。坐语良久，尽欢而别。起指江曰："公在，杰敢逾尺寸以溷公者，有如此江。"抚吴六月，城守兵食，咸有成绩。方相机图恢复，而马士英憾蕺山劾己，疑公属草，丹徒张捷里居，公接之疏，至是居吏部，乃合谋嗾御史张孙振追论公前缓上登极，怀二心，公不辨，但辞定策功所升右副都御史，竟归。尝谏厂卫、诏狱、廷杖三事，本朝弊政，不可不革。国门传诵其疏。其略曰：洪武初，官民有犯，或收系锦衣卫，当事者因非法凌虐，高皇帝乃于二十年禁其刑具，送囚刑部。是祖制原无诏狱也。后乃以罗织为事。虽朝廷爪牙，实权奸鹰犬，举朝尽知其枉，而法司无敢雪，惨酷等来周，平反无徐杜，此诏狱之弊也。永乐间设立东厂，始开告密，无借凶徒，投为厮役，飞诬善良，招承多出私拷，赤手立致巨万，怨愤载道，欲绝苞苴而苞苴更盛，欲清奸宄而奸宄益多，此辑事之弊也。若夫刑不上大夫，祖宗忠厚立国，及逆瑾用事，始去衣受杖，朴责多系直臣，本无可杀之罪，而加必死之刑。血溅玉阶，肉飞金陛，班行削色，气短神摇。即恤录随颁，已魂惊骨削矣。朝廷徒受愎谏之名，天下反归忠直之誉，比廷杖之弊也。疏奏，大学士姜曰广拟俞旨，为群小所挠。未几，南都溃，潞王监国杭州，以吴中士人万口惜公去，苟得公则万众可立集，加少司马总督苏松，诏甫下而大兵至，檄诸荐绅，薙发渡江。公恐家人挠己，佯语夫人曰："来日当至杭面陈，辞以疾，当得归也。"携其子理孙适寓园。寓园者，公所构别业，奉其太夫人者也。夜开牖望南山，喟然叹曰："郁郁山川，今犹昔也。而人生已一世矣。"有顷，理孙闻启户声，急披衣起，见几上别庙文并绝命诗。急踪之，见柳岸浅水中露角巾寸许，掖之则正襟危坐，尚莞尔笑容也。年四十有五。唐王赠少保兵部尚书，谥忠敏。

从兄豸佳，字止祥。膺天启丁卯乡荐，以教谕迁吏部司务。从弟熊佳，字文载，崇祯庚辰进士，除南平知县，召为兵科给事中。明亡，皆隐于家。日与老衲相对谈世外烟霞，间呼伶人度曲，亲执管和之。而豸佳工书画，四方索者踵相接，所至人争延之。往往呵冻流汗以应。居恒自悔积习未忘，令天下多此物色。然累征不出，论者高之。熊佳在南都日，马士英以王之明诈冒太子，欲付法司严鞫，因以倾黄道周、姜曰广、高宏图等，诬其主使。熊佳扬言于众曰，太子真伪未可知，若遽加笞掠，何以服天下！今老成凋谢，而罗织兴大狱，此何为也。士英闻之始沮。福王欲选采女，切谏数四。左良玉称兵犯阙，以檄遗熊佳，复书极言不可。谓士英神人同愤，然将军此举，未免倒行逆施，恐无解于道路之口云云。

与豸佳俱以寿终于家。

论曰：先生尝询吴昌时于东林巨公，巨公曰：“君子也。”将荐矣，复质之蕺山，蕺山曰：“此小人也。”乃易荐章为弹章。若蕺山者，可谓不党，而先生亦勇于从义矣。先生之初称贽蕺山也，自言默察生平，惟死生未能脱然。蕺山告以急严义利之辨，义利辨则死生明矣。抚吴时，院署有池久淤，起工濬之。谓其兄曰：“若事不济，妻子归于此。”公之得为天地完人，岂一日之故哉。呜呼，越中死义诸公，自蕺山外，吾尤心折于四明施公与祁公云。施公名邦曜，字尔韬，官副都御史。贼陷都城，公投缳，仆解之，公厉声曰：“汝辈岂知大义！”时贼已填巷，不复可返寓，望门求缢，居人惧祸，皆麾出之，乃以砒投烧酒中饮之，九窍血裂而死。因已蒙褒录，故未暇作传。

右传录自《重麟玉册》卷一。《重麟玉册》凡六卷，鸣野山房黑格抄本，不著撰人。卷首有乾隆甲寅岑振祖《例言》，云系山阴沈征君梅史著，即沈冰壶也。“而篇中又每载沈梅史先生向余言云云，似先生故为此隐约之词，存姓氏于疑似间，未可知也。”全书首列“诸王始末”及王妃、曾妃、郑成功诸传，次即列《宏光死事诸人传》《永明王死事诸人传》《鲁王死事诸人传》《遗献传》，大抵明晚遗臣遗民都包括在内了。撰作时间大抵在康熙中，正当文字狱大行，作者不敢直书姓名，那原因也是极明白的。文中叙及新朝，也极尽客气，但贯穿全书的则是极浓重的民族思想，对保持了民族气节的人们，给以极高的评价和极热情的描述。作者是越人，因此对两浙的抗清斗争，纪载特详。

传中提到彪佳抚吴时曾“预以十革、十四申、九询檄下属”，按，彪佳有《按吴政略》六册，刊于崇祯中，计“三十二饬”二卷，“十四申”一卷，“十三禁”一卷，“九询”一卷，“四约”一卷，“六革”一卷。原不止革、申、询三事而已。

又关于彪佳投水的纪事，与王季重所撰，梁廷枏、龚沅补编的《年谱》也微有异同。王谱所写，更较详尽，收《祁忠敏公日记》卷前，可参看。

案为祁彪佳作传者，今所知有下列诸人：毛奇龄、沈冰壶、董暘、林日宣、张岱、谢晋、朱士稚、邵廷采、查继佐及《明史》本传，又弟熊佳所撰《行实》。诸文或见本集，或见道光刻《祁忠惠公遗集》杜春生辑“遗事”所引。以查东山《罪惟录》中一传为最翔实。《明史》本传成于易代以后，殉国前后事，略而不书，最不足观。其存之本集，今犹可见者亦不据录。今取沈冰壶所撰一传，入之附录。所记晚明江南民变，彪佳处治诸端，皆为实录。盖封建社会士大夫之维护地主阶级利益，事出必然。彪佳遗著更有《救荒全书》《守城全书》，或言救灾，或言御“寇”，其思想体系，更无殊异也。

大室山房四剧及诗稿序

祁彪佳

噫嘻，世有文人而不遇，如我伯兄氏者哉。夫惟文人故不遇，不遇故文人本色也。往往以其牢骚感慨，寄之诗歌以及词曲。彼骄贵郎君，不能转眼存活，而文人之文，则寿世而不朽。是其不遇一时已遇千古矣。文人之死也，葫芦中人，方且悲之哭之。欷歔而凭吊之，不知彼方徜徉于无何有之乡，以与造物游。即其所为诗歌词曲，或幻为彩云，舒卷天际；或散为清风，披拂林表。虽欲悲之哭之，欷歔而凭吊之，其可得耶。虽然此不可为世人之道也。世人非情不死，非情不生。况情之所钟正在我辈，人琴之感，贤者不免。自卜商文成，而广陵之散中绝。每见架上残编，辄恍忽有灵气护之，梦然而梦，则伯兄氏在也。飒然而醒，则痛哉，伯兄氏衰草白杨萧萧霜露矣。呜呼伯兄氏不可见，见其文如见伯兄焉。伯兄著作甚富，兹先简其四剧，暨古近体若干首，洒泪授梓。夫世既不能知伯兄矣，予尚欲使伯兄受世知哉。即子期不乏，能知之于其诗，知之于其词也。而世方赏之，予固悲之。世方歌之，予固哭之。世方于琳瑯函中、氍毹场上观笑而燕乐之，予固欲歔而凭吊之矣。嗟乎，自有天地，便有文人掩映其间，而后山不崩，海不竭，麒麟凤凰，不为鹰鹯梼杌。胡乃上帝私之白玉楼上，以九州之广，无一隙坐地。徒使牢骚感慨之概，在山而虎豹不敢狎，在海而蛟龙不敢吞也。予将举此以问青天，故复题其诗曰《问天遗草》。

按：这里所说的“大室山房四剧”，即祁麟佳撰《救精忠》《红粉禅》《庆长生》《错转轮》。《剧品》收入“雅品”。据《崇祯戊寅恩贡同年录》，祁氏弟兄的长次是麟佳、凤佳、骏佳、豸佳、彪佳、熊佳、象佳。因此，作者在这里称麟佳为伯兄。

全节记序

祁彪佳

苏子卿十九年匈奴，从容全节。较逢比尤难。至于嚼雪得生，羝羊得乳，人也而天矣。汉武时人物，滑稽如东方生，文章如司马长卿，展土擒王如卫霍辈，非不济济一时，而求之忠义如子卿者几人。寥寥千古，止有一十五载阴山之洪皓，差堪映带耳。子卿奇迹，《史》《汉》业有全传矣。文人学士，无不扼腕而想见其人。然妇竖不识也。于是谱之声歌，借优孟衣冠，以开子卿之生面。旧本《牧羊记》色亦近古，多有采入谱者，而填词不文，阐境未畅，识者惜之。吾友远山主人于乐府一道，夙有天巧。尽翻旧窠，谱为新声，不浃月而告竣。其构局必取境于新，故不入俗。其构词必合法于古，故不伤雅。零金碎玉，化为舌上青莲，试一演之，穷愁萧瑟之景，与慷慨激烈之概，历历如睹。令观者若置身其间，为之歌哭凭吊，不能自已。今而后不特图书记籍有子卿，即村落市廛妇竖之胸中，亦有子卿矣。嗟嗟，子卿固忠臣，李少卿亦人杰也。无论以五千残兵，破方张强虏，力屈始俘，至今勃勃犹有生气。即其与子卿一书，是西汉第一文字。而往复诸古诗，实开晋唐之派。世以武人目少卿，少卿且不受，而况以败将目之乎。所惜少一死耳。记中状义诀自到一段，为少卿速驾，自是补天手。传者因少卿书“胤子无恙”之语，遂有子卿娶胡妇事。丈夫立身光明俊伟，此正见其行权济经之处，不必为之讳也。白雁上林，风人之致，又何妨以假作真哉。夫当胡氛乍炽时，有一子卿者，仗节骂贼，贼气自夺，岂不贤于十万师。何必呼韩接踵，单于稽颡，乃在幕南无王庭之日乎。余且读且叹，因染翰及之。余以主人为作手，主人亦以余为知音。爰述简端而授之梓。

按：《全节记》应当即是祁彪佳的作品。远山堂是祁氏寓山一境（见祁彪佳的《寓山志》，为彪佳新构，请晚明治园圃的名手张南垣结撰，非承㸌密园），远山主人亦即彪佳自己，这里撰序却托为友人，《曲品》亦未收。书当已刻，惜今不传。

杂录

道光中山阴杜春生辑刻《祁忠惠公遗集》，曾辑附“事辑”一卷，助成者为鸣野山房主人沈复粲霞西，采摭少备。然多及彪佳生前事迹，于身后破家种种，所涉绝少。祁氏故实，清初人集中间有存者，然避讳时忌，多不敢存。嘉道以还，间有记者。今就所见，少加采辑。然甚愧寡陋，聊附卷末，备观览焉。

万历刊《水月斋指月录》。卷前有祁昌徵蓝笔手书：

先考杏庵居士临终《辞世偈》

一生碌碌，何善何恶。今朝善恶分明，且道前错后错。噫，种瓜瓜生，种毒毒作。莫将□侗禅，认做大圆觉。若问毕竟如何，不过秦时轆轹。

先妣张太君《悼杏庵居士偈》二首

五月二十五，觌面灵山路。尽道青莲谢，一年开一度。项上结一无根毒，不流半点污凡俗。虽然轆轹逗漏多，槛外石榴花簇簇。花簇簇，人共睹，惧我哭苍天，谁与苍天哭。咄！

不孝男昌徵法名德普泣血谨录

按：杏庵理孙别号，其藏书书根往往自书杏庵字样。张太君名德蕙字楚纕，理孙室。昌徵一名晋，字原朖，理孙子。

崇祯刊《五朝注略》，祁理孙藏书，卷耑手题曰："藏书楼午后课。乙未四月二十日开卷，布衣臣祁李孙记。"下钤"臣李"朱文连珠印。卷尾题"乙未六月十七日臣祁李孙恭阅竟"。理孙藏书印记曰："藏书楼"（白文大方印）、"奕庆"（朱文方印）、"祁印李孙"（白文方印）、"阿李"（朱文腰圆印）、"读书处"（朱文大方印）、"木子"（朱文方印）、"木道人"（白文方印）、"祁奕庆图书印"（朱文长印）、"烂柯山房"（白文方印）。

按：乙未为顺治十二年，不奉新朝正朔，曰布衣臣，皆遗民心事也。读书处、烂柯山房皆祁氏寓山斋馆名，祁彪佳《日记》中往往及之。

全祖望《勾余土音·甬上拟薤露词》四，有《若耶娃》一题，下注："魏山人挟妓。雪窦山人魏耕。雪窦山人嗜妓，祁公子班孙客之，日荐妓焉。时人多薄之，不知其成就若此。见先赠公《旧雨集》。"诗云：

白衣君，游梅里，得妓辄欢喜。祁郎君，日倒屣。遍求若耶溪娃陪珠履。踉跄复壁登车去，越女三千泪如注。

沈南疑《槜李诗系》卷廿五，录魏学渠诗：

游祁氏寓园　即忠愍先生沉渊处

北望首阳巅，黄云愁欲暮。南溯汨罗水，清光渺难晤。我行陟寓山，哲人想芳素。冈峦互起伏，兰蕙纷无数。亭榭郁参差，夕霞横古渡。的的渌池荷，飞飞汀洲鹭。孤鸟西北来，哀鸣如有诉。风雨眺高原，慷慨登楼赋。之子赴澄潭，客徒悲薤露。山鬼披萝立，湘娥倚竹顾。人生不百年，喟然怵先露。

《槜李诗系》卷三十五"闺秀"类列秀水黄媛介皆令诗：

同祁夫人商媚生、祁修嫣湘君、张楚纕、朱赵璧游寓山，分韵二首。

名园多异植，花绕曲阑边。山抱苍潭水，林藏碧树烟。栖鸟啼月下，回棹泊霜前。酒罢同归阁，开奁纳翠钿。

佳园饶逸趣，远客一登台。薜老苍烟静，风高落木哀。看山空翠湿，觅路乱云开。欲和金闺句，惭非兔苑才。

朱彝尊《曝书亭集》：

梦中送祁六出关

酌酒一杯歌一篇，沙头落叶何纷然。朔方此去几时返，南浦送君真可怜。辽海月明霜满野，阴山风动草连天。红颜白发双愁汝，欲寄音书何处传。

按：此诗见《曝书亭集》卷六。竹垞和祁氏兄弟极稔熟，亦曾见祁熊佳。他们交往的开始，大抵在彪佳殉国以后，祁氏破家之前。竹垞集中所存与祁氏群从倡和游宴之诗，有六七首之多。今只录此一首。感情真挚，红颜白发指妻朱德蓉及母商夫人景兰。篇什中充溢着同情。以后即不更见有关山阴祁氏的诗篇了。大概是为了回避时忌，遂不更收。然而在竹垞编辑全集的时候，终于保留了这些篇什，未予削去，到底也要算是极为难得的。祁氏交游极广阔，然而今天要在清初集部中寻找有关祁氏破家的故实，就极不容易。那原因是不难想见的。存此一诗，也可以聊见当时一般同情之所在了。

赵一清《东潜文稿》卷上，《大母朱太君安葬记》：

乾隆二十年冬十一月丙申，奉大母朱太君之柩合葬于先祖东白府君先垅，上虞县朱家滩老子山之麓。……蒇事而归，群从延访太君山阴故里，泊寓山园。拜祁忠敏公遗像。拓谢秀才谦所题“溪山草阁”扁额，徘徊瞻顾，不忍遽返。顷之，有佛弟子出拜曰：“郎君辈何来?”众指忠敏公像示之曰：“此某辈舅氏也。”愀然曰：“得非赵家二姑娘之诸孙乎?”历数太君有姊适沈，有妹适王。其次某某。然后知太君行二。而其人为祁六太公小史。及见太君自朱抚祁，先祖就婚东书堂之大楼。弹指七十年，年已八十有七矣，岂非人瑞也哉……

按：此文撰于乾隆二十年，时寓山园犹无恙。

赵一清《东潜诗稿·九方集》：

正月晦日至梅市，访祁氏故居大楼，是先祖就婚之所，岿然无恙。紫芝轩旷亭废址俱不可物色。紫荆树二株，凌空交合，相传为越郡之冠，予大母每称说之。又西五里即寓山园，则忠敏公殉节处也，已舍为佛寺。拜瞻遗像，感叹不已。志以二诗，留示子孙，庶几无忘外氏渊源耳。

八千卷楼藏旧抄本《明史杂咏》四卷，乌程严海珊撰。卷三有《祁掌道彪佳》一律：

漏舟焚屋狎君臣，闻道长安局又新。三尺剑消恩怨气，一泓水洗去来身。大观楼外潮初落，历下亭边月已沦。公督饷山东。采采山薇不盈掬，红兰白芷吊灵均。

稿本《餐玉堂诗稿》，山阴祁偕毅撰。有《读思濂曾叔祖哭忠敏公诗，和原韵》二首：

铁马金戈天地愁，孤臣知是尽忠秋。誓师慷慨三军泣，赴义从容青简留。一死何能酬素志，遗言犹望复君仇。不堪回首沧桑变，寂寞藏书旧日楼。

烽火长安无限愁，矢忠何意问千秋。驰驱已叹臣心竭，戮力难将国祚留。祖逖功名存晋室，子房终始为韩仇。岂知今日孤臣裔，饮泣长年卧小楼。

康熙刻萧山陈至言《菀青集》中有《何朗村赴寓园，遥寄祁四兄弟》《过祁止祥孝廉柯园》诸题，其《画梅引赠山阴沈五集》结句云："明日东归鉴湖去，为我寄语祁家之兄弟。"下注："祁四元朗，祁七既朗居梅墅，有盛名。与余及字采交最厚。"按祁晋字元朖，号赤田，又名昌徵，彪佳孙，奕庆子。至言与之交甚厚。时祁氏破家后已久，奕庆亦已逝矣。兹录有关祁氏故实诸诗词于后：

上巳仝东胶桦村字采访祁七既朗，留饮寓园。

贺鉴湖边隐少微，移舟共尔度山扉。看花偏得逢修禊，沽酒何妨暂典衣。白傅祠堂悲往事，黄门台榭叹知机。南塘多少登临感，第五桥西对夕晖。

登梅花阁谒祁忠敏公遗像　公赴阁下池水殉节

梅花孤阁小池平，剑履犹传死后名。只道吴门悲伍相，可怜海岛哭田横。荒碑草没秋阴暗，敞殿天高夜月明。多少南湖登眺意，中原烽火旧伤情。

过祁四秀才园亭

芙蕖深处水云湾，为爱园林日往还。断竹通泉疑泻雨，虚窗叠石自成山。紫囊秋月弹中散，红豆春词教小蛮。幽兴闲情真共赏，松门有约不曾关。

夜宿寓园精舍，询祁七曜徵起居

夜叩禅关伤客心，重台落木自萧森。星河倒入方池影，云气常留画栋阴。到此真疑尘路隔，坐来犹觉法堂深。明朝拟过扬雄宅，梅尉山头何处寻。

按：曜徵祁班孙子。

东风齐著力·游寓园谒祁忠敏公遗像有感

梅尉峰头，中丞祠下，疏竹萧萧。墙围薜荔，水色静春茅。斜扣柴扉半掩，寻幽径，路入平桥。凭栏望，门临溪口，阁坐山腰。　波影绉寒绡。听簌簌方塘，雨滴红椒。汨罗沉后，《哀郢》竟谁招。遥拜须眉如昔，魂归处，碧火阴消。空叹惜，丹心犹壮，青鬓萧条。

丁敬：《砚林诗集》卷二

祁忠敏公寓山庄　水次有碑刻祁忠敏公殉节处

满眼云山拱废墙，舟人指点寓山庄。入门荷影小桥净，隔牖松声短阁荒。皎皎臣心秋水在，绵绵国恨暮天长。龙髯一堕无由接，千载啼乌定夕阳。

余姚岑振祖镜西《延绿斋诗存》卷十有《祁忠惠公水晶章四律》（存二）：

镌刻偶然耳，刀尖碧血凝。一心真透澈，四角不模棱。止水悲何极，看山伴未曾。（公尽节寓园夜，开牖对南山叹曰："山川犹昔，人生已一世矣。"）流传还故里，神物有依凭，神物有依凭。（此印章向藏甬上，今为山阴沈氏所得。遍征诗词。）

鸿宝原同里，黄门亦共舟。一堂吟四负，双印抵千秋。（陈卧子先生司李吾郡时，与倪鸿宝祁世培诸人泛舟镜湖，并游寓山园亭。各赋诗。卧子先生又有《寓山赋》，并载集中。）破碎山河感，完全姓氏留。精光长射目，真不愧雕锼。

按：山阴沈氏，当是沈霞西，即鸣野山房主人，振祖同时流辈也。云遍征诗词，则同时人和作者必不少，惜无从遍觅而辑之。倪元璐鸿宝，明亡亦殉节死。四负堂为寓山堂名，得名原始，彪佳曾于日记中详记之。今存祁彪佳藏书中有印记八方，附印卷耑，以存故迹。

钱塘汪远孙久也《借闲生诗》卷二：

祁忠敏公遗砚歌

砚为余家旧藏。形圆而椭。旁镌七言绝六。首僧悔二诗，次祁李孙、释明盂、寓山樵各一诗。而渻一诗居末。僧悔诗后有跋，言公嗣奕庆以公遗砚赠陶生，属作诗以纪其事。僧悔为陈洪绶别号，李孙即奕庆。按《明诗综传》，公子理孙、班孙，侄鸿孙，班孙字奕喜，鸿孙字奕远，则奕庆为李孙无疑。《诗综》李作理，当据此改正。又失载理孙诗，可据此补入。明盂云门显圣寺僧，字三宜。寓山樵即公别业为号，诗中称公以君，或即公昆仲耶？余俟考。

端州片石佛面圆，其色黝漆其质坚。砚背形摹米家颠，四围诗句深雕镌。知是山阴忠孝之家传。北都沦没南都偏，庙堂歌舞民倒悬。谣诼众嫉蛾眉妍，公遂移疾还林泉。夷度家世富简编，惟公性尤乐丹铅。一生心事归砚田。刘樊夫妇真神仙。谢家季女工吟笺。公夫人商景兰女德茝皆能诗。隃麋一丸纤手研。红羊劫换国步迁，湘累哀怨沈清渊。公子奕庆殊翩翩，乱山残雪涕泪涟。此砚侍公翰墨筵，胡不世世永宝旃，持以赠友盟山川。僧悔跋中语。陶生自是当世贤，名同嫖姚气无前。陶生名去病。僧悔之名幻老莲，云门老衲文字禅。寓山之园屋数椽，樵子与公为后先。淯也姓氏惜就湮。公之忠义诚炳然。大星光芒常在天，砚乎砚乎流传二百年。沧桑阅尽过云烟。试数石交谁比肩，惟玉带生可以相周旋。鸥波辟雍奚数焉。呜呼，鸥波辟雍奚数焉。

海昌费寅手稿《杂录》残叶：

魏雪窦为东门令史凌祥宇赘婿，联络山海，思得一当。与思溪钱缵曾允武为密友。时允武雪窦通书于延平，为孔孟文首告。初时孟文尚图讹诈，故舛其名，以钱允武为钱云五，魏雪窦为魏西斗，潘龙基为潘伦吉。浙抚以无其人覆部。时顺治十八年辛丑夏也。而钱魏不知省，未及行赂于孟文。越半载，遂易真名，注明地址，行镇浙将军柯奎密拿矣。是年十二月，将军发旗下披甲五百人掩至，魏钱已先逸去，仅执友基赴杭。允武跳身至晟舍闵氏留一宿。闵兄弟俱连坐，瘐死于狱。又至南浔朱少师文肃之孙某许，遂被执。朱亦坐绞。雪窦遁之山阴祁氏，为逻者缚至。三家皆籍没。妻子流徙。次年壬寅，康熙改元之二月，钱、魏、潘三人皆被惨法死于杭。祥宇坐绞，复株系允武之族人价人亦论死。右据潘居贞《菊旃日记》及无名氏《湖城大狱记》二书述其大略。价人有《河渭间集选》十卷，魏耕白衣为之序。白衣所著有《息贤堂集》，前有自序，曾见刊本。

按：文中所言《湖城大狱记》及《菊旃日记》俱未见，中当有涉及山阴祁氏事者。此杂录虽简略。然较全谢山所记稍详，遂更录之。——一九五五年三月二十日重校补记。

杂录补逸

奕庆楼书目

子之十　乐府家一评谱

南曲谱二十一卷吴江沈珣辑

南词谱十本华亭徐迎庆编

曲律四卷会稽王骥德撰

词隐先生杂著四种吴江沈璟著

啸余谱十卷

曲学六种共二十六卷

南音三籁四卷　词品四卷　词评一卷　四合词宗一卷　南词韵选十九卷　词藻一卷

子之十　乐府二传奇

传奇全本五百五十六种共百六十二本

忠烈记	忠孝记	孝泉记	孝感记
节孝记明高濂	忠节明不直之	义烈	祝发
桃符明沈璟	坠钗明沈璟	双鱼明沈璟	埋剑
鸾锟	赐环明余翘	玉麟	燃犀

四艳	五全	五鼎明顾希雍	三生记明妓马守真
四元明吕天成	双栖明吕天成	十孝明沈璟	双节
五福明郑若庸	四友	四节明沈采	双串
千金六十种之一明沈采	四异明沈璟	四梦明车任远	双卿
双珠明沈鲸	双合	三星明吕天成	双杯
双燕	双梅明吕天成	双镜	一轴画
三槐	四豪无名氏	双星	三祝明汪廷讷
双环记明王玃德	二阁明汪廷讷	五伦	双忠明姚茂良
双雄明冯梦龙	三益	三妙	四喜明谢谠
百顺明无名氏	八翼	三纲	三关杨氏之明施凤来
双凤	三迁	三节	双喜
千祥无心子	孤忠	双侠	四德改三元明无名氏
七胜	万金	四义	两时
四鬼	三槐	八德	四美传奇丨种之一无名氏
十孝明沈璟	十义韩朋	双麟	三桂明无名氏
十全	五桂	三晋明胡文焕	八义
四贤六十种之一无名氏	赛五伦	双修明叶宪祖	青琐明沈鲸
红梨明徐复祚	白练裙明郑若庸	紫钗明汤显祖	青莲明戴子晋
紫箫明汤显祖	红拂明张凤翼	蓝桥记明龙膺	紫绶记
青蝉记明史槃	朱履记	丹管记明汪宗姬	碧珠
紫骝记	青环	红梨	彩舟明郑所闻

绛雪	紫台怨	碧桃	绿华轩
翠钿	红叶明祝长生	紫绮裘	赤松明无名氏
白璧明黄廷俸	赤鲤明无名氏	青楼富春堂本 明无名氏	红杏记
丹忠	白鹤	蓝田明龙渠翁	红鞋
青莲	赤符	翠屏山明沈自晋	白兔
彩楼	双钗	双珠	投梭记
香云梦	琴心	西游	丝绮
望春楼	神杀	神镜	玉环六十种之一 无名氏
泰和	合镜	题红	歌风明庚生子
彩鸾笺	霞笺	扊扅	金锁
宝铃	杀狗记	鸾笔	艳雪楼
茜囊	奇节	分相	凿井
结发	珠扇	鸳衾明沈璟	节符
画扇	李丹明周朝俊	弹铗	平播
存孤明陆弼	珍珠衫	窦娥冤袁于令	彩台
修文	奇货明胡文焕	鸣凤	离魂明王骥德
乞麾	风筝	长命缕	春芜
宵光明张楚叔	题塔	量江	灌园
青衫	麒麟罽	玉符	鹔鹴裘
冬青	秦宫镜	半襦记	广爰书
蝴蝶梦	风流院	当炉	东郭
梦境	樱桃	锦笺	狮吼
露绶	弹指清平	玉尘	醉乡

玉镜台	杏花	情缘记	惊鸿
鞦韆	分钱	禁烟	乔合衫
犀合记	芙蓉屏	阴德记	鲛绡记
椒觞	窃符	虎符	分鞋
箜篌	金合	钿盒	纨扇
天函	神女	戒珠	玉合
采真	升仙	合元	珠衲
跃剑	娇红	合璧	麟游
玉马坠	题燕	中流柱	灵宝符
玉扼臂	檀扇	鹣钗	琼花
西洋	潮缘	请剑	合义
联芳	招魂	髯虎	金凫
玉掌	运甓	燕子楼	节侠
诗会	金雀	李西厢	大刀
葛衣	海棠诗	增寿	宝椀
领春风	北亭	击筑	凌云
蛟虎	题扇	玉镜台	香罗
看剑	梦磊	李甄	荷花荡
情邮	犀轴	画中人	天马媒
西园	禅真	平妖	画竹
金牌	芍药	龙剑	旗亭
摘缨	南楼	斩祛	合剑
渔樵	玉香	鸳鸯被	饮泉
郁轮袍	异梦	桶浦	钱丈夫

回天	合襟记	清凉扇	宫枭
倌春园	新嘉驵	回文锦	团凤钗
金钿盒	蟠桃	茶船	姻缘
题桥	汨罗	砥园	莫须有
金合	将无同	共缄	石榴花
合纱记	龙膏	唾红	盐梅
锦带	义裂	长生	种玉
孝泉	鸾书错	鸳簪记	金花
合珠	投桃记	威凤	飞鱼记
玉鱼	投笔	罗囊	纯孝
跃鲤	金合	轩辕	画莺
玉杵	溉园	断机	升仙
跃鲤	织锦	遇仙	锟铻
合璧	夺解	合钗	孤儿
断髻	练囊	古剑	玉玫
银瓶	金鱼	金钏	宝剑
高节	杖策	兴吴	合继
平湖	放蛟	花园	灌城
长谈	去思	浮鸥	完贞
龙泉	琼台	钗钏	还带
呼庐	金丸	飞丸	龙绡
花亭	鸾钗	灵宝刀	检书
灵屏佩	保主	分钗	钱神
金凤钗	绣衣	锦苏鞋	御带

鸳鸾	妒妇	妆楼	蟾蜍
同升	天书	负剑	犀佩
余庆	宝钏	还金	冤符
浮云	鸣冤	磨忠	外山
鹹集	鸾绦	玉花	远帆
试剑	赐剑	金盃	筹虏
魏寓言	德政编	玉蝶	骊山
底豫	月桂	南华	胡笳
玉杵	遵囊	玉丸	金纶
金牌记	椎秦记	玉佩	麦舟记
剑丹	鸾刀	高士	脱颖
西湖	锦囊	玉蝶二	春秋
金貂	分金	狐裘	靖虏
合簪	摘星记	素带	米栏
丑艳	鱼篮	玉钩	卧冰
箱环	举鼎	试剑	分钗
阴报	雷峰	普花	湘湖
进瓜	宝带	鹦歌	妙相
完福	香毬	凿壁	望云
桃花	觅莲	折桂	玉钗
鸳鸯	金德	金环	云台
玉钗记二	聚星	葵花	凤簪
恩荣	完赵	玉烛	蟠龙
宁胡	金印	华盖	褫亭

钗鱼	完扇	遗香	南柯梦
西厢	董西厢	王西厢	雷鸣
和戎	赤符	罗帕	孝义
金台	剔目	绨袍	破镜
题经	鞣鞨记二	分钱	惊鸿二
大节	江天暮雪	金兰	四友金兰
合环	金椀	灯谜	绣棉
博笑	水浒	花花	寻亲
风教编	梦花酣	水浒记	还魂
珍珠衫二	焚香	弄珠楼	香囊
琵琶	新梦磊	酒家佣	新量江
新灌园	飞瓶	芙蓉钱	龙膏
节侠	昙花	角生气	蝴蝶梦
南柯梦	荆钗记	幽闺记	

玉茗堂四梦明临川汤显祖著　还魂记二本　南柯梦一本　紫钗记二本　邯郸梦一本

第六才子书八卷古吴金圣叹著

南西厢二本

醉扬州二本

鹦鹉梦二本

奈何天二本

灵犀锦二本

二乔记二本

子之十　乐府家三杂剧

元剧百种长兴臧懋循选

汉宫秋	来生债	金钱记	薛仁贵
鸳鸯被	梧桐雨	赚蒯通	虎头牌
玉镜台	小尉迟	合汗衫	神奴儿
谢天香	岳阳楼	争报恩	勘头巾
张天师	黄粱梦	救风尘	昊天塔
东堂老	救孝子	潇湘雨	谢金吾
曲江池	铁拐李	楚昭公	冻苏秦
朱砂担	桃花女	老生儿	忍字记
玉壶春	红梨花	风光好	金安寿
荐福碑	灰阑记	蝴蝶梦	绉梅香
黑旋风	城南柳	马陵道	谇范叔
扬州梦	梧桐叶	鲁斋郎	东坡梦
渔樵儿	金线池	青衫泪	留鞋记
丽春堂	气英布	后庭花	刘行首
酷寒亭	度柳翠	竹叶舟	魔合罗
盆儿鬼	对玉梳	百花台	抱妆盒
窦娥冤	萧淑兰	连环记	罗李郎
看钱奴	还牢末	货郎旦	望江亭
任风子	碧桃花	生金阁	冯玉兰
张生煮海	柳毅传书	李逵负荆	赵氏孤儿
竹坞听琴	误入桃源	隔江斗智	冤家债主
单鞭夺槊	赵礼让肥	两世姻缘	范张鸡黍

举案齐眉	陈州粜米	杀狗劝夫	燕青搏鱼
墙头马上	合同文字	儿女团圆	秋胡戏妻
伍员吹箫	倩女离魂	王粲登楼	陈抟高卧

古今名剧选会稽孟称舜辑　柳枝集二十六种　酹江集三十种

名剧汇共七十二本

花前一笑	桃花人面	文长问天	秀才送妾
胜山大会	八仙庆寿	琴心雅调	三义成姻
虎合鸳鸯	眉头眼角	余慈相会	灵芝庆寿
仗义疏财	归去来词	折梅驲使	青楼访妓
游观海市	孝感幽明	剑侠完贞	参禅成佛
宦游济美	西天取经	气伏张飞	曾阳高节
独居教子	西楼应话	蟠桃三祝	清凉扇余
两旦双环	金屋招魂	踏雪寻梅	风月姻缘
锁骨菩萨	椽烛修书	一麟三凤	举烽取笑
园林午梦	截发留宾	铜雀春深	秦楼箫史
竹林胜集	善恶分明	无双补传	苏台□游
义勇辞金	豹子和尚	都中一笑	青楼梦觉
打虎报冤	死里逃生	媸童八剧	朱楼会合
翠亭传音	采桑戏妻	蓦□姻缘	关岳交代
柳浪杂剧	地狱生天	问狸倩谐	五老庆贺
中山救狼	青梅佳句	诡男为客	捐奁嫁婢
太平乐事	闻歌纳妓	野猿听经	洞天玄记
九曲明珠	琪园六访	偷桃献寿	访师问道
继母大贤	苦海回头	竹林小纪	崔氏春秋

独乐图记	颠倒姻缘	穴池报仇	豫让吞炭
夭桃纨扇	碧莲绣符	北郎说法	泣鱼固宠
赵礼让肥	刘阮天台	单鞭夺槊	陈抟高卧
翰林风月	柳毅传书	倩女离魂	墙头马上
金童玉女	张生煮海	两世姻缘	借尸还魂
竹坞听琴	王粲登楼	帝始春游	范张鸡黍
大闹相国寺	醉写赤壁赋	花酒曲江池	巧配阎越娘
五老庆庚星	三难苏学士	红拂莽择配	古调新声金镯
相送出天台	花里悟真如	三卜真状元	喝采获名姬
夜半朝元引	三度小桃红	敬德不服老	绯衣梦
升仙梦	鱼儿珠	霸亭秋	鞭歌妓
簪花髻	真傀儡	郁轮袍	曲江春
花舫缘	钝秀才	乔坐衙	儿女债
夫人大	渭塘梦	会香山	碧玉钗
玳瑁梳	鸳鸯寺	甄月娥	金环记
新丰记	降狮子	辰钩月	芙蓉屏
桃花源	贺季真	闹风情	玉珍娘
谷儒记	获驺汉	海棠仙	衍庄
鼓盆歌	五岳游	碧莲会	库国君
赵宣孟	夏大贤	鲁敬姜	周文母
三开府	黄花峡	分钱记	宋公明
逢人骗	单刀会	福先碑	牡丹品
赛娇客	牡丹园	烟花梦	复落娼
死生缘	龙华梦	朱翁子	斩貂蝉

男风记	玻璃镜	黄粱梦	鲁男子
孝义记	救精忠	斗龙图	庆长生
城南柳	罗浮梦	乔断鬼	福禄寿
丹生缘	苏亭记	延祥梦	诗罗梦
牡丹仙	柳翠	红莲债	红线
寒衣记	伯亭秋	善戏谑	诛雄虎
桂花风	报恩虎	罗座记	女豪杰
陶彭泽	小青传	蟠桃记	裴渭源
白鹿洞	华阳叟	怀益传	团圆梦
祢正平	刘伯伦	樱桃园	梧桐雨
男王后	救友记	离魂记	锁魔镜
蓝采和	常椿寿	蟠桃会	十长生
神仙会	香囊怨	昆仑奴	易水寒
双莺	不伏老	逍遥游	相思谱
一文钱	高唐梦	五湖游	远山戏
洛水悲	庆陵月	春波影	团花凤
夫子禅	小春秋	荐福碑	玉梳记
救风尘	度柳翠	忍字梦	汉宫秋
梧桐叶	碧桃花	任风子	窦娥冤
蝴蝶梦	青衫泪	刘行首	丽春堂
玉境台	魔合罗	鸳鸯被	鲁斋郎
后庭花	风光好	菩萨蛮	岳阳楼
金线池	谢天香	酷寒亭	红梨花
还牢末	勘头巾	双莺传	可破梦

嫂奸姑　　龙虎风云会　风云会　　扬州梦

子之十　乐府家四散词

雍熙乐府二十卷周藩献王辑

雍熙乐府选十三卷周藩献王辑

太霞新奏十四卷长洲冯梦龙选

吴骚吴歈十二卷武林张琦　王辉选

碧山乐府二卷武功王汉陂著

对山乐府一卷武功康海著

北词韵选四本吴江沈璟著

王十岳乐府一卷赵大忠校

乐府汇九本梨云寄傲　江东白苎　王西楼选　史通乐府　五经乐府　冯海浮乐府　对山乐府　录鬼簿

北京图书馆藏《奕庆藏书楼书目》钞本六册，原书未见。现在展转从一个传抄本把戏曲一部分抄了来，做为本书的一个附录。从这个目录里可以看出，祁彪佳所搜集的戏曲大抵都在的，而且还增添了不少，如吴石渠的《寄花轩五种》即是晚出而为《远山堂曲品》所未著录的。这批藏曲后来失散了，但尚偶有发现。如孟称舜所辑的《柳枝》《酹江》二集前两年即在上海发现，确是祁氏遗书，有一个叫郭钰的藏印，我看到寓山遗藏有郭氏印记的，不只一部。至于其余诸种，是否尚存，则不可知了。

这个抄件有一些错字，不知是原本如是抑传抄致误。现在只就显然的笔误少为改正，其余则一仍其旧。

一九五六年六月重校记

康熙刻益都孙廷铨《南征纪略》，系纪顺治辛卯（明亡后第七年）奉清帝命祭会稽禹陵和南海的旅行纪事。八月乙丑条纪游寓山情状甚悉，今据录如下：

乙丑游寓山山阴西道，违城二十里，村曰梅墅，山曰梅尖。予同年祁文载世家于此。兄弟诸昆并照江左，文载尤为散朗。乃兄世培彪佳，故明侍御，近仿东山石门之遗迹，卜筑于寓山。其园去墅又三里许，南对柯山石室，东得贺监鉴湖。适文载偕同年王子屿兄、止祥兄子奕远远来过访，招饮其间。乃相与拏舟出郭，荡浆中流，棋声丁丁而至乎寓山园。寓山之致，妙得天然。山居十三，水居十三，轩堂亭榭诸不在山者，又居十三。其山之幽适于园，其水之澹适于山，其轩堂亭榭之观又适于山与水。适于山与水者，山之颠有远楼，其右有虚白之堂，山水之际有阿阁。适于山者幽嵓磴道，倒影方塘，可临照也。适于园者，山大不至危，小不至隐，山上松桂之植，足以栖禽送日而不碍远观。又上造于山，下属于垣，长廊回复，窗阁相望，旁连曲缀，自外登山者虽高不受夏日，自山出园者，虽远不遇霖雨。坐寓园，栖寓山，可谓善寓者也。闻之其乡人曰，初世培之闻国难也，悲伤痛悼，涕泣沾衾，坐卧园中，十有余日。意中似有计量，每于独坐自言，听者不得闻知。子弟虞有他变，侍之日夜不休。世培即更哑哑笑言，命趣驾载筐实，如将有适者。子弟喜，稍稍散去。乃于其夜作书诀家人，诫薄葬，又命舍园之半作给孤祇林。且自赞其小像，命安佛堂中，乃赴水死。旦日子弟来，见室中阒无人，更相惊悔。又从几上得书，乃溯洄从之，见其帻于水上。更就察之，则宛在水中央，趺跏而逝矣。今其山下屋庐数十间，皆舍为寺，赞像尚在其中。

康熙刻鸳水徐肇元抡三选《屈翁山诗集》：

卷一、赠山阳祁七

凉风吹竹篠，携手澄湖滨。言持芙蓉花，插尔华阳巾。我亦浣纱人，明妆照日新。何尝上苏台，一笑倾吴君。明月岂长满，朱华不再春。徒怀阳阿曲，寂寞度芳辰。

梅市别祁四丈季超

沈沈海月生，嘒嘒寒蜩鸣。游子在天涯，触物生忧情。赖有二三友，金玉同坚贞。鼋鼍互变化，神龙丧其形。岂不思奋翼，上天无雷霆。昔我别慈亲，王事劳孤征。风雪历四载，谋深竟难成。黄蘖与春荠，甘苦不分明。至道尚可信，寂寞元生平。

寓山园吊祁忠敏公

园林午澄霁，左右芙蓉披。浮舟弄清瞰，遂至镜湖湄。阳崖云方散，阴峰露未晞。再拜清泠渊，泪下沾裳衣。吁嗟怀沙人，守道无委蛇。筑宫水中涘，兰橑莺粟楣。金蛮开彩翠，玉漏滴葳蕤。方怀安石赏，遽与彭咸期。皇舆已败绩，发肤何以为。浩歌赴长湍，溯洄从九嶷。容与凌明霞，触石体不隳。怒潮为安流，靡濡鱼鳞衣。我祖维灵均，冠剑郁陆离。夫君交手去，重华以同归。玄烟横极浦，冲风激寒澌。投篇涕汍澜，日暮感舟师。

卷二、客山阴赠二祁子

君家楼阁鉴湖边，杨柳千条春送妍。疏牖朝开射的雪，空帘暮卷香炉烟，闲拥牙签披万卷，小谢风流诗更善。可怜初日吐芙蓉，更有澄江飞白练。我从罗浮万里来，逢君文采一徘徊。天上雪花那有带，云中玉镜不安台。相留暂向祇园住，正是中丞殉节处。碧水含秋似汨罗，黄金布地同玄度。樱桃开遍画兰干，挥尘鸣琴兴未残。半山每答猿公啸，千仞将联凤鸟翰。凤鸟高飞何所止，金陵宫阙五云起。一鸣素水降真人，再鸣留侯遇松子。

吴兆骞《归来草堂尺牍》，录家书十五通，自顺治丁酉被逮至康熙戊申戍宁古塔时所作。诸书排比失次。其第十二书详记："西海外逻车国（又名老枪）国人造反，到乌龙江来抢貂皮。……将军差人到京讨救，即奉部文，今年元宵后到宁古。凡一应流人，除旗下流徙及年过六十外，一概当役。要选二百名服水性者做水军，到乌喇地方演习水战，与老枪打仗。……至若山阴祁奕喜李兼汝杨友声宜兴陈卫玉苏州杨骏声同年伍谋公，皆作水兵往乌喇去矣。"又第九书云："祁奕喜于丁巳十月初六日自乌喇逃归故乡矣。”

吴兆骞和祁奕喜都是被遣戍到宁古塔的流人。在兆骞的家书里，可以看到当日流人悲惨的生活情状，更真确地记述了祁奕喜后来做了水军，终于不能不逃了回来的事实。所记逃回关内的年份——丁巳，也是与别处的记载相合的。

《归来草堂尺牍》，长洲章式之（钰）藏兆骞四世孙毓（山子）旧藏本。上海市历史文献图书馆据传录本石印，我所根据的即是石印本。

吴兆骞《秋笳集》卷五有“赠祁奕喜”一律：

兰浆春涛发櫂讴，兴来重泛五湖舟。胥台麋鹿非吾土，江左衣冠忆旧游。已见酒家藏李燮，谁从幕下问王修。十年东府中丞节，双戟凄凉泪未收。

卷二、祁奕喜初至留饮：

清霜羸马古城东，笳管声凄帐影空。一别朱门瑶草后，相逢紫塞战尘中。交游只讶当时尽，尊酒翻怜此夕同。莫道朔边冰雪地，迁人何处不途穷。

康熙刻《若庵集》四卷，江南程庭且硕撰。卷三为“诗余”，有《满江红》：

题杨安城先生《补臂图》并序

先生向急友朋之难，同李先生兼汝，祁先生奕喜遣戍辽左，因相与绘出塞一图。三人共坐莎草中，先生以臂加李先生肩后。李、祁俱殁，先生裂图分畀其子。而所加之臂亦并剪去，臂乃作楚。久之夫人心悟其故，因缀纸画臂以补之，痛遂止云。

袴缚黄皮，三高士沙奔蓬转。叹万里，玉关生入，封侯非愿。俦侣顿如秋草陨，画图还识春风面。把吴绫裂付两家孤，并州剪。金兰谊，真无忝。绝交论，今其免。作彩云飞去，书生弱腕。卷轴萧然怜断续，粉痕缀处愁深浅。羡闺中，功巧比娲皇，欺卢扁。

康熙刻云间董俞苍水《樗亭诗稿》卷十二有《镜湖竹枝词》十首，其第六首云：

祁家台榭尽倾颓，无复游人载酒来。君看园外东流水，好似繁华去不回。

萧山毛奇龄大可《西河合集》“书后”中有《〈梅市倡和诗抄稿〉书后》，文略云：

《梅市倡和诗抄稿》者，闺秀黄皆令女君所抄稿也。皆令自梅市还……其外人杨子命予选皆令诗，而别录皆令与梅市所倡和者为一集，因有斯稿。盖顺治十五年也。

既而李子兼汝已刻《梅市倡和诗》，复命予序。则此稿遂不取去，遗簏中久矣。康熙己酉，余暂还城东里居，偶拣废簏，则斯稿在焉。距向遗此稿时约若干年。皆令女君已亡于京师也。兼汝与梅市祁子奕喜又同时戍塞外。予亦弃家去，不复得至梅市。……

案：沈南疑《槜李诗系》所录黄皆令“同祁夫人商媚生、……游寓山，分韵二首”即此《倡和诗》中作也。原刻惜今不可见。

《西河合集》碑记卷八有《祁夫人易服记》文，略云：

姜桐音先生以疾死，其配祁夫人服三年丧毕，不易服。……而夫人非他，巡抚苏松、殉难赠太傅、谥忠敏公之长女也。予少至东书堂时，夫人从母商夫人学诗，而以予通家子，每出诸闺中诗，属予点定。以故每读夫人诗而为之赏之。其后与先生倡和，更名《静好集》者是也。今商夫人已即世，东书堂已毁。当时所点定诗已俱散失，《静好集》已殉棺去。即夫人所授《四子书》及经义，诸子售后，已厌晦。将抵之床下。天下亦何事不从迁变。高门华屋改为蓬茅，沧海之波，移而为块壤。……

《西河合集书》卷一，《复朱朗诸书》：

仆选越诗，末及闺秀。……其称祁中丞夫人为商夫人者，夫人本冢宰公女，名景兰，字媚生。蔡大敬语仆，以为夫人茂壶范，为忠节名臣德配。其字艳，不足隆称述。考古原有称夫人例，遂妄刊之曰商夫人。实不知其称之有是否也。……

会稽商盘宝意《质园诗集》卷一，《寓园谒祁忠敏公像》：

岂独铜驼蔓草荒，故家遗迹久凄凉。两京不尽孤臣恨，万古长留四负堂。城郭鹤归愁惝恍，山川龙战血元黄。尊前莫话华严劫，百八钟声下夕阳。

又卷五，《寓园祁忠敏公旧墅》

六代繁华地，都成选佛场。休悲祁氏宅，改作赞公房。碧血斑斑尽，沧波氿氿长。招魂归净土，薝蔔满林香。

按：商宝意是《越风》的编者。商等轩的后人，与山阴祁氏有戚谊。质园就是商等轩的园亭，到宝意时已经早已易主了。

乾隆五年刻《冰庵诗抄》八卷，太仓王吉武宪尹氏著。卷三有《重修六贤祠成，展祭作》一首。题下小注云：

黄忠端公讳尊素；倪文贞公讳元璐；施忠介公讳邦曜；周文忠公讳凤翔；刘忠正公讳宗周；祁忠敏公讳彪佳。皆越人，明季殉难。

乾坤有倾缺，凭谁奠苍黄。成仁取义间，得争日月光。末世务苟活，横流决堤防。不有数君子，何以扶颓纲！明季丁否运，妇寺纷蜩螗。群贤共愤争，杌陧正气扬。暨暨有黄公，请剑击貂珰。糜烂若卢狱，冤血流圜墙。逮乎思陵末，大盗剧披猖，京城竟瓦解，宫阙屯豺狼。倪周并词臣，就义何慨慷。赋诗整冠带，引胫遂绝吭。共志有中丞，仰药裂肺肠。云车驾风马，同日从君王。维时刘与祁，解组各归乡。号咷义旗举，自矢百炼钢。未几降幡出，南都复沦亡。两公竟致命，先后归帝旁。一甘绝勺饮，僵饿追首阳。一起赴清波，怀石同沉湘。区区于越地，山川灵气翔。凛凛得数公，劲草卓秋霜。平生所树立，理学兼文章。末路更完节，浩然还昊苍。圣朝重褒忠，祀典载辉煌。守土风教责，表扬分所当。立庙傍黉宫，六贤共蒸尝。昨秋大风雨，摧我西庑廊。周垣半倾圮，不能庇堂皇。捐俸亟修筑，勿使沙砖荒。榱桷新丹雘，木门饰仓琅。登堂荐蘋藻，肃然对冠裳。即事有怅触，沾襟涕浪浪。畴无君亲恩，俯仰默感伤。

按：王吉武曾经做过绍兴知府，时在康熙三十四年顷。重修了六贤祠，看题下的小注，祁彪佳的谥号是忠敏而非忠惠，依旧是明时旧封，并非乾隆中清帝的封赠。同时我们又可以从诗里知道，六贤祠在康熙中立于绍兴，傍学宫，三十四年重修。这之间祁氏虽遭家难，而祠堂却未因而波及。作诗谈及明代遗臣，却不能不颂当日的“圣主”，把明代亡国的原因归之于“大盗披猖”，这些大概都是诗人“俯仰默感伤”的原因吧。

道光壬寅刊谢聘辑《国朝上虞诗集》卷十一录徐昭华《秋日过密园怀从母祁大中丞夫人》七律一首：

> 木落南园冷绣帏，空亭弥望使人思。不堪洛浦乘流去，还忆平湖放棹时。风转碧芦啼鸟静，霜催玉树落花迟（时六兄戍塞未回）。可怜豸府今宵月，曾照夫人两鬓丝。

作者小传云："徐昭华，字伊璧。徵君咸清女。诸暨诸生骆锦襄配。幼曾受业于毛西河，著有《花间集》。"诗注所称"六兄"，即指祁班孙。

又《国朝上虞诗集》卷十一尚收有商景徽作十五首，小传云："字嗣音。会稽大冢宰周祚次女。吾虞徵士徐咸清配。擅国色。与其姊祁忠愍公夫人俱能诗。近世诗家呼为伯仲商夫人云。著有《咏雒堂诗草》。"

按：景徽，景兰妹，昭华母也。

萧山王宗炎《晚闻居士遗集》卷四，《祁忠惠公及其尊人私印铭》：

> 澹生堂，存手泽。寓山园，沈毅魄。书记姓名此遗迹。丹青炳；著竹帛。不可礲泐有如石，藏千百年化为碧。

《鸥堂日记》三卷　祥符周星誉畇叔撰，光绪丙戌江阴金氏刻巾箱本。卷一为咸丰五年居山阴赏村时作。二月十一日条云："子肃、季贶招作柯山之游，……先至七星岩，回舟诣青莲院，是祁忠惠公寓院故址，公子奕喜舍之为寺者。寺枕寓山之麓，引湖水带其中，屋皆跨水而起。公《园记》中所云，半以山胜，半以水胜者，独仿佛见之。惟三十六胜都无一存。旧尚存四负堂，奉公遗像，今寺僧静馥移置寺门，而以堂为奉佛之所。堂额遂毁。诸君欢恨不置。……"

按：周畇叔是周季贶（星诒）的哥哥，与李慈铭等相熟。原籍祥符，寄籍绍兴，日记中多记和朋友游越中山水故事。这里记游柯山青莲院，说就是寓山园的故址，而四负堂等遗迹犹存。可以知道咸丰年间祁氏故居的情况。

《随园诗话补遗》卷五：

前朝山阴祁忠悯公彪佳少年美姿容，夫人亦有国色，一时称为"金童玉女"。后殉国难赴池而死。余游寓山，为公读书之地，遗像独存。园中竹上或题诗云："孤忠愿逐水波清，闻说降幡竖石城。龙种已潜宁惜死，豸冠端坐俨如生。一拳石耸含云气，四面堂开照月明。今日丰碑傍古岸，苔斑犹似旧纵横。"末书"岳峰"二字，不知何人所作。旁又有无名氏在竹上刻三字云"此人通"。

乾隆刻《爱日堂吟稿》十五卷，仁和赵昱谷林撰。前有乾隆十二年全祖望序，又全祖望《小山堂藏书记》，方桑如题词。全祖望撰《前徵士谷林赵君诔》。卷十三为《小山续稿》卷四，有诗：

购得外氏山阴祁夷度先生文集，又吴门王邵崇见遗澹生堂藏书印章。余蓄祁氏书仅数十册，年来欲广收而未能也。志感二首。

文献江东旧业传，澹生堂认蠹鱼编。负惭宅相披遗集，重忆馆甥悲昔年。（家慈实祁之甥，自幼抚育于祁。先君尝假馆澹生堂，其时祁五先生尚存。藏书充五楹之楼，望若瑯嬛秘府云。）忠孝成家惟习学，兵戈换劫等云烟。黄金散尽贫犹乐，何惜初时装订钱。（昔人慨祁氏藏书散去，有“不值当年装订钱”之句。）

缪书深印赫虢光，刓角精莹水玉方。四库标题千帙遍，一瓻争抵百缣强。旷亭旧迹荒园业，（旷亭额王百穀为夷度使君书。予昔年来过，亭已倾圮，去扁弃之屋角。亟携以归。欲于园中构亭，仍悬是额，以志景仰。）遗象清风曲水旁。（寓山池上有忠敏公遗像，即公殉节处。）谁为流传王粲是，令人尤念蔡中郎。（书多为梨洲先生所得，故云。）

附作　全祖望

谷林五兄为梅里祁氏弥甥，每见夷度先生诸藏书，尤宝爱。不惜重价购之。尝索余方淙山《读易记》至再四，予靳之，未致也。谷林下世，予如悔之。乃以付东潜。使供之殡前而告之。

东白先生亲迎时，东书堂前赋结缡。太君解诵青箱本，郎婿能歌黄绢词。尔时诸祁已衰落，残签剩帙纷咨嗟。中丞止水血已化，公子逐日魂无归。零散都缘佞佛叟，屏当乃饱屠沽儿。（梨洲先生曰："祁氏藏书，自季超学佛，一切视为土苴，多半为云门沙门持去卖钱。"）转盼旷园竟榛莽，凭吊泪洒如飞丝。风流宅相真健者，代兴蔚为诸侯师。小山插架十万卷，以视外家有过之。凯风寒泉孝子慕，青毡故物先君思。每逢澹生旧手泽，购之不啻珊瑚枝。拟将一卷别著录，属予为序陈慈帏。白华之养在带草，一笑何必斑斓衣。更有王郎擘窠字，东书堂前历劫遗。（王百榖书旷园二大字，谷林以置园中。）旁搜未竟骑鹤去，令我愁过泊花池。徐君所思在挂剑，孺子不须陈只鸡。郎君试置两楹上，定有中宵降粗藜。

《爱日堂吟稿》附稿卷十五，《春草园小景分记》：

旷亭

旷亭乃山阴祁氏旷园旧额，王百榖为夷度使君书。使君讳承㸁，为中丞忠敏公父。忠敏公吾母外祖也。吾母尝为吾言，昔时梅里园林人物之盛，澹生堂藏书十万卷，悉人间罕觏秘册。又东书堂为五六两舅父诗坛酒社名流往复之所。闲率群从子姓，及祁氏商氏朱氏懿亲闺秀，吟咏其中。当时藉甚，至今称之。嗟乎，华裾簪黻，衰盛靡常。由后思前，渺同隔世。某耳习之稔矣。忆初过旷园时，斯亭巍然修整。再过蔓草侵阶，日就倾圮。三过并亭亦无之。扁弃墙下。幸不为风雨所剥坏。急向园叟售之而归。谋于竹间构亭悬额焉。吾母见之，复凄然曰：吾自幼失怙，孀母茕茕，尔舅不事生产，家益贫困。赖外家抚吾备至。尔父馆甥澹生堂，及见牙签缥帙。连屋百城。六舅父坐事遣戍沈阳，旋出家为僧，终于戍所。五舅父暮齿颓龄，嗜书弥笃。焚香讲读，守而不失。惜晚岁以佞佛视同土苴，多为沙门赚去。五之配曰张楚纕，六即吾姑名赵璧者也。皆能诗。吾少育于六舅母，而卒来为汝家妇。适符赵璧之称，宁非数耶。今去故乡几六十载，渭阳音问久隔。遗书散轶，过眼云烟。而园林更不可问矣。重见是扁，如见舅氏。尔幸携得，为之构亭。景仰前修，正惬吾意。并命小子识之。谢山为作记。

卷尾附全祖望撰《前徵士谷林赵君诔》，略云：

……谷林太孺人朱氏，山阴襄敏公燮元曾孙女也。其所自出为祁氏，忠敏公彪佳外孙女也。壬寅癸卯之间，忠敏子班孙以故国事谪沈阳。少妇家居，朱氏以太孺人侍之。因抚为己女。谷林之尊人东白先生亲迎，实在梅里。犹及见旷园东书堂之签轴。及举谷林兄弟，时时以外家之风流勉之。……

按：今秋过成都，访四川省立图书馆，无意中于架上抽得赵谷林集，尚是法梧门藏书。大喜逾望。急抄有关祁氏诗文数则。谷林母朱氏育于班孙妇朱德蓉。班孙遣戍，后终遁归。然朱氏言其“终于戍所”，盖有所讳也。此数文俱娓娓有情致。持与谷林子赵一清《东潜文稿》中文并读，祁氏故实，乃灿然大备矣。澹生遗书，于乾隆中即已罕遇难求。谷林有志搜罗，毕生所得不过数十本。全谢山得祁家抄本方氏《读易记》，谷林数数求之，靳而不与，终于其身后举付东潜。是皆爱书如性命者。《校录》出版后，更于故籍中辑得什录数十事，因更附之册尾，为补逸一卷，他日有得，当更益之。恐此事终未有涯涘也。

一九五七年一月十日黄裳记

后记

在距今三百十年以前，明崇祯甲申以后一年，南明弘光的小朝廷抵制不住南下的清军，金陵陷落了。福王北去，潞王监国。江南一隅陷入了非常混乱的局面。吴越一带的人民，纷纷起来组织义师，向侵略者进行反击。特别在浙东，明遗民的活动就来得更为频繁而有力。这之间，一些具有民族意识的士大夫的倡导与鼓动，是有着一定的意义的。

清军的统帅索罗（又称贝勒）在渡江以后，就进行收买、利用明朝旧臣的活动。想借他们的声望来收拾残局，巩固清朝的统治。有不少人就在这种局面下出来作了“二臣”，尽了替异族统治者铺平道路的作用。人民对这些人是仇恨、鄙视的。相反，对另外一些坚贞不屈的人则表示了最大的敬意。始终尊重、纪念着他们，把他们当做民族斗争的旗帜。

甲申、乙酉以还，在浙东一隅就出现了不少出色的人物。像张苍水就是毕生坚持了斗争一直战斗到死的；另一些人则拒绝了清军的聘请，用自杀的方式表示了自己对明朝的忠诚，更重要的是表现了对民族的忠诚。山阴祁彪佳就是殉节明臣当中一个重要的人物。隆武在福建，追祭他和刘念台（宗周），予谥“忠敏”，鲁王监国以后，赠谥“忠毅”，就连异族统治者也不能不顾及人民的意愿，对他进行了并非出自本心的表扬，乾隆中给了他一个专谥“忠惠”。这是后来有许多分歧称谥的原因。就连究心晚明史籍，想替彪佳重编遗集的傅节子，也还称他为祁忠惠公。这不用说是极不妥当的。他用死拒绝了敌人的征聘，却不料在身后却被迫接受了清朝的封赠，自己则完全失去了抗议的资格，真是比鲁迅先生所说“与其被混蛋所称赞不如战死在他的手里”更为严重的悲剧。

祁彪佳字虎子，一字幼文，又字宏吉，号世培，是明代山阴名藏书家祁承㸁的儿子。生于万历三十年壬寅，十七岁中了举人，二十一岁成进士。以后在福建做过推官，在北京做进御史，在苏松做过巡按。在明朝覆亡以前不久又到了北京，参加了当时最激烈的政争，冒了极大的危险疏参吴昌时。北都倾覆的时候他正好在南方，就又参加了南都拥立的大计。又在危难之中重新抚按江南一带。弘光乙酉卸职家居，南京为清军攻陷，他在家乡和友人计划恢复的大计，黄石斋向潞王建议，让他出来做苏松总督，组织对清军的抵抗，还没有来得及上任，北骑即已掩至。家人朋友都劝他到杭州去见清军的统帅贝勒，保全一家的生命财产。可是他自己不肯，在经过两天的思想斗争以后，终于在乙酉闰六月初六日五鼓，自沉于寓山花园的池水中了。临命以前手写遗书，词句安详而立场（民族立场）坚定，安排后事、劝导家人都入情入理，实在是值得佩服的。[1][2]

①张岱《琅嬛文集》稿本，《和祁世培绝命词》：

臣志欲补天，到手石自碎。麦秀在故宫，见之裂五内。岂无松柏心，岁寒奄忽至。烈女与忠臣，事一不事二。掩袭知不久，而有破竹势。余曾细细思，一死诚不易。太上不辱身，其次不降志。十五年后死，迟早应不异。愿为田子春，臣节亦罔替。但得留发肤，家园总勿计。牵犊入徐无，别自有天地。

按：徐芳烈《浙东纪略》记：

闰六月初五日（乙酉），原任苏松巡抚山阴祁彪佳养病里居，北兵至浙，以书来聘。公处分家政，作《绝命词》别宗亲曰：时事至此，论臣子大义，自应一死。凡较量于缓急轻重者，犹是后念。未免杂于私意耳。若提起本心，试观今日是谁家天下，尚可浪贪余生！况生死旦暮耳，贪旦暮之生，致名节扫地，何见之不广也。虽然，一死于十五年之前，一死于十五年之后，皆不失为赵氏忠臣。予硁硁小儒，惟知守节而已。前此却聘一书，自愧多此委曲。然虽不敢此踪信国，亦庶几叠山之后尘矣。临终有暇，再书此数语，且系以一诗，质之有道。

运会厄阳九，君迁国破碎。鼙鼓杂江涛，干戈遍海内。我生何不辰，聘书乃迫至。委贽为人臣，之死谊无二。予家世簪缨，臣节皆罔赘。幸不辱祖宗，岂为儿女计。含笑入九原，浩然留天地。

欢然饮宴，无异平时。肃衣冠，投于寓园放生池柳树之阴，夫人子弟不知也。笑容可掬，颜色如生。

查继佐稿本《罪惟录·致命诸臣传》卷十二下，祁彪佳传引彪佳遗书曰：

“臣子大义，自应一死。十五年前后，皆不失为赵氏忠臣。深心达识者，或不在沟壑自经。若余硁硁小儒，惟知守节而已。”

遗诗一章曰：

“运会厄阳九，君迁国破碎。我生胡不辰，聘书乃迫至。委贽为人臣，之死谊无二。光复或有时，图功当时势。图功何其难，殉节何其易。我为其易者，聊尽洁身志。含笑入九泉，浩然留天地。”

按：遗诗当不只七韵，故书所引，各有缺略，当比观之。

②商景兰《锦囊集》收《悼亡》诗二律：

公自垂千古，吾犹恋一生。君臣原大节，儿女亦人情。折槛生前事，遗碑死后名。存亡虽异路，贞白本相成。凤凰何处散，琴断楚江声。自古悲荀息，于今吊屈平。皂囊百岁恨，青简一朝名。碧血终难化，长号拟堕城。

他死后不到一月，东江就起兵了。他的弟弟儿子都参加了抗敌的斗争。③④对殉国遗臣特赐祭葬。⑤这些抗争虽然都被清军镇压了下去，可是并不曾彻底扑灭了仇恨的火种。山阴梅市祁家成了大批志在恢复故国的人们的逋逃薮。他们不但在浙东一带策动起义，而且和海外的义师也有着连系。这中间就有彪佳生前极为赏识的慈溪人魏耕，成了祁班孙极好的朋友。[6][7]

祁理孙字奕庆，祁班孙字奕喜，是彪佳的两个儿子。因为大排行的关系，被称为祁五、祁六两公子。父亲的殉国激起了他们为君父复仇的激情，和魏耕一起计划恢复的大计。活动失败了，不听长辈的劝告，依旧坚持下去，毁家纾难，毫不吝惜地呈献出了家族的财产。他们对异族统治者的一切措施，都抱着反对的态度，不承认新朝的正朔，不参加新朝的考试，认为这也是一种抵抗的方式。对不顾名节热心利禄、死抱着时文不放的知识分子，是深恶而痛绝的。[8]

到了康熙壬寅、癸卯之间，祁氏终于被叛徒出卖遭到了破家的惨祸。详细的经过今天已经不能知道，只在全谢山的集子里还保存了大略的记载。[9]祁氏姻戚杭州小山堂赵氏也有过一些记述。[10][11][12]那结果是极为悲惨的。班孙被遣戍辽左，哥哥理孙纳了贿，得被放免，家里也完全破产了。[13]

由于当时“禁网尚疏”，班孙在康熙丁未逃回江南，却不敢回家，在吴之尧峰祝发出家，后来又主持毗陵的马鞍山寺，称呪林明大师。还不时与哥哥家族往返，不过这也只能在极秘密的方式下进行。因为家破虽已数年，但流言到底也还不少的缘故。[14][15][16]

③《鲒埼亭集·祁六公子墓碣铭》："忠敏死未二旬，东江起兵，恩恤诸忠，而忠敏赠兵部尚书，理孙赐任。祁氏群从之长曰鸿孙者，故尝与忠敏同讲学于蕺山，至是将兵江上，思以申忠敏之志。而公子兄弟，罄家饷之。事去，公子之妇翁戒之曰，勿更从事于焦原矣，不听。"

④明山阴王茂远稿本《柳潭遗集·条陈浙西事宜疏》（代）（乙酉）："……臣熟思三月，每有端倪，辄以他挠。昨与镇臣郑遵谦张名振、部臣钱肃乐、科臣祁熊佳细酌熟筹，业有头讫。……"

⑤明山阴王茂远《柳潭遗集·为义兴军祭殉难祁中丞公彪佳文》："呜呼，当天地屯邅之日，属宗枋板荡之秋。洫血无戈，盟心有剑。留千秋之高碣，轻一死于清流。名岂不成，人其可惜。故自先生致命从容之日，即为吾党呼天莫助之时。夫信国未亡，呼声南剑，绛候尚在，左袒北军。假公逊志深山，留身今日，投戈奋袂，必不逾时。此逆虏之所魂消，而同盟藉其袖领者也。乃夫天祐将来，叠山告殁，身归日月之傍，气有河山之壮。遂使缙绅之所未为，布衣于焉独任。呜呼，祖鞭未着，中流之楫影何追；宗泪频挥，渡河之呼声未远。"

⑥《鲒埼亭集·祁六公子墓碣铭》："祁氏自夷度先生以来，藏书甲于大江以南，其诸子尤豪。喜结客，讲求食经，四方簪履，望以为膏粱之极选，不胫而集。及

公子兄弟，自任以故国之乔木，而屠沽市贩之流，亦兼收并蓄。家居山阴之梅墅，其园亭在寓山，柳车踵至，登其堂，复壁大隧，莫能诘也。慈溪布衣魏耕者，狂走四方，思得一当，以为亳社之桑榆。公子兄弟，则与之誓天称莫逆。魏耕之谈兵也，有奇癖。非酒不甘，非妓不饮，礼法之士莫许也。公子兄弟，独以忠义故，曲奉之。时其至，则盛陈越酒，呼若耶溪娃以荐之，又发淡生堂壬遁剑术之书以示之。又约同里诸遗民如朱士稚、张宗道辈以疏附之。”

⑦《鲒埼亭集外编·奉万西郭问魏白衣息贤堂集书》：“按白衣原名壁，字曰楚白，世籍慈水。以赘婿侨归安，遂充归安学弟子。后改名耕，别字白衣。又改名更，称雪窦山人。白衣少负异才，性轶荡，傲然自得，不就尺幅。山阴祁忠敏公器之，为遍注名诸社中。……既丁国难，麻鞋草履，落魄江湖，遍走诸义旅中。当是时，江南已隶版图，所有游魂余烬，出没山寨海槎之间，而白衣为之声息。复壁飞书，空坑仗策，荼毒备至，顾白衣气益厉。方张司马败北时，延平出海，大江路断。司马踯躅，计无所之。白衣遮道上书，犹陈金陵形势，招集散亡，入焦湖为再举计。语在司马《北征纪略》、屈翁山《成仁录》。司马既遁，当道颇闻白衣前策，游骑四出，刊章名捕。白衣亡命潜行，望门投止。家大父怀所知诗有‘廿年热血埋鸳井，万里桑田寄柳车’之句，即白衣也。癸卯，以海上降卒至，语连白衣。白衣

遁至山阴，入梅里祁氏园。时忠敏子班孙谋募死士为卫，间道浮海。卒为踪迹所得，缚到军门，抗词不屈，死于会城菜市。同时与班孙匿白衣者，山阴李达杨迁，并戍边外。”

⑧明刊《唐宋八大家文抄》二十八册，祁班孙手批阅本。有藏印曰“道僧”“五云头陀”“班孙印”“班孙”“奕喜印”等。朱墨笔圈点，每文后有评语，间附记事，题属作“剩国子”“剩国主人”“喜道人”。《韩文》卷十有记云：“夏孟尽阅于平原楼，仲初因乱至梅市。”后题一诗云：“竹光楼转月来初，弃印虞卿漫著书。潦倒原因胡市异，复堪白马遍闲居。”下题：“无空子记四月晦日事。”《欧文·与荆南乐秀才书》后记：“宋时文尚近古，今之时文直废却一篇浑厚正大议论，方为合作。为功名者无可奈何，今日正可做一种有用文章，乃有一辈口说忠义，而以为废却时文无可言文理者，可羞可耻可恶之极。顺时二字，乐子受教多矣。吾辈亦受教多矣。”《欧文·答陕西安抚使范龙图辞辟命书》后题：“一味慷慨孤愤，真是范公幕下士。欧公以四六得进士，及第后即不屑为之。今人以时文得进士，则恋恋不舍，犹如贫儿得食，以为至宝。而不知世间止有一种大受用处也。况宋欧公犹是学时之际，今日处变革之时，已有欲翻然改图者，而反以言语惑之，真是道学中一罪人矣。余初颇有志作戒制举文说，奈卑不可以敌尊，贱不可以语贵。奈何，奈何。且今之虏秀才，必非不能时

文者为之。使世间人尽不学时文，则虏庭无一文士，亦可为先朝争气。是当劝止之不暇，而反惑动者何也。不作时文，是其志必不欲为秀才矣。此亦一明睹也。”《欧文·集古录自序》后题：“予家自夷度公至于先忠敏，虽不能如欧阳公王廷尉，然亦不为之下。阅聚而必散之语，使人惕然。祖父所遗而失之于子若孙，可不惧哉！至于兵火所加，亦将尽心于是，力竭而不足，则天之命乎。”

按：商景兰《锦囊集》有《坐剩国咏菊》诗，祁德琼《未焚集》有《坐剩国书室》诗，《锦囊集》更有《忆秦娥》词，题“初春剩国忆子”：“莺声咽，柳梢烟月梅梢月。梅梢月，谁家玉笛，十分凄切。迢迢子去伤离别，空亭寂寞愁心结。愁心结，黎花飞碎，香飘尘绝。”

按：此商景兰忆次子班孙词。剩国书室或简称剩国，班孙读书处。

⑨《鲒埼亭集·祁六公子墓碣铭》：“壬寅，或告变于浙之幕府，刊章四道捕魏耕。有首者曰：苕上乃其妇家，而山阴之梅墅，乃其死友所啸聚。大帅亟发兵，果得之。缚公子兄弟去。既谳，兄弟交争承，祁氏之客谋曰，二人并命，不更惨欤！仍纳赂而宥其兄，公子遣戍辽左。其后理孙竟以痛弟，郁郁而死。而祁氏为之衰破。然君子则曰，是固忠敏之子也。”

⑩赵东潜《九方集·旷亭读书图歌》：“山阴祁氏华

族良，蓬莱清浅驹隙忙。翩翩公子年少郎，自许忠义酬先皇。一朝运去势难挽，弟兄争坐甘斧戕。竟遣其季戍辽阳，从此林亭日益荒。旷亭无复曩时望。……”

⑪赵一清《东潜文稿·重书旷亭记》：“旷亭山，山阴祁氏旷园之亭也。王百穀为夷度使君书。使君讳承㸁，世所称澹生堂主人者也。再传而为忠敏都院，是余王母朱太君之外祖。又传而为理孙、班孙，世所称祁五祁六两先生者也。班孙字奕喜，小字季郎。忠敏殉节，六先生遣戍辽阳，已而毁服为僧。”

⑫赵一清《东潜文稿·外氏世次记》：“浙东朱氏，有明望族。少师尚书，余王母曾大父也。公之孙子升公，余王母所自出，娶同邑忠敏祁公女。故余王母实为祁公甥。朱氏自少师以勋伐起家，名垂竹帛。而祁氏之先参政公讳承㸁者，构澹生堂。藏书甲海内。忠敏公以儒雅饬吏治，婚姻是缔，阀阅侔高。公子理孙、班孙，文章世德，号称学者。王母尝为某辈言，少时见诸姑伯姊，岁时过从，笺题酬唱，娴令有则。风规礼法，彬彬盛矣。暨乎忠敏殉节，六先生又坐事遣戍出关。向所谓寓山园者，已舍之佛徒。荒尘凝坐，遗像长悬。梵呗斋钟，空山答响。”

⑬旧抄本钱塘张槎云《琴楼遗稿》，四明卢氏抱经楼藏书，卷前有山阴商景兰撰序：“余七十二岁嫠妇也。濒死者数矣。乙酉大中丞公殉节，余不从死，以儿女子皆幼也。辛丑岁次儿以才受祸，破家亡身，余不即死者，

恐以不孝名贻儿子也。未亡人且老，乌能文，又乌能以文文人耶？但平生性喜柔翰，长妇张氏德蕙，次妇朱氏德蓉，女修嫣、湘君，又俱解读书。每于女红之余，或拈题分韵，推敲风雅，或尚溯古昔，衡论当世。遇才妇淑媛，辄流连不能去。……”

又山阴朱德蓉赵璧氏撰《张槎云诗集后序》：“……因念余生不辰，罹十六年颠沛迍邅，极人世所未有，今且茕茕称未亡人。昔日之触景增悲，间或托于词章以志慨者，虽未敢以诗自名，然亦余志之所在也。……”

按：此两序撰于康熙丙辰，辛丑后十五年，乙酉后三十年，景兰年七十二，与《明诗综》所记适合。班孙生崇祯壬申，辛丑年廿九岁，遣戍出关。下推丙辰，正十六年，张序所谓十六年颠沛迍邅者亦正合。据全祖望记，班孙逝于癸丑，朱氏撰此序时，已在四年以后，因有“茕茕称未亡人”之语。

⑭《鲒埼亭集·祁六公子墓碣铭》：“当是时，禁网尚疏，宁古塔将军，得赂则弛约束。丁巳（?），公子脱身逃归，已而里社中渐物色之，乃祝发于吴之尧峰。寻主毗陵马鞍山寺，所称呪林明大师者也。荐绅先生皆相传曰，是何浮屠，但喜议论古今，不谈佛法。每及先朝，则掩面哭。然终莫有知之者。尝偶于曲簶座上，摩其足而叹曰，使我困此间者汝也。癸丑十一月十一日，忽沐浴，曳杖绕堂曰，我将西归。入暮跏趺垂眉，久之，既又张目，久之始卒。发其箧，所著有《东竹风俗记》

《紫芝轩集》，且得其遗教欲归祔，乃知为山阴祁公子，自关外来者。于是得归葬。”

按：丁巳当作丁未。

⑮《水月斋指月录》三十二卷，万历辛丑严澂刻本。祁理孙奕庆朱墨蓝三色笔批注几满。藏印有“藏书楼经籍记子孙世守”（白文大方印）、“智昙”（白文扁方印）、“钵公”（朱文扁方印）、“奕庆藏书”（朱文方印）、“法名智昙”（白文方印）。卷二十五“东京天宁芙蓉道楷禅师”条上朱笔眉批云：“读楷师章不禁潸然泪下。忆我昼林林，遭无妄，远流绝域，事虽不同，非其罪一如楷师。得法开堂后，隐居之所亦名芙蓉湖。四众问道听法，不期而至者日益众，亦一如楷师。第法语应机，较楷师更觉隽永耳。湖四面皆水，非隔水呼舟不能渡。中唯小屋三间，供佛一亭在右，可容五六十人。故来学者多露处。晚则仍以舟渡彼岸，寄宿村民，次日又至，以为常。林自题其亭柱曰，木是潇湘钓客，自谓羲皇上人。盖取师子端自西自东自南北渔父词中意也。噫，其心固了彻旷达，其言则怆然可痛也。”

⑯祁理孙手批本《水月斋指月录》卷九，“邓州丹霞天然禅师”条上朱笔批曰：“壬子夏在夫山，偶与昼林和尚阅《五灯》，昼公忽掩卷问曰：丹霞烧木佛一则，阿兄作么看？予口占一偈曰，木佛一时烧却，千秋庆快非常。管取院主须眉，莫乱时人眼光。昼公曰：美则美矣，忒煞明破。予曰：某只如是，和尚作么生看？昼公

亦口占一偈曰：丹霞烧木佛，天阴赤脚行。院主须眉堕，生铁变黄金。彼时互相酬唱，不以为乐，今乃不可复得矣，能不悲夫。”

祁家是有名的藏书旧家。澹生堂的藏书，在明代的浙江是和会稽钮氏世学楼、四明范氏天一阁齐名的。祁彪佳生前又做了不少增益，祁理孙也是喜欢藏书的，祁家三世藏书的数量和范围，都是远远超过了其他的藏家的。

乙酉乱后，祁家的藏书先搬到了化鹿寺。[17]直到康熙丙午之前，还没有大批的散佚，不过祁理孙因为佞佛的关系，晚年不大注重，书籍零碎地被沙门赚去了不少。[18]大批的流散，是始于黄梨洲和吕晚村的大担捆载、论秤而出的那一次。[19][20]甚至为此还引起了黄吕的争执，成为清初儒林的一段有名的公案。[21]吕黄两位是道学家，所注重的大抵是经部和子部儒家之类的书，后来朱竹垞又到山里去看了一次劫余的藏书，就发现了为黄吕所不取的元明以来传奇八百余部。这是我们所知有史以来私人收藏中最大的一个曲藏。[22]

祁承㸁《澹生堂书目》十二著录戏曲只有《古今杂剧》二十册、《名家杂剧》十六册，可是在祁理孙的《奕庆藏书楼目录》里却著录了“《名剧汇》七十二本（凡二百七十种，有详目）；《杂剧》十四本（无目）；未订杂剧二帙（无目）；抄本《杂剧》十二本（无目）”（据郑振铎先生引文）。这虽然赶不上朱竹垞所见的八百余部之多，到底也比祁承㸁的收藏多了不知道多少倍了。这些新增的曲本，可以断定都是祁彪佳历年买进的。

⑰化鹿山，祁氏茔墓所在地。有寺名化鹿寺。承㸁既逝，彪佳守制家居读书，每于卷耑有“读于化鹿寺墓舍”纪事。

⑱赵昱《春草园小记》：“吾母见之，复凄然曰：六舅父坐事遣戍沈阳，旋出家为僧，终于戍所。五舅父暮齿颓龄，嗜书弥笃。焚香讲读，守而不失。惜晚岁以佞佛视同土苴，多为沙门赚去。”

赵东潜《九方集·旷亭读书图歌》：“五先生者实家督，守兹群典侔琳琅。学佛成仙学道死，鸾骖鹤驭双翱翔。桀黠窥伺谋夺之，儒林欢咋滋纷争。”

祁班孙《紫芝轩逸稿》有“奉和雪窦顾五兄藏书楼（时兄专攻禅诵，精辨梵文）”一题。又《祁忠惠公遗集》沈复粲跋引魏雪窦《今诗粹》中语：“雪窦尝曰：予每至梅市，与奕喜读书紫芝轩，而奕庆不一省顾。作画之外，唯焚香誓佛。向作诗千余篇，悉毁弃之。不欲堕文士习，盖沉冥不返者，宜其流传较少也。”

⑲黄宗羲《天一阁藏书记》：“祁氏旷园之书，初庋家中，不甚发视。余每借观，惟德公知其首尾。按目录而取之，俄顷即得。乱后迁至化鹿寺。往往散见市肆。丙午余与书贾入山，翻阅三昼夜，余载十捆而出。经学近百种，稗官百十册。而宋元文集已无存者。途中又为书贾窃去卫湜《礼记集说》《东都事略》，山中所存惟举

业讲章各省志书尚二大厨也。”

⑳康熙吕氏南阳讲习堂按真迹抚刻本《晚村家训》卷四有诗帖一幅。题“得山阴祁氏澹生堂藏书三千余本示大火”：“阿翁铭识墨犹新，大担论斤换直银。说与痴儿休笑倒，难寻几世好书人。”

“宣绫包角藏经笺，不抵当时装订钱。岂是父书渠不惜，只缘参透达摩禅。（祁氏参临济宗）”

㉑《鲒埼亭集外编·小山堂祁氏遗书记》：“吾闻淡生堂书之初出也，其启争端多矣。初南雷黄公讲学于石门，其时用晦父子俱北面执经。已而以三千金求购淡生堂书，南雷亦以束脩之入参焉。交易既毕，用晦之使者中途窃南雷所取卫湜《礼记集说》王偁《东都事略》以去，则用晦所授意也。南雷大怒。绝其通门之籍。用晦亦遂反而操戈，而妄自托于建安之徒，力攻新建，并削去《蕺山学案》私淑，为南雷也。近者石门之学固已一败涂地，然坊社学究尚有推奉之，谓足以接建安之统者。弟子之称，狺狺于时文批尾之间。潦水则尽矣，而潭未清。时文之陷溺人心一至于此。岂知其滥觞之始，特因淡生堂数种而起，是可为之一笑者也。然用晦所藉以购书之金，又不出自己，而出之同里吴君孟举。及购至，取其精者，以其余归之孟举。于是孟举亦与之绝。”

㉒朱彝尊《静志居诗话》二：“参政（承㸁）藏书，将乱，其家悉载至云门山寺。惟遗元明来传奇多至八百

余部，而《叶儿乐府》不与焉。余犹及见之。其手录群书目八册，今存古林曹氏。寺中所储，已尽流转于姚江御儿乡矣。”

祁彪佳对戏曲有着浓厚的兴趣，并不是偶然的事。

他出生在一个有浓重文学艺术气氛的官僚地主的大家庭里。父亲是爱书如性命的藏书家，妻子儿女都喜欢作诗，对文学有着非凡的爱好。[23]从兄祁止祥更是一个有天才的艺术家，特别精于戏曲[24]。中表张宗子也是讲究演戏的。彪佳自己更喜欢看戏，平日所看的戏，都详细记在《日记》里。[25]他的兄弟中间，祁麟佳作有《太室山房四剧》（《救精忠》《红粉禅》《庆长生》《错转轮》），祁豸佳作有《眉头眼角》《玉犀记》，祁骏佳作有《鸳鸯锦》。彪佳本人也作有《全节记》《玉节记》[26][27]，和一些散曲。他不但喜欢看戏、作曲，而且历年还大批搜购曲本，在北京时曾经计划收买徐迎庆家藏的一批词曲，在苏州的时候，又和当时俗文学的大作家冯梦龙来往，访求当地曲家的著作。[28]历年收集，收藏了大批的戏曲作品[29]，朱竹垞在云门山寺里看到的，一定就是彪佳的曲藏。

㉓《明诗综》：“商景兰字媚生，会稽人。吏部尚书周祚女，祁公彪佳之配。祁商作配，乡里有金童玉女之目，伉俪相重，未尝有妾媵也。公怀沙日，夫人年仅四十有二，教其二子理孙班孙，三女德茝德渊德琼及子妇

张德蕙朱德蓉，葡萄之树，芍药之花，题咏几遍，经梅市者，望若十二瑶台焉。”

《吴越诗选》二十二卷，顺治中冠山堂刻。题慈溪魏耕雪窦、山阴朱士稚朗诣、归安钱缵曾允武仝选。卷二十二为“名媛诗”，选商夫人景兰（彪佳室）、祁德茝（字湘君，彪佳女）、张德蕙（字楚纕，祁理孙室，彪佳冢妇）、朱德蓉（字赵璧，祁班孙室）、祁德琼（字修嫣，彪佳女）诗。

《两浙輶轩录》卷三祁鸿孙下引孙度云：“梅市祁忠敏一门，为才子之薮。忠敏群从则骏佳豸佳熊佳，公子则班孙理孙鸿孙，公孙耀徵；才女则商夫人以下，子妇楚纕赵璧，女卞容湘君。阖门内外，隔绝人事，以吟咏相尚。青衣家婢，无不能诗。越中传为美谈云。”

㉔周亮工《读画录》卷一有祁止祥一条：

“祁止祥豸佳，山阴人。行五，世培中丞之从兄。予同门文载之胞兄也。丁卯举于乡，数入春明不得志，常自为新剧。按红牙，教诸童子。或自度曲，或令客度曲，自倚洞箫和之。借以抒其愤郁。甲午冬，送予北上，过金陵，留予家一月。至维扬始返。舟中为予作山水花卉四十叶，又别为数小页，留一诗别余。曹顾庵曰：止祥书不在董文敏右，画则入荆关之室，诗文填词皆有致。能歌能奕，能图章，以至奕钱蹴踘之戏，无不各尽其致。以名孝廉隐于梅市，盖异人也。”

张岱《陶庵梦忆》卷四，《祁止详癖》：“人无癖不可与交，以其无深情也。人无疵不可与交，以其无真气也。余友祁止祥有书画癖，有蹴踘癖，有鼓钹癖，有鬼戏癖，有梨园癖。壬午至南都，止祥出阿宝示余。余谓此西方迦陵鸟，何处得来？阿宝妖冶如蕊女，而娇痴无赖，故作涩勒，不肯着人。如食橄榄，咽涩无味而韵有回甘，如吃烟酒，鲠噎无奈而软同沾醉。初如可厌，而过即思之。止祥精音律，咬钉嚼铁，一字百磨，口口亲授。阿宝辈皆能曲通主意。乙酉南郡失守，止祥奔归。遇土贼，刀剑加颈，性命可倾，至宝是宝。丙戌以监军驻台州，乱民卤掠，止祥囊箧都尽，阿宝沿途唱曲，以膳主人。及归，刚半月，又挟之远去。止祥去妻子如脱躧耳，独以娈童崽子为性命，其癖如此。”

祁彪佳《归南快录》，崇祯乙亥八月十一日条：“止祥兄于灯下作鬼戏，眉面生动，亦一奇也。”

祁彪佳《甲申日历》正月十三日条：“举酌四负堂，观止祥兄小优演戏，诸友亦演数出。”

祁彪佳《乙酉日历》六月初一日条：“薄暮抵寓山，知止祥兄已从南都避难归。亟至旧宅看之。止祥兄尚有歌者携归。时文载弟留酌，遂欲演戏，予力阻而罢。”

张岱《瑯嬛文集》。祁奕远《鲜云小伶歌》：“世间何事堪搯擘，好月一轮茶一瓮。更有清讴妙入神，三事虽佳难落款。鲜云小傒真奇异，日日不同是其戏。揣摩已到骨节灵，场中解得主人意。主人赏鉴无一错，小傒唤来将手摸。无劳甄别费多词，小者必佳大者恶。昔日余曾教小伶，有其工致无其精。老腔既改白字换，谁能练熟更还生。出口字字能丢下，不配笙箫配弦索。曲中穿渡甚轻微，细心静气方领略。伯骈串戏噪江南，技艺精时惯作态。铜雀妙音今学得，这回真好杀罗二。”

㉕《祁忠敏公日记》中，有关戏曲纪事，汇录如次：

《涉北程言》（崇祯辛未在北京）

十一月初十日：“步至前门，买《历朝捷录》及传奇二种。”

十一月十四日：“予方危坐，阅《犀轴记》，有感于沈公青霞事。”

十一月廿六日：“晚炉坐有感，因与圣鉴、安然言，古人有以爱妾换马者，予昨得王觉斯诗，不忍释手。倘挟艳姬，便当易此。安然以题极佳，不可无词，乃刻烛共构《渔灯儿》一套。漏下三商，已可歌矣。安然次成之，圣鉴又次成之。”

闰十一月初五日：“沽酒御寒，觉余兴未已，乃忆予初度之日，郊游颇畅，作《字字锦》一套记其事。韵险而调复涩，成半即就榻。”

闰十一月初六日：“灯下始理前曲，不一鼓卒成之。”

闰十一月十七日：“姜仁超来访。姜言其乡有徐君迎庆，徐相国之孙，善词曲，其所蓄甚富，当为予构之。”

闰十一月十八日：“怂恿圣鉴安然两兄作北剧，以资谐笑。盖两兄以能词啧有声也。偶阅蔡文姬传，因以《胡笳十八拍》令安然谱之。”

闰十一月廿九日：“圣鉴思作剧，苦无佳题。乃就陈伯武借《艳异编》阅一过，皆儿女子态。圣鉴以其非英雄本色也，乃别为《桐江老》一传。”

闰十一月二十日：“拥炉谱牛秀才《周秦行纪》一事未成。”

十二月二十五日：“柳白屿至，出《乘槎》剧示余，读未竟。”

《栖北冗言》（崇祯壬申，在北京）

正月初八日：“欲观灯市，乃从长安门并辔行，至则市物尚未集，惟买《洪武正韵》及《雍熙乐府》二书。”

正月十二日：“晚与子木阅《雍熙乐府》。”

二月十二日：“王云莱以《离魂》剧见示，随手复之。”

三月十四日：“门役云，叔度在邻家，遂邀之，方与评陈自嵜新作剧。”

四月十六日：“余与（黄）王屋独酌，观韦南康剧。”

四月二十六日：“阅《珍珠衫》剧。”

五月十二日：“赴刘曰都席，观宫花剧。”

五月二十日：“至酒馆邀冯弓间……观半班杂剧。”

六月二十一日至七月十六日所观剧：

《紫钗剧》《琵琶记》《玉盒剧》《回文剧》《彩笺半

记》《一文钱剧》《西楼记》《异梦记》《宝剑记》《蕉帕记》。

七月十九日："即赴朱佩南招，在净业寺之左，同席为何象岗、张三峨、张尔唯，观小戏如《弄瓦》等，技皆绝神，为之解颐。"

八月初三日至十二月廿五日所观剧：

《教子剧》《双珠传奇》《教子传奇》《拜月记》《异梦记》《祝发记》《明珠记》《散剧》《春芜记》《明珠记》《香囊记》《百花记》《连环记》《檀扇记》《红拂记》《彩楼记》《八义记》《石榴花记》《拜月记》《牡丹亭记》《牡丹亭记》《合纱记》《玉合记》《百花记》《桃符记》《绣襦记》、杂戏、杂戏、《马陵道》剧。

《役南琐记》（崇祯癸酉）

正月初八日至二月十六日在北京所观剧：

《红拂记》《花筵赚》《西楼记》《灌园记》《唾红记》《弄珠楼记》《衣珠记》《彩楼记》《西楼记》《红拂记》《梦磊记》《石榴花记》《鹣钗记》《狮吼记》《百顺记》《雄辩记》《香囊记》《红梅记》。

五月二十日在绍兴所观：

《望湖记》

《归南快录》（崇祯乙亥）

四月十五日：抵天津，吴期生相邀，乘别舟往彼命酌，观《白梅记》，内有《东坡梦》剧，别时已二鼓矣。

五月十七日至二十七在杭城观：

《双串记》《梅花记》《秋箫记》《宵光记》《南柯记》

五月二十八日："微雨，汪彦旻携酌相饷，同王百朋观《黄孝子记》，优人搬演生动，能使观者出涕。"

六月初八日："下午施淡甯邀酌于玉莲亭，观女梨园演《江天暮雪》数出。"

六月十六日观《题塔记》。以上俱在杭城观。

七月十九日至十二月十九日在绍兴观：

《鹊桥记》《千祥记》《绣龙记》（祀神所演）《麒麟记》《牧羊记》《画中人记》《望云记》《双红记》《水浒记》《千金记》《居林适笔》（崇祯丙子）

正月初七日："薄暮始归，观童子演仙戏。"

正月初十日至十月初三日在绍兴观：

《投梭记》《幽闺记》《水浒记》《九锡记》《鸳鸯棒记》《翠屏山记》《西楼记》《花筵赚记》《五桂记》《拜月记》《白兔记》《山居拙录》（崇祯丁丑）

二月二十四日至十一月初三日在绍兴观：

《鹣钗记》《荷花荡记》《鹣钗记》《双红记》《红丝记》《玉麟记》《浣纱记》《惊鸿记》《千金记》《四元记》《双飞神记》《绿袍记》

《白鉴录》（崇祯戊寅）

正月初十日至十二月廿一日在绍兴观：

《万寿记》《金雀记》《黄孝子记》《连环记》《彩楼记》《石榴花记》《香囊记》《红丝记》《望湖亭记》《绣

繻记》《孝悌记》《寻亲记》《牧羊记》《浣纱记》《摩尼珠戏》《银牌记》《霞笺记》《鞭琴记》《白梅记》

《弃录》(崇祯己卯)

正月二十三日至二十八日　在绍兴观：

《孝悌记》《双忠记》《摩尼珠记》《鸾钗记》《红叶记》

五月三十日："是晚柯村又演《目连戏》，竟夜不能寐。"

七月初二日至十月十一日在绍兴观：

《金印记》《荆钗记》《绣繻记》

十月十四日："赴钱德舆席。同席为王遂东、张芝亭、王莪云、姜玉舟、倪鸿宝，德舆尽出家乐合作《浣纱》之《采莲》剧而别。"

十月十八日至十九日　在绍兴观：

《双红记》《钗钏记》

十月二十日："举五簋于四负堂，遵鸿宝约也。演杂戏，尽优人之所长，子夜乃别。"

《壬午日历》(崇祯壬午)

三月三十日(在绍兴)："携眉儿拜张燕客，即同燕客至外交，观《西梅记》。"

十月十六日在武林："至段桥赴元祥之酌，仝席为吴弘文及闵赵任胡罗石诸友，席半听胡任二友北调，听石友南曲。"

十月十七日："刘雪涛公祖见招，赴酌于湖舫，观

《红梨花记》。”

《癸未日历》

九月二十九日在维扬：“永年邀酌，观《疗妒羹》，即小青事。但以死为生耳。”

十月初五日在吴中：“及舟则李子木张宴待矣，举酌，观《一捧雪记》。”

《甲申日历》

正月十五日：“抵家拜先像。至山，有村中人来演杂剧为乐。”

二月二十四日：“奉关神及金龙神，还戏愿，演《鸾钗》《绣繻》二记。”

二月二十五日：“又演《连环》《浣纱》二记奉关圣与金龙神。”

《乙酉日历》

三月二十七日：“午饭罢，潘楚张设酌，托蒋安然治馔。诸友如程尔瞻、张轶凡、王云岫皆至，听弦索数调，朱纯宇又唱南曲，极欢而散。”

四月十三日：“看优人演《永团圆剧》。”

四月十四日：“予还戏愿，王子屿子树昆仲、王玄趾舅张季方皆来观。午后又还戏愿，奕远侄以纠资设酌，优人演《绣佛阁》剧，不能终，又演《永团圆剧》。”

四月二十日：“雨，予家还戏愿，观《衣珠阁记》。闻南都以左帅退兵解严。闽中林圣桢郑季公来谒，午后与游寓山，仍归家观《绣佛阁剧》。”

㉖清渊王介锡美申纂，男王九游龙甫校：《明才子传》二卷，补二卷，温故斋皮纸黑格旧抄本。有“雪香书屋”“雕虫书屋储藏之印”二印，补传卷下收“祁彪佳”一条：

世培天纵之才，文章经济，无不敏妙。司理闽中，断狱如神。自作《玉节》传奇。擢御史，巡按苏松，击豪殆尽。墨吏望风引去。以苏松巡抚致仕，寻以节称。

㉗道光刻《祁忠惠公遗集》杜春生后序：

“（彪佳）司理莆中，有《玉节》传奇，倪公《鸿宝应本》有序。”

按：《玉节记》当为彪佳在莆阳时撰。惜今不传。《鸿宝应本》流转尚多，倪序不更录。《玉节记》和《全节记》可能是一部书的异名。

㉘《重定南词九宫词谱》，又题《重定南词全谱》，吴江词隐先生原编，鞠通先生删补。“凡例续记”中有：

“先是甲申冬杪，子犹送安抚祁公至江城。（祁公前来巡按时，托子犹遍索先词隐传奇及余拙刻，并吾家诸弟侄辈诸词殆尽。向以知音，特善子犹，是日送及平川而别。）……时丁亥秋七月既望，吴江沈自晋重书于越溪小隐。”

按：子犹，冯梦龙也。丁亥为甲申后三年。鞠通先生即沈自晋别属。

㉙《祁彪佳日记》，《归南快录》（崇祯乙亥）十一月初四日条：

"予坐书室竟日不出户，整向日所蓄词曲，汇而成帙，然顾误之辟，于此已解，终不喜观之矣。"

祁彪佳《庚午元旦朅语》："乃假归一载，多为音律所误。"

这一批曲藏的散失，是极可惜的。可是彪佳的两本稿本《远山堂明曲品》《明剧品》却保留下来了，它替这个曲藏保留了一个粗略的面目。两品所著录剧曲，共六百七十七种。这是一个值得重视的发现，拿来和明代的吕天成、清中叶的姚梅伯和近人王静安的著录比较一下，保留了未经著录的剧曲达三百七十六种。《也是园旧藏古今元明杂剧》的发现，为元明杂剧（主要是元人）增添了一百三十五种孤本，那么《远山堂曲品剧品》的发现，就为明人剧曲增添了更多的著录，虽然那原本大抵是失传了的。

祁氏《曲品》编录的方法和精神，都见凡例中。值得注意的，有这么几点：

他是很有文学素养的人，特别看重俗文学作品。这不只说明他为什么能够有这样的著作，更足以说明他能够保留当时不为人重，因而作品散佚的俗文学作者的大量作品著录的原因。同时，他不但自己能够度曲，对曲律有很高的素养，更因为家里就有着演员，自己是也能导演的。所以他的批评，就不只是站在作家的立场上，而且也是站在导演和演员的立场上的。

其次，他的著录尺度，要比吕天成宽得多，只要是少有可取，就不肯埋没作者的劳绩，这就保证了著录出色的丰富。

剧曲作者，在旧时代是一向不受重视的。在这两本著录里，却多少保留了撰人姓氏和一些零星的记事，这在我们也都是值得珍重的史料。

《剧品》是清录稿本，《曲品》则经过作者蓝笔墨笔两三次修改。我们可以看到有的戏被作者抽去，又安排在另外的地方，虽然同在一品之中，次序先后也是几费斟酌的。这就完全可以说明作者选择品骘态度的严肃。

我开始看到明山阴祁氏澹生堂遗书是一九五一年冬天的事。

有一天，一位旧书估人告诉我说，在杭州看到一部不全的澹生堂抄本书，价钱很贵，问我可要看看。我就请他把样本寄来。过了一个星期，书果然寄来了，是远山堂黑格抄本的尺牍底册，当时并没有重视，还了一个价钱，就把书寄回去了。

第二年的春天，还是那个旧书估人又来告诉我说，几月前所看到的抄本，现在还在杭州。那是杭州旧书业联营组织从绍兴买来的。绍兴的书商则是直接从梅市祁家论斤秤出的，的确是澹生堂的藏书。书不只一部，目前因为营业不好，那个联营组织要拆夥了，希望能把这批书卖掉，价钱则可以商量云云。

同时他还带来了一部活字本的《祁忠敏公日记》，翻开后面的《祁氏遗书记》来给我看。原来远山堂就是祁彪佳的寓山堂名，而那些尺牍底册也都记载在那里。这下子引起了我很浓厚的兴趣，就陆续买了一些，这里面有“聊尔编”格子的写本《易测》和《老子全抄》，是祁承㸁的手批阅本。有祁骏佳手订的《重编澹生堂文集》八卷底本，和一些别的残本。

从这时开始，澹生堂遗书就开始在上海大量出现了。绍兴的书商也直接陆续把书运到了上海。这时期曾经出现了澹生堂旧藏的万历以后的《乡试录》若干册，明刻精图的戏曲总集《柳枝集》《酹江集》等，我却没有机会看到。原因是这些书很容易脱手，一般人都肯定它是善本的原故。

这个时期我所见到的是一些不大为人所知的祁氏藏书。如万历本的《指月录》是祁理孙（奕庆）的手批本，祁骏佳的《禅悦合集》残稿等，我也都陆续留下了。

同时，旧书估人也到绍兴去买书，回来以后就通知我去看书。我则往往每次都几乎全部买下的。因为只有这样，才能破除估人的顾虑，不致把认为“无用之物”的书册送进还魂纸厂。这样买来的书，自然祁氏藏本所占的份量是很少的。而且也包含了大量的普通书和残本。但是这中间也往往有一二好书，如祁承㸁手批的《通鉴前编》，祁班孙（奕喜）手批的《唐宋文抄》，残本《吴越诗选》（魏耕、朱士稚、钱缵曾选，顺治中冠山堂刻），后者包含了大量的明清易代之际诗人的作品，如吴梅村诗即有全集削去的作品，而祁氏群从的诗作，从商夫人景兰以下，所收也最多。

这以后，澹生堂遗书的价钱逐渐高起来了。注意的人也更多了。在一九五二年底，古董铺的估人拿来了祁彪佳《救荒全书》稿本十数册，毛订原装，手迹累累，而且每卷都有三次校读的年月题名，是见著录于《祁忠敏公日记》的名书；此外就是启元社黑格抄本的《曲品》和《远山堂文稡》，远有祁承㸁至诸子手札原迹的卷子，明人画绢本江苏北部的《地域图》，以及远山堂抄本的《尺牍》等。索价甚高而且要合售。这批书在我手边放了两三个月，终于买不起。只草草抄下了《曲品》的大略，收进我自己一本《西厢记与白蛇传》，作为附录发表了。

到了一九五三年的冬天，我又从第一次告诉我澹生堂遗书消息的旧书估人那里买到了《明曲品》的稿本和另外一本《明剧品》，这真是使我大喜逾望的事。不料在已经残佚了的抄稿本外，还有原稿本；而且不只记录了明人传奇也同样记录了明人杂剧。这就有可能使我从事校录的工作，稍有余闲就用吕天成的《曲品》、高奕的《新传奇品》、姚梅伯的《今乐考证》和王国维的《曲录》加以排比、校录。陆陆续续、时做时辍，直到今年冬天，才初步草完。同时因为发现了更完整的新资料，也就把《西厢记与白蛇传》的附录在再版时抽去了。一些朋友写信来问《曲品》全稿的，也没有一一答复，总希望早日将这不成熟的校录本公之于世，满足读者的期望。这中间也曾经有些朋友劝我不必出版这书，他们的好意是值得感谢的，可是我还是把它印出来了。由于学养的荒落，掌握资料的贫乏，这个初步的校录工作也只能做到目前的样子。为了提供学术研究的新资料，使这部湮沉了三百年，由于时代因素而“畏祸避仇不敢刻”“遭难破家不能刻”的重要作品，在人民的时代里重见天日，因此也就放下了一切的顾虑。

以上是澹生堂遗书和《曲品》《剧品》发现的经过。在这里也附带说明一下，不是想仰攀荛圃，做赏鉴家的藏书跋尾，有时为了说明事实，这原来也还有一些用处的。因此也就希望读者宽恕这里的饶舌了。

一九五五年一月五日，黄裳记

玉簪记

《玉簪记》，为明代高濂创作的传奇戏曲，黄裳先生以现存较早的万历间继志斋刻本（《古本戏曲丛刊》初集影印北京图书馆藏本）为底本，参校毛氏汲古阁《六十种曲》本，整理校注，并取继志斋本之插图，由上海古典文学出版社于1956年10月初版印行。今据其本编入。

第一出　家门正传①

【沁园春】（末上）陈女娉容〔一〕，潘生俊雅。姻亲指腹〔二〕。奈兵戈惊散〔三〕，子母天涯〔四〕。女娘指引，寄迹烟霞〔五〕。张公借宿，词调空夸。王郎闹会惹嗟呀〔六〕。潘生投观，天遣会娇娃。堪佳，美女才华。暗写情词怨出家。岂知才郎邂逅〔七〕，词章入手。相思情逗〔八〕，到此难遮②。凤鸾〔九〕方就，姑意曾差③〔一〇〕，秋江逼试泪如麻。荣归处，夫妻子母，重喜会蒹葭〔一一〕。

校：①“汲”作“标目”。　②“汲”作“相思情逗到难遮”。　③“汲”作“姑意会猜”。

注：〔一〕娉容：娉是美丽的意思，娉容是说貌美。　〔二〕指腹：古时候做父母的往往于子女尚在怀孕之中，就互订姻亲。如果两家将来所生是一男一女，即结为夫妇。这种习惯一般称为“指腹为婚”。　〔三〕兵戈惊散：遭遇兵灾，互相失散。　〔四〕子母天涯：母子分散远离。天涯是形容相隔之远。　〔五〕寄迹烟霞：寄是寄托，迹是形迹。这里是说隐避在山林之间。　〔六〕嗟呀：叹息。　〔七〕邂逅：偶然相遇。　〔八〕情逗：情意投合。　〔九〕凤鸾：用凤鸾比喻夫妇。　〔一〇〕姑意曾差：汲古阁本此句作“姑意会猜”，疑是后来所改。原意稍晦。好像是说“姑

母对这件事曾经表示过不满意的意见”。 〔一一〕蒹葭：《诗经》里有“蒹葭苍苍，白露为霜。”的句子，原诗是怀念亲爱的人的。这里说“会蒹葭”，是影喻亲人久别又得重逢的意思。

第二出　潘公遣试①

【一剪梅】（外上）白发萧萧今已老，归闲〔一〕甘②守林皋〔二〕。梦回青琐〔三〕恋王朝，欲③报图劳，且教子勤劳。【鹧鸪天】解组〔四〕归来十有年，黄花白柳思萧然。灯前残卷堪遗训，花下新诗近满编。追往事，泪空悬。姻亲曾结射屏〔五〕缘。如今眼底天涯阔，安得鱼鸿〔六〕远寄笺。老夫潘夙。昔举明经〔七〕，官叨〔八〕府尹。荆妻〔九〕吴氏，景入桑榆〔一〇〕。孩儿必正，时称瑚琏〔一一〕。学业虽勤，尚愧升堂入室〔一二〕，姻亲有约，应惭倚树〔一三〕攀萝〔一四〕。今闻上国征贤，不免请夫人上堂④商议。叫孩儿去赴试，有何不可。夫人有请。

【又】（老旦上）绣窗风雨促残年，莺花又遍春园。青襟〔一五〕朝暮喜承欢〔一六〕，志在齑盐〔一七〕，乐在斑斓〔一八〕。三月莺花转⑤绮林〔一九〕，隔墙红杏得先春。玉钩未许惊飞燕，院静⑥人闲白昼深。（相见科）（外）夫人。我⑦孩儿功名之事，每挂于怀；家室之宜〔二〇〕，常存念想。我自开封府与同僚〔二一〕陈老先生十分契合，指腹结姻。他女我男，曾以玉簪鸳坠为聘。今经一十八⑧载，别来岁久，未得谐姻。一向杳无音问。不知亲家晚景〔二二〕如何？儿媳闺训如何？使我时常忧念。（老旦）老身每每在心，无如奈何。数年前陈旺曾来问候，我每⑨〔二三〕一向无人遣答，深惭报称〔二四〕。（外）夫人，如今春选〔二五〕征贤。且把婚姻之事，不要说起。只索〔二六〕打发孩儿赴召前去⑩如何？（老旦）甚好甚好。孩儿那里？（生扮潘必正上）

【菊花新】（生）绛桃春暖鱼龙变〔二七〕，向芸窗〔二八〕志绝韦编〔二九〕。功名二⑪字总由天，谁羡乘轩〔三〇〕服冕〔三一〕！春风桃李遍柴荆，花节琴书不绝吟。家训喜存诗礼在，晨昏问学早趋庭〔三二〕。（相见科）（外）孩儿，⑫虽登鹗荐〔三三〕，未跃龙门〔三四〕。即今春来会举〔三五〕，汝可早向长安〔三六〕，访学朋侪，因而入试。可会⑬功名，书香步武〔三七〕。那时替你迎娶家室，以遂于飞〔三八〕。有何不可。（生）爹爹在上，若论功名之事，当遵台命。婚姻成否，何必挂怀。（外）既然如此，进安那里？（丑扮进安上）抱琴听月露，洗墨惹烟云。受得灯窗苦，方成馆阁人〔三九〕。禀上老爹⑭奶奶，有何分付？（外）进安！你可急去收拾琴剑书箱，跟随大相公长安赴试，休得迟误。（丑）知道了。腰悬三尺剑，箱卷五车书。（下）（外）孩儿！今日黄道良辰〔四〇〕，你可就此拜别⑮。

【园林好】（生）念咫尺骄骢〔四一〕远游，奈萧瑟庭帏〔四二〕景幽。此去云山迤逗〔四三〕，揾〔四四〕不住泪双流，按不下苦心头。

【江儿水】（老旦）习学时方就，功名志欲酬。我那儿上林〔四五〕试展扳⑯花手。未行先问归时候。（外）休因离别重回首，快着丝鞭驰骤。豹尾〔四六〕螭头〔四七〕，佩玉〔四八〕争先左右。

【五供养】（生）胸中自剖。论所学孰先孰后〔四九〕。词倾三峡水，气吐五湖秋。我那亲行〔五〇〕、景入夕阳衰柳〔五一〕。关河〔五二〕空有梦，离恨倩〔五三〕谁收。肠断云霓，泪沾红袖。（丑挑行李上）

【玉交枝】行囊簇〔五四〕就。相公，门儿外兰棹〔五五〕待舟。征帆早渡潮时候。休因离别绸缪〔五六〕。（老旦）进安！大相公呵，樟亭〔五七〕风露不惯游，河桥车马当先后。（生）望白云频瞻故丘〔五八〕。（外）上青云〔五九〕名扬乡旧〔六〇〕。

【川拨棹】（老旦）难消受〔六一〕，梦初回风雨稠〔六二〕。（外）但得你身占鳌头〔六三〕，⑰身占鳌头。继簪缨〔六四〕佐衮旒〔六五〕。（母子唱）（连科）⑱且登临，莫强留。（老旦）我那儿，把音书频寄修。

【尾声】（众）泪痕别处迤红豆〔六六〕，客路不堪回首。（老旦）我儿，莫把闲心在归处留。

离别相看泪两眸，飞花啼鸟恨悠悠。

出门几折风帆起，人在眼前天际头。⑲

校：①“汲”作“命试”。 ②“甘”，“汲”作“堪”。 ③“欲”，“汲”作“秋”。 ④“汲”无“上堂”二字。 ⑤“转”，“汲”作“啭”。 ⑥“院静”，“汲”作“静院”。 ⑦“汲”无“我”字。 ⑧“八”，“汲”作“六”。 ⑨“我每”，“汲”作“我们”。 ⑩“赴召前去”，“汲”作“赴京应试”。 ⑪“二字”，“汲”作“一字”。 ⑫“汲”“虽”上有“你”字。 ⑬“可会”，“汲”作“夺取”。 ⑭“爹”作“爷”。 ⑮“你可就此拜别”，“汲”作“可就此拜别前去”。 ⑯“扳”，“汲”作“攀”，按二字可通。 ⑰“身”上“汲”多“但得你”三字。 ⑱“（母子唱）（连科）”，“汲”作“挽生科”。 ⑲“际”，“汲”作“尽”。

注：〔一〕归闲：不做官回家来过闲散的生活。 〔二〕林皋：林是林下，皋是泽壤。指家乡田园。 〔三〕青琐：汉代的宫门，上面雕有连琐文的

装饰，涂以青色。这里借用为皇朝的象征。〔四〕解组：组是印绶，解组，不再执印，就是说去官。〔五〕射屏：《唐书》："康窦皇后父毅，画二孔雀屏间。请昏者使射二矢，阴约中目则许之。高祖射，各中一目，遂归帝。"后来用作选婿的故典。〔六〕鱼鸿：古诗："客从远方来，遗我双鲤鱼。呼童烹鲤鱼，中有尺素书。"古人又有雁足传书的传说，后来就都用做信札的代语。〔七〕明经：从汉朝开始，就以明经射策取人。唐朝考试的制度，以诗赋考取的叫进士，以经义考取的叫明经，就是说明于经术之意。〔八〕叨：谦虚的说法。"官叨府尹"：做了一任不称职的府尹。〔九〕荆妻：后汉梁鸿的妻子孟光，荆钗布裙，被称做贤妻的典范，后来就往往称自己的妻子为"荆妻""荆人""荆妇""山荆"。

〔一〇〕桑榆：太阳落山，余光照在桑、榆树上。这里用来借喻晚年。

〔一一〕瑚琏：宗庙里设祭时用的玉制的盛黍稷的祭器。这里是说孩子将来一定有大成就，是"庙堂之器"。〔一二〕升堂入室：出《论语》。指学问进步的境界，成就逐步提高的意思。〔一三〕倚树：《世说新语》："魏明帝使毛曾与夏侯太初共坐，时人谓蒹葭倚玉树。"这里是说，已经订婚的媳妇，美丽非常，儿子与她一起，攀配不上。谦词。〔一四〕攀萝：古人用结丝萝比喻结婚。这里也是谦逊的说法。〔一五〕青襟：《诗经》里有"青青子衿"的句子，指士子的青领服装。这里借指她的在读书的儿子。〔一六〕承欢：迎合父母的色笑。〔一七〕齑盐：素食。〔一八〕斑斓：指侍奉父母，使之欢快之意。传说老莱子年纪已经很老了，仍旧穿了斑斓彩色的童装，做出小儿的姿态来，引他的父母发笑。

〔一九〕绮林：青葱茂密的树林。〔二〇〕家室之宜：指儿子的婚事。

〔二一〕同僚：一同作官的人。〔二二〕晚景：晚年的景况。〔二三〕我每：每是语助词，"我每"就是我的意思。一人称。〔二四〕报称：回报。

〔二五〕春选：春天举行的考试。〔二六〕只索：只要。〔二七〕鱼龙变：通过考试，由士子变成官吏，改变了社会地位，古人往往说成"鱼龙变化”。〔二八〕芸窗：影喻书斋。古人相信芸草可以避蠹，所以书房里经常放着芸草。〔二九〕韦编：韦是皮革。在没有发明纸墨和雕板印刷之前，书是抄在竹简上的，许多竹简就用皮条连缀起来。韦编即是书册。相传孔丘小时候很用功，读书甚勤，甚至皮绳都断了三次。“志绝韦编”就是说立志勤苦读书。〔三〇〕乘轩：古时候官职在大夫以上的人才有资格乘“轩”车。相传春秋时卫懿公爱鹤，就让鹤也“乘轩”。典出此。这里是指做了大官。〔三一〕服冕：古时候大夫以上的官所戴的礼帽。〔三二〕趋庭：儿子受父亲的教诲叫“趋庭”，典出“论语”，“鲤趋而过庭”。孔子的儿子孔鲤从院子里走出来向父亲孔丘请教。〔三三〕鹗荐：受到推荐的意思。典出《后汉书·孔融传》。孔融推荐祢衡说：“鸷鸟累百，不如一鹗。使衡立朝，必有可观。”〔三四〕龙门：龙门在今天洛阳，黄河经过这里，水道甚险，鱼鳖之类都上不去，能上去的就是龙了。语出《三秦记》。“登龙门”指通过更高级的考试，得中进士状元。〔三五〕会举：就是会试。〔三六〕长安：从汉代开始，长安（今西安）即成为首都所在地。以后虽不断改变，但一般都以长安为帝都的代语。〔三七〕步武：追随故迹。武是足迹。〔三八〕于飞：指夫妇美满的爱情生活。出《诗经》：“凤凰于飞。”〔三九〕馆阁人：从宋朝开始，文学侍从之臣都在昭文馆、史馆、集贤院三馆以及秘阁、龙图、天章诸阁工作，这些地方都是收藏经籍图书和祖宗制作的地方。后来称一般的翰林学士为“馆阁人”。〔四〇〕黄道吉日：好日子，古人迷信，出门也要挑好日子。〔四一〕骄骢：六尺以上壮健的马叫骄；青白色的马叫骢。这里不一定拘泥的看，只是泛指漂亮的马匹。〔四二〕庭帏：父母所住的内室。〔四三〕迤逗：连绵不断。这个词在元明剧曲里多见，意义不尽同，写法也不一致，除了牵引的意思以外，还有勾引的意思。〔四四〕揾：按。〔四五〕上林：上林苑，从秦以来就有的皇帝的花园，汉武帝更增广之。“上林扳花”是说到皇帝那里取得功名。〔四六〕豹尾：一种高级官吏的仪仗。《晋书·贾充传》：充带兵出发之前，跟妻子说，男子汉不竖豹尾，决不回家。〔四七〕螭头：螭在传说里是一种黄色、无角和龙差不多的东西。古代雕刻多用作装饰。在皇帝的大殿前面台阶两边都雕着这种螭头。〔四八〕佩玉：古代大官在朝服上面悬挂着玉饰。走起路来，会丁当作声。这几句都用一些实物象征高级官吏的身份，是勉励儿子争取去做大官。〔四九〕孰先孰后：谁先谁后？是说学问不见得在别人以下。〔五〇〕亲行：父母行辈。也就等于"老人家"。〔五一〕景入夕阳衰柳：景是光景。夕阳衰柳象征老人的晚年。〔五二〕关河：《史记·苏秦传》："秦四塞之国，被山带渭，东有关河，西有汉中。"这里指离去家乡的人，在边远的地方。〔五三〕倩：让，请托。〔五四〕簇：聚集。〔五五〕兰棹：船。〔五六〕绸缪：恋恋纠缠不舍。〔五七〕樟亭：指馆驿，即旅馆。典出《五代史·吴越世家》。〔五八〕故丘：故乡。〔五九〕上青云：爬到统治阶层里去，做大官。〔六〇〕乡旧：乡亲故旧。〔六一〕消受：忍受。〔六二〕稠：密。〔六三〕鳌头：谷传中状元叫"独占鳌头。"〔六四〕继簪缨：簪缨指官宦的冠饰。继簪缨是说继承世代官僚的门第。〔六五〕佐衮旒：帮助皇帝。衮是皇帝的礼服，旒是皇帝的帽子。〔六六〕揾红豆：流眼泪。红豆指泪。

第三出　兀术南侵[1]

【新水令】（净扮兀术上）一声长笑海天秋，拥旌旄〔一〕龙争虎斗！凿门〔二〕占旺相〔三〕，据地阻咽喉。百万貔貅〔四〕，看帝业归吾手。

【西江月】两眼星吞炯炯，一身虎贲〔五〕昂昂。杀声直欲暗天光，那管银河翻浪。直欲中原无主，更教四海惊慌。旌旗电闪下长江，若[2]个〔六〕争先拦当？自家兀术四太子是也。自与宋家南北分途，志犹未满。直欲一统中原，方遂吾意。时下风高马壮，不免叫把都儿〔七〕们整顿弓马，掳掠南朝。得些金珠子女粮饷货物，献与我主，有何不可。今日[3]黄道吉日，众把都儿们！就此起程。

【普天乐】[4]（净）锦云联、繁花境。看花柳、开相映。莺啼处，莺啼处、画阁朱扃〔八〕。淡悠悠，水远共山横。（合）呀！看旌旗掩映。刀枪耀日明。听马前哈喇〔九〕，千里、千里血染猩猩〔一〇〕。

【朝天子】[5]（众）雁南飞入云，兔深藏茂林。听轰雷喊呐齐争胜。翻天倒浪，闹嚷嚷哈吽〔一一〕！急睁睁如狼狠。吹哔嘌〔一二〕几声，打羯鼓〔十三〕几声。好撒嬴〔一四〕撒嬴撒撒嬴！搂红妆晓来未醒，打辣酥〔一五〕堪消闷。

【普天乐】（净）夺山河为吾境，拚[6]杀得天花净。长江上，长江上万马争鸣[7]。吓死人阵阵也金兵[8]。

【朝天子】（众[9]）见山城几墩，见楼台几村。那尘埃滚滚，人逃奔。天昏地黑，哭哀哀喊[10]声，我这里笑哈哈〔一六〕把弓刀整。摆霜蹄〔十七〕几程，列战舸几程。密密[11]硼〔十八〕密硼密密硼！鼓儿打咚咚的紧。怕甚么人不顺。（净）把都儿们！传下主[12]令，天色已晚，就此安营。明早杀上前去！

衰草白连天，村村绝火烟。

从教南渡马，尽化作啼鹃。

校：①“汲”作“南侵”。 ②“若”“汲”作“那。” ③“日”下“汲”有“乃”字。 ④“普天乐”，“汲”作“北普天乐”。下同。⑤“朝天子”“汲”作“北朝天子”。下同。 ⑥“揣”万历本作“揣”，“汲古”是。 ⑦此一句“汲”作“长江上，万马、万马争鸣。”⑧“汲”此下有“合前”二小字注，是。 ⑨“众”，“万历本”作“净”，似误。⑩“喊”万历本作“嗽”。 ⑪“汲”此处无重字。⑫“主”，“汲”作“号”。

注：〔一〕旌旄：军队的旗帜。“拥旌旄”等于说是统领雄师。 〔二〕凿门：《旧唐书·李光弼传》：“翊分阃而专征，膺凿门而受律。”古代出征前大将接受命令，有“凿门”的仪式。 〔三〕占旺相：占卜吉相。古代出师，必先占卜吉凶。 〔四〕貔貅：有些像虎或熊的猛兽。《史记》记轩辕曾经训练貔貅和炎帝作战。因此沿用为军队的意思。 〔五〕虎贲：勇士。〔六〕若个：哪个？ 〔七〕把都儿：蒙古语，犹言“小子”，有勇敢的意思。今天舞台上还可以听见。或写作“巴图鲁”。 〔八〕朱扃：红色的门。 〔九〕哈喇：蒙古语。“杀”的意思。 〔一〇〕血染猩猩：形容杀戮之惨。传说猩猩的血发红，因而转而用做形容词。如“大红猩猩毡”之类。 〔一一〕哈吽：未详。万历本原注：“吽音忻。”“哈吽”应当是形容“闹嚷嚷”的。 〔一二〕哔嘌：一种竹管、芦首的军中吹奏器，一作觱篥。 〔一三〕羯鼓：一种从龟兹、高昌传来的乐器。像漆桶一样，用两根棒敲打。 〔一四〕撒赢：未详。 〔一五〕打辣酥：酒。（万历本原注） 〔一六〕咍：讥笑。 〔一七〕霜蹄：战马。 〔一八〕弸：弓强貌。（万历本原注）

第四出　陈母遇难[①]

【念奴娇】（净扮陈夫人旦扮陈小姐[②]）（净）繁华过眼，似梦中唤醒，世隔当今。休说朱门[一]排棨戟[二]，如今庭树萧森。人逐仙游[三]，家遭岁歉，积苦盈方寸[四]。（旦）眉愁黛[五]锁，有恨向谁评论。【千秋岁[③]】（净）孩儿[④]，你看，春去闲阶，风乍软、花飞无力。一望处、田园荒芜[⑤]，门庭萧瑟。堤拥当年车马隘[六]，如今谁问闲消息。想吾生、富贵等浮云，今方识。（旦）鹦鹉洲，凤凰阙。烟波外，愁恨叠。看高处双丸[七]，催残朝夕。才了些兴亡骄魏晋，又早见争战仇[⑥]吴越。到如今，万事属何人，空悲切。（净）老身钱氏。嫁自陈门。夫君曾拜[八]开封府丞，黄泉[九]早逝。老身虽封淑品[一〇]，白首甘贫。夫君在日，曾与同寮府尹潘公，十分交好。彼此指腹结亲，玉簪为聘。如今天涯分散。我想男女俱各长成，杳无人至，必定这一节事已付东流[一一]去了。教我为母的[⑦]每每挂怀。（旦）母亲，自古道，一富一贫，乃见交情；一贵一贱，交情乃见。于今[⑧]父丧家寒，况经年远，此事不必提[⑨]起。只索苦守便了。

【花落寒窗】（净）盼庭柯[一二]几度熬[⑩]煎[一三]，走萧萧败叶翩翻[⑪]。你看含香春信，望断陇头人[一四]远。想寂寥[⑫]白头增叹。此言，梦惹魂牵。使人肠断心剜。

【又】（旦）叹人生万事由天，又何须苦苦埋冤。此身飘泊，一似湛露〔一五〕浮烟。那些个翠遮红掩〔一六〕。赧言〔一七〕，泪渍愁添。只忧春老庭萱〔一八〕。

【不是路】（末扮院子[13]上）急报堂前，骤拥貔貅万骑烟。你看连天暗，轰雷杀气怎遮拦？（净旦作悲科）泪潸潸〔一九〕。难中霜雪重重见。教我母子孤单去向难。（末）休嗟叹，眼前生死须臾险。急忙逃窜，急忙逃窜。（众作走科）[14]

【皂角儿】（净）我儿，我便年老了[15]，拚一命先归九泉〔二〇〕。只愁你孤身谁看。行不动去国〔二一〕艰难。你娇怯怯儿曾经惯。（内呐喊擂鼓科）（末）你看你看！听奔雷，惊飞电。马和旗，枪和剑。浪滚风翻，孤身遭变。便死又难。念娘儿怎生〔二二〕割舍，地北天南。

【清江荷叶】（众扮达兵〔二三〕上惊走净旦科）你看那人荒〔二四〕鼠[16]奔如波走，谁敢来争斗。弓刀齐摆开，枪剑分先后。把都儿们！你看锦绣江山咱统守！海海滴溜溜，姐姐哈喇喇！锦绣江山吾[17]统守！再杀上前去！（下）（净同院公上）

【皂角儿】（净末）哭啼啼泪眼枯干。叫娇儿在何方追赶。（净叫）娇莲！娇莲！叫不应愁恨冲天，死和生教我怎生打探。（又叫）娇莲！娇莲！莫不是生投人、死投鬼、逃得过今朝难。野树深山，孤身遭变，便死又难。念娘儿怎生割舍，地北天南。（内作喊声科下）[18]

【又】（旦）乱纷纷地滚天翻，软怯怯孤身羞面。雁声孤月露江烟，莺啼怯风愁雨怨。（叫娘科）到如今谁投奔？水程长，山程远。地冷云寒，儿遭分散，娘归那边。绣鞋儿不禁娇颤，塞北江南。（内鸣锣擂鼓科）（众作悲科）母亲叫他不应[19]，生长闺门，那知途路。今日[20]天色已晚，不免向深林中躲过今宵[21]，再作区处。

深林暂躲虎狼侵，香阁那知困此身。
自古怕逢离乱世，天教魔杀不平人。

校：①“汲”作“遇难”。 ②“陈小姐”，“汲”作“娇莲”。“万”下脱“净”字。 ③“汲”作“千秋岁引”。 ④“汲”作“我儿”。 ⑤“芜”，“汲”作“废”。 ⑥“仇”，“万”作“佐”。 ⑦“汲”作“做娘的”。 ⑧“于今”，“万”作“我与你”。 ⑨“万”作“题”。 ⑩“熬”，“汲”作“忧”。 ⑪“翩翻”，“汲”作“翩翩”。 ⑫“汲”作“寥落”。 ⑬“汲”作“院公”。 ⑭“万”无此四字。 ⑮“汲”作“我年已老了”。 ⑯“鼠”，“汲”作“窜”。 ⑰“吾”，“汲”作“咱”。 ⑱“万”无此小注。 ⑲“汲”作“母亲既叫不应”。 ⑳“今日”，“汲”作“如今”。 ㉑“万”作“躲避，明宵再作区处”。

注：〔一〕朱门：豪门。古时统治阶层的住所的门大抵是红的，故云。 〔二〕棨戟：涂了红油漆的木制武器。通常排列在大官仪仗队的前面。 〔三〕仙游：死去。 〔四〕方寸：心。 〔五〕黛：眉。古时用来画眉的黑颜料。 〔六〕堤拥当年车马隘：当年宾客甚多，车马拥挤在堤上，都显得狭隘。 〔七〕双丸：日月。 〔八〕拜：朝廷授官。 〔九〕黄泉：地下。古人指人死以后的去处。 〔一〇〕淑品：妇人的封号，亦称“淑人”。宋代官至尚书以上的妻封淑人。 〔一一〕东流：逝水，一切一去不可复返的事物。 〔一二〕庭柯：家园。 〔一三〕熬煎：忧愁烦虑。 〔一四〕陇头人：《荆州记》记陆凯和范晔交好，从江南折了一枝梅花远道寄到长安给范。并有“折花逢驿使，寄与陇头人”的诗句。典出此。 〔一五〕湛露：浓重的露水。 〔一六〕翠遮红掩：指打扮得花花

绿绿的女人。〔一七〕赧言：不好意思说。〔一八〕春老庭萱：隐喻母亲年老。〔一九〕潸潸：形容泪流不已的词。〔二〇〕先归九泉：先寻个自尽。〔二一〕去国：离开故乡。〔二二〕怎生：怎么样。〔二三〕达兵：鞑子兵。〔二四〕荒：同慌。

第五出　避难投庵[1]

【缕缕金】（丑扮邻女上）夫和子、两分开。大家逃难走，命难挨。偷生并就死，不尴不尬[2]，天呵！长途草滑湿麻[3]鞋。越将我耽待。（作跌倒叫痛科）（旦急急走上科）

【又】（旦）行不上路途难[4]。前村无去所，况孤单。没奈何，路上老娘娘[5]带我一带！（作跌科）（丑）我方才起来[6]，你又跌倒[7]了。罢罢，起来起来。我与你同走一程。你往何方去？休教落难。（内鸣锣科）（丑）快走！快走！身遭乱离[8]死生间，反为你牵绊[9]。呸！自古人生面不熟，你是何人我是谁。（下）（旦跌倒起哭科）

【宜春令】（旦）遭兵火，值乱离。似絮随风身无所归。路途未惯，脚跟儿先遭狼狈。乌衣巷〔一〕燕落香泥。红亭路莺愁花雨。悲啼。遇难如今有谁堪寄〔二〕。

【又】（贴扮邻女上）听哀怨，声惨凄。前面是好一位女娘，为何在此啼哭，不免上前问他[10]。（相见科）女娘家在何方住居？（旦作悲科）

（贴）看他愁绪，有万千忧在眉间住。果是何来[11]？（旦）奴家是宦家闺[12]女。因遭兵火，子母分散。自幼不出闺门，那知途路，前后无投，在此[13]寻个自尽。（贴）却原来是家破无依。那些个人来投主〔三〕。女娘，奴家〔四〕欲要[14]留你在家安置，因有儿夫，内外不便。今见女娘如此苦楚，况且干戈〔五〕未息，也难前进。不免在[15]此村中，有一女贞观〔六〕。皆是女姑出家。我引你进庵暂住，意下如何？（旦）若得如此，就是重生父母，再养爹娘。敢问大娘高姓排行？（贴）奴家就是观邻张氏二娘。[16]寻思。你且向空门暂时投寄。（旦）女贞观在何处？（贴）就在前面。转过小溪流水外，朱门低掩绿杨西。此间就是。有人在么？

【又】（老旦上）香三炷，理六时〔七〕。听人声又早堂前报知。张二娘稽首〔八〕。此位女娘[17]何来？（贴）他是宦家子女，因遭兵火，子母分[18]散。迷失路途。奴家偶然门首[19]相见，特引投师挂塔〔九〕。（旦）奴家就[20]愿拜为弟子。（老旦）做我弟子不打紧，只是一件。空门滋味，捱黄虀[21]〔一〇〕、苦守着闲时序〔一一〕。（旦）师父在上，奴家情愿皈依〔一二〕。身伴[22]还有金凤钗一对，鸾坠一双[23]在此。奉上老师，聊作薪水〔一三〕之费。（老旦）女娘，你说那里话。但愿你受着五戒〔一四〕三皈〔一五〕，说甚么琛缡金翠〔一六〕。须知。这都是千里有缘能会。（贴）既然如此，老师父请坐，待他参拜。（老旦）先拜了三宝〔一七〕，然后拜我。我且问你，家住那里？姓甚名谁？（旦）奴家姓陈，小字娇莲。潭州〔一八〕人氏。年方一十六岁。未曾适人〔一九〕。（老旦）既然如此，我替你改个法名〔二〇〕，叫做妙常。在此焚修〔二一〕。你可跪下，先拜了佛。（旦作拜跪科）

【金字经】（旦）皈依佛，愿洗着清净心。九品莲台〔二二〕度〔二三〕化身。身也么〔二四〕身。慈航〔二五〕共法云〔二六〕，亲见祇园〔二七〕佛世尊〔二八〕。（老旦）你可皈依了法。

【又】（旦）皈依法，愿悟着顽空与色空。净住迦维教阐弘。弘也么弘。心生万法中，愿心灭无生法亦空。（老旦）你可皈依了僧。

【又】（旦）皈依僧，普度着三千及大千。了义三乘共四禅。禅也么禅。淳修建法筵。愿拜着三世能修大圣贤。（贴）妙常拜了师父。（旦）师父请坐，受弟子一拜。

【猫儿坠】（老旦）看他仪容修洁，举止大人家〔二九〕。粉褪红销两泪麻。从今休恋旧繁华。（旦）嗟呀！我到好了，我母亲，不知他生死天涯。张二娘，你可请上，奴家从此愿拜为姊妹。

【又】（旦）重生骨肉，恩德竟无涯。奔走凫钳〔三〇〕幸有家。（贴）妙常，黄台〔三一〕休怨抱无瓜。潇洒〔三二〕，且向空门中暂度年华。

（旦）梗踪萍迹赖相㉔依，（贴）愿君从此证菩提〔三三〕。

（老旦）不是三生曾有约，谁教今日会莲池。

校：①“汲”作“投庵”。　②“万”作“不魑不魀”。　③“汲”作“弓”。　④“难”“汲”作“艰”。　⑤“娘娘”“汲”作“娘”。　⑥“汲”作“方才我起得来”。　⑦“汲”无“倒”字。　⑧“汲”作“乱离”。　⑨“汲”上衍“丑”字。　⑩“汲”下多“则个”二字。无“相见科”。　⑪“汲”作“女娘果从何来”？　⑫“闺”，“汲”作“之”。　⑬“此”下“汲”多“欲”字。　⑭“汲”无“要”字。　⑮“在”，“汲”作“往”。　⑯“寻”上“万”有（贴）字。　⑰“女娘”，“汲”作“娘子”。　⑱“分”，“汲”作“拆”。　⑲“汲”无“门首”二字。　⑳“汲”无“就”字。　㉑“蘁”，“汲”作“蘁”。　㉒“伴”，“汲”作“畔”。　㉓“双”“对”二字“汲”倒置。　㉔“相”，“汲”作“有”。

注：〔一〕乌衣巷：在今南京。晋代贵族豪门王、谢诸家住在这里。“乌衣”是燕子。刘禹锡诗：“旧时王谢堂前燕，飞向寻常百姓家。”这里说“燕落香泥”，即指乱离家破。〔二〕寄：寄托。〔三〕主：东道主：居停。〔四〕奴家：女性自称之词。〔五〕干戈：原意是武器，借用作“战争”解。〔六〕女贞观：尼庵。〔七〕理六时：佛家分一天为六时，即是晨、日中、日没、初夜、中夜、后夜。“理六时”是说做一日的功课。〔八〕稽首：叩头。出家人见面施礼时的客套话。〔九〕挂搭：亦作挂褡。指出家人投寺寄寓。褡是僧服。〔一〇〕黄虀：蔬食，指出家人清苦的素食。〔一一〕闲时序：空闲、枯燥的每日课程。〔一二〕皈依：归依，指信受佛法。〔一三〕薪水：指饭食。〔一四〕五戒：佛家的戒律：不杀生、不偷盗、不邪淫、不妄语、不饮酒食肉。〔一五〕三皈：皈依佛、法、僧。〔一六〕琛缡金翠：贵重的东西。〔一七〕三宝：佛、法、僧。此处指佛殿上的主神。〔一八〕潭州：唐代属长沙郡。〔一九〕适人：嫁人。〔二〇〕法名：出家以后，舍去俗家姓名另取的名字。〔二一〕焚修：焚香修行。〔二二〕九品莲台：佛教认为修行的人死后，就往生净土莲台之上。看修行的深浅，莲花座分为上中下三品，每品又分三等，故有九品。〔二三〕度：超度。〔二四〕也么：助词。〔二五〕慈航：佛家说佛以慈悲之心，使凡人得离苦海。因名慈航。〔二六〕法云：指涵盖一切的佛法。〔二七〕祇园：佛居之地。遗址在印度舍卫城南。亦名祇树园。〔二八〕世尊：佛的尊号。〔二九〕大人家：大家风范。〔三〇〕髡钳：指剃发出家。〔三一〕黄台：唐武后把太子弘毒死，别立雍王贤做太子。贤担心自已也免不了遭到毒手，就做了“黄台瓜词”，请乐工唱给武后听，希望能感动她，但无效，终于被放逐而死。原词是：“种瓜黄台下，瓜熟子离离。一摘使瓜好，再摘令瓜稀。三摘尚云可，四摘抱蔓归。”〔三二〕潇洒：放宽了心得过且过。〔三三〕证菩提：彻底悟道。

第六出　于湖借宿①

（末扮院子上）雨歇云头点，蝉多枝上声。江关逢溽暑[一]，无地避炎蒸。自家乃张知府院子[二]、王安是也。俺老爷②因赴任金陵，城中炎热。着我先在城外寻个僧房道院，洗澡乘凉。叫我不要说出官府，假说是个相公[三]。行到此间，近前有个寺院，上写敕建女贞观，且是清幽。不免径入。有人在此么！（净扮香公上）是谁？地远红尘飞不到，松关[四]鹤唳[五]有人来。客官稽首。（末）老人家拜揖。（净）何处到此？（末）俺是河南相公，到此游学。欲借上方，乘凉洗澡，安歇数宵，少避炎蒸。自当酬谢。（净）既是远来相公，待我通报观主迎候，你去请来。

【金珑璁】（老旦扮尼姑上）洪炉[六]谁大冶[七]，煮乾坤烈火难遮。松影下避炎热，对南熏[八]方打叠[九]。且高卧南柯蚁穴[一〇]。谁到此又传接。（长相思）昼垂帘，夜垂帘，三炷清香佛座烟，身闲心亦闲。昼幽然，夜幽然，竹下清风琴上弦，龙团[一一]身自煎。何人到此？（净）有事禀上。河南一位相公，欲借闲房，安歇数宵，房金重谢。不知容否？（老旦）我们出家的当以慈悲为念，方便为门。有何不容。来时通报。（净）知道了。（小外③扮儒冠上）

【清平乐】（小外）炎辉飞鞚[一二]，汗湿征衣重。静院风迴[一三]松影动。星槎[一四]互入仙宫。花径阴阴长绿苔，朱扉隐隐竹间开。仙家亭馆无人到，应问渔郎何处来。此处就是。（末）正是。（小外）快通报。（老旦）相公稽首。（小外）观主拜揖。（小外背言）王安，这观主半老佳人，琼姿玉立。好一似雨过樱桃，隔年老酒，意味自佳。快到寓取香绢〔一五〕来送观主。（末）理会得。香燃金篆〔一六〕火，绢剪白霞绡。（下）④（老旦）女童，办茶来供佳客。（小旦上）竹里⑤茶烟湿，松多客座清。茶在此间。（奉茶科）（老旦）⑥敢问相公，仙乡何处？尊姓愿闻。

【锁南枝】（小外）河南郡、是故园，王通姓名曾选元〔一七〕。（老旦）失敬、失敬。原来是位秋元〔一八〕。（小外）游学泛吴船，寻闲到禅院。蒙下榻〔一九〕，信有缘。更欲借莲池濯〔二〇〕凡念。敢问观主，出家几年？经历春秋多少？⑦

【又】（老旦）离家舍、今有年。五旬虚度尘世间。（小外）高姓、祖居？（老旦）法成家姓潘，和州〔二一〕历阳〔二二〕县。（小外）这观是何年盖造的？（老旦）唐高祖创善缘〔二三〕。久崩颓〔二四〕，是我重建。

【又】（旦扮道姑上）穿萝径，进鹤轩。把秋波〔二五〕展转屏后边。何处客临轩，敛衽〔二六〕且相见。相公稽首。（小外）仙姑拜揖。（旦）师父稽首。此位相公何来？（老旦）此位是河南王相公。他放棹入桃源，投栖过庭院。（旦）相公请坐。（小外）好一位仙姑，也在此出家。（旦）念蒲柳〔二七〕、甘弃〔二八〕捐。愧荒凉，何因款〔二九〕刘阮〔三〇〕。（净上）陈师父，悟真庵王师兄送贴佛金来，立候相见。特来通报。（旦）相公，小房有客，不得奉陪。才逐飞花来别院，又随芳草下闲庭。（下）（小外）适见道姑，敢是一个神仙。（老旦笑科）不是。

【又】他是人间种，休猜做天上仙。（小外）敢问他⑧高姓法名？青春多少？（老旦）妙常姓陈方幼年。（小外）敢是高徒？（老旦）是我愚徒。他潇洒出尘凡。（小外）敢是同房？（老旦）禅居在别院。他是金茎露[三一]、玉井莲[三二]，不是照凌波[三三]、梦中见。天色已晚，请过清芬轩，少坐晚斋[三四]。（净上）汤已烧下，请相公洗澡。（小外）避暑到仙家，香烹丹灶[三五]茶。（老旦）坐阴松树下，日影已西斜。香公[三六]，小心伏待相公。（下）（小外）多谢多谢。（小外吊场[三七]云）香公，你多少年纪？（净作聋科）（小外）多少年纪？（净）我八十三岁。（小外）在此几年？（净）在此三十余年。（小外）身上衣服谁管？（净）但得茶饭不缺足矣，那计衣服。（小外）王安那里？（末）小人伺⑨候。（小外）快取两匹布来，送香公做衣服穿。（末）知道了。布在此。（小外）香公收下。王安回避。（净）多谢相公。（小外）我问你，适才小道姑，他出家几年了？（净）多谢布施[三八]。如今说起话长，你定要问出子眼[三九]，不要管他，请去洗澡。（小外）你说与我知道，还有好处。（净）这等千个好处，到不如一个见领笑留。这道姑叫做陈妙常。年方一十七岁。他父在日，官拜开封府丞。靖康[四〇]兵乱，母子逃难分离，以此投庵出家。（小外）他房在那一厢？（净）他的房呵，直在西首尽头，白云堂下便是。请相公洗澡安宿。

（小外）溪溜合松声，残霞⑩弄晚晴。
（净）要知今夜⑪话，难尽此时情。

校：①“汲”作“假宿”。 ②“爷”，“万”作“爹”。 ③“小外”，“汲”作“外”。 ④“万”无“下”字。 ⑤“竹里”，“汲”作“竹密”。 ⑥“老旦”，“万”作“贴”。 ⑦“万”作“青春多少？” ⑧“万”无“他”字。 ⑨“伺”，“万”作“俟”。 ⑩“霞”，“万”作“霜”。 ⑪“夜”，“汲”作“日”。

注：〔一〕溽暑：潮热。 〔二〕院子：仆人。又称院公，家院。 〔三〕相

公：这里是仆役对家主的称呼。本来只限于少年仕子，后来对老人和幼童也都可以这样称呼。宰相也称相公。如宋人对王安石即称“拗相公”。〔四〕松关：栽种着松树的居所进口处。〔五〕鹤唳：鹤鸣。〔六〕洪炉：大火炉。〔七〕大冶：铸铁工。语出《莊子》。〔八〕南熏：南风。〔九〕打叠：安排。〔一〇〕南柯蚁穴：指梦境而言。故事出唐人李公佐的小说《南柯记》。故事的大略是说淳于棼作梦到了槐安国。国王把女儿嫁给他，要他做南柯太守。后来醒来，去找遗迹，所谓槐安国南柯郡只不过是槐树南面的枝柯底下的蚁穴而已。〔一一〕龙团：茶名。本来是宋代福建产的一种名贵的贡茶。后来一般借用作茶的代称。〔一二〕鞚：马勒。〔一三〕迴：回。〔一四〕星槎：槎是竹排编的船。星槎典出《荆楚岁时记》，说张骞乘槎寻河源，遇到了牵牛织女。后来有名的卜人严君平解释这事说是“客星犯牛女”。因此有“星槎”的传说。后来借用作“奉使远行”的典故。〔一五〕香绢：古代绢是贵重的物品。可以用来缴税、或当作通货。这里就用来做为馈赠。〔一六〕金篆：香。〔一七〕选元：在考场中得中第一名。〔一八〕秋元：科举时乡试每在仲秋，秋元也就是解元。〔一九〕下榻：留住。《后汉书》记陈蕃不爱招待客人，只为徐穉准备了一只榻，平常悬起来，只等徐来，才放下来。所以说是“下榻”。〔二〇〕濯：洗。〔二一〕和州：今安徽和县。〔二二〕历阳：县名，汉置。就是现在的和县。〔二三〕善缘：对佛教布施叫“结善缘”。〔二四〕颓：坏的意思。〔二五〕秋波：女性的眼色。〔二六〕敛衽：形容女性拜礼的姿态。整拂衣领。〔二七〕蒲柳：水杨。是一种零落最早的树木，借来形容衰弱的体质。《世说》：“蒲柳之姿，望秋先零。”〔二八〕弃：棄。〔二九〕款：款待。〔三〇〕刘阮：借喻来访的客人。《神仙传》里有汉代刘晨、阮肇两人，到天台山去采药，遇到仙女的故事。〔三一〕金茎露：古代有承露盘，下面有铜柱，名金茎。〔三二〕玉井莲：华岳峰头有玉井。上面两词都是形容人物的高洁的。〔三三〕凌波：《太真外传》记唐明皇白天作梦，见一女子。自称是凌波池中的龙女。此处即引用这个典实。〔三四〕晚斋：晚饭。〔三五〕丹灶：炼丹炉。〔三六〕香公：寺观里管理香火的杂工。〔三七〕吊场：戏剧里常常在主要的场次之间，加一些穿插的小场子，由一两个角色，作一些戏。意图是使主角有休息的时间或调剂气氛。名为吊场。〔三八〕布施：施舍。〔三九〕子眼：根底的意思。〔四〇〕靖康：宋钦宗的年号。靖康元年（公元1126）金人南侵，把宋徽宗宋钦宗掳去。在历史上称为“靖康之变”。

第七出　陈母投亲①

【定风波】（外上）日染娇红云染绿，温泉晚试新妆束。（老旦上）朵朵谁教香剪玉。轻盈潇洒，怕逐风飘泊。（相见科）（外）夫人，你看孩儿方去，时序易迁。闲亭池上荷花，又早开成云锦。可喜可喜。（老旦）妾身②夜来分付丫鬟，办些酒肴，与相公赏花。未知完否？（外）既有酒，将酒过来。（老旦）丫鬟那里？（丑上）来了。亭复琅玕〔一〕绿，杯倾菡萏〔二〕红。酒在此间。（外）夫人，你看、红蕖紫萼生芳浦。醉扶落日，娇颤杨家女。额点胭脂心带苦。西风岂是怜香主。（老旦）怕听夜半池塘雨。飘泊红妆知几许？晓看风送木兰舟，愁断柔肠惜游子。

【园林好】（外）看天机〔三〕锦云暗香，喜玉宇〔四〕风摇艳妆。照水轻盈娇样，似越女出潇湘〔五〕，似神女赴高唐〔六〕。

【江儿水】（老旦）月坠胭脂冷，风摇翡翠狂。人归何处菱歌唱。银塘暮雨空凝望。儿郎貌比花相像。隔绝白云青嶂。把酒〔七〕尊前〔八〕，不觉玉泪临风惆怅。（净扮陈母末扮院公上）

【步步娇】（净）离人去国愁孤往〔九〕，长途倦足行不上。院公③，潘亲家家中，到也未曾？蒹葭倚傍在何方？（末）前村就是他门巷。（净）拭泪整残妆。不知他们肯认我穷形状。老身陈母是也。身遭兵火，自与女孩儿拆散，无处栖身。只得同院公远奔潘亲家家中相依。院公，他家在何处？（末）迤逗行来，想是在这个村坊。男女〔一〇〕数年不来，一时忘了。待我问一声。村上大哥，潘老爹家在何处？（内应）前面大门楼便是。（末）多谢了，多谢了。

【不是路】（净）院公，你试问行藏〔一一〕。先进他家要酌量〔一二〕。你去和他讲，孤穷姻戚来相访④。（末）知道了。到华堂。殷勤顿首来投上。（外）起来，你是谁家到此？（末）⑤欲说交颐〔一三〕泪两行。小人是陈家陈旺。（老旦）正是陈亲家的旺官，亲母安否何如？（末）言之不尽。他们亲自到门墙。（老旦）为何到此？莫非说谎。（末）敢为虚诳，敢为虚诳。

【又】（外老旦）急走趋跄〔一四〕，迎候尊亲入草堂。深深拜，匆匆相接愧怆惶。（净）泪汪汪，故园兵火遭蜂嚷〔一五〕。膝下娇儿失雁行〔一六〕。孤身无倚，远投玉树怜飘荡。敢叨恩养，敢叨恩养。（相见科）（老旦）亲母请上，你且停息，试⑥说一番。

【剔银灯】（净）骤然起兵戈扰攘，卷尘飞东奔西撞。娇儿拆散知何往？待寻取那知去向。思量，孤身女娘，平白地〔一七〕分开虎狼。（外老旦悲科）

【又】（外老旦）我媳妇孤身在那方？痛杀我梦劳魂想。变中幸

得亲无恙。权且住柴门村巷。思量，孤身女娘。平白地分开虎狼。（净）亲家母，你令郎公子为何不见？（老旦）亲家母⑦，

堂前游子赴春闱〔一八〕，两月音书不见归。

（外）今夜灯前添旧恨，（净）思儿念女泪双垂。

校：①“汲”作“依亲”。②“妾身”，“万”作“奴家”。③“院公”，“汲”作“陈旺”。④“访”，“汲”作“傍”。⑤（末），“万”原在此句之后，今据“汲”改。⑥“试”，“汲”作“细”。⑦“汲”无“亲家母”三字。

注：〔一〕琅玕：质地近似珠玉的石头。〔二〕菡萏：荷花。〔三〕天机：星名。〔四〕玉宇：天帝所居之处，一般指天空而言。〔五〕潇湘：潇水和湘水合流处，在湖南零陵县北。〔六〕神女高唐：有名的传说，出《襄阳耆旧传》。赤帝的女儿瑶姬，早死，葬在巫山之南。楚怀王往游高唐，夜里梦见她，就替她造了一座朝云观。〔七〕把酒：执酒杯。〔八〕尊前：尊同樽，即酒杯。〔九〕孤往：孤零的行止。〔一〇〕男女：仆役对主人自称之词。〔一一〕行藏：踪迹。〔一二〕酌量：斟酌。〔一三〕颐：腮颊。〔一四〕趋跄：零乱的快步。〔一五〕蜂嚷：形容扰乱的情形。〔一六〕雁行：在天上飞着的雁群，总是极有次序的行列。“失雁行”是说遭乱失散，不复成群。〔一七〕平白地：无故地。〔一八〕春闱：从前试院称闱。会试在春天称“春闱”；乡试在秋天，称“秋闱”。

第八出　谈经听月[①]

【临江仙】（旦扮尼姑上）松风惊枕簟〔一〕，琴窗人坐壶天〔二〕。（丑净小旦同上）昼长日赤苦烦煎，看荷来水殿，追燕入湘帘〔三〕。（旦）钟磬草堂深，解箨〔四〕森森笋作林。（净丑小旦）燕子双飞来复去，难禁，满腔心事对谁云。（众）陈姑稽首。（旦）众师兄[②]到来请坐。（丑）陈姑，昼长人静，重门难守。钱财竟没来方，酒食何曾入口。夜间番来复去思量，我也管不得出乖弄丑。（旦）师兄，你说那里话！我与你苦守清规，谨遵教指[③]〔五〕。终成正果。今日无事，群集在此。不免请师父出来，谈经说法，洗濯尘心。有何不可。（小旦）正是正是，去请去请。（净拦）不要去请，我没工夫听经。适才报恩寺桂公约我施主人家看经，回来床上一话。我自要去了。（旦）休得闲说，快请师父。（请科）（小旦）众徒弟请师父出来讲经则个。（老旦）来了[④]。

【好事近】花影上帘栊，毕竟非色非空。闭关〔六〕方自坐寰中[⑤]〔七〕，又请谈经说颂。（众）师父稽首。（老旦）徒弟们道来。你众徒弟今日请老身上堂，要讲何经？（旦）众徒弟闲暇，欲听法华旨要〔八〕。以此洗心焚香伺候。（老旦）善哉善哉！此经非同别典〔九〕，乃我西方祖师、洪开方便〔一〇〕，普度含灵〔一一〕。分品二十八门，解救百千万劫，真个是字字慈航，行行彼岸〔一二〕。故云：假饶〔一三〕造孽如山重，不消妙法两三行。你听我道来：

【梁州序】禅关玄妙。法流净土，一似莲开朵朵。天空云净，真如月印秋波。二十八门妙品，普度群迷。五蕴〔一四〕三支〔一五〕苦。行行开孽镜，你须把孽根磨。早办慈航出爱河〔一六〕。（合）（众合掌科）蒙指点，当参悟〔一七〕。免沉沦〔一八〕万劫〔一九〕千回堕。齐合掌、念弥陀〔二〇〕。

【又】（旦）芳心冰洁，翠钿尘锁〔二一〕。怪胭脂把人耽误。蜂喧蝶嚷，春愁不上眉窝。（作背科）暗想分中〔二二〕恩爱，月下姻缘，不知曾了相思债⑥。身如黄叶舞，逐流波。老去流年竟若何。（合前）

【又】（净丑）叹浮生尽着尘疴，逐飞丸〔二三〕朝朝暮暮。看镜中消息〔二四〕，素改婆娑〔二五〕。我把芳年虚度，老大蹉跎〔二六〕。衣食浑无措。空门来托钵〔二七〕。做尼姑，也只是当年没奈何。（合前）

【又】（老旦）⑦笑狂生直恁〔二八〕奔波，这妙法眼前因果。悟无明〔二九〕无着，梦想全无，你偏恋那火宅〔三〇〕煎熬，幻海沦胥〔三一〕，忘却来生路。是非钟磬外，白云孤。一卷经销香一炉。（合前）众徒弟们，在此把这讲过经卷，细玩佛意，不可虚度。我去打坐片时。（众）请师父自便。（老旦）坐深人境寂，钟鼓又黄昏。香公，烧佛前晚香，琉璃〔三二〕内添上些油，不可忘了。（内应）晓得！（下）（旦）列位师兄，听经半日，身体疲倦。我们到松棚下闲玩一番，多少是好。（众）使得使得。（旦）你看一轮明月，斜挂松梢。万籁无声，花阴满砌。可爱人也。（净）真个可爱。只少四个丈夫，同赏新篁池阁。（众）休得取笑。（净）尼姑尼姑，原有丈夫。只要趁些钱财，来戴这顶毗卢⑧〔三三〕。

【节节高】（旦）冰轮〔三四〕映碧萝〔三五〕，晚凉多。一声钟磬禅堂暮，松阴坐，展素罗〔三六〕，藤床卧。天街〔三七〕几点流萤度。（净小旦）久闻陈姑弹得好琴，求听一曲。女童，取琴过来。（取琴科）（旦）试弹玉露〔三八〕与师兄听。污耳污耳。欲听瑶琴〔三九〕月下弹，彩云暗逐飞琼〔四〇〕度。（外上⑨）玉槛银花散不收⑩，红亭花老似含羞。风来借得些儿便，一曲琴声何处幽。小生步月闲吟，忽听琴声清婉〔四一〕，俨若〔四二〕白鹤冲霄、青鸾〔四三〕逸驾〔四四〕之韵。不免上前再听一番。呀，此处角门半开，挨身进去。（做看科）原来陈姑与众弹琴，可爱可爱。（众）方才弹得绝妙，再弹一曲何如？（旦）使得。

【又】（众）天风荡玉珂〔四五〕，泻银河。凉生玉指声凄楚。哀如诉〔四六〕，惹恨多。牵愁大，玉盘〔四七〕倒影穿帘幕。（外作听科）（旦）⑪为何琴弦急绝〔四八〕，敢是有人盗听？（众）⑫僧房那得人来。（旦）⑬空门虽是隔红尘，怕花阴深处人藏躲。（净丑小旦）夜深了，我等告回。（旦）如此多慢了。（净小旦）避暑过南轩，人归月满天。（旦）莫教春树鸟，惊起日高眠。（下）（外）美哉乐哉！天下有此绝色，岂不是仙人掌〔四九〕上飞来，玉真宫〔五〇〕中谪〔五一〕下。可惜投入空门，不免乘月题诗粉墙上面，聊寄离情。仙姑明日经过，必然看见。王安那里？（末）才做故乡梦，又听主人声。有何分付？（外）快取文房四宝〔五二〕过来。（末）知道了。（取科）文房四宝在此。（外写科）一曲霓裳〔五三〕香雾薄，夜深偷向月中看。分明人坐天香窟，何事空门虚合欢〔五四〕。（外放笔自叹科）（尾）新诗怎得人酬和〔五五〕，天大样相思害我。诗诗千万做一媒人勾引他。

闲庭吟罢露华浓，相见浑如一梦中。

玉漏敲残花外月，金徽〔五六〕听彻柳边风。

校：①“汲”作“谭经”。 ②“师兄”，“万”作“师父”。 ③“教指”，“万”作“教相”。 ④此处“万”有两个“来了”。 ⑤“寰中”，“汲”作“园中”。 ⑥“相思债”，“汲”作“相思簿”。 ⑦“老旦”，“汲”作“小旦”。 ⑧“万”作“来戴这个皮卢”。 ⑨按“万”前作“小外”，此处作“外”，后第三十出，亦作“外”。皆张于湖也。“汲”通作“外”。 ⑩“汲”作“玉鉴银光散不收”。 ⑪“旦”，“万”作“众”。 ⑫“众”，“万”作“旦”。 ⑬“旦”，“汲”作“众”。

注：〔一〕簟：席子。 〔二〕壶天：道家的传说里，说一个叫张申的人，经常在家里挂着一个有五升左右容量的壶，里面别有天地，还有太阳月亮，晚上可以住在里面。他自己管这叫做“壶天”。这里只是借来形容房屋之小。 〔三〕湘帘：用湘妃竹编制的帘子。一般在诗词里用来形容幽雅居处所挂的帘子。 〔四〕解箨：箨是竹子的表皮，春天抽笋的时节，表皮绽开脱掉，新笋长成，即是“解箨”。 〔五〕教指：教内的要旨。〔六〕闭关：关起门来。 〔七〕寰中：修道的人自己以为有一种独特的境界，好像别有天地似的。 〔八〕法华旨要：《妙法莲华经》的要点。〔九〕别典：别的经典，这里有指不重要或非正宗的意思。 〔一〇〕洪开方便：洪是大的意思。这是说“大开方便之门”。 〔一一〕含灵：人类。典出《晋书》。 〔一二〕彼岸：佛家称得证果者为彼岸。与烦恼的人间相对而言。是说澈悟之后，好似脱离了河身，登上了另外一个理想的境界似的。 〔一三〕假饶：就算让你。 〔一四〕五蕴：佛家称“色、受、想、行、识”为五蕴。 〔一五〕三支：或称“三业”。亦佛家语。指“贪、嗔、痴”。 〔一六〕爱河：佛家称人间的情欲为爱河。〔一七〕参悟：参究道理而得澈悟。 〔一八〕沉沦：沉没在水里不能出来。 〔一九〕万劫：佛家说世界一成一毁是一劫，万劫犹言“永生永世”。 〔二〇〕弥陀：即阿弥陀佛的省称。 〔二一〕翠钿尘锁：女子

的头饰久久不用，尘土凝积。〔二二〕分中：本分以内。〔二三〕飞丸：指日月言。〔二四〕消息：犹言情况。是诗词里的常用语。〔二五〕婆娑：阑珊。出《晋书》：殷仲文在大司马府中看见一颗老槐树，叹息着说："此树婆娑，无复生意。"〔二六〕蹉跎：平白度过。〔二七〕托钵：僧徒用钵请求布施食物，乞食的意思。〔二八〕直恁：简直这般。〔二九〕无明：佛家指痴为无明，即谓没有智慧。〔三〇〕火宅：佛家语，指烦恼世界。〔三一〕沦胥：犹言沉沦。〔三二〕琉璃：佛前的明角油灯。〔三三〕毗卢：僧帽。〔三四〕冰轮：月。〔三五〕碧萝：（万历本原注）：帘。〔三六〕素罗：（万历本原注）：被。〔三七〕天街：夜空。〔三八〕玉露：琴曲调名。〔三九〕瑶琴：用玉饰的琴。〔四〇〕飞琼：许飞琼，仙女名，西王母的侍女，出《汉武内传》。〔四一〕清婉：清澈宛转。〔四二〕俨若：正好像。〔四三〕青鸾：类似凤的鸟类有五种，赤色多的叫凤，青色多的叫鸾。〔四四〕逸驾：脱开车驾而奔逸。〔四五〕玉珂：马具，用贝壳制成，色白如玉。〔四六〕如诉：悲哀的声调，有如陈诉内心的悲愁。〔四七〕玉盘：月。〔四八〕急绝：忽然断掉。〔四九〕仙人掌：华山的山峰名。〔五〇〕玉真宫：王母所居之殿。〔五一〕谪：做官犯过被降职发遣叫做谪。〔五二〕文房四宝：笔砚纸墨。〔五三〕霓裳：唐代从西凉传入的婆罗门曲，经唐明皇修饰，改题"霓裳羽衣曲"。〔五四〕虚合欢：白白放过了两性之间的欢乐。〔五五〕酬和：按照原诗的韵脚而做的答诗。〔五六〕金徽：唐代四川名匠雷氏所制的琴，名"金徽琴"。

第九出　西湖会友①

【满庭芳】（生）身倚寒窗，时逢春莫〔一〕。满目残红初褪。桃花浪〔二〕里，飞鲸又②〔三〕困风云。回首云泥〔四〕江树，那堪魂断清明。且扶持、倏倏〔五〕病翮〔六〕，应自惜连城〔七〕。东风故拍〔八〕游人面，柳丝似绾〔九〕离人惯。歌管春回处处声，凤皇山〔一〇〕隐黄金殿。人望故园天渐远，欲寄音书无个便。寻春且唱踏莎行〔一一〕，蜗名〔一二〕休挂些儿念。小生潘楷。向因会试开科，辞亲赴选〔一三〕。两场已进，颇自得意。不想病染离亭，难终策问〔一四〕。正是钟鼎山林〔一五〕俱合命，人间宠辱不须惊。幸得身安，不免到西湖上游玩一回，多少是好。前面几个朋友来了，好似同袍〔一六〕一般。不免等他同行则个③。（外末扮秀才上）

【一剪梅】（外末）捐驹〔一七〕几度建康〔一八〕城，堪厌风尘〔一九〕，还逐风尘。（净扮秀才上）飞花点点怯残春，羞对游人，还逐游人。（外）帝城宫阙五云间，万国冠裳〔二〇〕集禁班〔二一〕。（净）春暖千门喧鼓吹，天开十里好湖山。（外净末相见）（末）④我等在此会试，未得揭晓〔二二〕，好难排遣。弟作小东，敢请二兄同往湖上一游如何？（外）使得使得。前面一人，好似我辈朋友，不免上前相见。（相见科）（生）三位高姓大名？（外）小子姓孙名杜。（末）小子姓胡名士元。（净）小子姓元名伯通。俱领乡荐〔二三〕。今来会试场毕。先生高姓大名？（生）潘必正，和州人。也在此会试。（净）既是同袍，况对此景，同游一乐如何？（生）多谢了。

【甘州歌】（净）图画天然，看郁葱[二四]佳气，凤舞龙蟠[二五]。丹崖翠壁，掩映浪花云片，千寻[二六]金碧山间寺，几曲笙歌水上船。香尘滚，紫陌[二七]连。避秦人住在桃源。穿花外，出柳边。六桥[二八]红雨[二九]衬金鞯[三〇]。

【又】（外）⑤松涛[三一]路径旋[三二]。看云深雾锁、上方佛殿。争驰车马，香风暗送红衫。僧房云惹茶烟起，村店风摇酒旆[三三]悬。花争笑，人竞喧。绣幢[三四]珠珞[三五]恍疑仙。山如旧，景自⑥妍。春风吹鬓入流年。

【又】（生）山深路渺漫。更扳[三六]萝扪[三七]壁，直⑦上层峦[三八]。云霞镜净[三九]，乘空便欲骖鸾[四〇]。湖烟乍起风色冷，山树凉生日影偏。烟光外，树杪[四一]间。栖鸦时带夕阳还。花村渡，柳岸船。一蓑风月老渔竿。

【又】（末）天开玉镜[四二]宽，又何嫌风雨。雪月花残，四时堪赏，有多少古今伤感。游魂暗掷芳尘去，好梦还留花柳边。休回首，忆故园。汴州[四三]谁肯复留连。山含暝[四四]，灯火悬。天涯聚散各依然。（生）天色已晚，明日竭诚拜谢。（净）明日就行⑧学生的东道[四五]，敢请列位吾兄，仍续旧游。（生）足见高情，多谢多谢。⑨

（生）湖上山光半有无，（外）水云高下影模糊。

（末）到城灯火家家夜，（净）明月还将醉客扶。

校：①“汲”作“会友”，　②“又”，“汲”作“反”。　③“前面几个……则个”，“汲”无。④“末”，“万”原作“净末”。⑤俱据“汲”增。⑥“自”，“万”作“似”。⑦“直”，“万”作“只”。⑧“行”，“汲”作“是”。⑨“足见高情，多谢多谢”，“汲”无。

注：〔一〕莫：暮。〔二〕桃花浪：春天的浪潮。《三秦记》说：河津一名龙门。到了春天桃花浪起，在这里游过的鲤鱼顺着浪头飞跃过去，就能变成龙，不能跃过的只好回去。这里用这故事隐喻考试的士子。〔三〕飞鲸：隐喻跳龙门的鲤鱼。又困风云是说又未能通过考试。〔四〕云泥：用在天上的云和地下的泥比喻悬殊的地位。〔五〕翛翛：毛羽受伤的情状。〔六〕翮：毛羽。〔七〕连城：春秋时的故事里所说的一种珍贵的价值连城的玉石。这里指身体而言。〔八〕故拍：故意拍打。〔九〕绾：系住。〔一〇〕凤凰山：杭州县城南的一座山。〔一一〕踏莎行：词牌名。〔一二〕蜗名：微小的名声。《莊子》里的寓言说在蜗牛壳里还存在两个国家。〔一三〕赴选：去参加考试。〔一四〕策问：古代考试的一种形式，是从汉代开始的。由士子分条对答一些有独立性的问题。〔一五〕钟鼎山林：古代贵族吃饭时要击钟，盛菜盛饭要用鼎。这里用来象征贵显的人们，和隐居在山林里的平民对比，说明两种社会上不同的地位。〔一六〕同袍：本来是军人们彼此互指的词。这里泛指友人，或同为举子的人。〔一七〕捐驹：晋王逊作上洛的太守，自己的马生了小驹，因为是在任上所产，所以仍旧交还官中。这故事后来被认为是一种高尚的行为。（《王文宪集序》注）这里引申作居官之义。〔一八〕建康：南京。〔一九〕风尘：本来是形容旅行者的辛苦的。杜甫有一句诗，“薄宦走风尘”，因此就又有了形容小官生活的新意义。〔二〇〕万国冠裳：万国来朝，冠盖云集。〔二一〕禁班：皇帝的居处叫禁地。这里是说宫庭朝见的行列。〔二二〕揭晓：发榜。〔二三〕乡荐：中了乡试叫“领乡荐”。〔二四〕郁葱：形容美丽的山水的青碧气

势。〔二五〕凤舞龙蟠：古人形容地势雄险的用语。诸葛亮对金陵的形势就有过“钟阜龙蟠、石城虎踞”的话。〔二六〕寻：七尺是一寻。〔二七〕紫陌：帝城的道路。〔二八〕六桥：杭州西湖上有名的六座桥。〔二九〕红雨：形容落花的用语。〔三〇〕鞯：马鞍具。〔三一〕松涛：风吹松树发出的一种像波涛似的声音。〔三二〕旋：曲折。〔三三〕酒旆：挂在酒店外面的酒旗。〔三四〕绣幢：丝绣的车罩。〔三五〕珞：用做装饰的璎珞。〔三六〕扳：攀。〔三七〕扪：抚按。〔三八〕层峦：一层层重叠的山峦。〔三九〕镜净：像镜子一般的明净。〔四〇〕骖鸾：仙人是骑着鸾腾空的。所以这里是包含着登仙的意思的。〔四一〕杪：梢。〔四二〕玉镜：形容西湖像一面玉做的镜子。〔四三〕汴州：北宋的都城，汴梁。在戏剧中的时代说来，已经是“旧都”了。〔四四〕暝：暮色。〔四五〕东道：主人的意思。

第十出　弈棋挑逗[①]

【番卜算】（小外[②]上）鹧鸪[一]方托枝，驵骏[二]嘶归路。咫尺巫山路转迷，应愧题红[三]句。松关风动炎光薄[四]，人坐清闲，清闲。肠断花间与梦间。昨宵拾得人间恨，空自熬煎，熬煎。拴锁离情琴上弦[③]。下官张于湖[五]是也。因赴任建康，船到钟山[④][六]地方，天道[⑤]炎热，借宿僧房。恐人知我是地方官长，只得假说姓王，在此暂住。昨夜乘月闲吟，忽听仙姑弹琴，令人整整想了一夜。闻得他住西房，不免探望一回。

多少是好。苔深令路滑，花密碍人行。白云深锁处，鸡犬杳无声。有人在此么？

【番卜算】（旦）花影转疏棂〔七〕，鸟语惊幽梦。忽闻窗外有人声，还自惭迎送。相公稽首。（小外）仙姑少礼。（旦）有失迎候，罪过万千〔八〕。（小外）轻谒〔九〕禅堂，无任惭惧。（旦）不敢，请坐。告茶。（小外）仙姑，你昨夜[6]瑶琴一曲邀残月，松梢露滴声悲切。归去洞房更漏永，巫山有梦和谁说？（旦）相公，我意絮沾泥心炼铁，从来不爱闲风月。莫把杨枝作柳枝，多情还向章台〔一〇〕折。（小外）小生戏谈，无烦介意〔一一〕。（看科）卓〔一二〕间棋枰甚精，敢是仙姑能棋？（旦）略知一二。（小外）请教一盘。（旦）香公那里？（净）才烧佛座香，却扫堂前地。忽闻花外呼，慌忙又来至。师父有何分付？（旦）看棋枰过来，我与相公下棋。一面看苦茶来吃。（净）是。（笑科）[7]你两个不要不分皂白。（旦）咄！快去看茶！相公请先。（小外）仙姑请。（旦）还是相公[8]。（小外）学生〔一三〕僭〔一四〕了。

【黄莺儿】（小外）花院手闲敲，战楸枰两下交。争先布摆装圈套。双关〔一五〕那着。（旦）我输这一子了。（小外）单敲这着。（思算科）（旦）相公用心[9]，声迟思入风云巧。笑山樵，从他柯烂〔一六〕，不识我根苗[10]。相公输了。（小外）果然输了。果[11]饶一着。

【又】（旦）换局更难饶，你热心机、我冷眼瞧。其间有路应难到。（小外）待我点眼〔一七〕。（旦）你[12]推开那着，点破你这着。双关那怕你能单吊。你呜蜩〔一八〕，纵横羽甲，千局总徒劳。（小外）又是学生输了。（旦）相公故意相让。（净上）江心吸[13]玉液，山顶采云衣。茶在此间。（请茶科）（净）相公，输赢若何？（小外）仙姑连胜二局。（净）出奇出奇。我说你敌他不过。（小外）香公回避。（净）且贪闲处睡，不管是和非。（下）（外）仙姑手中佳扇，为何无人题写？（旦）欲求足下濡染，未敢轻渎。（外写科）碧玉簪冠金缕衣，玉如肌。从今休去说西施，怎如伊。香腻桃腮不傅粉，最偏宜。好对眉儿共眼儿，觑人痴。（旦接看科）词章虽妙，只是言语太狂。我这里，清净堂中不卷帘，景幽然。闲花野草漫连天，莫狂言⑭。（小外）独坐洞房谁是伴。（旦）一炉烟，闲来窗下理琴弦，小神仙。相公，你听我道来⑮：

【猫儿坠】新词艳逸，望报始投桃〔一九〕。争奈禅心爱寂寥，鸾台久已弃残膏〔二〇〕，相告，休错认莲池、比做蓝桥〔二一〕。

【又】（小外）芳心玉洁，羽服〔二二〕剪霞绡。可惜姱容空自老。（外背科）蜂媒〔二三〕羞订风鸾交。（小外揖科）轻造〔二四〕。望恕却风流少年才调〔二五〕。

【尾声】是非偶尔空谈笑。（旦）好收拾作家〔二六〕腔调。这等没担儿相思你去别处挑。（小外）小生就此告辞。（旦）冒犯，恕罪恕罪。（诗）（旦）金蕉⑯落日映纱窗⑰，一局棋消夏日长。（小外）明日骄骢卜归〔二七〕路，梦魂犹自惜余香。（旦下）（小外）王安那里？（末应科）（小外）王安，我在此不便，可作速打牌到建康，报说二十三日到任。快去！（末）知道了。（小外下）（末）我老爹在此数日，想是与那道姑无缘，只得去了。正是，巫山隔渺茫，空作襄王梦。（下）

校：①“汲”作“手谈”。　②“小外”，“汲”作“外”。　③“琴上弦”，“汲”作“上下弦”。　④“钟山”，“汲”误“中山”。　⑤“天道”，“万”“汲”同，《集成曲谱》作“天气”。　⑥“汲”无“你昨夜”三字。　⑦“汲”作“掇卓笑科”。　⑧“（小外）仙姑请。（旦）还是相公。”“汲”无。　⑨“汲”有“外”字。　⑩“汲”有（旦）字。　⑪“果”，“汲”作“还”。　⑫“你”，“汲”作“我”。　⑬“吸”，“汲”作“烹”。　⑭“（外）仙姑手中佳扇……莫狂言。”“万”无，据

“汲”补。⑮“汲”无“你听我道来”五字。⑯“金蕉”，“汲”作“金焦”。⑰“万”作“纱窗”。

注：〔一〕鹪鹩：黄脰鸟。《庄子》说：“鹪鹩巢林，不过一枝。”这里借用作“借宿”意。〔二〕驵骥：良马。〔三〕题红：《青琐高议》里的一段故事：唐朝有一个叫于佑的，在御园的沟水里拾得一片红叶，上面写着诗句，于就又题了一首诗放在上流，飘进宫去，给宫女韩氏拾得。后来韩被放出宫，正巧嫁给于。于是韩就作了“方知红叶是良媒”的诗句。〔四〕炎光薄：为浓荫所蔽，日光显得淡薄了。〔五〕张于湖：即张孝祥，字安国。历阳乌江人。绍兴二十四年进士第一。宋孝宗时曾经做过建康留守。于湖是号，人物是不可能自称其号的，但在旧戏曲里却经常有这种粗疏的用法。〔六〕钟山：即南京的紫金山。〔七〕棂：窗槛。〔八〕万千：甚多的形容词。〔九〕轻谒：随便就来到了。〔一〇〕章台：唐人小说有《章台柳传》。故事说韩翃娶了妓女柳氏，安置在京都，三年不曾接她出来，寄诗说：“章台柳，章台柳，昔日青青今在否？纵使长条依旧垂，也应攀折他人手。”章台是长安的一条街名。后来就用章台柳比喻妓女。〔一一〕介意：放在心上。〔一二〕卓：桌。〔一三〕学生：自谦的称谓。〔一四〕僭：占先。〔一五〕双关、单敲：都是下围棋的术语。〔一六〕柯烂：晋朝的王质上山打柴，看见两个人在下棋，就站在一旁看。一局看完，发现自己的斧柯（柄）已经烂了。故事出《述异记》。〔一七〕点眼、单调：都是下棋的术语。〔一八〕鸣蜩：秋蝉。〔一九〕望报始投桃：《诗经》：“投之以木桃，报之以琼瑶。”这里是说对方的诗是有所企图才做的。〔二〇〕膏：胭脂。〔二一〕蓝桥：在陕西蓝田县东南。相传是唐代裴航遇见仙女云英的地方。〔二二〕羽服：道家的服装，又做羽衣。〔二三〕蜂媒：蜜蜂在花间传递花粉，称蜂媒。〔二四〕造：到来。〔二五〕才调：才气、风格。〔二六〕作

家：作手、名手。这里是说“不凡的腔调”。 〔二七〕卜归：卜是占卜，古人出门都要占卜的，故云“卜归”。

第十一出　村郎闹会[1]

【新水令】（老旦扮尼姑上）风扬幡〔一〕影似龙飞，焚宝篆、瑞烟初起。敲钟惊幻梦，说偈〔二〕警沉迷。三宝皈依、皈依[2]，请大众齐临会。殿隐黄金相，云开宝月容。分经来白马〔三〕，洗钵起黄龙〔四〕。志心三宝在，回首万缘空。接引菩提〔五〕路，龙华〔六〕起梵宫〔七〕。自家观主是也。为因今日九天雷神降生，不免唤出众徒弟们做些功果〔八〕，仰答十方〔九〕。倘有施主们来烧香酬愿，也好迎接他。徒弟们那里？（小净[3]扮道姑上）才离蒲团座[4]，忙趋竹径来。鸟啼春去也，花落满苍苔[5]。老师父稽首。（老旦）众徒弟们到来。今日是九天降辰，唤你们出来做些功果。倘有施主来，也好迎接。（众）知道了。香公，一边敲磬击鼓，大启佛会。（小旦扮耿小姐）（末扮门公）（小丑扮梅香上）

【探春令】（小旦）日映朱门松影里，香雾霭〔一〇〕瑶池〔一一〕。镜台初学画蛾眉〔一二〕。羞步怯，软腰围。你看松几株，柳几株，红白莲花香满池，离巢燕学飞。这边低，那边低，花刺茸茸扯住衣，向前还自迟。进兴通报。（末）[6]知道了。老师父稽首[7]。耿衙〔一三〕小姐来还香愿。（老旦）快请快请！小姐请坐。（小旦）为因上年曾许花旛香油灯烛，特备白银十两，在此了还。伏乞领纳回向〔一四〕，以了心愿。（老旦）小姐请坐，

待我写就[8]正名。（大净扮王公子带家人上）

【缕缕金】乘骏马，走花街〔一五〕。好寻闲处哄，闹中来。此是女真[9]观，车阗〔一六〕马隘〔一七〕。人人促[10]拥拜莲台，且停骖，看佛会。小使，这观内许多人拥，想是做甚么道场，你通报，溧[11]阳县中第一有名撒漫〔一八〕使钱的王公子来看佛会。（相见科）（老旦）公子失迎，多罪多罪。请在鹤轩少坐。待耿小姐还了愿心，请过烧香。（大净）不妨、不妨。你自了你家的事，不要管我。（老旦）疏已写下，请小姐烧香。

【步步娇】（小旦）鼎爇〔一九〕沉檀，深深拜。瞻礼昙花盖〔二〇〕。（老旦）挂了旛，好旛，好旛。[12]旛幢五色裁，丝丝绣出真堪爱。（小旦）[13]合掌叩如来，愿增福寿如山海。（老旦）请过清芬轩告茶。（下净引众家人上）[14]

【折桂令】（众净）好一似玉天仙何处飞来。髻挽[15]螭簪〔二一〕，髩〔二二〕䰇〔二三〕鸾钗。爱杀俺蝶引蜂猜。花枝般娇颤，燕子的形骸。好一似紫鸾箫吹出凤台，却便似白羽扇飞下[6]瑶阶。打动我情怀，牵惹我的情怀。如醉如呆。紫游缰误入、误入天台。（众净下）（老旦）佛殿此时无人，不免同小姐去看今日陈设道场一回。（旦）这是观音佛。

【江儿水】（老旦）[17]紫竹观音坐，白鹦[18]哥时往来。（小旦）这是甚么佛像？（老旦）这是释迦，极乐西方界。（小旦）这壁是甚么神像？（老旦）这是十八尊罗汉归南海。（小旦）这壁是甚么菩萨？（老旦）这是五十三〔二四〕参形容改。（小旦）这些景像，好怕人来。为何也有披枷带锁、在地下受苦的？为何也有旛幢宝盖、迎过桥的？（老旦）为善的，就是那旛幢宝盖迎过桥的；为恶的，就是那底下披枷带锁受苦的。这是地狱天堂刑[19]械。早发慈悲，免受轮回〔二五〕业债〔二六〕。

（小旦）那壁厢又有人来了。（老旦）请过白云楼下看荷花，吃些素斋。（小旦）使得。（下。净引众上。）[20]

【雁儿落带得胜令】（净）我为他动春心难摆划，我为他赊下了相思债。你看他笑盈盈花外来，哄得我闹嚷嚷魂不在。赤紧的〔二七〕害张生消瘦些，这一会病相如渴〔二八〕不解。恨只恨隔儿重离恨天，苦只[21]苦扯不拢的合欢带。疑猜，莫不是凌波袜〔二九〕在巫山外。若得个和也么谐，小使、我把他做活观音常跪拜。他又在那壁厢去了，我们再赶过去。（下）（老旦）鹤轩花开茂盛，去看一回。

【侥侥令】（老旦）[22]看鹤轩花满台。（小旦）那花外有人来，忙把轻罗遮羞态。怕人瞧，头懒抬。到不如归去来。（下）（净引众上）

【收江南】呀！彩云飞，肠断呵、害杀我好难捱！我为他魂灵儿飞上楚阳台。那嫦娥全然不采，他待要去来。我怎留他转来。没情趣的冤家心忒〔三〇〕歹！（下）（老旦小旦上）搅扰多时，就此告别。

【园林好】（老旦）喜今日轩车〔三一〕远来。（小旦）蒙款曲〔三二〕清香宝斋。厚德不胜感戴，重稽首拜如来，重回首别莲台。（净引众上[22]小旦）多谢了。（老旦）多简慢了。待老身远送出门。（小旦）殿上有人。（老旦）不妨。（回首别公子科）相公暂别，不得奉陪了。（下）[24]（净）罢了、罢了。

【沽美酒】那冤家归去来，俏多情今还在。只见些花落东风点绿苔，珮环声、归仙宅，单相思今空害。丢下了一天丰采，并没有半分恩爱。我呵，拾得个美哉快哉。（众使）爹爹又添些苦哉。(净)小使们，怎么苦哉?(众使)小的们替爹割舍不得。(净)割舍不得甚么?(众使)呀，空撇下这许多风流摇摆!(净)咄!这相思害杀我也!(下)

校:①“汲”作“闹会”。②“汲”作“三宝皈依，三宝皈依。”③“小净”，“汲”作“净、丑”。④“万”，“座”作“坐”。⑤“苍苔”，“万”作“苔阶”。⑥“末”，“万”作“丑”。⑦“稽首”，“汲”作“拜揖”。⑧“就”，“汲”作“疏”。⑨“女真”，“汲”作“女贞”。⑩“促”，“汲”作“簇”。⑪“溧阳”，“万”作“历阳”。⑫“万”有(小旦)。⑬“万”无(小旦)，据“汲”改。⑭(下净引众家人上)据“汲”补。⑮“挽”，“汲”作“绾”。⑯“下”，“万”作“上”。⑰(老旦)，“万”作(旦)。下据改，不更注。⑱“鹦”，“万”作“莺”。⑲“刑”，“万”作“形”。⑳(下，净引众上。)据“汲”补。㉑“只”，“万”作“则”。㉒(老旦)，“万”作“众”。㉓“万”无“净引众上”四字。㉔“万”无“下”字。

注:〔一〕幡：佛前所挂的旗帜。〔二〕偈：佛家念诵的词语。〔三〕白马：汉明帝派人到西域求经，从月支国求得四十二章经，用白马驮归。今天洛阳还有白马寺，就是为了纪念这次求经而兴建的。〔四〕黄龙：宋代隆兴府黄龙山普觉禅宗所传的一个佛教宗派。是禅家七宗之一。〔五〕菩提：梵语，即“正觉”。〔六〕龙华：弥勒佛曾经坐在下面的一棵树名。〔七〕梵宫：佛殿。〔八〕功果：佛事。〔九〕十方：佛家说“东、西、南、北、东南、西南、东北、西北、上、下”是十方。〔一〇〕霭：烟气。〔一一〕瑶池：西王母居所的池名。这里借指庵观寺院。〔一二〕蛾眉：形容美人细长的眉毛。〔一三〕耿衙：耿姓官家。〔一四〕回向：佛家语。把所施的功德转到别的方面去，如念佛超度亡灵即

回向之一。〔一五〕花街：妓女群聚的街道。〔一六〕阗：满。〔一七〕隘：塞。〔一八〕撒漫：漫无限制。〔一九〕爇：烧。〔二〇〕昙华盖：盖是伞。昙华即优昙华，传说每三千年佛出世才开一次。〔二一〕螭簪：雕着螭形的簪。〔二二〕髩：鬓。〔二三〕觯：下垂。〔二四〕五十三参：《华严经》说，善财童子参拜了五十三位善知识，才得了佛果。〔二五〕轮回：佛家的宿命论说法。说人世众生，展转生死在六道之中，像车轮的周转一般。〔二六〕业债：罪孽的积累。〔二七〕赤紧的：真正可算得。〔二八〕相如病渴：汉朝的司马相如有过消渴病。因为他有和卓文君恋爱曲折的故事，所以一般借指男方在恋爱里的相思病患。〔二九〕凌波袜：曹植在《洛神赋》里描写脚步飘逸的洛神说："凌波微步，罗袜生尘。"〔三〇〕忒：太。〔三一〕轩车：上层阶级所乘的车。〔三二〕款曲：招待。

第十二出　必正投姑①

【菊花新】（生上）两度长安空泪洒，无栖燕傍谁家。梦魂化蝶入桐花，飘蓬人在天涯。毘陵〔一〕城下水悠悠，不洗古今愁。这里蓬窗人静，谁家玉笛横秋。意如中酒，情如伤剑，叶落谁收。欲傍夜归示得，更于何处藏羞。必正偶因下第，羞惭满面。难以回家。久居武林〔二〕，不是长策。我有姑娘，初②年出家金陵女贞观，我今迢递到此相投。寄迹半年，那时再作区处〔三〕，迤逞行来，此处便是女贞观。不免径入则个。有人

在此么？（老旦扮道姑上）

【太平令】山径幽栖，谁过松关惊犬吠。经常掩卷忙来至。（老旦生作惊见科）（老旦）是必正侄儿，乍一见忽惊疑。我儿为何到此？

【又】（生）有话难题。骨肉相看两泪垂。困龙失水难归去，因此上远投栖。（老旦）我儿且坐下。（丑）进安磕头。

【又】（旦）心下疑猜，为甚堂前人语沸。忙来庭下探消息。为甚事动悲啼。（相见科）（旦）这一位相公何来？（老旦）是我的侄儿，因下第羞归，远投观中。骨肉相看，不胜悽惨。侄儿，你把下第的事儿，一一与姑娘说知。（生）姑娘请上，听侄儿拜禀：

【桂枝香】（生）沧溟飞电，鱼龙惊变。马头芳草长驱，浪里风云争战〔四〕。两场已进，谁想第三场忽然一病，似枯鱼病鹤、枯鱼病鹤，空怀霄汉。挨着寒鸡茅店〔五〕，到禅关。借树栖凡鸟，分灯习蠹篇③〔六〕

【又】（老旦）一自风尘分面，常对云山增叹。汝父母虽隔，今日见我侄儿来呵，喜天涯瓜葛〔七〕相逢，俨然千里连枝重见。（生哭科）（老旦）不须泪涟，不须泪涟。有日眉扬额点〔八〕。且自雕虫刻篆〔九〕。我这里尽清闲。有竹堪留客，无鱼可当餐。

【又】（旦）相公，看你眸含星电〔一〇〕，气吞霜剑。逐骄阳汗湿征衫。且依圣水洗干尘面。听池中雨声〔一一〕、池中雨声，有日云泓〔一二〕雾卷，龙蟠虎变。且停骖，尽醉三更月，休瞻万里天。

【又】（丑）松阴竹院，银堂玉槛。绿依依柳色轻柔，红拂拂荷香娇软。看清幽满檐、清幽满檐。湘帘④遮簟，熏风吹面。相公[5]这炎天、寄榻权消暑，行囊暂息肩。（老旦）既然如此，我儿在此住下，攻习些诗书，待下科再去赴选。（生）多谢姑娘盛情[6]。（老旦）香公那里？（净上）闲念一声佛，不堕众恶门。观主有何分付？（老旦）这相公是我侄儿，因下第到此。暂借云房〔一二〕，攻习诗书。以待下科上京赴选。你可收拾东首碧筠楼[7]上，请[8]相公安息。

鹤轩西畔转清幽，万竹凉生月满楼。
且看好山消旅况，莫教花落惹新愁。

校：①“汲”作“下第”。 ②“初”，“汲”作“幼”。 ③“篇”，“汲”作“编”。④“湘帘”，“汲”作“湘云”。 ⑤“汲”无“相公”二字。 ⑥“盛情”，“汲”作“盛心”。 ⑦“碧筠楼”，“汲”作“碧云楼”。 ⑧“请”，“汲”作“与”。

注：〔一〕昆陵：郡名。从晋代开始置，曾数改名晋陵。即今江苏武进县。〔二〕武林：杭州。 〔三〕区处：打算。 〔四〕浪里风云争战：这里和上面的几句，都是述说自己在试场里的情状。在封建社会里读书人的出路完全寄托在科举上。简直等于一场生死的搏斗，这里恰好烘托出了这种心情。 〔五〕寒鸡茅店：唐温庭筠诗：“鸡声茅店月，人迹板桥霜。”过去举子投考往往要离家到远处的城市里去，行旅的辛苦，这两句诗是刻划得异常生动的。 〔六〕蠹篇：书。被蠹鱼蛀过的篇叶。 〔七〕瓜葛：都是引蔓类的植物，借用作亲属解。 〔八〕额点：在从前的时代里，经常有着举子梦见有人用笔点在头上，后遂得中的传说。这里借来作应试得中的用法。 〔九〕雕虫刻篆：出《法言》。从前读书人自谦写作是一种细致琐屑的工作，有如雕镌虫鸟篆文一般。 〔一〇〕眸含星电：形容眼光英武俊爽。 〔一一〕池中雨声：这里也是运用了一个典故。《三国

志》：周瑜对孙权说到刘备，说他不是“池中之物”，有一天得了云雨，一定像蛟龙似的飞上天去的。〔一二〕泓：深的意思。〔一三〕云房：道家的居室通称。

第十三出 村郎求配[①]

【梨花儿】（净扮王公子上）风流子弟身飘荡，飘荡身才风流样。自从见了那红妆，嗏！上床直想到大天亮。夜夜春风醉碧桃，梦魂长恋紫鸾箫[②]。朝来又备金鞍马，骑傍银筝看阿娇[一]。自家王公子是也。自从见那女贞观烧香小姐，每夜思量，终朝作念。想与他乘鸾跨凤，羞杀我径路无媒；要思量窃玉偷香[二]，恨杀他侯门似海[三]。不免叫小使出来，与他商议，多少是好。小使们那里？（丑末扮小使上）听得爹爹叫，万事无成到。万事无成见爹。（净）呸！罢了罢了。我到要你干事，你到说万事无成。我到也成不得罢了，讨板子过来！（丑末）爹[③]。小的姓草头万，名事；小的姓口天吴，名成。怎敢讥诮爹爹。（净）既是你们的姓名也罢。（内作叫骂科）是谁在外面高声大嚷？（净众作慌满场跪科）[④]是我分付小使们去庄上讨租，不敢大嚷。（丑末）娘进去许多时了。爹，你走起来，你也忒怕的紧。（净）我何尝怕着谁，我是天不怕来地不怕，溧[⑤]阳[四]县中惟我大。上山打虎如打牛，入水骑龙似骑马。官司队里我为尊，跌打场中有声价。（丑末）娘又来了，（净作怕跪科）若还听说娘来了，惊得浑身骨头榨。（丑末）好个不怕的。（净）咄，我只怕这些儿。此处娘要[⑥]来，不好说话。我有一事，与你们商量。你跟我到后园假山上去。且寻芳草路，细说落花风。我儿，前日女贞观见了那一个烧香的小姐，好不想杀了我。你两个怎生得一个计策，成就了此事。我重重的赏你。（丑）爹，这不打紧。些须小事，何劳费心。小的今晚就成得。（净）我儿我儿，你怎么这等会干。[7]（净）你且说来。（丑）我们叫上一二十人，明火执杖。爹爹装做大王，赶到耿家，拿住小姐。爹爹与他成事，小的们抢掳些家财，可不是一举两得？（净）咄[8]！做出事来，（丑）爹爹自去顶缸！（末）你不要费心，那个小姐嫁了王尚书去了。到是那女贞观中，有一个年幼道姑，其实标致。天下无比。（净）如何那日我不见他？（末）他有病，不出见客。小的们知道他久了。你听我说。（净）你说来。（末）那道姑呵：芙蓉印额，菡萏笼腮。两眉儿簇簇春山，一脸儿溶溶夜月。樱桃半颗摘得下，对人未语朱唇；瓜[9]子初开摆得齐，欲笑含羞象齿。凝脂十指，春纤〔五〕经雨笋抽芽；娇颤双尖，香迹印泥莲落瓣。穿一领白罗鹤氅〔六〕，俨似那云驾来月殿嫦娥；戴一顶碧玉霞冠，真个像水托出湘波仙子。若教他待月西厢，活描出个崔莺莺影身；假使和亲北塞，认不出王昭君姊妹。秋波一转，铁世尊〔七〕也要留情；笑口半开，木罗汉从教惹病。妖妖娆娆〔八〕，天生成风和杨柳舞千条；袅袅婷婷〔九〕，人世上春暖桃花开万朵。齐齐整整，要装做个色相烟霞；轻轻盈盈，自脱不得风尘脂粉。有人勾引动春心，不数他那误入天台；若个好逑〔一〇〕成凤侣，真胜似那当年金谷〔一一〕。果然标致，不是虚传。（净作跌科）（丑）爹！为何跌倒了？（净）说得我酥[10]了。罢！你两个就替我去叫他来！（丑）说不得这自在话。成不得。爹要成此事，可寻凝春庵王师姑。他与他相好。爹爹不免央他去做媒，此事可谐。（净）既然如此，我们就到凝春庵去。

【水底鱼儿】（净）芳草萋萋，凝春庵在那里？行行不见，转教云树迷。

【又】（丑末）转过长堤，临溪又过西。白云堆里，红日掩朱

扉。此间就是了。（净）既到了，你就去通报。（丑末）有人在此么？（贴净[11]扮王师姑上）

【字字双】自家生来最袅娜〔一二〕，（丑）真个？（贴净）终朝吃素念弥陀，（丑）难过！（贴净）和尚道人都要我，（丑）好货！（贴净）门前那个又来拖？（丑）是我！（贴净）元[12]来是一位相公。（相见科）（贴净）相公何来？（净）我是溧阳王公子。今日到来，别无话说，一事相烦。休得推阻。女贞观道姑陈妙常，十分美貌。我欲求他为婚，特浼〔一三〕姑姑作伐〔一四〕。（贴净）阿弥陀佛！他是出家之人，怎么说这一句落地狱的话。我不管这闲事。（欲下）[13]（净作扯科）你来你来，你若成得此事，白银五十两，就在此间谢你。（贴净）拿来我看，不是哄我。（净）你既不肯，我去作成别人。（净欲下[14]两下作扯科）休得取笑。你有何分付？[15]我明日就去。

【四边静】（净）人间牛女〔一五〕天河隔，望君寄消息。即欲驾星桥，鸾台早妆饰。（合）黄金白璧，芳资艳质。成就好姻缘，何须论相值。

【又】（贴净）武陵有路云遮隔，乘鸾事难必。抱布〔一六〕结盟言，凤卜在朝夕。（合前）（丑）婚姻事岂是偶然，（净）须要用心说来。（末）媒妁口不用你言[16]。（丑）[17]下聘礼只要五百，谢媒钱到要一千。（末）怎要这许多？（净）也不少，准准的还你一钱[18]。

校：①“汲”作“求配”。　②“箫”，“万”作“萧”。　③“爹”下“汲”有“听我说”三字。　④“是我分付小使们……”上“汲”多“不好了！娘来了，娘来了”。　⑤“溧”，“万”作“栗”。　⑥“要”字据“汲”补。　⑦以下两句是丑打诨的猥亵语，今删。　⑧“咄”，“汲”作“啐”。　⑨“瓜”，“汲”作“瓠”。　⑩“酥”，“万”作“苏”。

⑪“贴净”，“汲”作“小净”，“万”此后王师姑俱用“小净”扮。

⑫“元”，“汲”作“原”。⑬“欲下”，“万”作“下”。⑭“万”无“净欲下”三字。⑮“万”有（贴净）二字。⑯“汲”作“媒妁口必定会言”。⑰“丑”，“汲”作“小净”。⑱“一钱”，“汲”作“一千”。

注：〔一〕阿娇：汉武帝做太子的时候，长公主想把女儿嫁给他。问：“得阿娇好否?”武帝答：“若得阿娇，当以金屋贮之。”（出《汉武故事》）

〔二〕窃玉偷香：《晋书》：贾充的女儿爱上了美貌的韩寿，把皇帝赏给父亲的西域进贡名香偷了送给韩寿。这个故事后来普遍地用做隐秘的恋情的借喻。〔三〕侯门似海：《云溪友议》：崔郊爱上了姑母的婢女。姑母因为家贫，把婢女卖给了贵族，崔郊每日思念，只一次在寒食节上坟时，郊外得望见一面，却也不能谈话。因作诗曰：“侯门一入深如海，从此萧郎是路人。”〔四〕栗阳：溧阳。〔五〕春纤：形容女子手指的用语。

〔六〕鹤氅：用鸟羽所制的裘，一般指道家的衣服。〔七〕铁世尊：世尊是佛的尊号。此言铁打的佛身。〔八〕妖娆：形容女子的妍媚。

〔九〕袅婷：形容女子的身材柔和美丽。〔一〇〕好逑：《诗经》：“窈窕淑女，君子好逑。”〔一一〕金谷：指石崇的金谷园。石崇大富，姬妾满园。〔一二〕袅娜：即婀娜，形容身材细长宛妙。〔一三〕浼：烦托。〔一四〕作伐：作媒。〔一五〕牛女：牵牛、织女二星。

〔一六〕抱布：《诗经》里有一篇诗，里边有“氓之蚩蚩，抱布贸丝。……匪我愆期，子无良媒。将子无怒，秋心为期”。这是诗的第一章，写男子向女方求婚的情形。“抱布”即是抱着布，来进行以布换丝的交易。这里说“抱布结盟言”，就是说求婚的意思。

第十四出　茶叙芳心①

【菊花新】（生上）白云红树〔一〕隔乡关，雁字〔二〕南飞枕簟寒。好梦又惊还，剪西风败叶姗姗。梦里修书话别离，故园应自望归期，天涯尘染旧征衣。衰柳几株遮恨少，白云一片带愁飞。才见蔷薇又紫薇。小生潘必正。下第羞归，来投女贞观中安宿。偶见仙姑修容〔三〕光彩，艳丽夺人。此心羁绊，不忍轻去。乡土之思，每怀缕缕。正是、迷花原为看花至，恋却彩云忘白云。（净扮香公上）才出白云堂，又到清幽处。不见读书声，只见②长吁气。潘相公稽首。（生）香公到此，有何话说？（净）陈姑煮茗焚香，特请相公清话片时，望乞不拒。（生）既然如此，我就此同行。

【出队子】（生）方添离恨，方添离恨。忽听花前寄好音。缓寻芳径过闲庭，又听金铃犬吠迎。一阵香来窗前桂阴。（净）陈姑那里？潘相公已请到了。（旦上）

【又】急趋迎进，出帘迎进。草率相延辱过存〔四〕。相公稽首。（生）仙姑少礼，何劳过招。（旦）竹间禅舍草檐楹③，惟有清香共苦茗，白鹤双双松下自鸣。相公从到小庵④，未及煮茗奉款。兹具一茶，伏乞矜许〔五〕。（生）多谢。（旦）徒弟道宁、道成那里？（丑道姑上）⑤（丑）天生眼瞎，又兼折脚。不会念经，只好捧盒。（小旦道姑捧茶上）⑥才烹蟹眼⑦〔六〕，又煮云头〔七〕。琥珀浮香，清风数瓯〔八〕。茶在此间。相公请茶。（丑）相公，前日有一位相公，比你略老些儿，也来与我师父讲话。想是调戏我的师父，被我师父夹脸噀[九]了八百八十口噀唾，抹干十七八碗残唾去了。你休得又蹈前辙。你若惹我，我到不打紧，随即奉承。（旦）啐！休得胡说，快进去！（丑）我真个肯，不是取笑。若说谎，生疔疮！（生）好一个所在。这是仙姑建造的？（旦）不敢。

【二郎神】　（旦）我这里芳院静，满地绿阴⑧绝点尘。惟咶⑨[一〇]露禅声叶底频。湘帘花影，一树紫薇红韵⑩。竹坞烟消阳羡春[一一]，分磁钵、可消烦紊。（生）仙家⑪还是自幼出家的、长大出家的？（旦）别家园，自幼年寄入空门。

【集贤宾】（生）博山[一二]云袅[一三]鸡舌[一四]焚，听深树啼莺。独守长门[一五]枕自温。那消息有谁曾问。你看红新绿嫩，可惜老娇香腻粉。蜂衙[一六]蝶阵，闹嚷嚷也都只为着伤春。

【黄莺儿】（旦）芳草掩重门，住仙山欲避秦。门前怕有渔郎问。清闲此身，林泉片云，琐窗不管春愁恨。相公，你莫怪我说。免劳魂，巫山路远，空费梦中心。

【猫儿坠】（生）水云聚散，帘外倚斜曛⑫[一七]。无限相思隔暮云。（背科）从教病害客边人[一八]，衾枕，尽今宵泪渍啼痕。（净扮尼姑上）

【尾声】青鸾远报阳台信，相公，那壁厢传言立请。观主着我来请相公，立等立等。（生）回首桃源云雾深。既然家姑呼唤，就此告辞，多扰了。（旦）多简慢了。

（旦）一炷清香一盏茶，尘心原不染仙家。

（生）可怜今夜凄凉月，偏向离人窗外斜。

校：①“汲”作“幽情”。　②“见”，“汲”作“听”。　③“榏”，“汲”作“深”。　④“汲”作“自从相公到小庵”。　⑤“万”作“小旦丑扮尼姑上”，此从“汲”。　⑥“万”作“小旦捧茶上”。此从“汲”。⑦“蟹眼”，“万”作“蟹子”。　⑧“绿阴”，“汲”作“松阴”。⑨“咶”，“集成曲谱”作“吸”。“咶”即“舐”，《集成》妄改。⑩“韵”，“汲”作“晕”。　⑪“仙家”，“汲”作“仙姑”。　⑫“曛”，“万”原误“矄”。

注：〔一〕白云红树：形容远游的旅人思念故乡父母的用语。　〔二〕雁字：雁到秋深，结群南飞，在天空中排列成字。　〔三〕修容：修整的容貌。　〔四〕过存：到这里来问候。　〔五〕矜许：客气话。矜是可怜，许是许诺。　〔六〕蟹眼：《大观茶论》里谈到烹茶煮水应该沸到“鱼目蟹眼连绎迸跃”为度。这里是说烧开水。　〔七〕云头：也是说的烹茶沸水。唐人罗隐《谢惠茶诗》：“龟背起纹轻炙处，云头翻液乍烹时。”〔八〕瓯：茶盂。　〔九〕噀：喷。　〔一〇〕咶——即是“舐”字。〔一一〕阳羡春：阳羡就是今天的宜兴。这里产的春茶是著名的。〔一二〕博山：香炉名。上面刻着山形的花样的。　〔一三〕云袅：烟气缭绕。　〔一四〕鸡舌：香名。即是丁香，见《齐民要术》。　〔一五〕长门：汉代的宫殿名。汉武帝的陈皇后曾因失宠，贬居此宫。所以后来就别有冷寂独居的意思。　〔一六〕蜂衙：蜜蜂聚在一起，热闹得好似衙前一般。　〔一七〕斜曛：夕阳。　〔一八〕客边人：异乡作客的人。

第十五出　于湖破贼[1]

【点绛唇】（小外[2]上）星挂旄[3]头〔一〕，将衰天运谁人救。为国耽忧，须早办亲争斗。裂土分茅〔二〕一郡间，君恩民命两相关。从来为国心如血，早把胡钩〔三〕日下〔四〕安[4]。自家建康太守张于湖是也。近闻兀术这厮〔五〕，分兵南扰紧要地方。倘一时兵到，如何是好！昨日分付各所官兵，约定今日下操，不知可曾完备否？左右们那里？（应科）（末小生[5]扮二所官上）腰下雪喷剑，马前云绕旗。百年承祖荫〔六〕，敢不报明时。（所官见）[6]（小外）近闻兀术南迁，侵扰地方[7]。昨日分付整顿兵革〔七〕，今日下操，可曾完备否？（应）俱已完备，请老爷下操。（迎下操）（众军士见科）（小外）汝等听我分付：（众应科）

【解三醒】[8]（小外）操时节人人要精炼，斗时节个个要争先。国家重难〔八〕军休怨，也只为保疆原〔九〕。腾腾火发心上炎，赤眼吞胡〔一〇〕星斗寒。（合）亲征战，亲征战。不吞胡誓不生还！

【又】（所官）论我侪世隆爵显〔一一〕，又岂敢自爱余年。旌旗滚滚云电闪，看剑戟雪霜寒。假饶他犯境来胡马，我这仗剑争先雪大冤。（合前）（探子上）报、报、报！（小外）报甚事的？（探子）报达虏〔一二〕南侵事，甚是凶勇[9]。（小外）你上来说。

【番鼓儿】（探子）喧金鼓、喧金鼓，烈火满空烧。胡虏南来，势倾不小。（外）有多少人马？（探子）万马奔雷，那分多少！（小外）众将官，就此起营。整顿弓刀，安排牙爪⑩。奋勇当先，把腥膻〔一三〕迅扫！（众下）

【又】（达戎众上）轰雷阵、轰雷阵，旗鼓震山岳。浪滚长江，血淹芳草。前面是甚么地方？（众）老鹳河〔一四〕了。老鹳河边，金陵将到。整顿弓刀，安排牙爪。（小外领众上）奋勇当先，把腥膻迅扫！（作对阵科）（末问）来将何人？（净）⑪我是兀术四太子，亲自领兵。你那里⑫何人敢来对敌？（末）我这里，建康太守张爷亲自领兵！（作对阵科）（众达败下）

【清江引】（小外）胡奴万马齐奔走，兵卒休追后。我疆并我原，四境还吾守。喜孜孜凯唱〔一五〕肤功奏〔一六〕！

胡马犯天关⑬，闻声心胆寒。

一鞭争胜处，飞捷〔一七〕报平安。

校： ①"汲"作"破虏"。 ②"小外"，"汲"作"外"。 ③"旄头"，"万"作"毛头"。 ④"安"，"汲"作"按"。 ⑤"万"无"末小生"三字，据"汲"补。 ⑥（所官见），"汲"无（ ）号。 ⑦这一句"汲"作"近闻兀术侵袭地方"。 ⑧"汲"作"解三酲"。 ⑨"汲"无此四字。 ⑩"汲"无"整顿……牙爪"。 ⑪（净），"万"作"众达应"，此从"汲"。 ⑫"那里"，"汲"作"是"。 ⑬"天关"，"汲"作"天阙"。

注：〔一〕旄头：旌旗。 〔二〕裂土分茅：受命于天子，统治一个地区。

典出《独断》。白茅是天子所授的信物。〔三〕胡钩：未详。可能是“吴钩”之误。吴钩，剑也。〔四〕日下：京师。〔五〕这厮：这个家伙。〔六〕祖荫：祖宗的荫庇。〔七〕兵革：兵器、甲胄。〔八〕重难：多难。〔九〕疆原：疆土。〔一〇〕胡：指金人。〔一一〕世隆爵显：世代隆重显赫的官爵。〔一二〕达虏：达即鞑靼。对入侵异族的痛恨之词，指金兵。〔一三〕腥膻：羊臭。金人多吃牛羊肉，有一种腥秽之气。〔一四〕老鹳河：万历本原注：“在南京水西门外。”这地方又名老鹳嘴，在江宁黄天荡南面。韩世忠曾经把金兀术迫困在黄天荡内，兀术凿开老鹳河的故道，通往秦淮。在宋金战役里，这是个著名的战区。〔一五〕凯唱：得胜后所唱的歌。〔一六〕肤功奏：奏了大功。〔一七〕飞捷：迅速送回的战胜消息。

第十六出　弦里传情①

【懒画眉】（生扮潘必正上）月明云淡露华浓，欹〔一〕枕愁听四壁蛩〔二〕。伤秋宋玉〔三〕赋西风。落叶惊残梦，闲步芳尘数落红。小生看此溶溶夜月，悄悄闲庭。背井离乡〔四〕，孤衾独枕。好生〔五〕烦闷。只得在此闲玩片时。不免到白云楼下，散步一番。多少是好。（下）②

【又】（旦）粉墙花影自重重，帘卷残荷水殿风，抱琴弹向月明中。香袅金猊③〔六〕动，人在蓬莱〔七〕第几宫。妙常连日冗冗〔八〕俗事，未得整此冰弦〔九〕。今夜月明风静，水殿凉生。不免弹潇湘水云〔一〇〕一

曲，少寄幽情，有何不可。（作弹科）（生上听琴科）

【又】（生）步虚声〔一一〕度许飞琼，乍听还疑别院风。凄凄楚楚那声中。谁家夜月琴三弄〔一二〕，细数离情曲未终。此是陈姑弹琴，不免到他堂中，细听一番[④]。

【又】（旦）朱弦声杳恨溶溶，长叹空随几阵风。（生）仙姑弹得好琴。（旦惊科）[⑤]仙郎何处入帘栊，早是人惊恐。（生）小生得罪了。（旦）莫不是为听云水声寒一曲中。（生）小生孤枕无眠，步月闲吟[⑥]。忽听花下琴声嘹呖〔一三〕，清响绝伦，不觉步入到此。（旦）小道亦见月明如洗，夜色新凉，故尔操弄丝桐〔一四〕，少寄岑寂〔一五〕。欲乘此兴，请教一曲如何？（生）小生略知一二。弄斧班门〔一六〕，休笑休笑。（生弹科吟曰）[⑦]：雉朝雊〔一七〕兮清霜，惨孤飞兮无双，念寡阴兮少阳，怨鳏居兮徬徨。（旦）此曲乃雉朝飞〔一八〕也。君方盛年〔一九〕，何故弹此无妻之曲？（生）小生实未有妻。（旦）也不干我事。（生）敢请仙姑，面教一曲。（旦）既听佳音，以清俗耳。何必初学，又乱芳声。（生）休得太谦。（旦）污耳、污耳。（作弹科吟曰）：烟淡淡兮轻云，香霭霭兮桂阴，喜长宵兮孤冷，抱玉琴[⑧]兮自温。（生）此广寒游〔二〇〕也。正是仙姑所弹。争奈终〔二一〕朝孤冷，难消遣些儿。（旦）相公，你听我道：

【朝元歌】长清短清〔二二〕，那管人离恨。云心水心，有甚闲愁闷。一度春来，一番花褪，怎生上我眉痕。云掩柴门，钟儿磬儿枕上听，柏子〔二三〕坐中焚，梅花帐〔二四〕绝尘。果然是冰清玉润。长长短短，有谁评论，怕谁评论。

【又】（生）更深漏深，独坐谁相问。琴声怨声，雨下无凭准。翡翠衾寒[⑨]，芙蓉月印，三星照人如有心。露冷霜凝，衾儿枕儿谁共温。（旦作怒科）先生出言太狂，屡屡讥讪，莫非春心飘荡，尘念顿起。我就对你姑娘说来，看你如何分解！（作背立科）（生）小生信口相嘲，出言颠倒。伏乞海涵。（作跪科）（旦扶科）（生）巫峡恨云深，桃源羞自寻。你是个慈悲方寸〔二五〕，望恕却少年心性、少年心性。小生就此告辞。肯把心肠铁石⑩坚，（旦背立科）岂无春意恋尘凡。（生）今朝两下轻离别，一夜相思枕上看。（生作下科）（旦）潘相公，花阴深处，仔细行走。（生回转科）借一灯行如何？（旦急闭门科）（生暗云）陈姑十分有情，不免躲在此间，听他说些甚么，便知分晓。（旦）潘郎⑪：

【又】你是个天生后生，曾占风流性。无情有情。只看你笑脸来相问。我也心里聪明，脸儿假狠，口儿里装做硬。待要应承，这羞惭、怎应他那一声。我见了他假惺惺，别了他常挂心。我看这些花阴月影，凄凄冷冷，照他孤另，照奴孤另。夜深人静，不免抱琴进去安宿则个。此情空满怀，未许人知道。明月照孤帏，泪落知多少。（下）（生）小生在此听了半晌，虽不明白⑫，

【又】我想他一声两声，句句含愁恨。我看他人情道情，多是尘凡性。妙常，你一曲琴声，凄清风韵。怎教你断送青春。那更玉软香温。情儿意儿那些儿不动人。他独自理瑶琴，我独立苍苔冷。分明是西厢形境⑬。（揖科）老天老天！早成就少年秦晋〔二六〕、少年秦晋！

诗　闲庭看明月，有话和谁说。
　　榴花解相思，瓣瓣飞红血。

校：①“汲”作“寄弄”。这一出即是有名的“琴挑”，直至今天还不断在舞台上演出的。　②“万”无“下”字，据“汲”补。　③“猊”，“万”

作“霓”。④“汲”下多“多少是好”。⑤“旦惊科”，“万”作“旦弹科”，此据“汲”改。⑥“汲”作“闲吟步月”。⑦“吟曰”二字“万”作宾白，今据“汲”改入“科”。⑧“玉琴”，“汲”作“玉兔”。⑨“寒”，“汲”作“闲”。⑩“石”，“汲”作“样”。⑪“汲”作“潘郎，潘郎”。⑫“汲”作“虽是不甚明白”。⑬“形境”，“汲”作“行径”。

按：陈妙常所吟之《广寒游》，第三句“喜长宵兮孤冷”，后来曲谱多作“叹长宵兮孤冷”，似较当。此一折戏，在舞台上流传很久。经过不少演出者的加工。在“宾白”“唱法”交错中间，有一些改动，衬字也加了一些，都有助于刻画人物心情，使更明确。这里不一一校出，但基本的骨格依旧还是和继志斋本无异的。

注：〔一〕攲：倚靠。〔二〕蛩：蟋蟀。〔三〕宋玉：古代著名的诗人，屈原的弟子。曾作《九辩》，有“悲哉秋之为气也”的句子。他给后代很大的影响，特别是他描写秋天景色、刻划悲哀心情的诗句，最为人所知。〔四〕背井离乡：乡、井，都是家乡的意思。这是说离家。〔五〕好生：多么。〔六〕金猊：金蜺，香炉，蜺是炉外的雕饰。〔七〕蓬莱：仙山名。《史记》说，渤海里有“蓬莱”“方丈”“瀛洲”这些神山。那里有不死之药，和金银所作的宫阙。〔八〕冗冗：烦多。〔九〕冰弦：琴弦。《太真外传》记中官所献的蜀中琵琶，弦为拘弥国的贡品，用绿冰蚕丝所制。是为冰弦。〔一〇〕潇湘水云：琴曲名。〔一一〕步虚声：道士诵读经忏的声音。乐府有《步虚词》，描写众仙缥缈轻盈的姿态，有名的诗人庾信就写过《步虚词》。〔一二〕弄：乐曲名。像《梅花三弄》就是。〔一三〕嘹呖：响亮，清呖。〔一四〕丝桐：琴。因为琴是用丝弦桐木所制。〔一五〕岑寂：寂寞。〔一六〕弄斧班门：公输班是古代有名的匠师，在他门口搬弄斧子，真是自不量力。

〔一七〕锥：雉叫。〔一八〕雉朝飞：乐府琴曲名。《古今注》记，齐宣王时，处士犊牧子五十岁还不曾娶妻。到野地里去打柴，看见一对对雉鸟都是雌雄并飞，心里悲伤，因撰此曲。〔一九〕盛年：壮年。〔二〇〕广寒游：也是曲名。〔二一〕争奈：怎奈。〔二二〕长清短清：乐府《琴操》《河间雅歌》里有长清短清的名色。〔二三〕柏子：香名。〔二四〕梅花帐：一种用梅花纸所制的帐子，不是在帐上画上梅花的意思。见《古隽》。〔二五〕方寸：心。〔二六〕秦晋：春秋时秦晋两国，世为婚姻。因此引申作“联姻”解。

第十七出　旅邸相思①

【谒金门】（生）②愁滋味，风雨暮秋天气。一枕相思头彻尾〔一〕，如何逍遣些。钟磬惊回枕上眠，客乡风雨恨人天，许多心事共谁言。（丑）病里偏教人易老，秋来转觉恨常添。只因些个事相牵。（生）进安，自从别了家乡至此，旅馆萧条，染成这病。怎生是好？（丑）官人，且耐心将息〔二〕。我昨日到街市上起课〔三〕来，说你这病是那阴〔四〕人身上起的。不要呆了，你自消遣则个。门外有人言语，待我去看来，是那一个。

【一剪梅】（老旦）③病中孤馆自嗟呀，才离冤家，便恨冤家④。（旦）闲庭开遍紫薇花，人在天涯，病害天涯。（老旦）我侄儿病染书斋，欲去看他。徒弟，你与我同走一遭。（旦）师父先请，徒弟随后。（老旦）转过荷香径，又来丹桂阴。（生长叹科）（老旦）忽闻长叹语，使我便关心。必正儿，连日病症如何？（生）越加沉重。（老旦）我儿，句容〔五〕有一个方先生，在此课命。到有些意思。不免请他来课算禳解。（生）使得，进安。你替我请句容方先生来。（丑）那个方先生？（生）就是大中桥边的。（丑）我知道，便去请来。眼底便教分祸福，静⑤里谁云无鬼神。方先生在家么？

【水底鱼儿】（净上）那个？**算命神通，书符最有灵。人家来问我，开口要禳星**〔六〕。甚么人在此？（相见科）（丑）小人是女贞观中⑥，请先生课命。（净）就来就来。才过溪桥，此间就是。（通报）方先生到了。（相见科）（老旦）舍侄潘楷，偶因下第，寄住此间。忽染病症。特请先生课算禳解。（净）曾买下三牲么？（旦）先生未曾课算，怎么便要三牲〔七〕？（净）小生⑦法术最高，四海闻名。那得一时闲空。今日有一二千人坐在店中算命。闻得呼唤，即便来了。（丑）我来接你时，并没人算命。（净）忘了、忘了。是昨日，是昨日。这等样，你把潘相公八字〔八〕说来。（生）甲子年、乙亥月、甲子日、乙亥时。（净）好八字、好八字！两干〔九〕不杂，地局和同。凡观人命，先看提纲。身旺坐强，必登廊庙〔一〇〕；身衰坐弱，必主贫穷。似此八字，木生冬令，虽未及时，谓之将来者进。兼得亥子水源培植，此乃大富大贵之命也。争奈目下红鸾天喜星〔一一〕照命〔一二〕，又兼日犯岁君〔一三〕，灾殃必重。须得禳解方好。（老旦）我请个法师〔一四〕禳解如何？（净）你差了。我算命之人⑧，又会行法。张天师〔一五〕门下〔一六〕第一个高徒是我。快办纸马香烛过来，我替你禳解。（丑办香案科）（净念）上香上香，奉请家堂〔一七〕。山神土地，司命〔一八〕灶王。今日祝献，伏为〔一九〕潘郎。病不脱体，着枕狼当〔二〇〕。身上发寒发热，口里要茶要汤。自从今日烧看⑨，叫他早免灾殃。神道，你若依我说，家家主荐〔二一〕，杀猪杀羊。你若不依我说，叫你庙中无烛无香。只看今朝以后，若强便强。算来不得就好，也要打点〔二二〕些棺裳。一时魂不附⑩体，大家哭得恓惶〔二三〕，（丑）呸！先生着了鬼了！（净）不是先生着鬼，我到老实与你商量。你若要这个病好，先请遣开傍边催命大王。（老旦）休得胡说！些须薄礼奉酬，请回了罢。（净）多谢多谢。全凭一张嘴，赚尽四方财。（下）（老旦）我儿，你把病症说与我做姑娘的知道。

【山坡羊】（生）呀，这病儿何曾经害。这病儿好难担待。这病儿好似风前败叶。这病儿好似雨后花羞态。我难摆开，心头去复来。黄昏梦断，梦断天涯外。心事难提[11]泪满腮。伤怀。（老旦）这病敢是风寒上来的？（生）不为风寒眼倦开，堪哀；（老旦）莫不是忧愁上来的？（生）不为忧愁头懒抬。

【又】（老旦）莫不是害了些王仲宣〔二四〕登楼的无奈？莫不是染了些楚三闾〔二五〕江潭〔二六〕流派〔二七〕？莫不是渴中山〔二八〕病儿[12]深？莫不是赋高唐愁孽债？心暗猜，莫不是扬子云〔二九〕阁上灾？非关病酒、也只为担诗害。人在他乡须把愁肠解。堪哀，待思乡怎生归去来。伤怀，为瓜葛、空教我泪满腮。

【又】（旦）你想是念故园梦魂常在，你想是恨旅馆风尘难捱。你本是养骊珠〔三〇〕时潜在渊，你本是爱栖梧〔三一〕暂托荆榛外。（生）我好恨，我好恨。（旦）休恨来，愁肠须摆划〔三二〕。月圆月缺、月也有盈亏害。岂可人无一日灾。襟怀，你把那段心儿且放开。书斋，好听春雷〔三三〕天上来。（老旦）本欲在此看你，殿上有人，我略去便来。（旦）相公，你可请医调治，我明日再来看你。（生）心病还须心上医，（老旦）休将闲口惹闲非。（下）（生作睡科丑背云）啐！只因闲口生心病，但愿你冤家早脱离。东人东人，做出这等模样，如何是好？

【又】（丑）我东人不尴不尬，到此处多愁多害。只为那三四更花晨月夕，惹下了十二时〔三四〕的孤眠独捱。官人吃药。（生）我不要药吃。（丑）心暗猜，病从根上来。思量到此，也只为欠了冤家债。怎能勾成全双凤钗。痴呆，扠手⑬无言难打孩〔三五〕。哀哉！书剑〔三六〕飘零甚日回。东人睡了，待我哄他一哄。东人，那仙姑在亭中接你说话。（生）我就来了。（作病起科）（生）进安⑭，你只在此间，不可来。（生作行不动科）（丑）还是我来扶你。（生）不要来。（生作跌科）（丑）没有人叫，还是我来扶你进去。（俱下）

校：①“汲”作“耽思”。今天舞台上演出时叫“问病”。　②“汲”作“生病丑扶上”。　③“汲”作“老旦同旦上”。　④此二句“汲”作“才说离家，便恨离家”。　⑤“静”，“汲”作“暗”。　⑥“汲”此外有“来的”二字。　⑦“小生”，“汲”作“小子”。　⑧“人”，“汲”作“外”。　⑨“烧看”，“汲”作“禳解”。　⑩“附”，“万”作“赴”。　⑪“提”，“万”作“题”。　⑫“儿”下“汲”多“转”字。　⑬“扠手”，“汲”作“抄手”。　⑭“汲”作“（丑）我来扶你（生）进安”。

注：〔一〕头彻尾：从头到尾，自始至终。　〔二〕将息：将养休息。　〔三〕起课：占卜的一种方式。　〔四〕阴人：俗称妇女为阴人。　〔五〕句容：江苏县名，在金陵左近。　〔六〕禳星：祭除殃厉而解灾星。　〔七〕三牲：祭祀或做法事时所用的祭物：牛、羊、猪。　〔八〕八字：星卜先生算命时，用一个人的生年月日时的干支推算，一共有八个字。这是宋朝以后的算法，再早一些，只用年月日，不用时。　〔九〕干：天干，即甲、乙、丙、丁……　〔一〇〕廊庙：朝廷。登廊庙即做官之意。　〔一一〕红鸾天喜星：星命家所谓吉星，主有喜事。　〔一二〕照命：照在命宫。　〔一三〕岁君：丛辰名。岁中德神。　〔一四〕法师：道士中间会符箓祈祷这一套法术的人。　〔一五〕张天师：东汉的道士张道陵以及他的嫡裔。　〔一六〕门下：师门之下。　〔一七〕家堂：家里安放祖先神位的地方。

〔一八〕司命：宫里的小神，灶神俗亦称司命。〔一九〕伏为：一种敬语，通常在奏疏里使用。〔二〇〕狼当：郎当。〔二一〕主荐：主祭。〔二二〕打点：准备。〔二三〕恓惶：悲痛。〔二四〕王仲宣：建安七子之一的王粲，曾经因乱离家，作《登楼赋》，有名于世。这里是指思乡言。〔二五〕楚三闾：屈原。他曾经是楚国的“三闾大夫”。〔二六〕江潭：屈原《楚辞》：“屈原既放，流于江潭。”江潭是屈原被楚怀王流放的地方。〔二七〕流派：那一路。〔二八〕中山：酒。古代传说有一种“中山千日酒”，一吃下去醉起来就是一千日。〔二九〕扬子云阁上灾：扬子云即扬雄。扬雄在“天禄阁”上校书，因他案牵连，他以为来捉他，从阁上跳了下去，几乎摔死。〔三〇〕骊珠：《庄子》说，贵重的珠子，一定藏在九重深渊下面的骊龙的颔下的。这里比喻一个人不得意的时候，有如在深渊底下的珠子。〔三一〕栖梧：相传凤凰的性格，一定要栖止在梧桐树上，一定要吃竹实。这里比喻在不得已时，凤凰也只能暂时寄托在荆榛之外。〔三二〕摆划：搁开，剖解。〔三三〕春雷：相传春天的雷声一响，蛰伏的龙蛇就会活动起来。这里比喻士子也要等待时机，再参加考试，取得功名。〔三四〕十二时：古人分一日为十二时。这里是“整日夜”的意思。〔三五〕难打孩：“打孩”是一种语助词，在元明剧曲里经常出现。〔三六〕书剑：古时的读书人，出门去求取功名，身边总带着几样东西。有时候是一张琴、一箱书；有时就又添上一把剑。他们有的也会击剑，“学书”“学剑”代表了两种出路。在舞台上，一看见“琴、剑、书箱”，就知道这是一个出门在外，猎取功名的古代读书人了。

第十八出　媒姑议亲[①]

【卜算子】（旦）朝来闻鸟啼，啼处惊人睡。展转不成眠，反侧啼红泪。春来秋去几经过，不似今秋愁奈何。心事暗流银烛泪，恨随飘泊叶声多。妙常苦守清规，今经多载。无奈尘心未尽，俗缘顿生。对景添愁，强制不定。可恨人也。

【桂枝香】奴似风掀黄叶，云遮残月。猛可的〔一〕、如醉如痴，独自个、谁温谁热。把床儿打叠，把床儿打叠。方才梦枕儿上蝶。又惊回窗儿外铁〔二〕。好难说，愁如雁字天边阵，泪似鹃花枝上血。

【又】云台[②]松舍，清灯长夜。听钟儿敲断黄昏，拥被儿卧看明月。心中自思，心中自思，猛可的身如火热。直恁的睡不宁贴〔三〕。好难说，咽不下心头火，转添些长叹嗟。笔墨在此，不免将心事题写[③]一词，聊寄幽情，消遣则个。（词曰）松舍清灯闪闪，云堂钟鼓沉沉。黄昏独自展孤衾，欲睡先愁不稳。一念静中思动，遍身欲火难禁。强将津唾咽凡心，争奈凡心转盛。（净扮王师姑上）

【不是路】（净）径绕长蛇，要见的人儿何处也。把帘遮，落花满地空台榭，未许红尘略近些。开门、开门！（旦）是谁的吠犬迎来花外客。（作藏词科）我把冷眼儿窗外偷看者。（净）休躲撇，为因闲暇来松舍。（旦）向前迎接，向前迎接。（相见科）（旦）今日远辱到此，有何话说？（净）久失相亲，特来听讲。（旦）你平昔不好经典，如何要听讲？（净）我近日不同。前日月下，我亲见观音菩萨说道，你平日念佛，功德将满。只少得一百多声，祥云就来接你上天了。（旦）你何不做一会儿功夫。念完了，上天去。（净）人头上有些私债，未曾讨得；养下些猪羊鸡犬，未曾卖得；有几个相识和尚，舍他不得。因此故意不念完了。（旦）你休得取笑，有何话说？（净）溧阳县中，有一王公子。人物标致，泼天富贵。他慕你仪容，欲求婚配。未知意下如何？（旦）阿弥陀佛！我与你是出家人，怎么说这落地狱的话？（净）夫妻之情，谁人不爱。受享荣华富贵，强似在此清贫苦楚④。（旦）你休得多言，且听我道：

【长拍】（旦）门外游蜂，门外游蜂，花间浪蝶。隔芳尘帘箔长遮。云寒月冷，这是我自甘孤洁。（净）你好硬心肠，（旦）⑤心胆硬如铁。又何劳嚷嚷，强来饶舌。清闲分同松柏老，岂肯做凡花墙外折。（净）他家十分豪富。（旦）从教富贵更豪奢，怎如我清贫守道，自有决裂⑥〔四〕。

【短拍】（净）髩軃轻云，髩軃轻云，眉弯新月。更可人海棠双颊。休把性儿撇。看鸳鸯帐暖，那春生凤凰衾热。他指望连枝比翼，那知急煎煎镜破簪折。

【尾声】（旦）⑦从今断绝休来说。你上复那王公子呵，不须用这般锹掘〔五〕。月殿花枝你休想去折。（下）（净）他送也不送我，就进去了。敢是怪我也。

诗 云雾锁天台，媒红空自来。
心难常皎洁，有日惹尘埃。

校：①“汲”作“叱谢”。 ②“云台”，“汲”作“云堂”。 ③“题写”，“汲”作“描写”。 ④“清贫苦楚”，“汲”作“清贫苦奈”。 ⑤“万”无“旦”字。 ⑥“裂”，“汲”作“烈”。 ⑦“万”无“旦”字。

注：〔一〕猛可的：突然间。 〔二〕窗儿外铁：铁是铁马，旧式房屋檐间所挂，风吹作响。 〔三〕宁贴：安稳。 〔四〕决裂：汲古阁本作“决烈”。万历本原注：“有定志也。” 〔五〕锹掘：锹是掘土的铁器。这里是说不必使这种手段。

第十九出 词姤私情①

【清平乐】（旦）西风别院，黄菊都开遍。鸂鶒②〔一〕不知人意懒，对对飞来池岸③。云淡水痕收，人傍凄凉立暮秋。虫④吟无断头。心上事，泪中流。懒把黄花插满头。见人还自羞。自与潘郎见后，不觉心神恍惚，情思飘荡。对此困人天气，好生伤感人也。

【绣带儿】（旦）难提⑤起，把十二个时辰付惨凄。沉沉病染相思。恨无眠残月窗西。更难听孤雁嘹呖。堆积、几番长叹，空自悲。怕春去，留不住少年颜色。奴家身体困倦，不免稳睡半晌则个。（作睡科）

【宜春令】（生）云房静，竹径斜。小生病起无聊，好生烦闷。不免

往白云楼下，闲步一回。多少是好。欲求仙恨着天台路迷。问津何处？傍青松掩着花千树。悄[⑥]地行来，乃是陈姑卧房。正直他独睡在此。（作番书科）这是他看诵的经典，里面有字一幅，想是陈姑诗稿。（念科）松舍清灯闪闪，云堂钟鼓沉沉。黄昏独自展孤衾，欲睡先愁不稳。一念静中思动，遍身欲火难禁。强将津唾咽凡心，争奈凡心转盛。细观此词，陈姑芳心尽露。敢是天就我的姻缘，把此词作个供案[⑦][二]。伴残经[⑧]香渺金猊，题红句情含绿绮[三]。心知，此词入手呵，天付姻缘，送来佳会。待我揭起帐戏他，看他如何回我。陈姑，陈姑。

【降黄龙】（旦作惊科）惊疑，闪得我魄散魂飞。倦体轻盈，倩谁扶起。（生）小生相扶。（作抱科）（旦怒）你是书生班辈，好个书生班辈[⑨]，错认仙姑，比作神女。（生）差不多儿。文君[四]幸对相如，两下情同鱼水[五]。（旦）啐！好不识羞！休题，文君佳趣。这其间、相如料难是你。（生）多分是小生无疑。（旦）潘郎好生无礼，我对你姑娘去说。（生）说我何事？（旦）秀才们偷香窃玉，意乱心迷。

【醉太平】（生）非痴。我青灯愁绪。听黄昏钟磬，夜半寒鸡。孤衾独枕[⑩]，未曾睡先愁不寐。相思，静中一念有谁知，欲火炎遍身难制。把凡心自咽，只少个萧郎[六]同并，彩凤同骑。

【浣溪沙】（旦）你脸[⑪]儿涎[七]，情儿媚。话跷蹊[八]，心自猜疑。（生）不必猜疑。（旦寻词科）（生）小生拾得在此。（旦）好好还我词来。若不还我[⑫]，告到官司，把你做贼论。（生）自古道[⑬]偷书不为贼。（旦）这场冤债诉凭谁，当初出口应难悔。[⑭]一点灵犀[九]托付伊。（背科）几番羞解罗襦[一〇]。（生拜科）

【滴溜子】（生）合拜跪，合拜跪⑮。此情有谁堪比。谩追思，谩追思⑯，此德何年报取。谁承⑰望今宵牛女。银河咫尺间，巧一似穿针会〔一一〕。雨下里青春、浓桃艳李。

【鲍老催】（旦）输情输意。鸳鸯已入牢笼计。恩情怕逐杨花起〔一二〕。一首词，两下缘，三生谜。相看又恐相抛弃。等闲忘却情容易。也不管人憔悴。（生）妙常，你道小生忘了此情呵。（跪科）老天在上，必正若忘今日之情，天诛地灭！

【猫儿坠】⑱（生）皇天在上，照证两心知。誓海盟山〔一三〕永不移。（旦）从今孽债染缁衣〔一四〕。欢娱，看双双一似凤求鸾配。

【尾声】天长地久君须记，此日里恩情不暂离。从此后情词莫再题。今夜灯前见，还疑梦里来。（下）（丑上）我东人在此，吟风弄月，夜去明来。终久着他刮上。

【清江引】（丑）堪爱堪爱真堪爱，鸾凤情深如海。携手上阳台，了却相思债。他怎知有个人在窗儿外。不免躲在此间，看他两个说些甚么⑲。

【皂角儿】（生旦同上）两情浓同下蓝桥，战兢兢欢娱较少。成就了凤友鸾交，休忘却天长地老。我则为你病恹恹、只自耽，瘦怯怯、难自保。为着今朝，相偎相抱，力怯体娇。你休把私情泄漏，两下里供状难招。

【又】（又）奴本是柔枝嫩条，休比做墙花路草〔一五〕。顾不得莺雏燕娇，你恣意儿〔一六〕鸾颠凤倒。须记得、或是忙、或是闲，或是迟、或是早。夜夜朝朝，何曾知道，这些关窍。春风一度，教我魄散魂消⑩。

【尾声】从今淡把蛾眉扫〔一七〕，妆一个内家腔调〔一八〕。把往日相思一担儿抛。(丑上)不好了，不好了。观主知道。去叫地方拿你们两个送官，怎么是好？(旦)如何是好！(丑)不妨。我哄你个儿㉑。适才我替你遮瞒过了。我只要捉个头儿〔一九〕。(生)我在此，你休得这等胡说！(丑)既然相公在此，你只叫我一声。(旦)教我叫你甚么？(丑)随你。(旦)进安哥！(丑)不好。除下哥字，添上相公二字。(旦)难道是进安相公？(丑)正是、正是。(旦作难科)(丑)我就叫将起来。(生作狠科)(旦)也罢！我叫他，进安相公！(丑回)出庵奶奶！(生)怎么叫做出庵奶奶？(丑)没有我进安相公，安能得出庵奶奶㉒！(生扯下)㉓

校：①“汲”作“词媾”。②“鸂鶒”，“汲”作“鸂鷘”。③“岸”，“汲”作“畔”。④“虫”，“汲”作“蛩”。⑤“提”，“万”作“题”。⑥“悄”，“万”作“俏”。⑦“供案”，“汲”作“公案”。⑧天启刻《词林逸响》月卷选《玉簪记》三折，兹用对校。“残经”，《逸响》作“残红”。⑨《逸响》无“好个书生班辈”复句。⑩“独枕”，《逸响》、“汲”俱作“独抱”。⑪“汲”及《逸响》俱作“脸”，惟“万”作“俭”。按舞台上读“脸”字音俱作“俭”，“万”或据台本而作“俭”。⑫“万”下有“词”字。⑬“汲”无“自古道”三字。⑭“一点”上“汲”有“罢、罢！”二字。⑮“拜跪”，《逸响》作“拜跽”。又此复句，《逸响》及“汲”俱只一句。⑯“谩追思”，“万”作“慢追思”，系复句。《逸响》及“汲”作“谩追思”，无复句。⑰《逸响》无“承”字。⑱“猫儿坠”，《逸响》作“琥珀猫儿坠”。⑲此二句宾白“汲”无之。⑳“魄散魂消”，“汲”作“力怯魂消”。㉑“个儿”，“汲”作“两个”。㉒此句“汲”作“安能奶奶出庵”。㉓“生扯下”，“汲”作“生叱下”。

注：〔一〕鸂鶒：万历本原注：“水鸟也。”就是紫鸳鸯。〔二〕供案：

招供。〔三〕绿绮：万历本原注："琴名。"〔四〕文君、相如：司马相如是汉代有名的词赋家。卓文君是临邛富人卓王孙的女儿，早寡。他们彼此相恋，一起逃到成都，夫妻卖酒。他们的故事在旧社会里被看做突出的自由恋爱的典型，常被引用。〔五〕鱼水：用鱼和水的关系比喻夫妇之间的情爱。〔六〕萧郎：春秋时，萧史吹得一口好箫，能模仿凤鸣。秦穆公把女儿弄玉嫁给他。后来他们夫妇骑了龙凤飞升到天上去了。故事见《列仙传》。〔七〕俭儿涎：当做"脸儿涎"，即言"死皮赖脸"。〔八〕跷蹊：奇怪。〔九〕灵犀：心灵。因为犀角两头相通，所以诗人用他来比喻两心相照。〔一〇〕襦：短袄。〔一一〕穿针会：人们同情牛郎织女的爱情，每年七夕，有"乞巧、穿针"的习俗。〔一二〕杨花起：杨花随风飘散，这里是说怕彼此的爱情也像杨花一样的不能长久。〔一三〕誓海盟山：双方的恩爱誓言，像山海一样的巩固。这是个常用的用语，通作"山盟海誓"。〔一四〕缁衣：黑色的衣服。一般指禅衣言。〔一五〕墙花路草：与俗语"路柳墙花"同意，随便谁都能攀折的花草。〔一六〕恣意儿：尽意地。〔一七〕扫：古人说画眉描眉都做"扫眉"。〔一八〕内家腔调："内家"本来是指"宫人"言。这里是说妆出正经的神情来。〔一九〕捉个头儿：赌钱时抽头，这里借来讨便宜。

第二十出　媒姑造计[1]

【普贤歌】（小净扮尼姑上）终朝奔走在街坊，布施亏咱口舌强。

化些斋与粮，讨些烛与香。夜夜偷闲打[②]和尚。自家凝春庵王师姑是也。前日王公子托我到女贞观，说陈妙常亲事。不想他千不肯、万推辞，花言巧语，马扁〔一〕他不动。如何是好。不免回复公子，教他别寻人去说。迤逗[③]行来，此间便是。有人在此么？（丑上）闲庭落叶阶前复，静坐何人门外来。（相见科）（丑）公子亲事如何？（小净）[④]不谐。（丑）罢了！我公子急等着你完事，今早又着我来叫你，你到说得这句话。（小净）[⑤]如今怎么处？（丑）我教你个法儿，哄他一哄。你只说陈妙常已请到门外。我说你十分标致，他心动、就来了。你出去接他，不可抬头。待他进来，到书房中去，又作区处〔二〕。（小净）[⑥]使得，使得。你去通报。（丑）公子有请。（大净扮王公子上）

【又】朝朝夜夜醉红妆，睡起曈曈〔三〕日上窗。桂花开得香，菊花开得黄。可惜金尊〔四〕少个人儿赏。何人在此！（丑）王师姑请得陈妙常来见爹，在外等候。（大净）好好！（丑）还有事禀上爹。王师姑说爹十分标致，说得他心动，就来到此。爹爹[⑦]可低头迎接他，不可抬头。进了书房，凭爹爹处置。（大净）好好！会干事！会干事！（两下作低头相见科）（大净）呸！我是开口等酒，谁知你将没作有。教我心上花开，原来接着你这老狗！（小净）怕你脸[⑧]上带羞，教你不要抬头。亲事十分不肯，特来回复你这老牛。（大净）他怎么不肯，只是你不会做媒。（小净）我再三去说，[⑨]只是哄他不动。你听我说：

【大迓鼓】真心爱出家。自甘守淡，不恋繁华。不容人说闲非话。空费我嘴喳喳。多谢蜂媒，及早回衙。

【又】（大净）惓惓〔五〕望着他。鸳帏合卺〔六〕，花烛笼纱。今朝不见来堂下。空教我眼巴巴。多是蜂媒，不会开衙。[⑩]怎么处置他才好？（小净）我有一计，你可依我[⑪]？（大净）你有何计？（小净）你同能言的盛使到观中去。不可说出姓王，只说耿衙差人请师父到家，欲拜为师，讲经说法。先叫下轿夫，请他[12]上轿。抬到家中，凭你处置。有何不可。（大净）妙甚、妙甚！

诗（小净）由他人伶俐，（丑）难脱这条计。
（大净）若还哄不来，叫[13]我空淘气〔七〕。

校：①“汲”作“诡媒”。②“打”，“汲”作“搂”。③“迤逗”，“汲”作“迤逦”。④⑤⑥“万”俱作“净”。⑦“爹爹”，“汲”作“教爷”。又以上“万”本之“爹”，“汲”俱作“爷”。⑧“脸”，“万”误“睑”。⑨“汲”此下有“他再四不肯”五字。⑩“汲”上多“事既如此”四字。⑪“你可依我”，“汲”作“特来与你商量”。⑫“汲”作“等他”。⑬“叫”，“汲”作“教”。

注：〔一〕马扁：骗。〔二〕区处：处置。〔三〕曈曈：形容太阳升起后的光亮。〔四〕金尊：酒杯。〔五〕惓惓：巴巴儿。〔六〕合卺：夫妻成婚时所吃的“交杯酒”。〔七〕淘气：寻气恼。

第二十一出　姑阻佳期[1]

【月儿高】[2]（旦扮夜妆上）松梢月上，又早钟儿响。人约黄昏后，春暖梅花帐。倚定阑干，悄悄的将他望。猛可的花阴[3]

动，我便觉心儿痒。呸！元来又不是他。那声音儿是风戛[一]帘钩声韵长。那影子儿是鹤步空庭立那厢。等了这一会，④不见他来。我且回房，再作区处。倦立亭前看月色，且回鸳帐坐香销[二]。（下）

【又】（生上）梦回罗帐，睡起魂飘荡。才见芸窗月，心到阳台上。静掩书斋，月下门偷傍。三春花发⑤曾有约，七夕渡河人又来。（下）（老旦扮尼姑上）欲觅闲消息，须教悄地来。夜深人不见，书馆把门开。不知我侄儿那里去了，不免叫他一声。必正侄儿那里！（生）忽听花间语，把小鹿儿在心头撞。姑娘拜揖。（老旦）书到不读，你到那里闲走？（生）在亭子上乘凉。为爱闲庭风露凉。（老旦）为何这等慌张？（生）失候尊前心意忙。（老旦）我儿，你听我道：

【又】书当勤讲。奋志青云上。坐待春雷动，一跃桃花浪。姓字争先，不堕前人望。夜半花间月，休去闲飘荡。好把流萤手自囊[三]。当惜春风又过墙。也罢、也罢！侄儿，你随我到经堂上去。一边我打坐，一边你读书。待我出定时[四]，方去寝息，不可不依。从来佛教通儒教，要识儒修即佛修。（老旦扯生同下）（旦上）

【石榴花】听残玉漏，辗转动人愁。思量起、意⑥含羞。我把玉钗敲断凤凰头，傍孤灯暗数更筹。出乖露丑，这事儿落了他人后。⑦昨宵雨约云期，到今朝风泣鸾愁。

【又】（生作忙上科）忙来月下，恨杀那人留。（生对旦揖科）（旦作背科）（生）小生来了⑧。为甚事泪双流？武陵人[五]抱闷悠悠，夜深沉不饵鱼钩。心中暗愁。（旦）愁甚么？把人丢下就是。（生）好跷蹊。这话儿好教我参不透。只指望楚雨巫云，怎番做绿惨红愁。

【泣颜回】（旦）休说那风流。一霎时忘却绸缪。教我黄昏独自，等得我月转西楼。将人便丢。那些个见你情儿厚！（生）小生不是故意来迟，几乎做将出来。正到半路，被⑨我那狠心的姑娘，走将出来叫我。幸而听得，只得回转。不想他带我到禅堂去。他一边打坐，教我一边读书。出定方放我回寝。以此来迟。（生作跪科）恕小生之罪。（旦背科）看⑩他愁模样堪爱堪怜，定不是将没作有。

【又】（生）一日隔三秋。鸳鸯结牢锁心头。猩红一瓣，魂灵儿都为他勾。何曾下口。更难忘灯下鞋尖儿瘦。我若做浪蝶游蜂，老天呵、须教是裾马襟牛〔六〕。

【尾声】从今莫忘神前咒〔七〕。今夜情难罢手，怎能彀闰一个更儿〔八〕相聚久。

诗 花间泪落三更月，佛座人留两下情。
话向枕边说不尽，隔林鸡唱又天明。

校：①“汲”作“姑阻”。 ②“汲”作“月云高”。 ③“花阴”，“汲”作“花影”。 ④“汲”，“不见”上有“还”字。 ⑤“花发”，“汲”作“花信”。 ⑥“意”作“竟”。 ⑦“昨宵”上“汲”有“想”字。⑧（生）小生来了，“万”误（旦），据“汲”改。 ⑨“被”，“汲”作“乞”。 ⑩“万”无“看”字。

注：〔一〕戛：敲击。 〔二〕坐香销：坐待所焚之香逐渐消失。 〔三〕流萤手自囊：晋朝的车胤，读书非常用功。夏天晚上，捉了萤火虫装在袋子里，用萤光照书。这是个有名的勤学苦读的故事。 〔四〕出定：佛家打坐，万念不生，叫做“入定”；打坐既毕，叫做“出定。” 〔五〕武陵人：桃花源故事里的渔人。 〔六〕裾马襟牛：韩愈在《符读书城南》一

诗里，有“人不通古今，马牛而襟裾”的句子。这首诗是韩愈教训他的儿子用功读书的。这两句诗是说，人如果不懂历史和现状，简直和牛马穿了人的衣服没有什么两样了。〔七〕咒：誓言。〔八〕闰一个更儿：增加一更天的时间。

第二十二出　知情逼试[1]

【珠落索】（老旦上）凤只与鸾孤，两下悲离旷。星前暗许抱衾裯〔一〕，好教我难遮当〔二〕。本是鸾凤宿有缘，空门一见两留连。若教露出当场事，败我从前学坐禅。我想陈妙常与我侄儿，两下青春佳丽，意气相投。每每月下星前，事事[2]东遮西掩。看他鼠窃，使我狐疑。若还做出事来[3]，败坏山门〔三〕，有玷〔四〕清白，如何是好！早晚间事情，那里防得许多。不免逼他赴选，绝了他眼前往来，有何不可。侄儿那里？（生上）

【浣溪沙】（生）梦里鸳鸯惊拆散，醒来泪眼未曾干。窗前又听得人[4]呼唤。姑娘拜揖。（老旦）侄儿到来。想你父母生你，指望成名，虽是你身上青云，未登金殿。还是你心上不了的一件事情。如今春期将至，你好收拾书囊，前往临安赴试。休得留恋。（生）试期尚早，待来春前去未迟。只是多扰姑娘。（老旦作怒科）我岂为你在此搅扰，要你去赴试！我与你父亲连枝瓜葛。看你飘泊，有何面目见你二亲？汝强留恋，自甘人下。又何面目见你二亲乎？你二亲日后也要怨我。好生痛杀人也！（老旦作悲科）（生亦悲科）谨依我姑娘严命。只待作谢各房姑姑就去。（老旦）不消！待我叫他们出来送你便了。香公那里？请各房姑姑出来。（香公）[5]知道了。

【卜算子】（丑扮进安）（旦同小旦扮众姑上）荒径叶声干，闲庭人语沸。不知何事苦相牵，心下常萦系。（相见科）（老旦）今日侄儿起身赴试，特唤你们相送则个。（旦）为何平地有此说话？（作含泪科）（老旦）进安，你可收拾行李，快去！（丑）平地起风波，暗里分鸾凤。（下、老）侄儿，你听我道[6]：

【催拍】（老旦）趁西风快着祖鞭〔五〕，当及时看花上苑〔六〕。休得留恋，休得留恋[7]！你是瑚琏虹霓，怎做狐守[8]鸿磐〔七〕。休恋燕友莺期[9]〔八〕，月下花前。（合）从此去献纳〔九〕争先。亲玉陛〔一〇〕，谒金銮[10]〔一一〕。

【又】（生）我侄儿呵[11]，叹骥足盐车〔一二〕久淹〔一三〕，托萍梗风尘自转。（背科）有恨难言，有恨难言。扯断红丝，生剖〔一四〕青鸾。人逐孤鸿，泪染啼鹃。（合前）

【又】（旦）夕阳外千山万山，衰草路风寒水寒。（背科）把泪偷弹、把泪偷弹。千种离情，两下难言。意惹情牵，肠断心剜。（合前）

【又】（众）你本是鸿才〔一五〕英隽[12]，今暂住衡门〔一六〕考槃〔一七〕。几折征帆、几折征帆。眼底天涯，利锁名牵。一曲离歌，三叠阳关〔一八〕。（合前）

【又】（丑挑行李上）打叠起行囊一肩。（作揖科）[13]忙拜谢尊姑膝前。（老旦）进安，你上来。着意相看，着意相看，野店寒鸡，水宿风餐。（旦）进安哥，雨雪长途，休教他食缺衣单。（合前）

【一撮棹】（生）马前路，恨杀人、山外山。（旦）灯前梦，要见他难上难。（生）睁睁眼，两下里恨冲天。（旦）又怕人瞧破，待留他、怎上前。（老旦）休嗟叹。急早夺锦衣还。（众姑）春风里早把好音传。

【尾声】（生）尊前拜别空留恋。（旦背科）我这里新愁万千⑭，（生作别众姑科）止不住泪潸潸，血染征衫。（老旦）众姑各自回房，我亲送侄儿到江口下船，明日回来。

（老）好把芙蓉匣剑安，（生）只愁风雪阻江关。

（旦）可怜不是轻离别，（众）两下相看难上难。

校：①“汲”作“促试”。 ②“事事”，“万”作“事涉”。 ③“汲”作“倘若事露人知”。 ④“人”，“汲”作“频”。 ⑤“香公”，“汲”作“内应”。 ⑥“（下、老）侄儿你听我道”，“万”无，据“汲”补。⑦数“恋”字“汲”均作“连”。 ⑧“守”，“汲”作“首”。 ⑨“莺期”，“汲”作“莺俦”。 ⑩“鸾”，“万”作“鸾”。 ⑪“汲”无此四字。 ⑫“英隽”，“汲”作“俊英”。 ⑬“作揖科”，“汲”作“生拜科”。 ⑭“万千”，“汲”作“千万”。

注：〔一〕抱衾裯：《诗经·国风·召南》里有《小星》一诗，有“肃肃宵征，抱衾与裯”的句子。衾是被子，裯是床帐。历来对这首诗有不同的解释。有说是小臣出差，连夜赶路的。应该是比较合理的解说，但也有解作情人夜间幽会的。这里作者显然是用的后说。 〔二〕遮当：遮掩、承当。〔三〕山门：本来是寺院的大门。这里借做清规戒律的象征。 〔四〕玷：污。 〔五〕祖鞭：祖逖是晋代有名的刺史。曾经在渡江时，击楫立誓，要澄清中原。同是晋代的刘琨也说过这样的话：“吾枕戈待旦……常恐祖生

先我着鞭。”于是“祖生鞭”就有了立志作一番大事业的涵义了。〔六〕看花上苑：“上苑”是皇帝的花园。如果中了进士，就有这样的机会，到上苑里去看花，在封建时代被看做极为光荣的事情。〔七〕狐守鸿磐：像狐狸似的，守在大石头旁边，不想上进。〔八〕燕友莺期：男女之间的约会。〔九〕献纳：贡献皇帝些什么。〔一〇〕玉陛：皇帝殿廷上的阶石。〔一一〕金銮：皇帝接见臣下的殿名。〔一二〕骥足盐车：故事见《国策》。是说千里马却被使用去拉盐车上太行山，结果弄得疲倦狼狈不堪。这里是说潘必正不务正业，长期作些不相称的勾当。〔一三〕淹：久留。〔一四〕生剖：活活地分开。〔一五〕鸿才：大才。〔一六〕衡门：《诗经》篇名。有“衡门之下，可以栖迟”的句子，这是一首表现安份守己，安于贫困境遇的诗。衡门是简陋的上面横一条木头的门，门上别无房屋，诗人说，“就算这样的房子，也还是可以住的。”〔一七〕考槃：也是《诗经》里的一篇诗名。也是称道隐居的贤者的。〔一八〕三叠阳关：根据唐代诗人王维的《渭城曲》谱成的乐府。做为送别时的歌。那诗是：“渭城朝雨浥轻尘，客舍青青柳色新，劝君更进一杯酒，西出阳关无故人。”歌者唱到“阳关”两字时，要反复几次，所以说是“阳关三叠”。

第二十三出　秋江哭别[①]

【水红花】（生老旦丑上）天空云淡蓼[一]风寒，透衣单。江声凄惨，晚潮时带夕阳还。泪珠弹，离愁千万。（生背科）欲待将言遮掩。怎禁他恶狠狠话儿劖[二]，只得赴江关也罗[三]。落木静秋色，残辉浮暮云。不知人别后，多少事关心。（丑）已到关口，梢子②[四]看船。（净扮梢子上）船在此。（丑）相公上京赴试，叫你船到临安。这一两银子作船钱。（净）就去、就去。（老旦）就此开船，休得转来。我在阅江楼施主人家看你，明日才回。（生）谨依姑娘严命。叶落眼中泪，风催江上船。（老旦）明年春得意，早报锦云笺。（生丑下）（老旦立场上高处科）（旦上场望老旦科）

【水红花】（旦）霎时③云雨暗巫山，闷无言。不茶不饭，满口儿何处诉愁烦。隔江关，怕他心淡。顾不得脚儿勤赶。（作惊科）④前面楼上，好似我观主模样。又早是我⑤先看见他，若还撞见好⑥羞惭。（作躲科）且躲在人家竹院也罗。（老旦）我想侄儿去远，不免回观则个⑦。从今割断藕丝长，免系鲲鹏[五]飞不去。（下）（旦上哭科）潘郎、潘郎！君去也，我来迟。两下相思只自知。心呆意似痴。行不动，瘦腰肢。且将心事托舟师，见他强似寄封书。梢子那里？（净）⑧听得谁人叫，梢子就来到。到那里去？有何见教？⑨（旦）我要买⑩你一只小船，赶着前面相公，寄封家书到临安。船钱重谢。（净）风大去不得。（旦）不要推辞，趁早行船赶上，能⑪可多送你些船钱。（净）这等，下船下船！（净歌嘲）⑫风打船头雨欲来，漫天雪浪、那行叫我把船开。白云阵阵催黄叶，惟有江上芙蓉独自开。

【红衲袄】（旦）奴好似江上芙蓉独自开。只落得冷凄凄、飘泊轻盈态。恨当初、与他曾结鸳鸯带，到如今、怎生的分开鸾凤钗。别时节羞答答，怕人瞧、头怎抬。到如今、闷昏昏，独自个耽着害。爱杀我、一对对鸳鸯波上也；羞杀我、哭啼啼今宵独自捱。（下）（生同梢公上）⑬（梢歌）⑭漫天风舞叶声干，远浦

林疏日影寒。个些江声是南来北往流不尽个相思泪，只为那别时容易见时难。

【又】（生）我只为别时容易见时难。你看那碧澄澄、断送行人江上晚。昨宵呵、醉醺醺欢会知多少，今日里、情脉脉离愁有万千。莫不是锦堂欢缘分浅，莫不是蓝桥倒时运悭〔六〕。伤心怕向蓬窗看也，堆[15]积相思是两岸山。（生吊）（旦与梢子急上）

【侥侥令】忙追赶去人船，见风里正开帆。（梢子叫）潘相公，潘相公！（生）忽听得人呼声声近，住兰桡，定眼看。是何人，且上前。（旦）是奴家，（对哭科）

【哭相思】半日里将伊不见，泪珠儿湿染红衫。事无端，恨无端。平白地风波折[16]锦鸳。羞将泪眼对人前。（生）那其间，到期间。我那姑娘呵，恶话儿将人紧紧阑。狠心直送我到江关。（旦）早晨叫我们送你上京。听得一声，好不惊死人也。不知何人走漏消息？敢是你的口儿不紧，以致漏泄[17]如此。（生）小生对着何人说来！平白地风波，痛肠难尽。（旦）别时节，众人面前，有话难提，有情难尽。因此赶来送你。只是我心中千言万语，一时难尽。（生）多谢厚情，感铭肺腑。早晨众姑在前，不曾一言相别。方抱痛伤。今又见你，如得珍宝。我与你同行一程如何？请了。[18]

【小桃红】[19]你看[20]秋江一望泪潸潸。怕向那孤蓬看也，这别离中生出一种苦难言。自拆散在霎时间。心儿上[21]，眼儿边。血儿流，把我的香肌减[22]也。恨杀那野水平川。生隔断银河〔七〕水，断送我春老啼鹃。

【下山虎】（生）黄昏月下，意惹情牵。才照得个双鸾镜，又早买别离船。哭得我、两岸枫林都[23]做了相思泪斑。打叠凄凉今夜眠。喜见我的[24]多情面，花谢重开月再圆。又怕你[25]难留恋[26]。好一[27]似梦里相逢，教我[28]愁怎言。

【醉归迟】[29]（旦）意儿中无别见。忙来不为贪欢恋。只怕你新旧相看心变，追欢别院，怕不想旧有姻缘。那其间拚[30]个死口含冤，到鬼灵庙[31]诉出、灯前和你双双罚[32]愿。（生）[33]想着你初相见，心甜意甜；想着你乍别时，山前水前。我怎敢转眼负盟言；我怎敢忘却些儿灯边枕边。只愁你形单影单。只愁你衾寒枕寒。哭得我哽咽喉干，一似西风[34]断猿。（旦）奴别君家，自当离却空门，洗心待君。君家休得忘了。奴有碧玉鸾簪一枝，原是奴家簪冠之物，送君为加冠〔八〕之兆，伏乞笑纳，聊表别情。（生）多谢多谢。我有白玉鸳鸯扇坠一枚，原是我家君〔九〕所赐。今日将来赠伊[35]，期为双鸳之兆。

【忆多娇】（旦）[36]两意坚，月正圆。执手丁宁〔一〇〕苦挂牵。（生）我与你同上临安如何？（旦）我岂不欲，恐人嚷开是非，反害[37]大事。欲共你同行难上难。早寄鸾笺、早寄鸾笺，免得我心肠挂牵[38]。也罢，就此拜别。

【哭相思】（同）[39]夕阳古道催行晚，听江声泪染心寒。要知郎眼赤，只在望中看。（生拜别科）（生先下）（旦）重伫望，更盘桓。千愁万恨别离间。只教我青灯夜雨[40]香销鸭〔一一〕，暮雨西风泣断猿。（下）

校：①“汲”作“追别”。②“梢子”，“汲”俱作“梢水”。③“汲”作“霎时间”。④“汲”有“呀”字。⑤“万”无“我”字。⑥“好”，“万”作“方”。⑦“则个”，“汲”作“去罢”。⑧“净”，

“汲”作“小净”。⑨此二句“汲”作“到那里去的”。⑩“万”无“买”字。⑪“能”，“汲”作“宁”。⑫“净歌嘲”，“汲”作“吴歌”。⑬“汲”作“生净丑上”。⑭“梢歌”，“汲”作“净、吴歌”。⑮“堆”，“万”误“惟”。⑯“折”，“汲”作“拆”。⑰“汲”无“漏泄”二字。⑱“请了”，“汲”作“（旦）甚好”。⑲“万”有“生”字。此节恐系旦唱。“万”疑误。⑳“你看”二字“汲”及《逸响》俱无。㉑《逸响》作“都只为，心儿里”。㉒“减”，《逸响》作“瘦”。㉓《逸响》无“都”字。㉔《逸响》无“的”字。㉕《逸响》无“你”字。㉖“恋”下《逸响》有“离情万千”四字。㉗“逸响”无“一”字。㉘“逸响”无“教我”二字。㉙“醉归迟”，“汲”作“醉迟归”；《逸响》作“五韵美”。㉚“拚”，“万”作“拼”。㉛“鬼灵庙”，“汲”《逸响》俱作“癸灵庙”。㉜“罚”，“汲”作“发”。㉝《逸响》以下另作“五般宜”牌子。㉞“西风”，“汲”作“秋风”；《逸响》，“西风”下有“泣”字。㉟“将来赠伊”，“汲”作“赠君”。㊱“汲”无“旦”字。㊲“大事”上“汲”有“后边”二字。㊳此句《逸响》作“免使我心悬意悬”。㊴“哭相思”，《逸响》作“尾声”，“同”字“汲”无。又，《逸响》“尾声”只三句：“夕阳古道催行晚，千愁万恨别离间。暮雨朝云两下单。”按《逸响》所选有删减，系独立成套之曲；故改称“尾声”也。㊵“雨”，“汲”作“冷”。

注：〔一〕蓼：一种水草，到了秋天就开出白色的小花来。〔二〕劖：断。〔三〕也罗：剧曲中常用的语助词。含有无可奈何之意。〔四〕梢子：汲古阁本作“梢水”，船夫。〔五〕鲲鹏：《庄子》里有一节寓言，说“北溟有鱼，其名有鲲……化而为鸟，其名为鹏”。都是非常巨大的动物。后来就拿来比喻杰出的人物。〔六〕悭：吝。〔七〕银河：隔断了牛郎织女的那条天河。〔八〕加冠：考中以后就可以作官，换穿官服

是要加上一顶冠的。〔九〕家君：父亲。〔一〇〕丁宁：不断地嘱咐。〔一一〕香销鸭：鸭是香炉的代称。古代香炉常有刻鸭形为饰的。香销鸭是说香在鸭炉里慢慢销尽。

第二十四出　春科会举[①]

例当照常不录。

校：①按“汲”无此一折，以下出数俱比“万”少一出。继志斋本是坊本，也是接近演出的本子。从这里可以看出，大约像这样的过场戏，在明代传奇中不但是数见不鲜，甚至可能是每出如此的。

第二十五出　两母思儿[①]

【太常引】（净扮陈母老旦扮潘母上）长空秋影淡无痕，离恨起寒砧[一]。（净）望眼泪盈盈，故园肠断黄昏。（相见科）（鹧鸪天）[②]（老旦）亲在桑榆愁日暮，儿游霄汉[二]几时归。秋容对镜惭消减，肠断空怜日九回。（净）吹败叶、满天③飞，痛骨酸心渍满衣，逐水随风何处去，几番长望立斜辉。（老旦）亲母，我孩儿一去，杳无音信。多为春场不利〔三〕，以此羞归。不知寄托何处？今番又是春场到了。（净）亲母，不必愁烦。令郎公子，他是聪明伶俐之人。好歹定有相见之日。似我女儿流落，不知音信，好不痛杀我也！

【字字锦】（老旦）青霜〔四〕入鬓鲜，落日流光短。离情解误人，惹下西风怨。恨当年，为着两字功名，闪得我儿愁母怨。天天，山遥水远。我那儿，可不念着故园。思量故园、故园何日返。（合）恨跌绽〔五〕了绣鞋尖，恨跌绽了绣鞋凤④尖。望长安天远。我心儿里苦切，⑤心儿里痛切，守着个更更点点。凄凄冷冷，隔着个朝朝暮暮、思思念念。肠断了愁眉泪眼。

【又】（净）娘儿各一天，踪迹如蓬转。愁闻雨后蝉，怕见南来⑥雁。恨从前，只为狼虎纷⑦争，闪得我娘孤儿蹇〔六〕。天天！娇鸾〔七〕打开，天若有心可怜，再得两下重相见。（合前）（老旦）亲母，不必愁烦⑧。我这里邻近有个刘先生，号曰刘如见。此人起课通神。不免请他来问卜儿女消息，少解愁烦。意下如何？（净）甚好。（老旦）当直的〔八〕那里？（末上见科）（老旦）你去请刘如见先生，我要问课。（末）知道了。才出门来，此间便是。先生有请。（丑扮刘如见上）海内人传旧有名，都将课命问先生。若来请我须钱到，自古无钱卦不灵。（末）先生。潘老爹⑨家夫人相请起课，就要同去。（丑）知道了。（末）夫人，刘先生到了。（相见科）（老旦）特请先生问卜。（丑）既然如此，拿课筒去，与老夫人⑩祷告。（老旦祷告科）

【不是路】祷告苍天。我为儿取功名去不还；（净祷告介）⑪我为儿拆散，未知生死会何年。（丑）夫人⑫请坐，待我排卦。（作排卦科）卦排圆。若论此课，问男儿的，他禹门三跃鱼龙变；问女儿呵，鹊驾重逢牛女欢。只[13]在目下，就有应验。（老旦）先生休得差了。（丑）我怎么会差？绝好之课，只要重重谢我！（老旦）愁怀顿解，谢天天早与人方便，喜从心愿。当值的，谢了先生。（末）先生，课钱在此，请收了。（丑）多谢多谢。能知周易〔九〕理，会赚[14]邓通钱〔一〇〕。（下）

【雪狮子】（老旦）频频去卜金钱。金钱似掷我泪珠悬。天边雁过声嘹呖，孤村外、孤村外，流水儿声喧。梦断夜如年。（合）你看秋风起也天，春风起也天。春去秋来，秋去春来，形孤影寡，想杀我膝下斑斓。

【又】（净）魂和梦，思和想，都做了泣风哀猿。那离巢乳燕谁收管。愁肠断，愁肠断。何时再得重相见，似破镜得团圆。（合）秋风起也天，春风起也天。春去秋来，秋去春来，形孤影寡，想杀我掌上文鸳〔一一〕。

【尾声】今生只恐难相见，百折柔肠寸寸剜。自古道人生离别难。

庭前红泪洒飞花[15]，愁倚湘帘日影斜。
高树莫教啼野鸟，梦魂惊不到天涯。

校：①“汲”第二十四出“占儿”。②“汲”无“鹧鸪天”三字。③“天”，“汲”作“空”。④“汲”无“风”字。⑤“汲”有“我”字。⑥“南来”，“汲”作“天边”。⑦“纷”，“万”作“分”，据“汲”改。⑧“不必愁烦”，“汲”作“且自宽解”。⑨“爹”，“汲”作“爷”。⑩“夫人”，“万”作“奶奶”，据“汲”改。⑪“净祷告介”，“万”作“净”，据“汲”改。⑫“万”无“夫人”二字。

⑬“只”，“万”作“必”，据“汲”改。 ⑭“赚”，“万”“汲”俱误“瞇”。 ⑮“飞花”，“万”作“花飞”，据“汲”改。

注：〔一〕寒砧：砧是捣衣石。秋天为远在外方的人洗寒衣时在砧上捣出来的声音，听来特别凄凉，称“寒砧”。 〔二〕霄汉：天上。这里指远处的京城。 〔三〕春场不利：春天会试考得不顺利。 〔四〕青霜：喻白发。 〔五〕绽：脱线。 〔六〕蹇：困阨。 〔七〕娇鸾：女儿。〔八〕当直的：当差直班的人。 〔九〕《周易》：古书名。星命家占卜之学，是从《周易》里引伸出来的。 〔一〇〕邓通：汉代人，得到文帝的欢心，赏给他一座铜山，可以自己随便铸钱。 〔一一〕文鸳：鸳鸯。有好看羽毛的鸟都叫文禽。

第二十六出　金门献策[1]

【点绛唇】（末扮黄门〔一〕上）光霭庭燎〔二〕，鸾铃〔三〕声集鸡鸣早。簪笏〔四〕盈朝，听静里乐奏钧天调〔五〕。霜满衣，露满衣，霜露凄凄鬓已丝，闲处人眠那得知。星影微，月影微，颠倒裳衣恨起迟，忙处人愁办事时。下官黄门是也[2]。出入彤庭〔六〕，往来紫禁〔七〕。今日早朝，正官里[3]临轩〔八〕策问之日。忙来到此，天色尚早，朝门未开。你看那午门外办事的，跻跻跄跄，纷纷杂杂，滚将来一派苍蝇声，唤起处三度天鸡〔九〕唱。明明灭灭，千灯隐隐似虹流〔一〇〕；往往来来，万骑粼粼〔一一〕如雨集。冠金佩玉，那分他上下高低；缄口〔一二〕衔枚〔一三〕，认不出燕韩赵魏。凤阙云开曙光浮，灿灿绯袍〔一四〕分映日。龙楼烟散霞影动，荧荧金弁〔一五〕转如星。鼓打三通④，喧喧阗阗⑤〔一六〕，落残星、催晓日、满空中浪卷蛟龙潮欲起；钟敲百下，喤喤濊濊〔一七〕，肃〔一八〕班寮〔一九〕、开禁掖〔二〇〕、才听处关冲虎豹雨初来。那壁厢卤簿〔二一〕人齐，森森严严、飞飞拂拂、旌旗闪映霞须动；这壁厢金吾〔二二〕会集，层层密密、晃晃烁烁、刀剑光凝雪眼开。象队〔二三〕初分，水晶帘、云母扇、掩掩映映，朱旗画戟，玉斧宝刀，奉着个现化身〔二四〕中天王帝坐红云；龙驹驻跸〔二五〕，鸡舌香、凤膏烛、荧荧灿灿，翠盖珠屏，豹干〔二六〕虎节〔二七〕，直现那⑥再来世满月金仙临宝刹。春暖龙门，千千万万、纷纷奕奕、拥将来献策书生；风翻鹗〔二八〕翮，堂堂楚楚、颙颙卬卬〔二九〕、都是那怀琛〔三〇〕国士。一簇簇、一丛丛、齐齐整整，专听那金阙晓钟开万户；一对对、一班班、雍雍肃肃，都是那玉阶仙仗拥千官。你看那：深深沉沉〔三一〕、峨峨〔三二〕翼翼、望着的胆战心寒，九重〔三三〕开玉钥〔三四〕；巍巍〔三五〕凛凛〔三六〕、赫赫〔三七〕皇皇〔三八〕、对着的魂飞魄散，六驾〔三九〕拥金轮。忽听得半空中天乐齐鸣，又早见满殿里鸳班〔四〇〕毕集。道犹未了，圣驾早到。（众扮朝臣甲将〔四一〕内官昭容〔四二〕上生净外扮三士子上）

【出队子】（众）銮舆登殿，銮舆登殿。三下鸣鞭〔四三〕集万官。扇分日月列仙班，龙衮〔四四〕云霞天上看。丹凤衔书，日下听宣〔四五〕。（摆下，黄门⑦叫科）会举生员，俯伏候试。（昭容）圣驾临轩，策问诸士。尔士子其恪恭尽对。黄门官，颁题分谕！

【驻云飞】（末）⑧问尔诸贤：尧舜君民何者先？何者匡〔四六〕时乱？何者回天变？嗏，恢复旧中原、何为长便〔四七〕？尔士谟谋〔四八〕、悉对彤庭献。圣主方求忠直言，万姓方求解倒悬〔四九〕。

【又】（生）（外）（净）臣对愚言：尧舜临民仁政先，殿陛除谗谄，畿甸[五〇]轻科敛[五一]。嗏，选将任兵权，坚车致远。重赏崇恩，士卒同欢愿。恢复中原反掌[五二]间，汤武兵威一怒间[五三]。（内官⑨收卷科）（昭容）诸士子卷完，俱出午门外候旨。众臣退班。（众）即看万舞群臣散，常侍千年圣主欢。（众下）（生外净吊场相见科）（生）列位老兄得意否？（净）小子⑩极得意，吃小弟卷子内直写去，杀了秦桧，天下就平，中原就复。（生外）语句特硬了些。（净）我也下笔时思量，不要惹他。后边写时节，改了一改。（生外）改做怎么样的？（净）朝政悉委秦老爷掌管，天下就平。（生外）忒软了。（净）硬又不好，软又不好，教我也难弄。（生）老兄就是金陵袁伯通先生？（净）正是，正是。（生笑）⑪向年湖上同游，今日得做同年，可喜可喜。（浮）不敢不敢。

聚散本无期，相逢似有私。
明朝花发处，谁折最高枝。

校：①“汲”作第二十五出“奏策”。②“汲”作“下官宋朝一个小黄门是也。”③“汲”作“正当宫里”。④“通”，“万”作“鬉”，据“汲”改。⑤“汲”作“坎坎阒阒”。⑥“汲”作“真见那”。⑦“门”，“万”误“问”。⑧“末”，“万”作“黄门上”，据“汲”改。⑨“内官”，“万”作“众”，据“汲”改。⑩“小子”，“汲”作“小弟”。⑪“汲”有“生笑”二字，“万”无之，今补。

注：〔一〕黄门：宦官。皇帝的内侍，刚来的叫“小黄门”；有了一定资历的叫“内侍黄门”。〔二〕庭燎：古代每逢国家有了大事，晚上就积了柴薪举火，叫做“庭燎”。在门外面的叫“大烛”；在门里的叫“庭燎”。〔三〕鸾铃：车马上的铃。这声音象征着上朝群官的到来。〔四〕簪笏：冠簪和手版，都是做官人服用之物。〔五〕钧天调：天帝居处所奏的舞

乐。〔六〕彤庭：彤是朱红色的装饰。彤庭指宫庭。〔七〕紫禁：封建时代用天上群星里的“紫薇垣”称皇帝的住所。同时，皇宫又是禁地，不许老百姓去的。这样就又称“紫禁”。〔八〕临轩：从前皇帝不到正殿而在平台上接见群臣，叫“临轩”。〔九〕天鸡：《述异记》里有一段神话。在东南的桃都山上，有棵大树。上面栖着天鸡。太阳刚初来照在树上，天鸡就开始啼叫，然后天下的鸡才跟着它一起叫。〔一〇〕虹流：灯火多得像一条彩虹。〔一一〕粼粼：车轮声。〔一二〕缄口：闭嘴。〔一三〕衔枚：枚是一根短木棍。古时行军时，兵士嘴里都衔着它，可以避免说话，保持肃静。〔一四〕绯袍：赤帛的官服。〔一五〕金弁：金冠。〔一六〕阗阗：鼓声。〔一七〕喤喤濊濊：钟鼓的和声和渔网入水的声音。〔一八〕肃：肃静。〔一九〕班寮：官们的行列。〔二〇〕禁掖：宫中的旁殿。一般即指宫庭。〔二一〕卤簿：仪仗。〔二二〕金吾：一种鸟，传说能辟不祥。皇帝出行，有一种特职官手里拿着“金吾”在前面开路，这官就叫“执金吾”。〔二三〕象队：皇帝的卤簿当中有用象组成的队伍。〔二四〕现化身：封建时代有一种麻醉人们思想的说法，认为皇帝是佛的化身。〔二五〕驻跸：皇帝停下来休息叫驻跸。〔二六〕豹干：画着豹形的盾。〔二七〕虎节：绘着虎形的符。〔二八〕鹗：指书生。孔融荐祢衡的疏里说：“鸷鸟累百，不如一鹗。”〔二九〕颙颙卬卬：温貌。〔三〇〕怀琛：怀才。〔三一〕沉沉：深貌。〔三二〕峨峨：高貌。〔三三〕九重：皇帝的居处。〔三四〕玉钥：宫门上的锁。〔三五〕巍巍：高大貌。〔三六〕凛凛：寒貌。〔三七〕赫赫：盛貌。〔三八〕皇皇：美盛貌。〔三九〕六驾：皇帝所乘之车，由六匹马牵引。〔四〇〕鸳班：朝官的行列。〔四一〕甲将：穿了戎服盔甲的武将。〔四二〕昭容：宫里的女官。〔四三〕三下鸣鞭：皇帝出来，敲三下“静鞭”，使大家肃静。〔四四〕龙衮：皇帝的朝服。〔四五〕宣：皇帝的命令。〔四六〕匡：救。〔四七〕长便：久安之计。〔四八〕谟谋：议度。〔四九〕倒悬：形容人民困苦的词。〔五〇〕畿甸：皇帝都城左近规方千里之内的地方。〔五一〕科敛：赋税。〔五二〕反掌：容易的形容词。〔五三〕汤武兵威一怒间：成汤和周武王，相传他们“一怒而安天下之民”。就是说他们一决策，就能使天下安定了。

第二十七出　香阁相思[1]

【东坡引】（旦）君如水上萍，妾是风中烛。盈盈泪落悠悠路。愁眉空自蹙，愁肠空自续。一双青眼，望着长安天样远。鹊噪〔一〕灯花，暗卜何时得到家。长吁短叹，过去几时曾未惯。锦字〔二〕新裁，望断关河雁不来。奴家自别潘郎，经今数月。暮想朝思，恹恹成害。对此凄凉时序，怎生消遣我这凄凉情况。

【香罗带】你看、寒灯挑短檠〔三〕，熏笼〔四〕自温。孤鸿怕听窗外声。提起我那心头病也，空自睡不稳、梦还惊。凄凉怎生捱着枕。数尽那更筹也，短叹长吁千万声。（作靠卓科）

【卜算子】（贴[2]扮女娘上）意结两情浓，自喜心相信。悄地转松阴。（作窗外看科）他近日里呵，为甚常愁闷。奴家观邻张氏二娘。曾与妙常结拜姊妹。他与我两下心事，胜似同胞。我连日穷冗〔五〕，未曾来看他。不知他近日为何常是病害。你看今日又睡在此间，不免躲闪在此，看他醒来说些甚么。（旦作惊科）方才着枕，又梦见门外有书报说潘郎中了。

我惊醒将来，又是南柯一梦。可怪可怪。

【香罗带】（旦）萧郎无信音，恹恹愁闷，多应怀抱一个小情人。③因此上呕病几曾停也。又见裙带短，好心惊。羞惭空自揾〔六〕啼痕。怕有人知也，教我乱掩胡遮〔七〕不出门。

【醉扶归】（贴）悄悄将伊从头问。（旦作惊科）失迎了，几时到此？（贴）方才到此。你在此说些甚么？（旦）并不曾开口。（贴）何须苦苦假吞声〔八〕。我知道你、只为征车寂寞豫章〔九〕城，因此上相思冷落临川郡。你不要瞒我，一句句我俱听得了。你只为吹箫声断凤凰④音，同衾早叶熊罴梦〔一〇〕。

【又旦】未曾说出心头闷，早先恨着意中人。无端月色与花阴。为那焦桐〔一一〕勾引谐秦晋。实不瞒你，我与那潘郎方好数宵，不意就被观主逼他赴试。一向杳无音信。身面上又做出这些事来〔一二〕，因此上写个人边言字〔一三〕杳无音，只教我目边点水〔一四〕流难尽。（贴）你与潘郎别时，他曾说甚么来？（旦）他许我夫妻之情断不⑤忘。

【香柳娘】（贴）不须用泪零，不须用泪零。他是书生志诚，一言为定。且宽心自稳，且宽心自稳。他与你无情做有情，你何必旧恨添新恨。我有一句话和你说，你只要好看承此身，好看承此身。他与你儿女事关心，料他不把情儿冷。

【又】（旦）想他无定准，想他无定准。怕他富贵厌奴贫，怕他花柳人勾引。到三更四更，到⑥三更四更，怕听孤雁两三声、残月半窗冷。渐恹恹瘦损，渐恹恹瘦损。我心儿里怕人嗔，口儿里怕人问。此事只可⑦你知我知，千万不可说出与外人知道。

【尾声】再三嘱付相遮隐，此话牢拴方寸。（贴）我与你是何人，不须分付。你好把愁肠安顿。

（旦）两语相投坐转深，梅花分影动黄昏。

（贴）鱼书不负春来信，象榻何惭昼掩门。

校：①“汲”作第二十六出“相宽”。②“贴”，“汲”俱作“贴旦”。③“汲”有“呕吐介”三字。④“万”作“凤凰”，据“汲”改。⑤“汲”多“相”字。⑥“到”，“汲”作“怕”。⑦“可”，“汲”作“好”。

注：〔一〕鹊噪、灯花：相传喜鹊叫和灯烛花爆，都是喜讯。〔二〕锦字：信。前秦窦滔的妻子苏蕙，在锦上织成了回文诗寄给丈夫，恢复了夫妻的感情。〔三〕檠：灯架。〔四〕熏笼：冬天取暖的器具。〔五〕穷冗：穷忙。〔六〕揾：抹去。〔七〕乱掩胡遮：胡乱唐塞。〔八〕吞声：哭泣时不敢出声。〔九〕豫章：今南昌。〔一〇〕熊罴梦：典出《诗经》。怀孕的女子梦见熊罴，一般被认为是生男之兆。〔一一〕焦桐：琴。〔一二〕身面上又做出这些事来——指怀孕言。〔一三〕人边言字——信。〔一四〕目边点水——泪。

第二十八出　登第发书[1]

【挂真儿】（生扮冠带上）满目新红红[2]树杪，啼莺处[3]梦断魂消。野店寒鸡，草桥残月，暗把游人催老。记得离人哭渭城，如今新柳暗、短长亭，杜鹃啼出别离声，最苦是、千里此时情。未语泪先零，随他春梦觅[4]，两三程。漏声不歇枕边听，惊醒处，衾枕拥愁髩[5]。下官潘楷是也。叨蒙圣恩，幸中二甲进士〔一〕。观政〔二〕刑部〔三〕，未卜归期。不免修书一[6]封，着进安先回报喜，免得父母与陈姑挂念。进安那里？（丑上）京都夸得意，故国报[7]无聊。老爹有何分付？（生）看笔砚过来。

【五更转】（写书科）自昔年离膝下，经今[8]三载余。白云回首、回首窥[9]无际。扇枕温衾〔四〕，番做个〔五〕倚门倚闾〔六〕。不孝儿，逆天罪，难饶恕[10]。幸得天池〔七〕奋迹、奋迹，雁塔题名字〔八〕。欲慰亲堂仰望，泥金〔九〕书寄[11]。进安，你把这一封书，寄与河南太老爹去。说我明春就回了。

【又】（写书科）[12]生别离秋江上，今经半载余。彩云梦断、梦断客窗泪。剩雨残云，番做了孤灯长夜。我志冲霄，气吐霓，夸得意。当年有约、有约姻缘誓。指日南来，要把玉簪重会。进安过来，这一封书呵，

【好姐姐】你先去女贞观递书，说道我皇都得意。若问我归期，你说，桃花将尽、是刘郎〔一〇〕来会期。如今呵，河南去，慈帏〔一一〕书报天涯字。说我呵，早晚承恩衣锦归〔一二〕。

【又】（丑）拜别疾忙前去，回首隔、江云春树〔一三〕。泥金远报，教他两处知。他心喜，一边收拾相思泪，一边免寄天涯游子衣〔一四〕。

书去心同去，魂飞梦亦飞。

故乡今夜泪，血染杜鹃枝。

校：①“汲”作第二十七出“擢第”。②“红”，“汲”作“惊”。③“汲”作“莺啼处”。④“觅”，“汲”作“去”。⑤“髩”，“汲”作“兵”。⑥“一”，“汲”作“二”。⑦“报”，“汲”作“恨”。⑧“经今”，“汲”作“今经”。⑨“窥”，“汲”作“应”。⑩“万”作“恕饶”，据“汲”改。⑪此句“汲”作“欲慰亲堂，聊把别书寄”。似较叶。⑫“汲”作（又写介）（前腔）。

注：〔一〕二甲进士：明清以来的考试制度。举人会试得中，再参加殿试。凡是在二甲以上的，都赐进士出身；三甲的赐“同进士”。〔二〕观政：从政。〔三〕刑部：六部之一。管理刑法、狱讼。隋代开始设置。〔四〕扇枕、温衾：晋代王延孝顺父母的范例，夏天替父母扇枕，冬天就自己替父母把被褥温好。这里是说伺奉父母。〔五〕番做个：倒变成了。〔六〕倚门倚闾：父母盼儿子回家，倚在门、闾上相望。这是王孙贾母亲的故事。〔七〕天池：《庄子》里所说，鲲鹏所居之地。“溟海者，天池也。”这是说自己中了进士，好像奋飞起来的鲲鹏似的了。〔八〕雁塔题名字：雁塔是西安慈恩寺里的塔。唐代的新进士，都要在那里题名。〔九〕泥金：报喜的信。〔一〇〕刘郎：唐代诗人刘禹锡有“前度刘郎今又来”的句子，所以后来就用刘郎譬喻久别重来的人。〔一一〕慈帏：父母所居。〔一二〕衣锦归：封建社会里说在外面做了官回家的人是“衣锦荣归”。〔一三〕江云春树：杜甫怀念李白的诗句：“渭北春天树，江东日暮云。”所以后来就用来做为念远的用语。〔一四〕游子衣：母亲寄给在外的儿子的衣服。典出有名的诗句：“慈母手中线，游子身上衣。”

第二十九出　定计迎姑①

【风入松】（正净扮王公子上）终日独自坐沉吟，只为此劳魂。那人何日谐秦晋？空辜负年少青春。亲到桃花渡口，他见我、定留情。买笑〔一〕追欢尽费心，千金无处作媒人。今朝亲到祆神庙〔二〕，烈火休教梦里焚。自家王公子是也。只为陈妙常冤家，日日挂心，无计可处。昨日那王师姑设计甚妙，不免叫小厮备马，亲自到观中去请他，若来，②可不今夜就完成③了此事。不免对老天许下天大愿心，保佑一说就来。（作跪科）老天！今日去请陈妙常。若来，乌猪白羊拜谢。（丑暗上）我帮一只鸭。（净）啐！这小厮专会掉嘴〔三〕。（丑）若得爹爹讨了陈道姑，免得终朝□□④。（净）休得胡说！你⑤跟我到女贞观去。

【六么令】溪桥才转，见琳宫〔四〕隐约松间。那人深卧白云闲。低声问，立门边。渔郎要入桃花院。此间就是他房。小的，你先进去。（丑）有人在此么？

【又】（旦）柴扃〔五〕昼掩，是何人来到松关，莫非青鸟〔六〕寄云笺。亲自去，听他言。行藏〔七〕又恐人瞧见。何人在此？（丑）小人是耿衙奶奶差来，欲拜足下为师，请到衙中谈经说法，备轿相迎。（旦）⑥我知道了。这是王公子使他来计赚我的，待我哄他一哄。你奶奶叫你同相公来接我，为何不见你相公进来？（丑）⑦贼道贼道，他就知道了。待我出去请他来。（相见作诨介⑧）〔八〕

【蛮牌令】（旦）相公，你听我道：君家听相告，身已许蓬茅。为贪钟磬外，自结水云交。伴青松身闲意闲，共明月散诞逍遥。（净）久闻清雅，今见绝色。若是苦守清规，可不负了你的青春？（旦）念蒲质〔九〕自甘弃捐，又何须雅念勤劳。

【又】（净）粉质似琼瑶，青髻剪云绡。料应天上种，暂且谪〔一〇〕尘嚣〔一一〕。念佛人何曾上天，住尘世且结鸾交。你若还苦守清规，可不负了蓝桥。

【忆多娇】（旦）看他村样乔〔一二〕，心暗瞧⑨人隔星河路转遥，月印江心空自捞。收拾风骚，收拾风骚。今世里姻缘且歇这遭。多谢⑩枉顾，不及奉陪。看他青鸟入云去，笑杀山鸡空自飞。（旦下）（净低头作揖科）（丑）进去了。你吃他骂了。（净）他骂我甚么来？（丑）他比你山鸡野鸟。（净）这等可恶！

【又】他把我嘲，劈面揉〔一三〕。望断巫山云雾高。关出刘郎门外敲。此恨难消，此恨难消！管教他平白地风掀浪高！小使，临别关⑪门似有情。（丑）爷，未见得。（净）羞花玉貌实轻盈。（丑）看来只是别寻好，（净）此事多⑫应弄不成，我定要告他！告他！（下）

校：①“汲”作第二十八出“设计”。　②“汲”此句作“亲到观中去，临机应变，哄得上轿”。　③“完成”，“汲”作“成全”。　④原词猥亵，删二字。　⑤“你”，“汲”作“快”。　⑥“汲”作“旦背云”。⑦“汲”作“丑背云”。　⑧“万”作“待我出去请他来相见。（诨科）”。今据“汲”改。　⑨“瞧”，“汲”作“憔”。　⑩“谢”，“汲”作“承”。　⑪“关”，“万”作“开”，据“汲”改。　⑫“多”字，万历本烂板，据“汲”补。

注：〔一〕买笑：用金钱来狎伎叫买笑。〔二〕祆神：《墨庄漫录》记："东京城北有祆庙。祆神本出西域，盖胡神也，与大秦穆护同入中国。俗以火神祠之。"〔三〕掉嘴：耍贫嘴。〔四〕琳宫：寺院。〔五〕柴扃：柴门。〔六〕青鸟：古代神话传说青鸟是西王母的使者。〔七〕行藏：举止。〔八〕诨介：打诨的"舞台解说"。〔九〕蒲质：蒲柳之质。自谦的用语。〔一〇〕谪：犯了过失被贬下凡。〔一一〕尘嚣：人间。〔一二〕村祥乔：土头土脑，妆模做样。〔一三〕撡：俗语，揭开。

第三十出　结告婚姻[1]

【七娘子】（外扮张于湖上）守官清似水，寇平万境同欢。郡守三年久，官居以作家。公庭民讼少，无事早收衙。左右的，与我拿出放告牌去！（大净扮王公子小净扮王师姑上）[2]。

【园林好】（大净）你骗我钱财赖婚，（小净）你强逼我空门议亲。甘守清规本分，怎教我苦追寻！（大净）拿你去诉公庭！告状的[3]！（外）告什么状？（大净）老爷，这一个王尼姑，口称有一年幼道姑，今欲还俗。骗小的财礼银十两，毁赖婚姻，特告爷台，望乞垂听。（外）你当初如何轻信他？

【玉胞肚】（大净）当时轻信，只指望婚姻事成。谁知他计赚刘郎，空教我费尽钱神。如今教我无瓜抱蔓，蜂愁蝶恨怯残春。谁谓[4]有鼠无牙〔一〕怨未平。（外）媒姑怎么说？（小净）老爷，都是虚情。

【又】（小净）村家行径，强尼姑向空门结姻。只指望报李投桃，那顾他礼佛看经。他云堂松舍清闲，别有一番春。怎教我抱布街头强逼人。（外）你告那道姑、莫非是女贞观的？（大净）正是，正是。

【又】（外）他是冰清玉润，怎便肯随波逐尘。（外作背科）记当年邂逅禅房，他爱清幽、独理瑶琴。他既是道姑，王仁，你也不该强逼他为婚。你那王尼姑，也不该替人主婚做媒。谁知莲台人抱水云心，空学箫吹鸾凤音。左右，各打二十！（打科）我这里本该问罪[5]，都且饶你。赶出去罢！

（外）息讼愧公茅，齐民政独劳。

（大净）总教输廿板，[6]赢得一身骚。

校：①“汲”作第二十九出“诳告”。 ②“净扮王师姑上”六字，万历本原阙，据“汲”补。 ③“汲”作“王仁告状”。 ④“谓”，“万”误“为”，据“汲”改。 ⑤这一句“汲”作“你二人本该问罪”。 ⑥“汲”有（小净）二字。

注：〔一〕有鼠无牙：《诗经》“谁谓鼠无牙，何以穿我墉”，这一首诗里有因逼婚而涉讼的意思。

第三十一出　接书会案[①]

【夜游宫】（老旦上）人去天涯几许，凝望处泪眼愁眉。（旦）睡不熟，枕儿移过又移。没奈何，一番念、一番悲。（老旦）风吹云片片，飞尽桃花瓣。人归不似堂前燕，燕来肠欲断、欲断[②]。（旦）夜深低嘱告，人在琐窗西畔[③]。听玉笛惊春怨，此际愁肠千万段，朱颜消一半、一半[④]。师父稽首。徒弟到来。我那侄儿一去，又见春残。天涯人远，悄无音信。奈何奈何！（旦）不知他功名若何？好歹定有信音来也。请自宽心则个。

【六犯清音】[⑤]（老旦）天涯人别，春风花信，眼前几度惊心。衡阳雁杳[一]，不知他曾上青云。别馆花惊发，离亭柳色新。（旦）[⑥]凄凄雨，欲断魂。梦中芳草、是我意中人。（老旦）望断我云堂何日开封字[二]，（旦背科）望断我锦帐通宵喜合簪。（老旦）莫不是萧条旅馆？莫不是留恋帝[⑦]京？（旦背科）好教我常添萦挂，好教我偷将泪零。花飞又早红成阵。（老旦）事关心，把金钱暗卜，又[⑧]恐涉游魂。

【不是路】（丑上）回首江濆[三]，又见门前柳色阴，忙投奔。太奶奶，小奶奶，磕头。天边青鸟寄佳音。（老旦）怎么是这等称呼，敢是相公中了？（丑）中了。有书寄上。（老旦）意方伸，望中喜得龙门信。不枉我西风促去程。（旦）自沈吟，为何不问我旧时人？（丑）这一封书，单为着小奶奶亲事。教我报君闻，刘郎到日桃花尽，他意在重封蜡一痕〔四〕。（旦作羞科）休得胡说！（老旦）休遮隐，两家供状今番定。你且看他书信。（丑）你们看书，小人就此告别。要往河南家去。才到石头〔五〕城，又上汉阳路。（老旦）再住两日。（丑）东人曾嘱咐，不得久羁迟⑨。（下）（旦作开书科）

【一封书】（老旦）尊姑听楷宣：花向长安马上看。今一事赧言〔六〕，陈女曾同枕席欢。两个姻缘簪已定，早卜归期合锦鸳。乞垂怜，望周全。夫妇恩深感百年。（老旦）好好好！出家人原来如此！罢罢，今日之事，也是五百年前宿缘，天涯相会。你两人将何物作配，以成此事？（旦）实不相瞒⑩，潘官人以鸳坠为赠，奴以玉簪答之。（老旦）可喜可喜。

【罗帐里坐】（老旦）鸳鸯玉坠，碧霞玉簪。两物相赠，天教合欢。红丝翠幕，事非偶然。只是一件。虽是你两下夫妻前定，若是在我这里成亲，恐坏我的山门。你可到张二娘家住下。就立二娘为媒，不是苟的⑪。待我侄儿回来，成亲便了。（老旦）（合）空门恐怕外人嫌，你及早去寻个别院。

【又】（旦）春红满面，含羞怎言。俗缘未断，把清规相玷。其间就里〔七〕，是我三生旧缘。（合前）

收拾行囊过别船，从今好去了尘缘。

玉簪重会天涯外，始信红丝万里牵。

校：①“汲”作第三十出“情见”。　②“汲”无后“欲断”二字。

③“伴”，“万”“汲”俱误，今改。 ④“汲”无后“一半”二字。⑤这一段《六犯清音》天启本《词林逸响》选入，后有小注：“天涯五句，《梁州序》；别馆二句，《桂枝香》；凄凄雨三句，《排歌》；望断二句，《傍妆台》；莫不五句，《皂罗袍》；事关三句，《黄莺儿》。”这一支曲子，是杂取六支曲牌的句子组成的，所以叫《六犯清音》。 ⑥“汲”作（旦背介）。 ⑦“帝”， “万”作“神”，今据“汲”及《逸响》改。⑧“又”，《逸响》作“犹”。 ⑨此二句“汲”倒置，叶韵，较佳。⑩“汲”无“实不相瞒”四字。 ⑪此处“万”恐有脱误。“汲”作“就托二娘为媒”。

注：〔一〕衡阳雁杳：没有信来的意思。典出唐代名诗人王勃的《滕王阁序》：“雁阵惊寒，梦断衡阳之浦。” 〔二〕开封字：打开信封。〔三〕濆：水边。 〔四〕蜡一痕：古代常用蜡丸裹信。故云。 〔五〕石头城：金陵城，即今南京。 〔六〕赧言：不好意思开口。 〔七〕就里：底细。

第三十二出　荣归见姑[①]

【霜天晓角】（生）来时江上，霜树添惆怅。此日人归春涨，满目花飞扰攘。去年逐雁来，雁字排愁阵。霜月照孤帏，离寂成多恨。今年逐燕来，燕逐花飞尽。着意向前飞，王谢堂应近。必正叨蒙圣恩，除授〔一〕成都路永康军恤刑〔二〕。路出金陵，不免先去就亲，后往赴任②。多少是好。左右的那里？请敕〔三〕就此起程！（众上）③

【望吾乡】（生）花映宫袍，春风荡柳条。娇红吹落知多少。杜鹃声唤人归早，似为多情叫。（合）归心急，去路遥。石头城望楚天高。松阴下，曲径遥。朱扉掩映隔云霄。左右，报女贞观我到了。快进通报！（众）④有人在此么？

【卜算子】（老旦上）听得门前人语沸，马头簇映朱旗。（生）姑娘请上，待侄儿参拜。

【刮鼓令】（生）当日寄上方，幸得衣沾佛座香，月下姻缘曾有约，得见云英在异乡。暗许配裴航。（生作寻看科）今日为何不见他声音影响？又添愁闷泪沾裳。莫不是鹊驾隔参商〔四〕？

【又】（老旦）我儿，书中意已详。秦晋相逢在一方。月夕花阴同蝶梦，鸳坠鸾簪合雁行。此女当初入观，也非偶然。夫妇事非常，陈姑少年遭兵靖康。母子分散，亏了观邻张二娘引领，来观焚修。因此上收入在云房。今日呵，那知道为你结鸾凰。你两人虽是夫妇前定，若在此成亲，恐怕玷辱山门。他原与张二娘结拜姊妹，我已先打发到他家住了。你可径往彼处迎婚就是了。

瀛水〔五〕喜登仙⑤，红丝续旧缘。
要知双璧合，曾共种蓝田〔六〕。

校：①“汲”作第三十一出“回观”。②“汲”作“往河南然后赴任”。③“众上”二字，“万”无，据“汲”补。④“万”无“众”字，据“汲”补。⑤“仙”，“万”作“山”，据“汲”改。

注：〔一〕除授：受任命。〔二〕恤刑：官名。从明代开始设置。明太祖看到刑狱办理得极坏，就派出了一些御史审理各道的囚犯。这制度到明代成化以后，固定下来。每隔五年就派出一次这样的恤刑官。〔三〕请敕：领得敕书。敕是皇帝颁给的旨书。〔四〕参商：二星名。商星居东方，参星居西方，二星永不相见。〔五〕瀛水：相传东海中的神山——瀛洲。〔六〕种蓝田：蓝田在陕西西安。山出美玉。《搜神记》说，羊公是个非常孝顺的人，人家送他一升石子，说可以用来种玉，而且能娶得新妇。后来果然收获得五双白璧，聘得姓徐的妻子。

第三十三出　灯月迎婚[①]

【番卜算】（旦上）重整旧脂膏，为结新鸳侣。（小旦扮张二娘上）妆台又[②]学画蛾眉，人与花争媚。（相见科）（旦）多少相思泪，换来人月圆。梦中今夜话，犹恐说当年。（小旦）休更说从前，新欢续旧欢。可怜今夜月，相见是何年。妹妹！今日潘老爹迎娶你成婚，你可对镜临妆，整顿花容则个。

【园林好】（旦）几曾会[③]调朱傅铅？几曾戴[④]鸾钗凤钿？对镜羞惭娇面。今日里别仙班，今日里谪尘凡！（众扮灯烛迎婚科）

【出队子】灯辉月朗，灯辉月朗。鹊度星桥会七襄[一]。鸾笙凤管吹悠扬，金榜[二]人归乐洞房。天上人间，占断无双。（净念诗赋请旦穿衣服科）[⑤]

【江儿水】（小旦）忽听得人传接，门前鼓吹喧！绣襦罗袜新裁剪，云梳月掠重遮掩。鸾衾风枕春无限。收拾空门经卷，且向鸾台慢学齐眉举案〔三〕。（旦作堕泪科）（小旦）妹妹！如此喜事，为何堕下泪来？

【玉胞肚】（旦）我为别离难见。（作悲科）⑥感谢你看承数年，姐姐，我想入庵那时⑦，这深恩结草〔四〕难酬。况今朝弃撇尊颜，相看青眼泪空悬！要见多应是梦间。（小旦）妹妹，请了⑧。从教分手处，有梦托南柯。（小旦下）（众）禀夫人起轿⑨。

【出队子】（众）瑶天环珮〔五〕，瑶天环珮。云驾香车月下归。花明酒艳会瑶池，银烛辉煌满道遮。锦帐春宵，玉漏慢催。（掌礼念）人折桂枝香，新婚昼锦堂〔六〕。请出红娘子，相见贺新郎。老爷有请！

【西地锦】（生上）听得箫声催跨凤，似扶我两翼天风。（掌礼念）郎才女貌实堪夸，玉蕊金枝护锦霞。只看今夜成亲后，明年养出十七八个大娃娃⑩。⑪（参拜天地转身会礼科）

【排歌】（众）仙犬休惊，桃源洞房，天生一对鸾凰。翠裙摇玉响琳瑯〔七〕，月度花风绮阁香。烧银烛，醉玉觞，新郎原是旧渔郎。芙蓉褥，玳瑁床，日高春暖睡鸳鸯。

【又】（众）国士潘安〔八〕，贤门孟光〔九〕，芳姿玉立珪璋〔一〇〕。当年若不寄云房，流落如今在那厢？脂粉态，锦绣肠，恩情地久与天长。人生事，信渺茫，萍踪明日又他乡。（生）左右的！快⑫讨夫马〔一一〕起身，前往河南家去。夫人，我与你作别姑娘，明早就行罢了。（旦）使得⑬。

合镜〔一二〕相看意颇浓，佳期今夕⑭婿乘龙〔一三〕。

当年不到昆陵驿，辜负好花空自红。

校： ①“汲”作第三十二出“重效”。 ②“又”，“万”作“才”，据“汲”改。 ③“会”，“汲”作“去”。 ④“戴”，“汲”作“爱”。 ⑤这一句舞台说明，“汲”无。 ⑥（作悲科），“汲”作“姐姐”。 ⑦此句“汲”作“我想指引入观那时”。 ⑧“汲”作“（贴）妹妹请上舆罢”。 ⑨此句“万”作“（旦）就此起轿”。今据“汲”改。 ⑩“大娃娃”，“汲”作“小呱呱”。 ⑪“汲”此处有：“罗嗹哩嗹，哩嗹罗嗹、罗嗹哩罗罗哩嗹，参天地，两拜，转身会礼。”无（参拜天地转身会礼科）。 ⑫“快”，“万”作“在”，据“汲”改。 ⑬“使得”，“汲”作“正是如此”。 ⑭“今夕”，“汲”作“重见”。

注： 〔一〕七襄：襄是驾的意思，七襄，移动位置七次。一天里有七辰（白天从卯时到酉时），一辰移动一次，谓七襄。《诗经·大东》篇：“跂彼织女，终日七襄。” 〔二〕金榜：会试得中叫“金榜题名”。 〔三〕齐眉举案：后汉的梁鸿和孟光结婚。孟光每次做好了饭，都放在“案”上，高举齐眉，送进房来。“案”是一种近于近代炕桌似的托盘。这个故事一般都用来说明夫妇感情的和谐。 〔四〕结草：传说春秋时魏颗在父亲死后让父亲的妾改嫁，没有要她殉葬，后来在作战时，遇见一个老人结草相助，结果捉住了敌人。夜里作梦，才知道这老人是那个遗妾的父亲。这故事经常用来作为报恩的例证。 〔五〕环珮：古代女子的饰物。行动起来会发出响声。 〔六〕昼锦堂：宋代韩琦故宅里的堂名。“昼锦”的出典，是项羽所说的一句话：“富贵不归故乡，如衣锦夜行。”所以现在说穿漂亮衣服一定要在白天。 〔七〕琳瑯：亦作“琳琅”。玉声。 〔八〕潘岳：晋代人，字安仁。是古代著名的美男子，也是著名的作家。 〔九〕孟光：

梁鸿的妻子。〔一〇〕珪璋：珪即圭，是一种官吏所用的玉器，又名瑞玉。半圭叫璋，通常借来比喻人品。〔一一〕夫、马：人夫、马匹。〔一二〕合镜：陈代徐德言娶乐昌公主为妻。陈亡国前，徐将镜剖开，夫妇各执一半。后来彼此失落，果然因这面破镜，又得团圆。〔一三〕乘龙：过去称赞好女婿是“龙”，嫁了好女婿的就叫“乘龙”。

第三十四出　合家重会①

【忆秦娥】（众）②时花暮③，又早见春到梅花。（净）片片飞来蝴蝶耍，泪痕滚滚随他。（外）枝头花信暗生香〔一〕，雪剪寒梅压粉墙。（净）春去秋来容易过，思儿念女泪沾裳。（相见科）（净）亲家大人在上，老身④搅扰多时，不见女儿消息。在此自觉惶愧。只索拜辞，以还故里。（外）（老旦）说那里话！瓜葛之亲，终身相依。但莫责我清贫简亵〔二〕，在此垂老〔三〕何妨。（净）多谢、多谢。（老旦）今日如此大雪，已曾分付安排酒核⑤，赏雪观梅，同亲母少坐、如何？（净）使得使得。

【二犯朝天子】（外）一团轻絮一团花，碎剪云绡薄，照月华。看他飞来飞去乱如麻，炫银花。绣屏锦帐繁华，有几多爱他。梁园〔四〕词赋堪夸，况竹炉味佳、味佳⑥。

【又】（净）一阵风来一阵斜。万里彤云〔五〕布，似落花。看他颠狂无主寄天涯，似飞砂。飘零逐马随车，有几多恨他。安门〔六〕空自嗟呀，况孤踪似咱、似咱。

【菊花新】（生旦冠服上）数载椿萱[七]隔面，如今喜到家园。（旦）娘儿生死各一天，要见何年重见。（生）夫人，且喜寒家已到，不免径入⑦。

【哭相思】（相见动悲科）（众）长恨关河隔远，如今梦里团圆。（外）我儿，田园荒废，父母孤单。（净）为何久留都下？（生）儿因功名羁绊，有违甘旨[八]。万死何堪。（老旦）媳妇娇容俊雅，矩度[九]从容，真乃吾家蘋蘩[一〇]之妇。（旦）天涯归晚，有失承欢，深惭⑧燕尔[一一]。（老旦）我儿，这是你旧日岳母，你可上前相见。（净）贤婿，老身自遭兵火，拆散女孩儿，寄居潭府。深蒙尊堂款留，心实惶愧。今日见你夫妇，想起我的女儿，好生痛杀我也。（生）岳母在上，不必愁烦。令爱虽死⑨，小生在此，亦可承欢暮年。（旦）⑩我的母亲旧时模样，与此位老夫人相像。若还在此，可不雪鬓双垂，也是这般老了。如今一见，好生想杀我也。

【皂罗袍】（净）子母经年分散，喜芸窗脱迹[一二]，服冕乘轩[一三]。（生）岳母，为何双泪涌流泉。夫人，为何两下频频看。（旦）你的岳母似我萱亲一般。（净）你的尊阃[一四]似我孩儿一般。教人两下重留恋。

【江儿水】（老旦）我儿，你把夫和妇姻亲对我言，如何聚首为家眷。（生）我在姑娘观中时相见，玉簪鸳坠红丝绾。月下姻缘天遣，幸得身荣合卺，归来庭院。

【五供养】（净）事非偶然。贤婿，把鸳坠借我一看。（作看科）这鸳坠分明是我家传。小夫人，何方来得娶，⑪说与我免愁烦。（旦背科）⑫我那娘亲自幼教奴佩绾。提起分离事，教我好埋怨。（净）小夫人高姓、何方人氏？（旦）陈姓娇莲。与母在潭州[一五]分散。（净）既然如此，你就是我的女儿。（旦）我的母亲。（作悲认科）

（外）这玉簪也原是我的聘物，可喜可喜。

【玉交枝】（外）天涯重见，喜蒹葭姻亲两全。（旦）⑬儿荣归见真堪羡，相看老景椿萱。（生）夫妻簿〔一六〕上真有缘，娘儿在地下重逢面。恨当初鸾只凤单，喜今日夫荣妻显。

【川拨棹】（众）重重愁⑭，顿教人开笑颜。幸吾盟得遂从前、得遂从前。办明香答谢天，效于飞〔一七〕共百年。

【尾声】收场大梦如蓬转，堪笑才情雅念，慢把新词作话传。

京兆〔一八〕府当年指腹，女贞观重会玉簪。

慢写出风情月思，画堂前侑酒〔一九〕承欢。

校：①“汲”作第三十三出“合庆”。 ②“众”，“汲”作“外老旦上”。③“时花暮”，“汲”作“时光暮” ④“万”原有“快此”二字，系“在此”之误，因后句复出，今删。“汲”无此二字。 ⑤“酒核”，“汲”作“酒肴”。 ⑥“汲”无下“味佳”二字。下“似咱”复句，“汲”亦无之。 ⑦“不免径入”，“汲”作“和你径入拜见”。 ⑧“惭”，“万”误“渐”，据“汲”改。 ⑨“虽死”，“汲”作“虽未知存亡”。
⑩“旦”，“汲”作“旦背介”。 ⑪“娶”，“汲”作“取”。 ⑫“旦背科”，“汲”作“旦”。 ⑬“旦”，“汲”作“老旦”。 ⑭“愁”，“汲”作“怨”。

注：〔一〕暗生香：宋代有名的诗人林逋的咏梅诗有“疏影横斜水清浅，暗香浮动月黄昏”的句子。宋代名词人姜夔又作了咏梅的词《暗香》《疏影》两阕。因此一般都用“暗香”算做梅花的故实。 〔二〕简亵：怠慢。 〔三〕垂老：终老。 〔四〕梁园：汉代的梁孝王喜欢经营宫室、

花园，招待宾客。司马相如做过“孝文园令”，相如工词赋，所以有“梁园词赋”的说法。〔五〕彤云：下雪天气的密云。〔六〕安门：东汉的袁安，少年时住在洛阳。一次天下大雪，他僵卧在家里。这支曲子描写雪景，所以就引用了袁安的故事。〔七〕椿萱：椿树和萱草。椿是生命力极强的树木。萱草通常种在北堂前面，而北堂又是母亲的住所。所以从前就用“椿萱”代表“父母”。〔八〕甘旨：甜而好吃的食物。一般用作奉养父母的意思。〔九〕矩度：规矩。〔一〇〕蘋蘩：古时候嫁女行礼时的用物。〔一一〕燕尔：《诗经·谷风》：“宴尔新婚，如兄如弟。”宴是安的意思，形容新婚的安乐。“宴”后转为“燕”。〔一二〕芸窗脱迹：离开了书窗生活。〔一三〕服冕乘轩：做了官了。〔一四〕尊阃：尊夫人。阃是门限，古时女人是不许出这门限的。〔一五〕潭州：今长沙。〔一六〕夫妻簿：姻缘簿。〔一七〕于飞：形容夫妇美满的爱情生活。《诗经》：“凤凰于飞。”〔一八〕京兆：京师。〔一九〕侑酒：劝酒。

后记

一

高濂是明代万历中钱唐人。关于他的生平，我们知道得很少。只知道他字深甫，号瑞南。他写过两种传奇，《玉簪记》以外，还有《节孝记》二卷。此外有《雅尚斋诗草》初二集。比较著名的是《雅尚斋遵生八笺》，有万历刻本。此外尚有《芳芷栖词》二卷，汲古阁抄本，题“瑞南居士高濂深甫”。这个毛抄本原来是吴兴陆氏的藏书，现在日本静嘉堂文库，《静嘉堂秘籍志》卷五十著录。

高濂是有名的藏书家。《遵生八笺》中的《燕间清赏笺》里有论藏书的一段话，论宋元刻本，论刻工，论纸墨，论书贾作伪等等，都极详尽而当行。应该说是版本学者的先河。他最喜欢收藏医书，他自己曾经刻过一部《参订仙传外科秘方》，版心有“万花居”字样，我见过天一阁所藏的一本。他的藏书流传下来的是很不少，士礼居黄氏，海源阁杨氏，都藏有他家的遗书。他所用的斋馆墨名除去“雅尚斋”外，还有“瑞南庄”“妙赏楼”“万花居”等。

《遵生八笺》一书里包含了八个子目，广泛地涉及了养生、医药、饮食、赏鉴，以及花木、单方等等，可以说是开明代小品、杂纂风气的早期作品。但是内容却远较晚明的那些杂抄汇辑的小品清言为充实，作者常识的广博是值得重视的。我们虽不能详知作者的生平，但从他的著作里却可以看到这个人物的大致轮廓。他生活比较优裕，住在杭州，对文学艺术有广泛的兴趣，讲究生活享受，也注意研究医药、古董和其他各方面的知识。

从明初靖难以后，经过一百多年的休养生息，社会经济生活有了显著的发展与提高，特别是在东南地区，像杭州这样的城市里，手工业、商业就更为繁荣。在这样的社会基础上产生了相当高度的文化生活，原是很自然的事情。从张岱的《陶庵梦忆》里可以看到这种文化生活达到烂熟阶段以后的大略面貌。而高深甫则可以说是前期的代表人物。

高濂写了两个剧本，得到了很高的评价，但也受到了不少批评。这说明他是才人，而不是学人。对戏曲有兴趣，但却不是专门的曲家。在写作中有才华的溢露，但也有粗疏的表现。这也可以说是明中叶以后产生的一些才人文士相当普遍的特点。

二

《玉簪记》的故事是有所本的。《古今女史》里记：

> 宋女贞观尼陈妙常，姿色出众，诗文俊雅。工音律。

张于湖授临江令，宿观中。见妙常，以词调之，妙常亦以词拒之。后与于湖故人潘法成通。潘密告于湖，以计断为夫妇。

首先将这故事搬上舞台的是无名氏的《张于湖误宿女真观》杂剧，是十多年前发现的《也是园旧藏元明杂剧》里的一种。明人抄本。赵清常手校。

高作《玉簪记》应该说是杂剧的改编，但是一个做了大量增删改写的改编本。像第二折里妙常所写的一首《西江月》词，高作一字不改地保留在《玉簪记》的《词姤私情》一折里。可是杂剧里潘必正看到这首词时，妙常正巧被观主请去。潘就写下一首答词。陈妙常回来看见答词发怒，要到观主处去首告。等到潘必正拿出她的原词以后，两人才和解了。但在传奇里潘必正没有写答词，妙常也没有被观主请去而是睡在那里。她醒了以后，必正就用她原词里的语句组织挑逗性的谈话，也同样引起了争论而和解。

显然，这样的改动是有进步的。不但布局更紧凑，而且人物性格也勾勒得更细腻了。

在杂剧里，潘必正拿出她的原作《西江月》以后，陈妙常就“慌陪笑云”：“哥哥，我哄你哩。”接着她就主动地说：“既先生不弃陋拙，略备蔬酌，今夜成其伉俪。”

但在传奇里，当潘必正说了“自古道偷书不为贼”以后，妙常有一段自言自语的唱词：“这场冤债诉凭谁，当初出口应难悔，一点灵犀托付伊。”紧接着背转身去，才唱出

“几番羞解罗襦”一句来。

这无疑也是改写本的高明之处。人物内心的过程，在四句唱词里分明地描绘出来了，没有了杂剧里那种生硬转变的痕迹。

在杂剧里，陈潘成其夫妇以后过了半年光景，妙常身怀六甲，身体蠢坌，看看出怀，才被观主发现。将二人捆了送到建康府，当官发落，各自归宗。最后才给张于湖断成夫妇。虽然杂剧为体制所限，不得不采取这样比较简单的处理方法，可是与《玉簪记》相比，显然是不如后者高明的。

高濂不但增加了《姑阻佳期》一场好戏，借用巧妙的情节进一步刻画潘陈热恋中间细腻的心情变换；而且还天才地写下了“逼试”“秋江”两折，突出了剧作的社会意义，而且给戏带来了更多的起伏，更好的节奏感。

这些，都是高作继承了杂剧的原有基础，有了进一步发展与提高的处所。

上面所说是高濂在撰写《玉簪记》从杂剧《张于湖误宿女贞观》直接接受的影响。关于从其他剧曲名作所接受的影响自然也是有的。特别明显的是从古典作品《西厢记》所接受的影响。高濂在剧本里曾经有过像“待月行径”的句子，而且运用了“弦里传情”这样的情节，这都是比较显著的模拟与运用。《玉簪记》的结末，还穿插了这样一段情节。一个正净所扮的王公子，请王师姑设计赚陈妙常酿成纠纷，最后给张于湖打了一顿板子了案。这个插曲为张于湖这个人物做了交代。作者的构思，显然也和《西厢记》里的“郑恒求配”是不无关系的。

这种明显的继承关系是值得注意的。这不但说明了《西厢记》在元明剧坛上的地位与影响，同时也说明了剧曲流于公式化甚至程式化的痕迹。仿佛这已经成为剧场的规律，不但中状元、大团圆成为套子，而且必须有作战的场面如“兵围普救”，必须有插科打诨的人物如郑恒。

在万历继志斋本的《玉簪记》里，第二十四出《春科会举》下面是没有文字的，只有六个大字，曰：“例当照常不录。”在后出的汲古阁本里就干脆删去了这一折。可见这样的过场戏，在万历中的舞台上是极普遍的套子，是出现在绝大多数的剧本中间，是任何班社都会演而且演出来完全一样的。

至于这样的程式的优缺点，我想在下面一节里再谈。

三

《玉簪记》一出现，就受到广大观众的欢迎。这从剧本在出现以后一百年左右陆续不断地再版、翻刻的情况可以知道。但是在批评家的笔下，还是“毁誉参半”的。

现在先将前人的评论摘要加以介绍。在这些批评里，多半是就技巧着眼进行评论，很少涉及作品的主题意义的。

明祁彪佳《远山堂曲品》将高濂的两部作品都列入“能品”中。祁氏的评论是：

“幽欢在女贞观中，境无足取。惟着意填词，摘其字句，可以唾玉生香；而意不能贯词，便如徐文长所云：‘锦糊灯笼，玉镶刀口’，讨一毫明快不得矣！”

祁彪佳并不是怎样的道学先生，但是对发生在女贞观里的爱情事件，也还是不以为然的。这样的评论就正好说明了作品强烈的社会意义。作品歌颂婚姻自由，抨击封建势力。本是古典戏剧里普遍的主题。但作者不蹈恒蹊，把典型环境和人物安排在“女贞观中”。这样就能更深刻地表现主题，更强烈地揭开反抗意识。典型环境是有助于主题的鲜明的。这是很明显的优点。

祁彪佳下面的一些意见，就谈到写作技巧方面去了。其实，高濂虽然是个出色的剧作家，但却不是一个专门的曲家。关于《玉簪记》的用韵、按律诸方面，前人的意见更多。吴瞿安先生就有过这样的批评：

> 记中寄弄、耽思诸折，文彩固自可观，而律以韵律，则不可为训。(《曲选》)

《玉簪记》当中的《琴挑》一折（即《寄弄》）是直到今天还不断演出的名作。但是它的用韵，是受到普遍的批评的。四只《朝元歌》，“真文”韵里夹什了“庚亭”的“清”“听”，“侵寻”的“心”。“闭口”“鼻音”“抵颚”同时出现在这里。于是就难于上口，使歌人不得不“宛转叶之”，还是唱不到家。(杂见《顾曲麈谈》)

以上是前人以《玉簪记》的主要意见。

尽管高濂不是一个专门的“曲家”，可是他所创作的

《玉簪记》却依旧受到广大人民长时期的欢迎，《琴挑》虽然不合音律，但在舞台上依然唱到今天。这就说明它是继承了古典戏曲优良的现实主义传统，和具有浓郁的人民性的。虽然它不曾脱离“传奇”的“佳人才子”的套子，但它又是有独创性的，在塑造典型上有着不平凡的成就的。

无疑，在封建社会里，争取恋爱和婚姻自由是有着重大社会意义的主题。描写这样主题的作品占有极大的数量。但是表现这条主要社会生活规律的不同作品，却通过了不同的生活侧面，不同的艺术形象，反映了生活。这样具有真实性和典型性的不同作品就都有着现实主义的特色。这是一个有趣的问题，也是一个在每个时代里都依然存在着的问题。

前面说过，《玉簪记》在很多方面都接受了《西厢记》的影响，两个戏的主要情节也是相差不远的。但是并不能说《玉簪记》就是公式化的作品。问题还不在“幽欢”一个是在普救寺中，一个是在女贞观中；一个是相府千金，一个是女尼。问题是在，在不同的作者的笔下，的确塑造出了两个有着鲜明个性的不同人物，都成为典型。她们都在恋爱，她们都在不同场合里表现了少女的心情，她们都受到男方的追求，可是她们在决定性的关头的举措，她们内心里的矛盾和解决的过程都是不同的。结果都使观众信服地承认了她们的行为的真实性。

观众不是从角色的服饰上判断不同人物的，观众是从上面所说那些不同方面来认识不同的人物的。

这就是《西厢记》《玉簪记》以及其他一些成功的古典作品虽然都描写的是才子佳人的悲欢离合，却并未陷入公式化的陷阱的缘故。

在上面的一章里，已经约略地谈到《玉簪记》从《张于湖误入女贞观》发展过来的痕迹。这种变化除了由于作者主观意图的分歧以外，是不能不受到“杂剧”和“传奇”的体例的影响的。

杂剧通常只有四折加上一个楔子，而“传奇”就要多到三四十折。戏剧为什么从比较精炼的结构走上烦琐、拖沓的格局呢？这原因现在还不能完全知道。因为一些剧场情况、班社地位的变化……的历史文献不足或尚未得到很好的整理。但从现存大量的明人传奇的结构里，也多少可以说明一些情况。

如上面所说，传奇的套子里照例要有些“会试”中状元的场面（也就是大团圆的结局），照例要有些战争武打场面；照例要有些反面人物出来插科打诨一番之类。首先应该承认，这都是观众所需要的东西。

由于传奇题材的局限性，不能不力求变化，武打和丑角出场，都是很好的办法，是为观众所欢迎的。但成了程式以后，作者又不能使这些场次与主题很好的结合，就会造成表演不集中，场次繁多的缺点。

《玉簪记》的作者在这里也遇到了困难，解决得也不够理想。

杂剧里的陈妙常是“本贯建康府升平桥下陈头巾的女

儿，十岁时父母舍身，在通江桥女贞观中出家的”。但在《玉簪记》里，陈妙常却是在靖康之际遭金兵入侵，母女离散，不得已才避难到女贞观里的。作者这样布置，除了让张于湖有机会“大败金兵”一次，增加一场武打以外，自然还有它的副作用，他是想加强作品时代背景的刻画，使作品的主题意义更为深厚的。自然我们不必因为有了这样的场次就说作品里有着怎样的“爱国主义”或“民族意识”，但应该承认这样的企图还是存在的。但是作者却并没有很好地把这个情节和主要线索结合起来，终于使它们成为无大必要，与主题无关的场子了。（自然，我并不是主张作者使潘必正投笔从戎，杀敌封爵而归再大团圆，其实这也是另外一个套子。）

其次，我想谈一下传奇里经常出现的插科打诨的问题。

观众为什么欢迎戏里增加一些科诨，那原因也是不难理解的。首先，观众要求戏剧的发展有节奏，有间歇，有不同的处理风格。特别是在长至三四十折的传奇里，这样的要求更是完全可以理解的。其次，在封建时代里，演员借丑角的嘴，对黑暗的社会现象发出正面或侧面的抨击、讽刺，一定是会受到观众热烈的欢迎的。

如《玉簪记》里描写了几个尼姑，其中就有丑角，说过这样的独白：“尼姑尼姑，原有丈夫；只要趁些钱财，来戴这个毘卢。”这里就表现了作者对封建社会庵寺的反感。他对这些表面上相信神佛，但底下却做着别的勾当的人物是充满了不敬的。这和作者对陈妙常的同情是不可分割的两个方面。

作者在戏里写道观，有时又像是尼庵；写了不少佛典，又杂入了不少道家之言。如果说作者连这样的常识都没有是不可理解的。我想这只是表现了他的不敬而已。

又如《玉簪记》的第二十六出《金门献策》里，作者写了一个仕子，场后吹牛："吃小弟卷子内直写去，杀了秦桧，天下就平，中原就复。"另外一个说："语句特硬了些。"他就说改了一改："朝政悉委秦老爷掌管，天下就平。"这个"硬了不好，软了不好，实在难弄"的丑角，倒是刻画得好的。

关于插科，明代有名的曲家王伯良有一段精辟的见解。在《方诸馆曲律》里他说：

"插科打诨，须做得极巧，又下得恰好。如善说笑话者，不动声色，而令人绝倒方妙。大略曲冷不闹场处，得净丑闲插一科，方博人哄堂，亦是剧戏眼目。若略涉安排勉强，使人肌上生栗，不如安静过去。古戏科诨，皆优人穿插传授为之。本子上无甚佳者。……黄山谷谓作诗似作杂剧，临了须打诨，方是出场。盖在宋时已然矣。"

这里论插科说得很好。特别指出作家不甚重视，多半是艺人的创作这一点，特别值得注意。这种插科的调节作用，使用得恰好，每能给观众留下不易忘记的印象。

京剧《玉堂春》三堂会审中有一场《请医》的哑剧，没有对白，用音乐作衬，描写医生为王金龙治病的动作，实在是极高明的创作。除了舞台形象不够严肃之外，这个场子是无可非议的。王金龙受了刺激，僵得不能不病，戏剧发展到这里，必须有一些回荡，无论在情节发展或戏剧节奏上都必需如此。这一场的运用实在是高明极了。

明人院本里的插诨，正如王伯良所说，佳作是很少的。特别容易犯的毛病是夹杂一些秽语。《玉簪记》里这样的缺点也还是存在着的。

无论是武打的场子，小小的过场垫戏，以及一些插科打诨的场子都是明代传奇这种独特体制必然的后果。在这种长达几十折，往往要演上一天一夜的本戏里，不采用这样的措施是不行的。同时，古典戏剧没有布景，上下场有特殊的方便，也是产生这些场次的重要原因。有些场子，基本上是起着幕间休息的作用的。

至于为什么一本戏要有这许多折，要演上一天一夜？这种体制的产生我想可能有这样几方面的原因。

社戏，无论是农民在农闲期间为了自己娱乐或祭神演出的戏剧，都是集中在一两天或更多的几天的节日里演出的。这就要求有完整的故事的较长的剧本。像《目莲救母劝善戏文》就有三卷之多，比起一般的传奇还要长上一倍，就是显著的例子。观众固然热心地看，但是要休息也可以随便离开剧场。反正故事是熟习的，中间跳过几段不看，也并不妨碍继续欣赏。

至于城市的演戏，就不一定要在节日里了，富裕的人家往往养着班子，随时都能唱的。这些班子的演出就不受季节和时间的限制，往往从清早就唱起，看戏可以随意地看，一面吃酒谈笑，一面看戏，直到深夜，这种剧场风光，我们在明人的小说笔记里是经常可以看到的。明人传奇的体裁，和这种剧场要求是有密切的关系的。

在今天看来，这样的结构就难免不给人以松散、不集中的感觉。而且，戏剧不可能一开场就有精彩的场子，因为要等观众吃完了饭，精神集中了才能欣赏。因此，往往是在上卷之末下卷之初，才真正展开戏剧冲突。在《玉簪记》里情形也正是如此。

传奇作者从下卷开始的第十六折起，用了八折戏的篇幅，展开了主要人物的矛盾冲突，除了第二十折的《媒姑造计》是插进来的另外一条线索以外，其余的七折都是紧紧抓住了陈妙常和潘必正恋爱过程的重要变化，进行刻画的。

作者首先用听琴的情节，写潘、陈两人的偶然相遇，以及两人的心事的吐露。这种心情的吐露，开始时是含蓄的，是借两人所演奏的两只琴曲传出的。等到潘必正以同情的声口，进一步揭开了对方的内心苦闷，触到了她少女的羞涩，她生气了，逼得潘必正不得不告罪辞去。作者紧接着又描写了逼走了必正以后妙常懊恼后悔的矛盾心情。

在这精炼、紧凑的一场里，作者像剥笋似的对人物内心做了一层深似一层的揭露。一对实际已经相爱但彼此又在摸索对方真实心意的爱人，是被深刻细致地刻画出来了，虽然作者并不曾浪费了多少笔墨。陈妙常作态的发怒和后悔；潘必正勇敢地提出了挑逗性的试探，又随即闪避开来，都是初恋者心情的真实抒写。他们所唱的两支《朝元歌》，是对做为一个少女的陈妙常在尼庵里的苦闷生活的真实刻画和抗议。陈唱的一支出于自白，比较含蓄；等到由潘必正加以同情的设想时，就更为显露。难怪她要被打动心弦，更不能不假作发怒，她实在无法立即接受这自己所十分肯定的事实，因为这是出自一个并不十分熟悉的男子之口的。更难怪她惊奇地产生了知己之感，更肯定了自己对潘必正的爱情了。

作者在展开了角色的正面冲突以后，紧接下来，就又进行了分别的刻画。《旅邸相思》描写潘必正的心情，《媒姑议亲》描写陈妙常的心情。在这两折里，又都借第三者的关怀，进行了更深刻的刻画。自白性的抒写是不可能完全使人物内心突出的。

潘必正本来害的是相思病。但不知内情的姑母却热心地来关切，请了“算命通神”的先生来，进行了一通莫名其妙的“治疗”。她还从不同的角度全面地对侄儿的病因进行了猜测。这些多情的关注，却只能引起潘必正的烦躁，引起观众会心的微笑。

同样，陈妙常正在愁思万端之际，却又来了一个王师姑替她作媒，一连串的不入耳之言，难怪她烦躁地把王师姑打发走了。

正是这样的篇章，把人物的内心做了更深的揭示；同时也显示了作品的喜剧风格。

也只有这样把弓弦拉紧了，箭射出去才有力。有了这样的场次，下面的“私情”一折才不显得唐突。人物性格的发展才显得十分真实。

这一对恋人在戏剧里的必然遭到磨难，观众是早就预期到的。但不像在杂剧《张于湖误入女贞观》里那样，半年之中平安无事，一旦发作，就给捆了送进官去。高濂在这里的改写是花了劳动的。在发觉以前固然不曾十分平安，发觉以后的处理，也并不那么直截了当。

《姑阻》一折，十分真实地写出了真实生活里必然会发生的现象。不可能想象这一对爱人之间的幽期密约都是平安无事的，也不可能想象他们婚后的生活是连一些风波都没有的。作者天才地在这一折里借一些微小的细节，饱满地着笔，弥补了这些缺陷。给戏剧带来美妙的节奏感，更深入地描绘了她们的爱情生活。爱人中间小小的、必然会有的猜疑，给作品带来更为真实的感觉。作者的构思是从生活出发的。这在古典戏剧正面描写爱情生活的篇章里是不落窠臼的力作。

同时，这一折戏还是带着明显的喜剧风格的。

《玉簪记》从古典名作《西厢记》接受了必然的影响，但却并不是它的翻版，这里有了可贵的发展，处处都使人感到作者所花费的辛勤劳动。因此并不会使人感到这是公式化概念化的作品。

《秋江哭别》一折，更是整个剧本里晶莹闪烁的篇章。读了这一折使我们感到，作者真是用了最大的热诚同情并描写了这一对爱人的爱情生活的。作者不是用“蜻蜓点水”似的方法描写爱情的。要写就写到底，即使是“余波”吧，也决不放松。

作者在这一折里延续并发展了喜剧的风格。哭别的一对主角前后分两起登场。从开场起就一直保持着贯穿的“赶”的动作，体现了一对爱人不能容忍的离别的痛苦。潘必正被姑母押上船去，眼看着开了船才罢。陈妙常赶着要到江干作别，却又望见了江楼上的观主，不得不躲在人家的竹院里。终于来不及在江边见面，必须另乘一船赶去。

这里又夹写了一个风趣的梢公作梗，几次三番的推托，把陈妙常的焦急心事完全逼了出来。然后再夹写潘、陈两人在船上的心情，一直到两船相并。

整折戏无论唱词、对白还是动作，都充满了“动”的感觉，绝没有一些静止的迹象。处处都使读者感到角色内心的跃动。在空无一物的舞台上使观众有千里秋江、双桨如飞的感觉。作者在这里凭空结撰出真实环境里的活生生的人物，不仅看到了在秋江里疾驶着的两只船，而且还感到了两只互相吸引的炽热的心。不能不使人佩服。

显然，《西厢记》里的长亭送别是给了作者一定的影响的，但是有谁会引起相似的联想呢？写到这里不由人不想起《脂砚斋重评石头记》里一条批语。在贾芸向醉金刚倪二借银子一段上面，“脂批”说：“这一节对水浒记杨志卖刀遇没毛大虫一回看，觉好看多矣。”是的，如果对比起来，我觉得“秋江”比起“长亭”来也是“好看多矣”的。

古典作家这种向遗产吸取滋养并且进行创造性的发展的努力，是值得好好学习的。

写到这里，不能不提到作者所使用的语言。

一般说来，元曲的语言，还是朴实的。发展到明人传奇，就开始追求典丽。到了末流，就只剩下了堆砌词藻。几乎不可能发现任何有生气的句子，全部变成典故搭起来的七巧板之类的东西。读者如果想寻求作者的意图，就只能通过典故譬喻的本身去猜。这样的剧本连读都感到吃力，更何况在剧场里听，这种难于理解的语言，必然造成脱离广大群众的后果。昆曲的衰微，这是一个主要的原因。

这种显著的特点，是很早以前就经人提出来了的。明代的王伯良在《曲律》里就论到“字法”。他说：“下字为句中之眼。古谓百炼成字，千炼成句。……”

他这里所说用字必须审慎推敲，是值得注意的。这正说明了古人反对草率从事创作的辛勤劳动态度。底下他又嘲笑那些“将剧戏标目，一一用经史隐晦字代之”的“好奇”的人。他说：“此等奇字，何不用作古文，而施之剧戏？可付一笑也。”

王伯良并不一概反对“用事”（也就是使用典故），他提出的原则是“务使唱去人人都晓，不须解说”。他讽刺那种“句句用事”的作品是“盛书柜子”，只能“使人厌恶”。他还提出了四十条“曲禁”，在用字用典方面，他正确地展开了反对两种不良倾向的斗争。他反对：

> “陈腐”（不新采）“俚俗”（不文雅）“粗鄙”（不细腻）方言（他方人不晓）……

同时他又反对：

"蹈袭"（忌用旧曲语意，若成语不妨。）
"太文语"（不当行）
"太晦语"（费解说）
"经史语"（如《西厢》"靡不有初，鲜克有终"类）
"学究语"（时文气）
"堆积学问""错用故事"……

他说，这许多原则是必须"具列以当约法"的。

这许多提法，在今天看来，也是完全可以同意的。我们不难想象，王伯良的这些说法，决不是无的放矢，他是针对了明人传奇的通病而发的。

在王伯良以后三百年又出现了一位用诚恳的态度研究古典戏剧的学者王国维，他认为元曲文章的好处是"自然而已矣"。关于他这句话，近来遭到了很多人的反对，认为不全面，是孤立的欣赏元人戏曲文字，不去探索作品的思想内容……

我想，王国维的思想是必然无疑地有很大的局限性的，他不可能掌握正确的马列主义美学的观点，他还有许多唯心主义的思想方法，但是他之所以干脆地提出元曲的好处是"自然而已矣"的看法，我们应该是可以理解的。看了大量的堆砌词藻的明人传奇以后，再回头来看初期的朴实有生气的元人杂剧，他是必然会发出这样的慨叹来的。他所指的

“自然”，我觉得就是反对雕饰、蹈袭、晦涩、掉书袋……换一句话说，他在这里坚持的是现实主义的创作原则，他反对那些形式主义的作法。虽然王国维不曾作大量的具体的分析，没有更明确的提出自己的观点，但我觉得他的说法的本意确是如此。

如果我们现在来看一下《玉簪记》的语言，必然也同样感到，它是具有明人传奇普遍的弱点的，但是，它也在某些杰出的篇章里突破了这样的弱点，作出了非常可喜的成就。

《玉簪记》里充满着典雅的词藻，正如祁彪佳所说，作者是“着意填词”的。“摘其字句，可以唾玉生香；而意不能贯词，便如徐文长所云，锦糊灯笼，玉镶刀口，讨一毫明快不得矣。”特别使人注目的是《金门献策》一折里黄门官嘴里描写朝廷上的情景的大段说白，典雅得有如一篇“小赋”。描写女贞观的时候，就搬上了大量的佛家以及道家的典故、用语。的确使人有“盛书柜子”的感觉。但是也有不少处所，不曾用什么典故，却素朴地描绘出了典型环境和人物的内心。而用语雅饬，绝不俚俗。这种和主题人物结合得十分紧密的美妙描写，的确是使人倾折的。

像《弦里传情》里的两支《朝元歌》：

长清短清，那管人离恨。云心水心，有甚闲愁闷。一度春来，一番花褪，怎生上我眉痕。云掩柴门，钟儿磬儿枕上听；柏子坐中焚，梅花帐绝尘。果然是冰清玉润。长长短短，有谁评论，怕谁评论！

更深漏深，独坐谁相问。琴声怨声，雨下无凭准。翡翠衾寒，芙蓉月印。三星照人如有心，露冷霜凝，衾儿枕儿谁共温。巫峡恨云深，桃源羞自寻。你是个慈悲方寸，望恕却少年心性，少年心性。

这里面没什么艰深的词藻典故，却素朴地描绘出了一个关锁在尼庵里的少女的苦闷生活。作者用一连串词句写出了典型环境，再把人物放在这样的环境里去，探索她的感情起伏。前面一支曲是少女的自述，还比较含蓄；后来一支则出自爱人之口，就更刻露地说出了少女的情怀。“有谁评论，怕谁评论!”这两句反映了极端激动的内心变换。封建社会那种无形的，但又极可怖的压力，“人言可畏”的情景，透过这两句简洁的话语彻底表现出来了。一个怀春的少女是不能不加以考虑的，但她终于不曾为它压倒，坚强地说出了自己不顾一切的反抗的情绪。

同样，在《秋江哭别》里作者也用两只《水红花》平行地抒写了男女双方的心情。这里有着极美丽的描写风景的句子，像“天空云淡蓼风寒，透衣单。江声凄惨，晚潮时带夕阳还”。这不是单纯的写景，这里面是渗透了人物的心情的。同样的自然景物在不同心情的人物看来会产生绝对不同的印象，造成全然异样的气氛。

“霎时间云雨暗巫山。闷无言。不茶不饭，满口儿何处诉愁烦。隔江关，怕他心淡，顾不得脚儿勤赶。……”在舞台上，我们看到的是穿着道装的陈妙常，手执拂尘，边走边唱的几个圆场。自然景物的变换、人物心情的复杂变换，都达到了完整的结合。

舟师嘴里唱的一支吴歌：

> 风打船头雨欲来，漫天雪浪，那行叫我把船开。白云阵阵催黄叶，唯有江上芙蓉独自开。

这是一首朴素美丽的渔歌，秋风江上，风雨欲来，漫天雪浪。这些如实的秋江风景，和舟师自己的心理都写得正好。但这却极自然引起了陈妙常自己的心事，她唱道：

> 奴好似江上芙蓉独自开，只落得冷凄凄，飘泊轻盈态。恨当初与他曾结鸳鸯带，到如今怎生的分开鸾凤钗。别时节，羞答答怕人瞧头怎抬，到如今，闷昏昏独自个耽着害。爱杀我一对对鸳鸯波上也，羞杀我哭啼啼今宵独自捱。（红衲袄）

江上芙蓉，波上鸳鸯，以及下面一支曲子里的“碧澄澄断送行人江上晚”，“伤心怕向篷窗看也，堆积相思是两岸山”。这些自然风物，都变成了陈妙常悲怆心情的依据。不能否认，这些曲文都写得非常美丽、典雅；更不能否认，它们成功的表达了人物的心情。这里没有雕凿，没有堆砌，极自然地完成了写作的任务。这使我们感到，当作者的情绪饱满，真正和自己的人物共同生活在一起的时候，他自然会驱遣这些清词丽句，他无须借助于“书柜子”，写出美妙的诗句来。这不是很自然的事么？

对于《玉簪记》里这些富有诗意的美丽的语言，是必须给予高度的评价的，这和那些藻彩缤纷而观众不易理解的失败作品，是截然两事，不能等量齐观的。

四

《玉簪记》的版本是很多的，仅就明代的刊本论，万历中有《三会贞文庵玉簪记》，可能是最早的原刻本。此外就还有陈眉公评本，文林阁刻本，广庆堂刻本，一笠庵评宁致堂刻本，凌初成改订本，毛氏汲古阁刻本等。《古本戏曲丛刊初集》所影印的是北京图书馆所藏的明继志斋刊本。目录后面有“己亥孟夏秣陵陈大来校录”一行。

这里所用的底本即是继志斋本。因为它是较早的、近于原本的一个本子。其他的一些明本，都是极难得见、几乎是孤本秘笈的本子，无从一一借校，现在就有汲古阁本进行校勘。因为汲古阁本在明代诸本刊行最晚，是经过一些细密的校订以后的比较完整的本子。

继志斋是明万历中南京的一个书坊，曾经出版过大量插图本的戏曲。但他们的校勘工作其实是并不能算十分完密的。汲古阁刻曲都不言所据何本，单从比勘的结果看，有些继志斋本不够完善的地方它都作了改正，自然并不曾完全克服了旧本的疏失。推测起来，毛氏所据可能有较继志斋本更好的明本，也可能酌量采用了明代舞台上艺人演出丰富加工的成果。

如原作佛道杂揉的一点，汲古阁本也并没有纠正，其实也是无从纠正的。

如第十折，在张于湖和陈妙常下棋以后，还有题扇的情节，继志斋本里是没有的，汲古阁本里却有。但下面《猫儿坠》曲开头即是“新词艳逸”，如果没有题扇的情节，这句唱词即无着落。这种地方可以推定是继志斋本的脱落，今据汲古阁本校出补入。

至于舞台解说方面，两本也有很大的区别。有些是舞台演出的处理方法不同；有些是必须有一定的处理方法但在解说上一本却是弄错了的。这种差别，两本之间距离很大。为了避免繁复，不一一都写在校勘记里，只选择比较重要的才写入。两本相较，互有得失。但汲古阁本是比较完善的。

至于注解，是尽量想做得完备一些的。但也有一些不懂而只好阙疑的地方，同时在取舍标准之间，也觉得颇难掌握。可能有许多地方，在有些读者看来，是无须加注的，但这里也注进去了。注解也尽量采用改写的方法，不直接引用原书。但这就难免有不恰当的处所。总之，限于水平，不可避免会存在许多错误或不当之处，我在这里热诚地希望读者加以指正，让我有进一步改正的机会。

彩楼记

《彩楼记》，是明代无名氏由《破窑记》改编而来的传奇戏曲。黄裳先生据《古本戏曲丛刊》二集影印的旧抄二卷本，参稽唐宋笔记中相关记载，以及“也是园古今元明杂剧”中所收题王实甫撰《吕蒙正风雪破窑记》明抄本、万历间闽中书坊所刊《刻李九我先生批评破窑记》等，整理校注，其所配插图，亦取自万历本《刻李九我先生批评破窑记》，由上海古典文学出版社于1956年11月初版印行。今据其本编入。

第一出　家门始末（末扮开场官上白）

【水调歌头】昔日吕蒙正，饱学〔一〕负多才。白衣〔二〕卿相，未遇困尘埃。幸遇相府招赘〔三〕，一意共和谐。争奈爹行怒，赶逐离庭堦。破窑中、受冻馁、苦哀哉！朱门〔四〕谒遍，满头风雪却归来。羞睹妻儿面，拨尽寒炉一夜灰。喜得选场〔五〕开。一举登金榜，名位列三台〔六〕。来者吕蒙正。

注：〔一〕饱学——博学。也就是俗语“一肚子书”的意思。　〔二〕白衣——古时称没有做官的人作“白衣”。　〔三〕赘——夫妇结婚，男方住在女家的，叫“招赘”。　〔四〕朱门——官宦之家。　〔五〕选场——考场。　〔六〕三台——本来是星座的名字，后来借用做扶佐天子的三公的代称。

第二出　访友赠衣（生扮蒙正上唱）

双调引子【五供养】胸中豪气，吐虹霓独步文闱〔一〕。前程如暗漆。慢思量，陋巷[二]穷苦。甘自守、风云际会[三]。运来时，管取[四]十年身到凤凰池[五]。（白）诗书十载灯前读，锦绣文章已满腹。纷纷余事何足论，笔扫千军[六]人拱服[七]。岂知运蹇[八]与时乖[九]，声名未遂黄金屋。桃花浪[一〇]暖选场开，一跃龙门空点额[一一]。小生吕蒙正，字圣功，本贯[一二]洛阳人也。先祖官为起居郎[一三]，先父曾拜[一四]礼部[一五]尚书[一六]。守官廉介，家道贫穷。忝[一七]居黉门[一八]，未能展志。正是、苍天若遂卑人[一九]志，一举成名天下知。我有一契友[二〇]陈君瑞，不免前去探望一回。行行去去，去去行行。来此已是。陈兄在家么？（小生扮陈君瑞上唱）

南吕引子【临江仙】寒窗十载读诗书，何时得步云梯[二一]。（白）是那个？呀，原来是吕兄。请。（蒙正白）请。陈兄、小弟拜揖。（陈君瑞白）不敢，请坐。（蒙正白）有坐。陈兄，小弟特来拜望。（陈君瑞白）院子看茶。（院子捧茶上、陈君瑞白）吾兄前程一事如何？（蒙正白）嗄、陈兄，（唱）

小石过曲【荷叶铺水面】前程事，枉费心。（重）诗书饱学笃[二二]志深。奈天不肯从人。（白）嗄、陈兄，小弟志屈力穷，寒窑株守[二三]。那功名一事，不消提了。（唱）破窑中饥共贫，似行歌买臣[二四]。想吹箫伍员[二五]。怎得个韩愈[二六]焚膏[二七]，彻夜囊萤[二八]。端的[二九]是守儒冠[三〇]，儒冠多误身。（陈君瑞白）似兄大才，岂能久屈。自有风云际会之期。近日有一新闻，不知吾兄知否？（蒙正白）小弟不知，望兄见教。（陈君瑞白）吕兄，今有刘丞相府中高结彩楼，招选门婿。兄何不前去走遭？（蒙正白）怎奈身上寒冷，实难撑持。（陈君瑞白）不妨，在小弟身上。院子看衣服过来。（院子取衣服上、陈君瑞白）兄可穿上此衣，前去便了。（蒙正白）多谢贤弟。小弟告辞。（陈君瑞白）再请少坐。（蒙正白）不消罢，深谢周全感至诚。（陈君瑞白）劝君整顿旧精神。

（蒙正下、陈君瑞白）而今世态皆如此，（院子白）只重衣衫不重文。

注：〔一〕交闱——交场。　〔二〕陋巷——穷僻的小巷。“论语”上说孔子的好学生颜渊非常贫困，住在陋巷里，因此一般都用来形容贫苦的读书人的居处。　〔三〕风云际会——时来运转。“易经”说，“云从龙，风从虎”。碰到机会，有了风和云，龙虎就都可能飞腾了。　〔四〕管取——准能。　〔五〕凤凰池——皇帝宫苑里的池沼，中书省就设在这里。〔六〕笔扫千军——形容文笔的雄健，夸张了说它可以横扫千人。杜甫有“笔阵独扫千人军”的诗句。“西厢记”也有“笔尖儿横扫数千人”的句子。　〔七〕拱服——拱手佩服。　〔八〕蹇——不通。　〔九〕乖——背。　〔十〇〕桃花浪——传说黄河流过河南龙门地方，每逢春天桃花浪起，鲤鱼顺流而下，能跃过龙门的就都变成龙了。于是就借来譬喻读书人的参加考试，在封建社会里，谁能跨过这一关，社会地位就会有根本的改变的。　〔一一〕点额——还是上面的那个传说，那些跳不过龙门的鲤鱼，都只能“点额而还”。这里是说考试没有通过。　〔一二〕本贯——原籍。〔一三〕起居郎——官名。周代有“左右史”；汉代改为“起居注”，是由女官担任的；到了唐宋才设置了“起居郎”和“起居舍人”，他们的职务是将皇帝的一举一动都记录下来。　〔一四〕拜——授官叫“拜”。〔一五〕礼部——从隋朝以后开始设置的官署，管理礼制、学校、贡举这些政务的。　〔一六〕尚书——从秦代开始设置的官职。“尚书省”或“中书省”里的大臣，兼管六部的政务，到了明代，废“中书省”，六部尚书独立。“彩楼记”的故事虽然发生在宋代，但制度却是明朝的。这也可以做为作者是明代人的一个旁证。　〔一七〕忝——妄。一种谦虚的说法。〔一八〕黉门——中秀才叫“入黉门”。　〔一九〕卑人——我。谦虚的说法。　〔二〇〕契友——投契的朋友、好朋友。　〔二一〕云梯——爬到云头上去的梯子。从前人说考试得中叫“平步青云”，于是“云梯”也就

可以解释做“考试的途径”了。〔二二〕笃——专一。〔二三〕株守——困守。“韩非子”里有一段故事。宋国一个农民，发现了一个撞死在“株”（树干）上的兔子，很希望再有这样的好机会，就放弃耕作，在树旁空等起来。〔二四〕行歌买臣——汉代会稽吴人朱买臣，家里很穷，但喜欢读书，卖柴为生，一面走一面读书。妻子看不起他，离去改嫁旁人。后来买臣作了大官，他的妻子惭愧得自杀了。〔二五〕吹箫伍员——春秋时楚国的伍子胥（名员），父亲和哥哥都为楚平王所杀，子胥逃到吴国去，曾在吴市上吹箫乞食。〔二六〕韩愈——唐代伟大的文学家，邓州南阳人，字退之。一般都称他为“韩昌黎”。曾经谏皇帝，反对迎佛骨，被贬为潮州刺史。〔二七〕焚膏——膏是油。“焚膏”是说勤恳读书，在夜里也不间断。〔二八〕囊萤——晋代车胤的故事。车胤勤苦读书，在夏天晚上捉了萤火虫装在练囊里照着看书。〔二九〕端的——果然。〔三〇〕儒冠——读书人戴的冠。后来即用来说明读书人的身份。杜甫诗：“纨袴不饿死，儒冠多误身。”

第三出　命女求婿（外扮刘懋上唱）

正宫引子【缑山月】当今天子股肱〔一〕臣，名举谒朝廷。幸民康〔二〕时稔〔三〕，四海乐升平。（白）幸逢尧舜〔四〕世，惟惭伊吕〔五〕心。位窃和羹〔六〕重，恩叨醉酒深，老夫姓刘名懋，官拜平章〔七〕。夫人王氏，内助〔八〕看承。有女年方及笄〔九〕，则他不独精于女红〔一〇〕，更兼优于咏絮〔一一〕。老夫须得一快婿〔一二〕，以娱老景。奈一时难得其人。想来姻缘大事，听命于天。我已分付院子，向十字街头，高结彩楼。教女孩儿执绣登楼。自选佳婿，以定百年。院子，（院子上白）有。（刘懋白）今乃良辰吉日，你可速唤齐轿夫，请小姐到彩楼自选佳婿。（院子白）晓得。（刘懋白）击云板〔一三〕，请夫人小姐上堂。（院子白）嗄、击云板，请夫人小姐上堂。（老旦扮夫人上唱）

黄钟引子【玩仙灯】良辰美景多欢庆，潭府内四时春。（旦扮刘千金上、小旦扮梅香随上、刘千金唱）

【前引】闺训素曾闻，朝夕奉双亲。（夫人白）相公万福。（刘懋白）夫人少礼。（刘千金白）爹妈万福。（刘懋、夫人同白）罢了。（夫人白）相公呼唤，有何话说？（刘懋白）夫人，只为孩儿年已及笄，佳配难逢。老夫须得一快婿，以娱老景。我想姻缘大事，听命于天。故此结下彩楼，教女孩儿自选佳婿，以定百年。不如夫人意下如何？（夫人白）正该如此。我儿可从父命便了。（刘千金白）告禀爹妈得知。念孩儿身居潭府〔一四〕，幼长闺门。大礼未谙〔一五〕于苹蘩〔一六〕，妇道难供于箕帚〔一七〕。望爹妈怜念，再迟数年，使得朝夕相依，实为万幸。（刘懋白）婚嫁及时，乃人之大礼，我儿有话起来讲。（刘千金唱）

正宫过曲【雁过沙】告双亲听拜启，两叶眉颦。对人羞启樱唇。似奇花初含秀英，向东风、未许游蜂近。（众唱）上层楼，趁此良辰。仗彩球，权为媒证。留心。掷个俊英。双双向兰台宴饮。（重）（院子上唱）

正宫过曲【三字令】告相公、容拜禀。小人专来请。彩楼已妆成，看罗绮两相映。（刘懋白）我有诗联二句，若有才郎接得彩球者，须教他接我诗联下韵，以看他才学若何。（唱）便登楼，任伊选才俊，莫留停。一言永为定。（刘千金唱）谢双亲，儿今敢从命。愿天天从今谐佳聘〔一八〕，看喜鹊檐前报好音。（刘懋、夫人同唱）便即日往前行，趁良辰谐秦晋〔一九〕。算姻亲万事皆前定。

正宫过曲【四边静】层楼好似神仙境。青霄灿云锦。我儿莫留停，看车马往来临。听乐声又清，笑声又频〔二〇〕。丝竹〔二一〕彩楼高，蓝桥〔二二〕路儿近。

【尾声】姻缘万事皆前定，愿得才郎早趁心。美满夫妻百岁亲。

注：〔一〕股肱——股是腿部自胯至膝的一部分；肱是上臂自肘至腕的一部分。借用做皇帝的重要助手。"左傅"："君之卿佐，是谓股肱。"抄本原误"股肱"，今改。　〔二〕康——安乐。　〔三〕稔——谷子熟了叫稔。〔四〕尧舜——远古的两个皇帝，唐尧和虞舜。在他们统治的时代，人民的生活是安定的。一般称为"尧舜之世"。　〔五〕伊吕——伊尹和吕尚。商周开国时的两个名臣。　〔六〕和羹——"书经"："若作和羹，尔惟盐梅。"古人用调和羹汤比喻臣子辅佐皇帝的良好合作关系。　〔七〕平章——官名。从唐代开始设置。是执掌朝政的宰相重臣，一般不作专职任命，而使大臣兼摄其职，叫做"同中书门下平章事"。到明代才废掉。〔八〕内助——指妻子。　〔九〕及笄——笄是簪。古代女子到了十五岁，就开始梳头加簪，表示已经成人可以许嫁了。这种笄礼是相当于男子的"冠礼"的。　〔一〇〕女红——女子所做的刺绣缝纴等工作。"红"同"功"。　〔一一〕咏絮——晋代女子谢道韫，是古代著名的女作家。有一次天落雪，叔父谢安要孩子们作诗加以描写，侄儿谢朗说："撒盐空中差可拟。"道韫说："不如说'柳絮因风起'。"谢安大为称赏。于是后人形容有文学才能的女性就常用"咏絮之才"的典故。　〔一二〕快婿——得意的

女婿。〔一三〕云板——古代豪门贵家，是不许男性奴仆走进内宅去的。凡有传呼，就击云板代替通报。〔一四〕潭府——深邃的府第。出韩愈诗："一为公与相，潭潭府中居。"〔一五〕谙——熟习。〔一六〕苹蘩——指出嫁的礼仪。古时候嫁女，必先用鱼和苹蘩祭祀祖先。〔一七〕箕帚——洒扫，妇女的家务工作。〔一八〕聘——婚姻的聘礼。〔一九〕秦晋——春秋时秦晋两国世代通婚，所以称亲家为秦晋之好。〔二〇〕频——频繁。〔二一〕丝竹——乐器。犹云弦乐和管乐。〔二二〕蓝桥——"太平广记"里的一段故事。唐裴航在蓝桥驿（今陕西蓝田县东南）遇见云英，用玉制的杵臼做聘礼娶之。后来夫妻都成仙而去。

第四出　抛球择婿（生扮蒙正上唱）

中吕过曲【驻云飞】命运乖张〔一〕，空有球玑〔二〕腹内藏。默默心悒怏〔三〕，不觉添惆怅。嗏、相府选东床〔四〕，（重）自思量。（滚白）小姐呵，你是个年少娇娘，岂无个豪富儿郎。可怜我家无隔粟〔五〕，身穿破裳。（重）（唱）这段姻缘，吕蒙正空自痴心想。且看豪门择选郎。（下、众院子梅香轿夫随旦扮刘千金作上楼介、刘千金白）梅香，我昨晚三更时分，梦一乌龙倚于栏畔。今日若有人倚靠栏杆，报我知道。（梅香白）晓得。（浄扮家财相公、丑扮人才相公、副扮文才相公上、同唱。）

南吕引子【步蟾宫】风流子弟多华丽，正遇着青春年纪。彩楼高结候多时。待咱来、作一个风流佳婿。（重）（白）请了。（人才相公白）兄往那里去？（文才相公白）小弟是求彩的。兄往那里去？（家财相公、人才相公同白）我们两个都是求彩的。（人才相公白）兄将何物为题？（文才相公白）小弟仗文才。兄将何物为题？（家财相公白）小弟仗家财。兄将何物为题？（人才相公白）一个仗文才，一个仗家财。只仗我这人才罢了。（三相公同白）既如此大家同行。来此已是，院公过来。（院子白）怎么？（三相公同白）烦你通报，下面有三位相公求彩。（院子白）禀小姐，下面有三位相公求彩。（刘千金白）院公对他们说，如今抛彩尚早。先要各言其志来。（院子白）小姐有言，抛彩尚早，先要各言其志。（文才相公白）若论文才第一，胸藏锦绣文章。未曾举笔写成行，就是陈思〔六〕不让。（家财相公白）若论家财第一，家中米麦盈仓。多有田地广牛羊，就是石崇〔七〕也不让。（人才相公白）若论人才第一，模样不亚潘安〔八〕。唇红齿白貌青年，堪与嫦娥为伴。（蒙正上白）好齐整彩楼，姻缘料无我分。不免倚靠栏杆站站回去。（蒙正作倚靠栏杆势介、梅香白）小姐，下面有一秀才倚靠栏杆。（刘千金白）待我看来。你看这秀才丰姿俊雅，志气轩昂，定有风云际会之期。异日必登廊庙〔九〕，未可量也。（梅香白）小姐，百岁姻缘须仔细，想他不是风流婿。（刘千金白）有眼何曾识好人，异日必遂风云志。（梅香白）小姐，你看那秀才行路把头低，好似雨打鸡。（人才相公白）你听楼上将他比作鸡。（文才相公白）若有这样大鸡，小姐这头〔一〇〕要死哉。（蒙正白）听得楼上道我雨打鸡一般，不免吟诗一首。（吟介）雨打鸡毛湿，红冠不染尘。五更能报晓，惊动世间人。（刘千金白）梅香，这秀才好才学，出口成章。（唱）

南吕引子【转山子】瞥见多才，早留心意。我待托与佳期。（梅香唱）常言道复水难收，料他不是风流佳婿。（刘千金唱）英才俊美，（白）梅香，叫那秀才进前来。接了彩球。（梅香白）那秀才进前来，

接了彩球。（刘千金唱）早成就百年姻契。（三相公虚白下、蒙正唱）

中吕过曲【驻云飞】听告因依，念取卑人贫似洗。我本寒儒辈，怎敢求佳配。嗏、彩球复还伊，自思之。恐相公发怒生嗔，那时节进退难回避。别选良缘百岁期。（刘千金白）院子，老爷有诗联二句，教那秀才接下韵。（院子照前白、蒙正白）怎么，教我接下韵？（院子白）正是。（蒙正白）我若不接此二句，道我无才。一树奇花傍绿阴，往来蜂蝶不相侵。有了，（写介）仙枝不许凡夫折，留待攀龙跨凤人。送上去。（院子白）诗句有了。（刘千金看介、白）好、送与老爷看。（院子白）晓得。相公，送与老爷去看了。（院子下、蒙正白）院公不要拿去。小姐，我褴褛衣裳，如何做得朱门之婿？（刘千金唱）

【前腔】不必推辞，奴长深闺在绣帏。我见你才调〔一一〕能经济〔一二〕，容貌多奇美。嗏、一言既出马难追，自思维，同向高堂〔一三〕，不致相连累。正合相成连理枝〔一四〕。（院子引轿夫上唱）

中吕过曲【超恁〔一五〕好】相公传台旨〔一六〕，开宴等多时。彩楼已知逢佳婿。趁良辰和吉日，一双两好如鱼似水。珠翠列两行，笙歌拥入兰室里。（重）（刘千金上轿介、蒙正骑马下）

注：〔一〕乖张——背时、不走运。　〔二〕珠玑——珠子不圆的叫玑。一般用“珠玑”譬喻文才。原抄本误“珠机”，今改。　〔三〕悒快——不高兴。　〔四〕东床——指女婿。晋代太尉郗鉴命人到当时的豪族王导家里去选婿。在东厢房里看到王家不少子弟，都相当矜持，只有一位开襟袒腹，睡在东床上吃东西，满不在乎，于是就选中了他。这就是有名的书法家王羲之。〔五〕隔粟——一般都有“隔宿”。即是说家里的粮食没有隔宿的余存。　〔六〕陈思——曹操的儿子曹植封陈思王，三国时著名的诗

人。〔七〕石崇——晋代著名的富豪。〔八〕潘安——晋代著名的作家，又是历史上著名的美男子。〔九〕廊庙——朝廷。〔一〇〕这头——这是一个吴语的词，可能是“实头”的误书。吴语“实头要死哉”。犹俗语“真要死了”。〔一一〕才调——才气、风调。〔一二〕经济——经世济民。〔一三〕高堂——父母。〔一四〕连理枝——比喻夫妇的用语。〔一五〕恁——这样。〔一六〕台旨——对上级的用语。犹言“你的意旨”。

第五出　潭府逐婿（外扮刘懋上唱）

商调引子【三台令】华堂[一]珠履三千[二]，猛弃一醉华筵[三]。（老旦扮夫人上唱）辐辏[四]姻缘，跨青鸾同归洞天[五]。（白）相公，女孩儿自选佳婿，未知何如？（刘懋白）夫人，适才院子报道，孩儿已招黉门秀才。（院子上白）搭桥上来。（众引生扮蒙正、旦扮刘千金上、刘懋白）住了！一见寒儒好恓惶[六]，山鸡焉敢配鸾凤。（夫人白）一定饥寒遭冻馁[七]，身穿破衲[八]草衣裳。（刘千金白）爹娘不必恁相伤[九]，自古文章当自强。（蒙正白）桃花不随流水去，渔郎[一〇]怎得赴高唐[一一]。（刘懋白）院子过来。（院子白）有。（刘懋白）为何不阻挡小姐？（院子白）院子只在街头立，彩楼之上有梅香。（刘懋白）梅香！（院子白）梅香过来！（梅香白）有。（刘懋白）为何不阻挡小姐？（梅香白）梅香非不阻娘行，皆因小姐自主张。（刘懋白）嗳，罢了罢了。此事不干寒儒事。都是、（唱）

仙吕过曲【八声甘州】吾儿不忖量，看此人焉是相府东床。（刘千金唱）观他容貌，（滚白）我见此人诗成绝句[一二]，韵凑佳联。（唱）多应是满腹文章。（蒙正唱）襄王焉敢劳梦想。（白）大人，（滚白）学生留心于经史，姻缘之事，何曾念及于心。（重）这襄王焉敢劳梦想。（白）大丈夫所为，可行则行，可止则止。不免出去。（滚白）我今飘然而去，可不有负小姐之贞坚。（唱）只恐怕辜负巫山窈窕娘。（夫人唱）端详[一三]。（白）梅香过来，（梅香白）有。（夫人白）好贱人，叫人伏侍小姐登楼择婿，（滚白）必须要选个富贵才郎，方可断称[一四]。招此破衣寒士，有玷门楣[一五]。因甚不阻挡？（重）贱人，此乃是潭潭相府选东床，门户须要两相当。（唱）这姻缘不比寻常[一六]。（梅香唱）

【前腔】梅香非不阻娘行，奈他行不肯虚负劳攘。（刘懋白）院子过来。（院子白）有。（刘懋白）你这老狗才，彩楼之上，就不该带这穷儒回来。（院子白）嘎、老爷。（唱）相门荣贵，（白）老爷，又道是才乃国家宝，（滚白）儒为席上珍[一七]。有一日登金榜姓名扬。（蒙正白）你是个好人，你是个好人。（唱）决不玷辱门墙[一八]。（刘懋白）胡说，起去。（刘千金唱）他是读书人，自然归故乡。（夫人白）我儿，（唱）你错认陶潜[一九]作阮郎[二〇]。（刘懋白）惭惶，枉教人空赴高堂。（重）（蒙正唱）

仙吕过曲【解三醒】告大人且休鲁莽，望新人、（刘懋白）甚么新人旧人，不识羞。（蒙正唱）且休悒快。算从来好事多魔障。（刘懋白）嘎、夫人，（唱）他出语恁张狂[二一]。（蒙正唱）威严凛凛，看来谁敢当。怎待劈破云鬟双凤凰。（刘懋唱）空思想，论姻亲也要门户相当。

【前腔】笑穷酸恁般不忖量。恼得我怒发冲冠没计降〔二二〕。（蒙正唱）就唬唬得我战兢兢小鹿儿心头撞。大人试听说端详。（白）大人在上，小生虽然不才，（滚白）忝在黉门，眼下虽然落魄〔二三〕，日后岂无发达之期。（唱）又道是朱门生饿殍〔二四〕，（滚白）宰相出寒门。先贫后富，往往有之。（唱）试看我胸藏锦绣与文章。（刘懋唱、合前）空思想，论姻亲也要门户相当。（白）梅香过来，（梅香白）有。（刘懋白）对你小姐说，与那穷儒十两银子，赎回彩球。再上彩楼，别选佳婿。如若不然，双双赶将出去。（梅香白）哦、小姐，老爷说，与那秀才十两银子，赎回彩球。再上彩楼，别选才郎。如若不然，剥去花冠礼衣，双双都要赶将出去哩。（刘千金白）梅香，你对老爷说，一马一鞭，彩球决不退还。（梅香照前白、刘懋唱）

仙吕过曲【光光乍】一意要成双，赶逐离厅堂。一心要与寒儒同鸳帐。潭潭相府没福享。（刘千金滚白）儿今还是告爹娘，爹娘，就忘了昔日爱惜女儿了。遵承亲命登楼择婿，彩球已发复水难收。爹爹如此发怒，使女儿置身何地？老爹娘，只恁的狠心肠。（夫人白）儿起来，相公，容妾身一言。你我年纪老迈，尚无一男，止生一女。看老身分上，留秀才在家攻书。将错就错，以称女儿之愿。意下如何？（刘懋白）夫人，择婿是我本意。（唱）

正宫过曲【雁过沙】你看他形骸恁愚鲁，衣衫皆褴褛。我儿将身认他为丈夫，如何作得收花主〔二五〕。论昭穆〔二六〕怎当家豪富，却不道玷辱潭潭相府。（夫人唱）

【前腔】择婿选贤郎，才貌两相当。（白）我儿，难怪你爹爹发怒。（滚白）正是凤非竹而不栖，鸾非梧而不止〔二七〕。（唱）你怎生与他谐凤凰，归来玷辱芙蓉帐〔二八〕。不如再往层楼上，别选风流年少

郎。(重)(刘千金唱)

【前腔】爹娘望相容，儿甘心与陪奉。(刘懋白)嗳，罢了罢了！爹娘不幸，养了你这个痴女！(刘千金白)非是孩儿痴迷，还是爹爹有差池。(刘懋白)怎么我有差池？(刘千金滚白)彩球付证，乃是亲命所许。丝纶已合，佳婿难移。经纶〔二九〕满腹，乃天下之奇才。眼下虽然落魄，读书之人发达有期，未可量也。爹爹，(唱)你看禹门〔三〇〕三级春雷动，桃花浪暖鱼化龙。从来将相本无种，休使他人相断送〔三一〕。(刘懋白)哇，不必多言。梅香，伏侍小姐进去。(梅香扶刘千金下、蒙正白)有了。不免大胆向前去，说他几句何妨，岳丈在上，(刘懋白)哇！谁是你岳丈！(蒙正白)大人身居台阁〔三二〕，出自黉门。学生不过暂困尘埃，异日必登廊庙。大人即择门楣，满城多少宦阖，何须高结彩楼？择选才郎，何须谕其贫富？抛彩球以订佳偶〔三三〕，小姐定见其明。大人虽是当朝宰相，我先人也是盛世名臣。小姐乃阆苑〔三四〕奇葩〔三五〕，学生是公门桃李〔三六〕。阀阅〔三七〕相当，彩球何愧，彩球何愧！(刘懋白)卑陋寒儒，谁与你摇唇鼓舌。(蒙正白)宽洪宰相，何须发怒生嗔！(刘懋白)我便发怒，你便怎么？(蒙正白)任你发怒，扫不尽我胸中志气。(刘懋白)志气在那里？(蒙正唱)

【前腔】志气负凌云，忧道不忧贫。儒冠未必多误身，囊萤困守未逢运。今朝不须谐秦晋。却原来只重衣衫不重文。(重)(下、院子白)禀老爷，那秀才丢了彩球去了。(刘懋白)那穷儒可曾说什么来？(院子白)道老爷只重衣衫不重文。(刘懋白)哦，他道我屈了他的文字。叫他转来，待我考他。(院子白)哦，吕相公转来。(蒙正白)不转去了。(院子白)我老爷要考你。(蒙正上白)怎么、考我？我便转来。(刘懋白)那穷儒，你道我屈了你的文字，前来听对。(蒙正白)愿闻。(刘懋白)浪蝶狂蜂〔三八〕，休想奇葩游上苑〔三九〕。(蒙正白)攀龙附凤，要折丹桂步蟾宫〔四〇〕。(刘懋白)娇滴滴一枝丹桂，谁敢高攀。(蒙正白)浪滚滚三汲龙门，吾当独跳。（刘懋白）鸣凤在朝阳，凡鸟焉能比翼。（蒙正白）困龙得云雨，污池岂可栖身。（院子白）好嗄。（刘懋白）哇！你看这穷儒对答如流，好才学。（院子白）禀老爷，府〔四一〕中常考优等。（刘懋白）哇、谁来问你！但不知此人姓甚名谁？（院子白）吕蒙正。（刘懋白）唔，猷狗才，何不早说。（院子白）老爷正在气怒之间，小人不敢禀。（刘懋白）我有道理。叫那穷儒过来。（院子白）吕相公有请。（刘懋白）你适才第三联对儿怎么对？（蒙正白）困龙得云雨，污池岂可栖身。（刘懋白）住了！我这潭潭相府，比作污池。你是蛟龙，我这污池养不得你这蛟龙。梅香，（梅香白）有！嗄、老爷。（刘懋白）问小姐，愿退彩球？愿随他去？（梅香白）小姐快来。（夫人刘千金上、梅香白）老爷说，愿退彩球？愿随他去？（刘千金白）彩球断然不奶。（梅香白）小姐彩球不退。（刘懋白）即如此，将他夫妻二人赶出去。（夫人白）相公、留女儿在家罢。（刘懋白）嗄、夫人，复水于地岂能收！（刘千金白）爹爹何苦结冤仇。（刘懋白）儿孙自有儿孙福，莫与儿孙作马牛。（众下、刘千金唱）

仙吕过曲【风入松】恨双亲不念两分离。使我母子东西。朱门已出重重闭，咱和你怎生存济〔四二〕。想前生契结〔四三〕共伊，今世里效于飞〔四四〕。（重）（蒙正唱）

【前腔】卑人不第〔四五〕自羞耻，奈我久困京畿〔四六〕。（白）小姐、（滚白）正是着意栽花花不发，无心插柳柳成阴。（唱）我也是无心误入桃源里。感小姐留心留意，想前生契结共伊，今世里效于飞。（重）（下）

注：〔一〕华堂——华美的厅堂。　〔二〕珠履三千——“史记”“春申君传”说，春申君有门客三千多人，上客门都穿着用珠子编织的鞋子，让赵国的使臣看了，大为惭愧。　〔三〕华筵——丰盛的筵席。　〔四〕辐

辏——比喻人物的会合，有如车辐交结在车毂之上一样。〔五〕洞天——相传神仙的居处。〔六〕恓惶——悲感。〔七〕馁——饥饿。〔八〕破衲——破烂缝补的衣服。〔九〕恁相伤——如此用恶言恶语伤害。〔一〇〕渔郎——陶潜的“桃花源记”里所记武陵渔人在无意中走到了世外桃源的故事。后来往往用渔郎来借喻无意中得到美满爱情的男子。〔一一〕高唐——宋玉有“高唐赋”，记楚襄王到高唐去游览，在梦中遇到巫山神女，和她发生了恋爱关系。神女临去的时候说：“妾在巫山之阳，高丘之阻。朝为行云，暮为行雨，朝朝暮暮，阳台之下。”楚王醒后，就为她立庙，名朝云。后来描写男女欢合，就经常使用“巫山”“云雨”“高唐”“阳台”这些词汇。〔一二〕绝句——绝妙的诗句。〔一三〕端详——仔细地审视。〔一四〕厮称——相称。〔一五〕门楣——门第。封建社会里贵族豪门极为重视的家族地位。〔一六〕“不比寻常”——抄本误“不必寻常”，今改。〔一七〕席上珍——语出“礼记”，“儒有席上之珍以待聘”。后世的注释家解说不一。大抵是说读书人的才德，有如筵席上的珍羞美味一般。〔一八〕门墙——与前面的门楣、门第同义。〔一九〕陶潜——晋代的大诗人。一名渊明，字元亮。世称“靖节先生”，即前面所说“桃花源记”的作者。〔二〇〕阮郎——阮肇。“神仙记”里有一则神话故事，记汉代刘晨、阮肇两人，到天台山里去采药，在溪边遇见仙女，于是发生恋爱。后来就往往用“刘阮”来代表恋爱故事里的男方人物。〔二一〕张狂——夸张狂妄的表现。〔二二〕没计降——没有办法压制。〔二三〕落魄——不得意。〔二四〕饿殍——即饿莩。饿死的人。〔二五〕收花主——古代往往用花来比喻女性。收花主即女性的保护人之意。〔二六〕昭穆——古代宗庙里，太祖的神主放在正中，二、四、六世祖的放在左面，叫做昭；三、五、七世的放在右面，叫做穆。这里还是借做门第家世的意思。〔二七〕栖梧——传说，凤凰一定要栖在梧桐上面，一定要吃竹实。〔二八〕芙蓉帐——

"成都记"：蜀后主孟昶，在成都城上遍种芙蓉花，用花朵染绘，制成账子，叫芙蓉账。〔二九〕经纶——规划政治的才能。〔三〇〕禹门——即龙门，系大禹所凿，所以又称"禹门"。〔三一〕断送——失掉。〔三二〕台阁——指宰相。台是尚书台，阁是内阁，都是执政官所居之地。〔三三〕佳偶——理想的配偶。〔三四〕阆苑——相传仙人所住的地方。〔三五〕葩——花。〔三六〕公门桃李——因为吕蒙正已是秀才，所以这里说自已也可以算是"天子的门生"了。〔三七〕阀阅——贴在大门上的功状，在门左的叫阀，在门右的叫阅，后来借来说明贵族豪家的门第。〔三八〕浪蝶狂蜂——比喻轻薄的少年。〔三九〕上苑——皇帝的花园。〔四〇〕折桂蟾宫——自唐代以来，一般称仕子登科叫"折桂"。蟾宫指月，因为相传月亮里有桂树和蟾蜍。〔四一〕府——府学。封建时代的考试制度，在府县里都设学，按期举行考试。每隔三年，各省学政周历各州府，考试生员，叫做"岁试"。〔四二〕存济——生活。〔四三〕契结——结合的誓约。〔四四〕于飞——形容夫妇和美同处的用语。出"诗经"："凤凰于飞"。〔四五〕不第——不能及第，考试失败。〔四六〕京畿——天子所在的都城。

第六出　投店成亲（末扮院子上白）

只因一著错，满盘都是空。昨日老爷吩咐高结彩楼，命小姐自选佳婿。不想我小姐，一心要嫁那寒儒。老爷一怒，将他夫妇二人，双双赶出。夫人不忍，命我前来，送些衣物首饰与他。正是夫人差遣，盖不由已。嗄、吕相公，等一等。吕相公、等一等。（蒙正内白）娘子慢些走。（旦扮刘千金、生扮蒙正上、刘千金唱）

双调过曲【掷破金字令】红妆艳质，今日多僝僽[一]。盼望家乡飘渺。（合滚白）咫尺如同隔万山，（唱）对景空回首。懊恨双亲、下得毒手。将你我赶出门来，作出场丑。（重）如今到此不自由，寒威冷飕飕。（重）寒蛩[二]泣暮秋。（蒙正白）金乌[三]将坠了，（刘千金白）玉兔[四]东升。（合滚白）初三初四月朦胧，不似蛾眉不似弓。却把玉环敲两段，半沉沧海洋浮空。（唱）但见月挂银钩，又听得雁过汀洲[五]。（重）寒儒冷落独自守。（刘千金白）什么东西落将下来？（蒙正白）哦，（唱）

双调过曲【夜雨打梧桐】那是梧桐一叶秋。寂寞几时休，转添愁。又早黄昏时候，万物雕零将尽，（刘千金唱）愁锁眉头。（蒙正白）小姐，（滚白）此身既出，实难回转。我和你信步行将去，从天赐福来。（唱）劝娘行谩自空泪流。（刘千金滚白）自叹奴身，枉为相门之女。今日于归[六]，步履长街，抛头露脸。何以为人？（重）（唱）这还是奴家命薄，（蒙正滚白）这还是卑人命薄，（合）和你两人命薄。（唱）天知否，和天也瘦。恨悠悠，恰似湘江水，（滚白）涓涓不断流。（唱）空教泪湿衣衫袖。（重）（蒙正白）娘子，天色已晚，离我家中甚远。来此有一所客店，借宿了罢。（刘千金白）使得。（蒙正白）嗄、店家那里？（副扮王婆上、白）哦，来了。（唱）

南吕过曲【金钱花】自家起此多年，（重）胡乱开个客店。（重）大房一日住千钱。人都道，好腌臜。不发市[七]，枉埋怨。（重）

（白）嗳哟，原来是吕相公么？（蒙正白）妈妈见礼了。（副白）吕相公到此何事？（蒙正白）妈妈，我来借宿。（副白）天色尚早，还赶得到窑里。我家的房都住满了。（蒙正白）妈妈，你还当我是先日的吕蒙正？（副白）如今更穷了。（蒙正白）你还不知，今日有刘丞相府中，高结彩楼，将千金小姐招我为婿。满头珠翠，遍体罗绮。何等富贵。（副白）怎么着，今有刘丞相府中，高结彩楼，千金小姐招你老人家为婿。千金小姐在那里？（蒙正白）那壁厢就是。（副白）待我看来。小姐，（刘千金白）妈妈。（副白）好个小姐。吕相公你好说谎，嗄、那有千斤，只好有二百斤罢了。（蒙正白）丞相之女，就是千金。（副白）哦，丞相之女，就是千金小姐哟。吕相公，我头里和你顽呢。有的是房，待我请进小姐来。小姐请进，待我吩咐他们。小二收拾干净房屋。吕相公请到房里坐坐。（中场小方桌上放灯针线箧箩〔八〕、蒙正、刘千金坐介、副白）待我收拾夜饭你们吃。（作关门偷看介、下、蒙正白）娘子，天色尚早，你我略坐一会。（刘千金白）看你身上衣服破损，何不脱下来，补一补如何？（蒙正白）使得。你做针指〔九〕，我看书陪你。（蒙正、刘千金同唱）

商调过曲【山坡羊】月照谁家庭院，人住孤村野店。寒窗纸隙风如箭。对圣贤，留心在简篇〔一〇〕。诗书要遂男儿愿。一任楼头，（重）更漏转。留连，更阑〔一一〕人未眠。心坚，心若坚时石也穿。（重）（副上白）吕相公开门嗄。（蒙正白）是那个？原来是王妈妈，王妈妈请坐。（副白）相公请。相公，老身送得有酒盒在此。请相公与小姐吃一杯。（蒙正白）多谢，妈妈请坐。用一杯去。（副白）罢呀。店中事忙，不得奉陪，请了。（蒙正白）请了。（副白）这样时候还不睡？（副下、内起更介、蒙正白）娘子，即然王婆送得有酒在此，待我与你吃个交杯盏〔一二〕。（刘千金白）不会吃。（蒙正白）怎么不会吃。你吃我吃，皆是一样。待我替你吃。夫妻同谐〔一三〕到老，酒干。嗄、娘子，酒不会吃，

这个天地，也是要拜的。（唱）

商调过曲【水红花】今生相会是前缘。（滚白）我与你贫相守、富相怜。（白）小姐若到寒舍，倘有不周之处呵，（唱）望小姐千万的莫埋怨。（重）与你百年姻眷。（白）娘子过来，（刘千金滚白）一心和你告。（刘千金作住口羞介、蒙正白）嗄、娘子不要害羞，这是人间之大礼。（刘千金唱）一心和你告苍天，望周全。（滚白）周全我蒙正儿夫，（唱）功名成就，早得名登金榜，平步便登仙。我与你永同谐也啰〔一四〕。（重）（内打二更介、刘千金唱）

商调过曲【梧叶儿】精神倦，针指懒拈。（蒙正白）你看娘子困倦了，我还在此看书怎的。（唱）我将纤手下花钿〔一五〕。金钗坠，云鬓偏。掩著书篇共同欢忭〔一六〕。（蒙正拉刘千金、蒙正笑介）我和你双双暂眠。（重）（蒙正拿灯同刘千金下、内打三更、副上虚白、作偷盗包裹钗钿下、内打五更、鸡鸣介）

注：〔一〕僝僽——苦恼。〔二〕寒蛩——秋天的蟋蟀。〔三〕金乌——太阳。古代传说日中有三足乌，故名。〔四〕玉兔——月。〔五〕汀洲——水中的洲渚。〔六〕于归——女子嫁归男家叫于归。出“诗经”：“之子于归”。〔七〕发市——开张；发利市。商人每天营业，头一注生意叫“发利市”。〔八〕篋篓——藤或竹编的盛针线的器具。〔九〕针指——缝纴。亦作“针黹”。〔一〇〕简篇——书籍。在纸张发明以前，书是写在竹简上的。〔一一〕更阑——夜泞。更是更鼓；阑是晚。〔一二〕交杯盏——民间风俗，在新婚之夜，新郎新妇同饮的仪节，即是“合卺”。在“东京梦华录”里记载得颇详细：“凡娶媳妇，撒帐后，用两盏以彩结连之。互饮一盏，谓之交杯酒。饮讫，掷盏并花冠子于床下，

盏一仰一合，俗云大吉。”这是宋代的风俗，后来的形式可能有所改变，但大致是相差不远的。〔一三〕谐——和合。〔一四〕也啰——语助词。在“水红花”牌子里，经常使用这样的衬字。“玉簪记”的“秋江”一折里也有同样的助词。〔一五〕花钿——女子的头饰。〔一六〕欢忭——喜乐。

第七出　店中被盗（生扮蒙正上唱）

仙吕引子【剑器令】听得鸡声叫，不觉东方渐晓。（白）呀、门儿为何开在这里？嗄、娘子快来。（刘千金上、白）怎么样了？（蒙正白）夜间钗环首饰放在那里？（刘千金白）放在桌儿上。（蒙正白）嗳呀，娘子不好了！失了盗了。（同唱）

双调过曲【锁南枝】都只为看书倦，睡少时。（重）谁知祸起萧墙〔一〕内。使我囊箧皆虚，到此成何济。我和伊，今靠谁？（重）（蒙正白）哦，有了。（唱）寻王婆，问详细。（重）（白）嗄、王婆在那里？（副扮王婆上白）敢是官人要还店钱么？（蒙正白）嗄、王婆不好了，失了盗了。（副白）打那里去了？（蒙正白）门儿开在此。（副白）哟、好狠心的贼。（蒙正白）哇！反把言语支吾〔二〕，我只问你要。如若不然，写帖送官〔三〕。（场上撤桌椅、副唱）

【前腔】呸！休胡说，莫乱题！（重）房钱欠少何处支。你便出门去，休把咱连累。行共李[四]，即便离。（重）再不然，推出去。（重）（副作看笑下、蒙正虚白、刘千金白）嗳呀，娘嗄！（蒙正白）嗄、娘子，不必哭了。

注：〔一〕萧墙——迫近的地方。出“论语”：“吾恐季孙之忧，不在颛臾，而在萧墙之内也。”注说，萧是肃，墙是屏。君臣相见，到了围屏左近要更加肃敬，于是称萧墙。〔二〕支吾——敷衍。指东说西。〔三〕写帖送官——写一张名帖送到官府里去究办。封建时代，只要是科名中人，属于绅士阶层，就有这样的特权。吕蒙正虽然贫穷，到底也是个秀才，所以能在这里摆这样威风。〔四〕行共李——行装。“行李”古时作“行人”和“随从”解释，后来就转成“行装”的意思了。

第八出　夫妻归窑（生扮蒙正唱）

双调过曲【锁南枝】只得向前去，何用哭甚的。（重）到此惭愧无计施。你我举目无亲，却有谁怜惜。我和伊，今暂离。（重）且向破窑中，作道理。（重）（刘千金白）官人，你说破窑中作道理，这是怎么说？（蒙正白）破窑是个地名哦。（刘千金白）那有这等一个地名？（蒙正白）娘子你不晓得哟，那破窑中有些景致。（刘千金白）有何景致？（蒙正白）有的是风扫地，月点灯，挂壁仓，不动床。（刘千金白）嗳，原

来这等。（蒙正白）闲话少说，你我趱行〔一〕一程。（同唱）

正宫过曲【划秋儿】垂杨渐觉添憔悴，只见败叶飘坠。好伤悲，珠泪垂。又听得孤雁衷呖。（刘千金作脚软介、蒙正搀介、唱）我和你慢慢行，行到那里。暂时向破窑中作道理。（重）（蒙正白）娘子不要走了，看走在房上去了。这里来。（刘千金白）这是一堆土，怎么是房？（蒙正白）外面是一堆土，里面极是宽阔的。（刘千金白）原来这等贫穷。（蒙正白）待我先进去收拾。我吕相公这几日不曾回家，许多蜘蛛结成网了。这放羊的狗骨头好生〔二〕无理，把羊都放进来，将我铺盖吃了一半。娘子〔三〕请进。（刘千金白）进不去。（蒙正白）你这个人连路也不会走，我这门是个礼门义路，但有学中朋友前来拜望，须要这等鞠躬施礼、摇摇摆摆方可进得来。（进窑介、刘千金白）不好了！上边塌下来了。（蒙正白）烧得牢壮，不得塌的。（刘千金白）没有木料，怎么成得房子？（蒙正白）平生爱住泥土房，就地安排胜画堂〔四〕。曾记古人诗句好，安居何用架高梁。（刘千金白）你方才说的景致呢？（蒙正白）有嗄，将这窑门一开，一阵旋风刮将进来，将满窑的尘垢尽皆刮去，岂不是风扫地。（刘千金白）月点灯呢？（蒙正白）将这草把摘将下来，放进月色，照的满窑烁亮，岂不是月点灯。（刘千金白）挂壁仓？（蒙正白）就是此物。（刘千金白）那是一个蒲包。（蒙正白）我吕蒙正的家私尽在其内。（刘千金白）不动的床？（蒙正白）娘子，这个你叫一千人来，可抬得么？（刘千金白）嗄、娘嗄！（蒙正白）嗄、娘子，你哭起来了，我送你回去罢。（刘千金白）官人，但愿你立志。若做高官，不枉奴家受今日之苦。（蒙正白）好！（唱）

越调过曲【忆多娇】深感伊，深谢伊。男儿志气当如是。有朝一日攀仙桂，那时荣归，怎敢忘伊此时。（重）（下）

注：〔一〕趱行——加紧脚步赶去。　〔二〕好生——多么。　〔三〕娘

子——戏曲里称妻一般都做“娘子”。“辍耕录”：“都下自庶人妻以及大官之国夫人，皆曰娘子。”可见在元代“娘子”是妻的一般通称。〔四〕画堂——富贵人家雕画华丽的厅堂。

第九出　赏雪忆女（外扮刘懋、杂扮二院子暗上、刘懋唱）

黄钟引子【傅言玉女】彤云〔一〕四起，柳絮梨花〔二〕飘坠。（白）前者吕蒙正，虽是一贫如洗，到有满腹才学。本该留在府中，恐他贪恋荣华，不肯攻书，日后必耽搁我女。所以将他夫妻二人双双赶出，他一定奋志攻书，日后必竟荣耀。方是我女眼中识人。这也不在话下。你看今日雪景甚是可人，不免请夫人出来一同赏玩。院子，请夫人出来。（院子击云板介、白）请夫人上堂！（老旦扮夫人、二梅香随上、夫人唱）

商调引子【风马儿】玉花六出〔三〕飞，又添得江山佳丽。（刘懋白）夫人，人道丰年瑞，丰年瑞若何？（夫人白）长安有贫者，宜瑞不宜多。（刘懋白）夫人，今朝天降大雪，安排酒筵，一同赏玩。看酒来！（同唱）

黄钟过曲【滚遍】鳞甲〔四〕满空飞，坐对玉堦堆砌。玉手纤纤，塑出狮儿美。雪月交辉，果然无比。歌金缕〔五〕，舞纤腰，斟醁〔六〕醑。（夫人白）侍女们，可合舞一回。（众舞唱）

中吕北调【上小楼】满捧着金樽玉斝〔七〕、曲了小蛮〔八〕腰。可也是花枝和那酒卮〔九〕摇，满座上鬓云香红妆衬着、口杯儿唇尖搅，齿筯儿舌梢挑。更有那檩板〔一〇〕香喉，（重）低低儿和着音声悄。只看那柳榭花台，（重）惊起那枝头好鸟。果然是巫山神女共鸾交〔一一〕。（左台口设椅一张、上放梆子一个、杂扮院子上场击梆介、院子白）什么人？（杂白）刑部〔一二〕王老爷，请老爷赏雪。（刘懋白）夫人，我与你正好饮酒，不期王老年兄〔一三〕请我，怎生是好？（夫人白）相公不要辜负来意。（刘懋白）分付看轿。梅雪争春未肯降，（夫人白）诗人搁笔费评章〔一四〕。（刘懋白）梅须逊雪三分白，雪却输梅一段香。（二院子随下、夫人白）梅香，将两分馒首，赏与院子吃。（梅香虚白、院子白）我想老爷夫人，在此赏雪。可怜小姐与那秀才，在破窑之中，受尽饥寒。不免将此馒首，打动夫人便了。（袖馒首介、小旦白）院公哥，你为何不吃？（夫人白）你二人说什么？（梅香白）禀夫人，适才赏与院子馒首，他不曾吃，藏在袖内了。（夫人白）叫院子过来。适才与你馒首，为何藏在袖内，是何缘故？（院子白）小人在此伏侍老爷夫人有得食。小人家中有一女儿，年方七岁，在家盼望。以此东西，夫人赏的，带回家去，把与女儿吃。（夫人白）你看下人尚有疼女之心，我那女儿乃千金之体，随了穷秀才出去，不知流落何处？我那儿嗄！（院子白）夫人不要烦恼。（夫人白）你可知小姐的下落？（院子白）夫人不问，小人也不敢说。（夫人白）起来说。（院子白）禀上夫人，小姐在十里之外一小村中，甘守破窑。举目无亲，一贫彻骨。吃早膳先愁晚膳，著夏衣又典春衣。荐〔一五〕为门，瓮〔一六〕为户，岂是生涯；荆为钗〔一七〕，裙为布，全无妆束。那秀才，学颜子〔一八〕箪瓢陋巷之乐；我家小姐，效孟光〔一九〕举案齐眉之欢。不忍父母一旦差池，但要夫妇百年斯守〔二〇〕。功名未遂，四时常听读书声；衣食全缺，两口夫妻无怨语。或谒朱门求食，或去僧寺逻斋〔二一〕。受人间未曾历遍之劳，捱世上无人受尽之苦。三春易过，九夏何妨，到秋来不觉恓惶，对冬景如何区处！窑门外雪深三尺，地炉内火无半星。便做忍饥受寒，怎熬得没柴没米。小姐巴巴结结亦自甘心，奈傍人沸沸扬扬尽皆谈笑。（夫人白）谈笑甚的？（院子白）道是两口夫妻恁般贫，夫人不念女儿亲。自家骨肉尚如此，何况区区陌路人。（夫人白）有这等事，儿嗄！（唱）

南吕过曲【五更转】闻伊言，心肠碎。扑簌簌〔二二〕珠泪垂。如今始得知端的。自恨当初，一时不是。今日里瑞雪飘纷纷的，教他冷冷清清在孤村里。那破窑中、教他如何存济。（重）（院子唱）

南吕过曲【东瓯令】寻思起，痛伤悲。咫尺天涯音信罕稀。（白）夫人，（唱）你这里兰堂惯享荣华贵，他那里怎受得恶滋味。将些钱米问音依。望夫人发慈悲。（重）（夫人白）院子，你说得极是。即差你和梅香，明日一同去探望小姐。送些银米，叫他也好度日。（院子白）晓得。（夫人白）院子，明朝速往莫逡巡〔二三〕，（梅香白）同到南窑问信音。（院子白）夫人，从空伸出拿云手，提起天罗地网人。（虚白、下）

注：〔一〕彤云——下雪天空中的云。　〔二〕柳絮、梨花——都指雪花言。古代诗人经常这样转换应用的。“柳絮”最初出现在谢道韫的咏雪诗里；咏梨花的诗里也曾经有过这样的句子：“惆怅东阑一树雪，人生看得几清明。”　〔三〕六出——雪花。雪花有六瓣，一般遂称之为“六出之花”。　〔四〕鳞甲——雪又有“玉龙”之称，因此鳞甲也有雪花的意思。〔五〕金缕——歌曲名。唐代诗人杜牧诗，“劝人莫惜金缕衣，劝君惜取少年时。”“金缕曲”是当时通行的歌曲之一。　〔六〕醁——醽醁，酒名。〔七〕斝——属于爵类的酒器。　〔八〕小蛮——唐代诗人白居易的家妓。腰细善舞，白居易曾有“樱桃樊素口，杨柳小蛮腰。”的句子，后来小蛮就转为侍女的泛称。　〔九〕酒卮——酒杯。　〔一〇〕檀板——歌人所用的拍板。　〔一一〕鸾交——夫妇之间的关系，一般都用“凤友”“鸾交”来比喻。　〔一二〕刑部——旧时官制六部之一。管理刑法、狱讼。

〔一三〕年兄——封建时代同榜考试取中的人彼此互称“年兄”。

〔一四〕评章——品评，判断。〔一五〕荐——席子。这里是说挂起草席来当做门户。〔一六〕瓮——盛水的陶器。“蓬户瓮牖”是形容一般贫寒人家的用语。〔一七〕荆钗——荆是一种灌木。用来做钗，代替金银。“荆钗布裙”是形容贫穷妇女用语。〔一八〕颜子——颜回，春秋时鲁国人，孔子的学生。被认为是有很高修养，可能继承孔子事业的人，但在很年青的时候就死去了。他安于贫穷的境遇，“箪食，瓢饮”，住在陋巷里，依然“不改其乐”。〔一九〕孟光——东汉时人，是梁鸿的妻子。夫妇之间的感情很好，她做好了饭和丈夫同吃，为了表示敬重，把杯盘举到齐眉的高度捧了进来。案，是古椀字。也有解释做食盘的。

〔二〇〕斯守——厮守。相守。〔二一〕逻斋——巡回到佛寺里去赶和尚的斋饭。〔二二〕扑簌簌——形容泪珠一阵阵落下的用语。〔二三〕逡巡——迟疑不进。

第十出　蒙正祭灶（生扮蒙正上唱）

越调引子【金蕉叶】时乖运否[一]，破窑中安分守己。（旦扮刘千金上唱）忆昔繁华如梦里，（同唱）好伤悲珠泪垂。（重）（蒙正白）瑞雪纷纷舞朔风[二]，可怜身在破窑中。（刘千金白）饥来一字不堪煮[三]，谁念儿夫在困穷。（蒙正白）娘子，今乃腊月[四]二十四日，灶君升天，家家祭送。你我一贫如洗，可取烟柴一根，清泉一盏，祭奠一番。（刘千金白）

不为恭敬，反为亵渎[五]了。（蒙正白）神灵只受人之诚心，不在于祭礼。取来。（刘千金白）哦，晓得。祭礼有了。（蒙正白）摆端正些。（同唱）。

中吕过曲【驻云飞】礼拜诚虔，（白）神圣，别人家有三茶五果[六]，祭送于你。（滚白）蒙正夫妻，家道贫寒，百无一有，无甚殷勤。（唱）只有一盏清泉一炷烟，愧我无供献。略表殷勤念。嗏、祝赞你上青天。（滚白）神圣，你乃是正直之神，呈奏人间善恶。蒙正夫妻虽非善人，亦非是恶人。天生我人，何至我贫。（重）神圣，我祝赞你上青天，（唱）望传言，（滚白）去到玉皇[七]殿前，（唱）烦借你的金言。（重）（滚白）将我夫妻贫寒事儿，一桩桩、一件件，（唱）奏上龙霄殿。（滚白）一盏清泉一炷烟，我今拜送你上青天。玉皇若问凡间事，蒙正的文章不值钱。（唱）惟有我夫妻最可怜。（重）（蒙正白）娘子，将祭礼收了。（刘千金白）晓得。官人，你看霎时水结成冰了。（蒙正白）娘子，窑内这般寒冷，不知窑外如何？你我出去看一看。（刘千金白）使得。（蒙正白）晴空天气爽，（刘千金白）华峰不接天。（蒙正白）一朝云雾起，（刘千金白）天与地相连。（合唱）

越调过曲【碧玉箫】旷野云低。（刘千金白）往日还有牧童小斯[八]，今日全无一个。（蒙正白）千山鸟飞绝，（刘千金白）万径人踪灭。（同滚白）孤舟蓑笠翁，独钓寒江雪。（唱）往来人影稀。（蒙正白）窑外这般寒冷，还是窑内好些。（刘千金白）正是。（同唱）凄凉受这般天气。（刘千金白）上面坠下雪来了。（蒙正白）这是天窗上不曾塞得好，待我取个草把来塞住。（同唱）只见瑞雪纷纷坠。（蒙正白）妻，苦了你了。（刘千金白）你我一般苦。（蒙正白）我身上还有这件长衣，亏你那件短衣，如何遮得寒了？（刘千金白）我虽是短衣，却是新的。亏你旧衣破裳，怎生捱得寒了？（同滚白）（夫妻）想你我夫妻，今在窑中，受这般苦楚。衣不能遮身，食不能充口。大雪纷纷，严寒天气，还讲甚么新旧了？（重）（夫妻）纵有鹑衣〔九〕百结〔一〇〕难遮体，遮了东来露了西。（唱）朔风吹短衣，严寒透玉肌〔一一〕。空自惨凄。顿觉愁无计。此情还诉谁？（刘千金白）人家穷的，还有亲朋相助；你乃宦门〔一二〕之后，怎没个亲戚怜悯？（蒙正白）我若云，只消得一家。（刘千金白）那一家？（蒙正白）就是我岳丈那里。（刘千金白）在上者，恃其威而不顾于下。甚么人？（蒙正白）庸人〔一三〕也。（刘千金白）在下者，负其能而不谄于上，甚么人？（蒙正白）君子也。（刘千金白）却又来。明知我爹娘，不念我是亲生女儿，管你甚么半子女婿。你看这般大雪，难道不知你我在此受苦？全没有怜悯之心，你还去求他怎的了。（蒙正滚白）这等看将起来，我和你求告无门了。妻，将此情还诉谁？（合）不求人知而求天知。（唱）我只得告天天怎知，告人又恐怕人羞耻。（蒙正白）想我娘子，在彩楼之上，甚等容颜，那样丰姿。（滚白）随我破窑，有也是一日，无也是一日。容颜比先大不相同。（唱）

越调过曲【绣停针】我看他的瘦减腰围。（刘千金滚白）是了。夫，穷骨休言枯瘦损，那堪金带重垂腰。（同滚白）似这等荒郊野外，寂寞孤村。天不肯垂念，人不肯见怜。就是我夫妻，饿死窑中，那得有个人怜惜？身上衣单肚又饥，可怜夫妇两无依。（唱）坐守饥寒闷无所倚。（重）（蒙正白）娘子，取本古书来我看。（刘千金白）晓得。古书有了。（蒙正白）拿来。（滚白）人都道书中自有黄金屋，我蒙正住的是破瓦窑。人都道书中自有千钟粟，我蒙正家无隔宿粮。（唱）饥来一字不堪煮，空自有、（重）这满腹诗书。（刘千金白）圣贤之言怎么丢弃在地？（滚白）书不曾误人，还是人的时运未到。贫者因书富，富者因书贵。你乃宦门之子暂时落魄，自有发达日子。忧虑怎的了？（重）夫，久已后，（重）你还靠诗书。（蒙正白）娘子，这会越觉寒冷起来了。你我背靠背坐一坐。（同唱）

怎捱得寒威凛冽、窑炉冷，（蒙正唱）好教我拈〔一四〕尽枯枝。（刘千金唱）暗想家中富豪贵，画堂锦绣饮羊羔〔一五〕。怎知道今日如是。（滚白）我埋怨，（蒙正白）妻，不要埋怨我了。（刘千金白）官人，（滚白）总受饥寒，乃是你我夫妻命该如此。焉敢埋怨你了。夫，（唱）

越调过曲【蛮牌令】只怨雪儿满空飞。（蒙正白）娘子，（滚白）雪乃国家祥瑞，世之琼瑶〔一六〕。富豪之家，还要整酒玩赏，以庆丰年之兆。妻，休怨雪儿满空飞，（同唱）豪门煞〔一七〕相欺。（重）（同滚白）恼恨你我亲帏〔一八〕。肉眼无珠，将你我赶出庭帏。甘苦同栖，冷暖谁知。（唱）破窑中寒似水。（滚白）苦了我和伊。（重）（唱）夫妻怎共支持？（重）到此全无计策。厨灰冷，（重）空甑尘〔一九〕飞。（蒙正白）坐食山空，终无了期。（刘千金白）你待怎么？（蒙正唱）你在窑中权安置〔二〇〕，我去谒豪门捱过三时〔二一〕。（重）（滚白）大雪纷纷高过膝，家家尽把柴门闭。千山不见鸟影飞。（唱）

越调过曲【山麻稭】听木兰寺钟声还未。（滚白）一跌跌倒冻天地，（唱）怎禁得寒凛凛、冷飕飕，（重）（滚白）我只得把银牙咬抵。嗳，老天，冻死寒儒何足惜，可怜饿死朱门女。（唱）欲往街头，反复迟滞〔二二〕。（重）（刘千金白）怎么回来了？（蒙正白）去到那壁厢，滑跌一跤，故此回来。（刘千金白）这等不去罢。（同唱）叹世情开口告人非容易，空使我肚中饥。满头风雪，素手〔二三〕空回。（重）

【尾声】炎凉〔二四〕世态皆如此。且自安分安已。异日身荣，休忘了未济时。（蒙正白）娘子，这会风声息了些，我还要去。（刘千金白）怕雪迷路径。（蒙正白）我若不去，明日将何用度？（刘千金白）这等慢慢行。（蒙正白）咳，束薪如桂米如珠[二五]，（刘千金白）求人须求大丈夫。（蒙正白）十字街头风雪冷，（刘千金白）朱门谁肯济寒儒。（同唱）

【赚】一出窑门，只见冷风寒透体。战兢兢两耳如刀刺。（刘千金白）夫，你此去哀谒人家，有钱米，无钱米，须要早早回来。（同唱）可怜身上衣单肚又饥，只恐怕冻倒街头妻怎知。（重）（下）

注：〔一〕运否——运气不通。〔二〕朔风——北风。〔三〕饥来一定不堪煮——过去贫困的读书人的牢骚语。意思是说，空识得许多字，又不能煮来吃。〔四〕腊月——十二月。因为古代（从周代开始）要在冬季年尾举行一种“大蜡”（汉代叫“腊”）的祭礼，所以就称十二月为腊月。〔五〕亵渎——轻慢、不敬。〔六〕三茶五果——祭祀时通常轮番敬献的祭品。〔七〕玉皇——玉帝、天帝。〔八〕小厮——小孩。〔九〕鹑衣——鹑的尾巴是秃的，就用来形容缝补、连缀的破旧衣服。〔一〇〕百结——用许多破碎的布块缝缀起来的衣服。〔一一〕玉肌——像玉一样白的肌肤。〔一二〕宦门——做官的人家。〔一三〕庸人——品质低下的人。〔一四〕拈——用手指拿起。〔一五〕羊羔——汾州出产的一种颜色莹白的美酒。又称羊羔儿酒，“本草纲目”里有宋代制羔儿酒方。系用糯米、肥羊肉和曲同酿制成。〔一六〕琼瑶——美玉。借指珍贵的东西。〔一七〕煞——十分、过于。〔一八〕亲帏——父母的居室，和“庭闱”的涵义相近。〔一九〕甑尘——甑是用来煮饭的瓦器。断炊之后，甑又不用，所以上面积了尘土。这是形容贫家的用语，出“后汉书”“范丹传”。〔二〇〕权安置——权且安住下来。〔二一〕三时——佛家将每年热季、雨季、寒季分称三时。〔二二〕迟滞——迟缓、留滞。〔二三〕素手——空手。〔二四〕炎凉——冷热。形容人情世态差异的用语。〔二五〕米珠薪桂——形容物价昂贵的用语。出“国策”：“楚国之食贵于玉，薪贵于桂。”

第十一出　木兰逻斋（二丑扮和尚上唱）

急急修〔一〕来急急修，修条大路到杭州。杭州有个灵隐寺，两个和尚踢行头。行头踢在肩膀上，两个和尚三个头。南无〔二〕阿弥陀佛〔三〕！（小丑白）师兄见礼了，（丑白）罢呀、罢呀。我想终日饭熟，蒙正就来赶斋。我们如今改过。（小丑白）怎么改法？（丑白）先吃饭，后鸣钟。（小丑白）使得。分付他们。（丑白）待我分付。（同白）徒弟们听我分付！（内应介、二丑唱）先吃饭后鸣钟，吕蒙正来时一场空。南无佛阿弥陀佛！（生扮蒙正上白）长空飞柳絮，遍地洒梨花。当初盖寺之人，好无分晓〔四〕！为何不盖在山下，偏偏盖在山上，教我一望无穷。少不得挣挫〔五〕前去。（唱）

中吕过曲【宫娥泣】远观山，险峻崎岖。（重）在云汉〔六〕里。（白）这样大雪，不免回去。（滚白）欲待不去，怎奈我饥寒二字难免。（唱）我也少不得登高跋涉〔七〕。（丑虚白、蒙正白）甚么东西，绊我一跌。原来雪压小松。（滚白）正是云雾不知天早晚，雪深难辨路高低。（唱）却原来错步入松堤。（滚白）风狂雪又大。泥深路又滑。（唱）怎禁得风凛冽，纷纷的瑞雪扑面，又听得钟声隐隐。（白）好了，木兰寺内鸣钟了。我想那里是鸣钟，分明是请我吕相公的邀贴到了。（滚白）正是苍天不负贫寒愿，故遣钟声报耳闻。又听得木兰寺里钟声隐隐。（唱）透出云

外。（滚白）忙移步过石崖。（唱）方才步入。（白）伽蓝[八]菩萨，我吕蒙正今日又来打搅。呀，（唱）为甚的早香残钟罢人寂静。（白）哦、是了，（唱）想阇黎[九]饭后钟鸣，特故的使我空回。（白）二位师傅见礼了。（二丑白）请了，请了。（蒙正白）今师可在山？（二丑白）下山去了。（蒙正白）可有甚么榜文大字，拿来我写。（二丑白）写过了，写过了么！这么些个啰嗦！（蒙正白）可曾用过斋？（二丑白）吃过了。（蒙正白）怎么才鸣钟，就吃过了？（二丑白）我们如今改了。先吃饭，后鸣钟。（蒙正白）哦、改了。肚中饥饿犹则可，身上寒冷最难当。也罢，待我将他二人赚[一〇]下来，向向火回去，也是好的。二位师傅念的什么经？（二丑白）藏经。（蒙正白）哦、藏经。那位师傅燃了衣了？（小丑白）好布烟气，是你。（丑白）不是我，是你。（小丑白）不是我，是。咦，不错。好穷计[一一]儿，把你我赚下来，他在上面向火。待我拉他下来。（丑白）罢呀，叫他烤去罢。我每如今难他一难。（小丑白）怎么难法？（丑白）咱每与他吟诗答对。他若对得来，斋也与他吃，火也由他向。（小丑）若对不来呢？（丑白）两个山子垛起。（小丑白）怎么说？（丑白）请出。（小丑）使得。（蒙正白）如今正好抬眼看，他日相逢见面难。（丑白）难么，吕相公。（蒙正白）师傅。（丑白）我每如今与你吟诗答对。（蒙正白）你每也会吟诗？（丑白）唧唧，小我们那！（小丑白）你若对得来，斋也与你吃，火也与你向。（蒙正白）若对不来？（小丑白）两个口字套起。没的甚么说，请回！（蒙正白）念来！（小丑白）师兄念。（丑白）雨打儒巾软塌塌，好似榨酒的布袋；（蒙正白）雪飘僧顶硬梆梆，好似捣粉的擂槌。（丑白）师弟，把你我的脑袋，比作捣粉的擂槌。喜得是捣粉，若是捣蒜，把眼泪都辣出来了。（小丑白）你不济事，待我来。（丑白）你去。（小丑白）吕相公，（蒙正白）师傅。（小丑白）我有一对：秀才撞铜钟，翁翁翁；（丑虚白、蒙正白）和尚倒尿鳖[一二]，秃秃秃。（小丑白）师兄这里来。我今日与师傅倒尿鳖，果然是秃秃秃。（丑白）我说你不济事，还是我来。（小丑白）还是你去。（丑白）你穷穷气气、气气穷穷、越穷越气，越气越穷、穷气气穷、你是个穷乞儿。（蒙正白）你光光秃秃、秃秃光光、越光越秃、越秃赵光，光秃秃光、你是个光秃驴。（丑白）罢了、罢了！这句骂狠哩！（小丑白）对他不过，拿斋饭来与他吃罢。（丑白）这样骂我们，还给他斋饭吃！待我到厨下取些水来，把火泼灭，赶他出去。（小丑白）使得，你去取来。（丑白）待我取来。（小丑白）吕相公好诗嗄！（蒙正白）托物比兴〔一三〕。（丑白）吕相公请茶！（蒙正白）费心了。（二丑唱）

【前腔】笑伊行止无羞耻。斋和供，都是檀越〔一四〕的。山门冷落，自觉孤恓。薄粥数碗，僧多克减〔一五〕清如水。我每尚且不能充饥，笑伊行好不度己〔一六〕。（重）（白）出去罢！（蒙正唱）

中吕过曲【扑灯蛾】山僧恁所为，欺压寒儒辈。（白）秃厮，我与令师有交结之情，（滚白）如不肯周济，我便回去。（重）缘何推倒我云堂〔一七〕里。（唱）全无恻隐心，不发慈悲意。（白）有了，不免题诗一首在粉壁墙上。十度逻斋九度空，恼怒阇黎饭后钟。（滚白）非我留诗在此间，也只是表我今朝苦。哧，怎奈这笔冻毫干。（唱）下韵难成句，我如今即、即便回。（白）伽蓝菩萨，我蒙正做了何罪，害了谁来？无故绝我衣食。（滚白）你既已为神，当察人间善恶。既受香烟〔一八〕，不察善恶，何以为神？（重）缘何不与我奏天知，苦困英雄辈。异日里若得施为，试问伽蓝，（重）你在那里？（白）啐、啐、啐！我蒙正益发穷颠倒了。这是我自己时运不至，怎么反埋怨起僧人来。（滚白）这是我命合当然，又何须埋怨神祇〔一九〕。（唱）有朝身乘驷马车〔二〇〕，那时节方才回转山门寺里。（重）（白）如今街头上走走，无人周济，只得空回。（唱）

商调过曲【芙蓉花】顾不得脸上羞又羞，管不得心中烦又烦。自叹孤贫，求人难上难。回首望家园，只见雪花缭乱。一身衣又单，

怎禁得刮体风寒。（下）

注：〔一〕修——修行、修持。〔二〕南无——佛家用语。合掌行稽首礼的意思。〔三〕阿弥陀佛——佛号。“阿”是无；“弥陀”是量。又有“无量寿佛”“无量光佛”“无量清淨佛”诸异称。〔四〕分晓——头绪。“好无分晓”是说“好不懂事”。〔五〕挣挫——疑是“挣扎”之意，和后面的“闒闟”意义相似。〔六〕云汉——天河。〔七〕跋涉——在草地、水里行走。形容行进困难的用语。〔八〕伽蓝——佛教的护法神。通常安置在佛寺山门里面。〔九〕阇黎——僧徒的师父，又称“阿阇梨”。〔一〇〕赚——骗弄。〔一一〕穷计——极计。〔一二〕尿鳖——溺器，即“虎子”。〔一三〕托物比兴——兴是诗的“六义”之一。先借他物引到正题的诗格叫“比兴”。〔一四〕檀越——施主。梵语本称“檀那”，檀是施的意思。“此人行施，越贫穷海。”所以又称“檀越”。出“翻译名义集”。〔一五〕克减——克制、减省。〔一六〕不度已——不度量自己。〔一七〕云堂——佛寺里众僧坐禅的厅堂。〔一八〕香烟——供养人所敬奉的香火。〔一九〕神祇——天神叫“神”，地神叫“祇”。〔二〇〕驷马车——用四匹马牵引的车，是官员乘坐的。

第十二出　辨踪泼粥（末扮院子、旦扮梅香、丑扮小二同上唱）

越调过曲【入破】踏雪来寻。（重）密密霏霏，扑面飞玉尘。（同唱）

旷野云低，（重）孤村破窑，多应是栖身无倚。（院子白）来此已是了，待我叩门，（旦扮刘千金上唱）是谁叩门？（重）早已声相应，试开门。想是儿夫，归来甚紧。呀，原来是院子梅香，前来询问。（院子白）小二站住了，梅香随我进来。小姐在上，院子梅香叩头。（刘千金白）起来。你二人到此何事？（院子白）夫人命我二人，送些银米与小姐度日。（刘千金白）银米在那里？（院子白）有。小二拿进来。（小二作挑进介、院子白）小二你先回去。（小二下、梅香白）小姐，这等半日，怎么不见吕官人？（刘千金白）前村人家，请了会文〔一〕去了。（梅香白）这般大雪还出门？（刘千金白）他不肯去，人家赶了马来接他去了。（梅香白）夫人有言，请小姐回家去，天晴日暖再来。（刘千金白）你拜复夫人免挂怀〔二〕，夫不身荣定不来。（梅香白）小姐，这是一锭银子，梅香院子回去了。（刘千金白）去罢！（梅香白）院公哥，不见什么马踪嗄。（下、刘千金唱）

中吕过曲【驻去飞】自叹时乖，蒙正儿夫穷秀才。（白）多蒙我母亲周济，我且将米煮粥，等我丈夫回来充饥。（唱）衣破衫无带。好比范丹〔三〕穷无奈。嗏、我夫终日往长街，去逻斋，不见回来。想是他生前欠下饥寒债。（白）我若关上门在此，他若来时，可不冻坏了他。将门儿开在这里便了。（唱）冷冷清清实可哀。（生扮蒙正上唱）

【前腔】冒雪归窑、提起阇黎恨怎消。恶语伤怀抱，饭后钟声闹。嗏、（白）来此已是窑门，不免进去。（唱）窑门处、事蹊跷。女迹男踪，（滚白）来往交加。（唱）孤村寂寞，那得有个人来到！顿起颖心似火烧。（白）哦，是了，想是岳丈岳母，知我夫妻贫穷，令人来接小姐回去。哟，妻，纵然回去，待我转来说一声去，也见得夫妻之情。这等就去了，只是太狠了些，去了就罢！（唱）

【前腔】归到窑中，（白）娘子，我只道你去了。你还在这里盹睡。（唱）只见我的娇妻睡正浓。且莫呼惊动，惊醒南柯梦[四]。嗏，彩楼不弃我贫穷。（白）小姐，那日令尊十字街着，高结彩楼，择选才郎。下面有许多王孙公子，跻跻楼下，不将彩球抛掷于他。（滚白）将彩球付之于卑人。事到如今，严冬冷月，追之不及，悔之晚矣。小姐，是你彩楼不弃我贫穷。（唱）随我到窑中。（滚白）吕蒙正囊无斗粟，衣无数重。（唱）你心坦然，丈夫为你心酸痛。（白），妻，也是你守得好了。（滚白）又闻试期在迩，受苦在今冬。发迹[五]就在来春。妻，你可耐烦且守寒冬苦，专听春雷起卧龙[六]。（白）身上寒冷起来，不免生起火来向一向。（唱）专听春雷起卧龙。（白）人的时运不济，连火也生不着。便不向你待何如！诗兴发了，十谒朱门九不开，满头风雪却归来。归家羞睹妻儿面，拨尽寒炉一夜灰。分明是个灰字，信口就念出俗字来了。人的时运不济，连诗都是倒韵[七]的。（唱）

仙吕过曲【步步娇】踏雪纷纷街头转，雪涌风如箭。朱门九不开，素手空回。教妻儿怎不埋怨。拨尽地炉灰，羞睹妻儿面。（重）（白）起先见门外脚踪，只道娘子去了。他还在这里盹睡，事有可疑。这还了得！哦、有了。待他醒来，等我做个样式与他看，看他怎生答对于我？我就知道了。（刘千金滚白）雪花瞭乱满空飞，不见儿夫转回归。（白）呀！夫、你回来了。（蒙正白）回来了。（刘千金滚白）遍身衣湿寒透骨，拖泥带水好孤恓。

【前腔】大雪归来多劳倦，扑簌簌心惊战。（蒙正白）是什么东西？（刘千金白）是条裙儿。（蒙正白）这样龌龊东西，放在头上！（刘千金白）呀，丈夫回来，为何怒气吽吽？哦，（唱）知道了、想是他钱无米又无。（白）正是天不生无禄之人[八]。（滚白）若不是我娘亲，怜念女孩儿，（唱）却教我夫妻，怎生样展辗。（白）呀啐！官人可曾吃饭不曾？

（蒙正白）那里有现成饭，等我去吃！（刘千金白）家下有粥，你可吃些。（蒙正白）取来，我吃一碗。（刘千金白）待我取来。（蒙正白）家下一粒米也是没有的，那得粥来？不消说了，（刘千金唱）薄粥两三匙，与儿夫相共膳。（蒙正白）早知家下有这样白米粥，我也不出门了。（刘千金白）正是。（蒙正白）不是，是甚么！（蒙正作吐介、刘千金白）怎么样了？（蒙正白）龌龊不干净！（刘千金白）清水下白米，有甚么不干净？（蒙正白）我劝你快莫要，（刘千金白）甚么快莫要？（蒙正白）宁守清贫，不图浊富！你可恶！（刘千金白）人好意与他粥吃，反倒说可恶。（蒙正唱）

仙吕过曲【江儿水】十谒朱门遍，尚然素手归。（白）我问你，天上下的是什么东西？（刘千金白）是雪。（蒙正白）我从雪地里来，不知道，问你？（刘千金白）谁要你来问我？（蒙正滚白）旋舞空中雪乱飞，家家户户掩柴扉。（唱）满空中瑞雪纷纷坠。（白）这是什么所在？（刘千金白）这是破窑。（蒙正白）我在窑中做家，不知道、来问你！（刘千金白）谁教你来问我？（蒙正滚白）吕蒙正住的是城南破窑，那壁厢是羊肠〔九〕路，这壁厢是鸟道〔一〇〕林。（唱）孤村上下寂寞无邻里。（滚白）又没个亲眷常来往，（唱）这碗粥食，（重）（白）我问你，（唱）你便从何得至？（刘千金白）饥者易为食，何须问来历？（蒙正白）说得不明白，教我如何吃。（刘千金白）我劝你瓮头瓮脑的吃些罢！（蒙正白）你做的事瓮头瓮脑！这粥瓮头瓮脑，我却吃不下！（刘千金白）你吃不下待怎样？（蒙正唱）我要问取娘行的来历！（滚白）我要问取伊家的端的！（刘千金白）我身上有糠粘得？（蒙正白）你说！（刘千金白）说什么？（蒙正白）你讲！（刘千金白）讲什么！（蒙正白）你讲得出口你不讲！（滚白）你说著因依，也知你的详细。（唱）不说因依，也知你的详细。（刘千金白）你到底吃不吃？（蒙正白）快拿去！少若迟延，满窑的家私，打个罄净！（刘千金白）好家私！一个砂铫[一一]儿还没有嘴儿呢。我丈夫好轻视人！总然粥食不明，理当好问，他做这样式，我只是不说。待我问他要柴米！靠丈夫不着，早间出去，至晚回来。柴米俱无，反与我使性。我问你要柴米！（蒙正白）柴米有。（刘千金白）在那里？（蒙正白）窑门外。（刘千金白）怎么不带进来？（蒙正白）窑内盛不下。（刘千金白）随身带得能有多少？丢弃在外，恐贼盗去。（蒙正白）我在家没有人敢来！（刘千金白）他只是不来，他若来，怕你！（蒙正白）怎么，我在家他还敢来？那狗骨头吃了虎胆，也不要命了！（刘千金白）待我出去取来。（蒙正白）你出去不得。（刘千金白）怎么出去不得？（蒙正白）你出去就不得进来了！（刘千金白）自己窑门，出入何妨？（蒙正白）也罢！随你出去看看景致！（刘千金白）那里来的柴米？（蒙正白）好景致！雪拥山溪云雾横，孤村寂寞少人行。（刘千金白）两边粉妆银世界，周围玉砌满乾坤。（蒙正白）好大雪。（刘千金白）年年有。（蒙正白）地下好大雪！（刘千金白）天上好大雪。（蒙正白）哪、哪、哪！路上好大雪！（刘千金白）山上好大雪。（蒙正白）住了！我讲地，你讲天；我讲路，你讲山。王顾左右而言他[一二]，无非粉饰。（刘千金白）观道路而详察，有甚狐疑？（蒙正白）明明一件事，怎么不疑！（刘千金白）什么事？（蒙正白）这是什么？（刘千金白）是雪。（蒙正白）大的，（刘千金白）雪片。（蒙正白）小的，（刘千金白）雪珠。（蒙正白）不是，是这个！我的娘！（刘千金白）那是脚踪，我的老爷！（蒙正白）这脚踪是那里来的？（刘千金白）是你早间出去的，适才回来的。（蒙正白）我去是草鞋，回来变成钉靴了！（刘千金白）果然有个穿钉靴的，走了一遭去了。（蒙正白）这小的，（刘千金白）也是你的。（蒙正白）可笑得紧！我吕蒙正虽穷，把脚都穷小了。（刘千金白）是我的。（蒙正白）你出来做什么？（刘千金白）出来望你。（蒙正白）望不在窑门首望，哪、哪、哪！望到羊肠大路，松树林里去了。（刘千金白）望你不着，信步走将去的。（蒙正白）承望！（刘千金白）见哂！（蒙正白）见什么哂？

（刘千金白）承什么望？（蒙正白）我把这雪来与你平平！（刘千金白）日出雪化，自然平了。何用你与我平！（蒙正白）污气尚存！（刘千金白）雪水洗去。（蒙正白）流入长江，污名也难洗。（刘千金白）过去些罢，谁与你捞叨！（蒙正白）被我对得他理屈词穷，竟自进窑去了。不免进窑去打家私。（刘千金白）我丈夫好轻视人！总然粥食不明，理当好问。他做这样式，我只是不说。待我出去，与他讲个明白。（蒙正白）打、打、打！（刘千金白）请打！（蒙正白）你叫我打，我偏不打。气了我一身冷汗！（刘千金白）窑外冻得连话说不出口，汗在那里？（蒙正白）富贵不能淫，贫贱不能移。[一三]这两句话谁人全得？（刘千金白）我就全得。（蒙正白）你怎么全得？（刘千金白）当初彩楼之上，多少王孙公子，跻跻楼下。不将彩球抛掷于他，将彩球抛掷于你。这是富贵不能淫。（蒙正白）贫贱不能移呢？（刘千金白）随你身居破窑，饥寒所迫，并无嗟怨之心。这是贫贱不能移。（蒙正白）若依当初彩楼之上，你是个存仁存义之君子；看起今日窑门外脚踪，你是无廉无耻滥小人！（刘千金白）君子小人，是你男子汉所为。（蒙正白）事却是你妇人做的。（刘千金白）我做什么事来？（蒙正白）你也不想一想，令尊是什么人？（刘千金白）当朝宰相。（蒙正白）令堂？（刘千金白）一品夫人。（蒙正白）足下？（刘千金白）我么，千金小姐。（蒙正白）令尊是当朝宰相，令堂一品夫人，你是千金小姐。你倚着令尊的势，令堂的势，欺负我！你也不想一想，我是什么人？（刘千金白）你么，唔！（蒙正白）你一声说不出口，你道我是个穷儒！吕蒙正虽穷，志气尚存。有一日出仕于天下，谁似你遗羞于潭府，有愧诰命[一四]。不争气！（刘千金白）反到说上我的气来了。只恐怕你不能与我争气。你若做得官来，诰命夫人我也做得。（蒙正白）君失言[一五]尚有臣谏，父失言尚有子谏。我是你丈夫，你是我妻子。连一句话也不让我！（刘千金白）不让你待怎么？（蒙正白）夫乃妇之天，有事必当言！（刘千金白）说得无道理，恐你自无颜！（蒙正白）那个无颜？（刘千金白）你无颜！（蒙正白）你无颜！（刘千金

白）你无颜！（唱）

【前腔】儿夫的休忧虑，莫用疑。（蒙正白）明明一件事，怎么不疑！（刘千金白）什么事？（蒙正白）穿钉靴的老兄！（刘千金白）若依他这般情性，我心实实怪他。又且一说，为此不明，是个有志气的男子。（滚白）有等人家丈夫，从早出去至晚而回。有衣便著，何用问其礼义；有食便餐，何用问其来历。我夫终非以下之人，男子喜爱清贫志，烈女常存节操心。观他容貌听他言，人贫到底志量坚。只为粥食不明白，默默无言自熬煎。他本是男子汉大丈夫，（唱）宁可饿死不吃嗟来食〔一六〕。我在此饥寒无所倚。（蒙正白）饥寒无所倚，就去那个。（刘千金白）甚么那个！（唱）冲寒蓦〔一七〕见梅香来至。（蒙正白）说了这等半日，没得推了，推在梅香身上去了！再一会连院子都来了！（刘千金白）果然也来了！（蒙正白）如何！难道两个人抬了一碗粥来与你吃？（刘千金白）你就不容分剖明白。（蒙正白）我知道！（刘千金白）出口就伤人！（蒙正白）料他也去不远。（刘千金白）夫，亏你下得，就把这样颜色待你妻子！你也不思思想想，我若在家，岂没有个红炉暖阁。今来在破瓦窑中，受尽饥寒，皆因为了你这冤家。我娘亲在家中，思念着女孩儿，今日里遣院子与梅香，（唱）送些银米相周济。（滚白）冤家你是读书人，识礼义。进窑来不问一个详和细，出言语骂你妻。夫、夫，说出来话儿没道理！罢了！我的娘！（唱）只为银米受这场恶气。（蒙正白）我就没想到这个上面来。岳丈岳母差得有人来了？只怕没有人来，再问便知。娘子，小姐，岳丈岳母差得有人来了？（刘千金白）有人来了。（蒙正白）只怕没有人来？（刘千金白）没有人来。（蒙正白）我说没有人来，哄我。那狗骨头再来试一试看！（刘千金白）窑外景致，我见了；窑内景致，你还不曾见！（蒙正白）看什么？一眼望得到！（刘千金白）还有不到之处。（蒙正白）怎么还有不到之处？待我看来。我那铺盖里面有个孤堆。（刘千金白）好铺盖，一把乱草！（蒙正白）虽然是一把乱草，说声铺盖，也觉得官冕〔一八〕些。好东西！白米！火腿！锦被！好东西！嗄、娘子，这米是令尊堂吃的、是门下人吃的？（刘千金白）门下人吃的都是。（蒙正白）不是。若是令尊堂吃的是享福，门下人吃呢是折福。（刘千金白）过去些，谁与你捞叨！（蒙正白）可惜可惜！锄禾日当午，汗滴禾下土。谁知盘中餐，粒粒皆辛苦。（刘千金白）出口也不离书。（蒙正白）这是我本经。（刘千金白）还有一件东西，你从来不曾见。（蒙正白）什么东西？银子老兄！吕蒙正又不曾得罪你，怎么不到我处走一走？见娘子这般吃恼，怎得个笑话儿，与他和睦了好。有了！就出在这银子身上。娘子，这银子令堂不曾收拾得好，放在湿地下，都烂成洞了。（刘千金白）那是蜂窝。（蒙正白）怎么蜂窝？吒、吒。（刘千金白）那是怎么？（蒙正白）你说是蜂窝，我在这里赶蜂。（刘千金白）那是火炉内倾出来的蜂窝，果然的你一世不曾见银子。（蒙正白）嗳娘子！自幼处在宦门，银子也知见过多少。见娘子这般吃恼，故将这个银子做个笑话，与娘子和睦了罢。（刘千金白）你见银子有得笑？（蒙正白）没奈何笑笑罢。（刘千金白）还是你妻子量大，若是受不得气的，就去这个！（蒙正白）你要寻自尽！还是丈夫的量大，若遇村夫俗子，一见门外脚踪，进窑来不分皂白，就是这个！（刘千金白）这个就该打了！（蒙正白）我怎么舍得打你。是甚么人来？（刘千金白）院子梅香前来。（蒙正白）是那个院子？（刘千金白）是执对联的老院。（蒙正白）我不在家，你怠慢了他。（刘千金白）你在家又不怠慢！（蒙正白）整筵席待他。（刘千金白）把什么做筵席？（蒙正白）送的白米火腿。（刘千金白）也没有这么些碗。（蒙正白）我家的碗呢？（刘千金白）两个碗，今早又打碎一个。（蒙正白）好不会用家私，两个碗还打碎一个。是那个梅香？（刘千金白）是彩楼上梅香。（蒙正白）我不在家，便宜他去。（刘千金白）你在家怎么？（蒙正白）吃我一顿好打！（刘千金白）我母亲的好意，叫他送银米前来，反去打他！（蒙正白）彩楼上吃了他的亏了。（刘千金白）君子不念旧恶。（蒙正白）到此讲些什么来？（刘千金白）他说夫人有言，请小姐回去。天晴日暖再来。（蒙正白）你可怎么样说？（刘千金白）拜复夫人免挂怀，夫不身荣定不来。（蒙正白）好！果然是千金小姐。可曾问我来？（刘千金白）我说窑中百无一有，往待坊这个……。（蒙正白）起先是千金小姐，如今连四两也没有了。（刘千金白）哄你。（蒙正白）你怎么说？（刘千金白）我说前村人家，请去讲文去了。（蒙正白）他可曾问我怎么样去了？（刘千金白）我说那人家拿了马来，接了去了。（蒙正白）你该说坐了轿去。（刘千金白）马在那里？（蒙正白）轿在那里？（刘千金白）休说闲言语，莫论是和非。（蒙正白）两人都量大，一对好夫妻。拿粥来我吃。（刘千金白）你不吃。（蒙正白）讲明白了，吃他七八碗。（刘千金白）你说龌龊不干净。（蒙正白）我在窑门外绊了一跤，我说手龌龊不干净。（刘千金白）又骂我可恶。（蒙正白）我的手冻急，我说火渥。（刘千金白）又说宁守清贫，不图浊富。（蒙正白）我见那瓦罐儿倒粥，宁可轻提，不可掇破。是这等说的。（刘千金白）好解说。今早在那里来？（蒙正白）娘子，你不问我，这粥还吃得下去。你问我，这粥就吃不下去了！（刘千金白）想是受了人的气。（蒙正白）往日木兰寺，先鸣钟后吃饭。怪我去得多次，改了先吃饭后鸣钟。我去到那里，香残纸罢〔一九〕。他与我吟诗答对，被我骂狠了，他去在厨下取一碗水来，这样一泼，（刘千金白）泼了粥了。（蒙正白）吃完了问我不迟。（唱）

南吕过曲【香柳娘】奈缘悭分浅〔二〇〕，许多不遂。思量饮食非容易，苦肝肠寸断，（重）欲待暂充饥，谁想倾落地。想苍天困吾。（重）只是恁的，偷弹球泪。（丑上白）不辞三步远，特地到此间。来此便是。吕相公，（蒙正白）娘子不好了，有了小人了。（刘千金白）什么小人看得你上？若是小人，就不叫你吕相公了。（蒙正白）待我看来。（丑白）吕相公，（蒙正白）是那个？（丑白）是我。（蒙正白）你是那边来的？（丑白）所是师爷那边来的。今当大比〔二一〕之年，请相公上京应试。头巾蓝衫在这里。(蒙正白) 你不要去了，把件东西送你。(刘千金白) 是什么人? (蒙正白) 学里师爷邀我应试，头巾蓝衫在此。(刘千金白) 用心闱闼功名。(蒙正白) 来人把件东西送他才好。(刘千金白) 就把这银子送他罢。(蒙正白) 你道舍得! 我有道理。取一碗米来与他。(丑白) 吕相公快些出来，我去了。(蒙正白) 来了。大哥，难为你远来，有件东西不好出手。(丑白) 不拘什么，我拿了去罢，相公。(蒙正白) 不要笑话。(丑白) 我不笑话。(蒙正白) 我有碗透熟的白米与你。(丑白) 我不要，我不要。(蒙正白) 你转来，嫌少还有一把添你。吕蒙正时运转了，娘子，方才与他一碗白米，他竟不要。(刘千金白) 把人气也气死了，世间再没有穷似你的了! (蒙正白) 娘子，有人周济我一碗米，我就感恩不浅。(刘千金白) 就把这银子，与你做路费罢。(蒙正白) 我到京倘若得中，差人来接你。(刘千金虚白、同唱)

【尾声】青云有路终须到，万丈龙门高跳，方显得读书人无价宝。(下)

注:〔一〕会文——读书人聚集在一起做文课，又称“会课”。　〔二〕罣怀——挂怀。　〔三〕范丹——即前面第十出所注“甑尘”故事里的后汉高士。字史云。桓帝时被任命去做“莱芜长”，他不去到任，却在市上卖卜。常常穷得挨饿。邻居们为他作了两句歌:“甑中生尘范史云，釜中生鱼范莱芜。”　〔四〕南柯萝——唐代小说里有一篇著名的“南柯太守傅”，李公佐撰。这是一篇描写梦中故事的作品，于是后代词人说到梦时就往往用“南柯”的典故。　〔五〕发迹——出头，显露头角。司马相如的文章里有“公刘发亦于西戎”的句子，这句俗语的来源其实是很早的。〔六〕春雷起卧龙——春天雷声一响，蛰伏着的龙都惊觉起来。古代常把有才能而隐居不出的人比作卧龙，如诸葛亮、嵇康就都得到过这种称号。〔七〕倒韵——中国诗讲究韵律，用韵用错了叫“倒韵”。这里是用作“倒

运”的谐音的。〔八〕无禄之人——禄是官吏的俸钱。这里泛指一个人的“福命”。人死了叫“不禄”。“无禄”有“没有饭吃”的涵义。〔九〕羊肠——形容狭小曲折的道路叫“羊肠路”。唐代诗人常把四川的道路比做羊肠。〔一〇〕鸟道——“华阳国志”说，四川有四百里长的“鸟道”。因为过分险峻，连兽类都不能通过，只有天空飞鸟才能到达。〔一一〕铫——有柄的小釜，煮饭用的器具。〔一二〕王顾左右而言他——语出“孟子”。是形容那些不着正题，支吾着扯到别的题目上去的人的。〔一三〕富贵不能淫，贫贱不能移——这两句话也出于“孟子”。本来还有一句“威武不能屈”的，这里略去了。淫是迷惑。〔一四〕诰命——封建时代官吏妻女所受的封赠。〔一五〕失言——说错了话。〔一六〕嗟来食——古代传说里有这样一个故事。一个饿坏了的人在路上走着，遇见一个施舍饭食的，说：“嗟！来吃罢。”那人说：“我就是为了不肯接受这种‘嗟！来吃罢’的施舍，才弄到今天的。”终于不肯吃，饿死了。〔一七〕蓦——忽然。〔一八〕官冕——堂皇。〔一九〕香残纸罢——在佛前所供的香烛、纸马，都已经烧过很久，只剩下残烬了。〔二〇〕缘悭分浅——没有机缘。〔二一〕大比——“周礼”：每隔三年，要举行一次“大比”。考试德行道义，选取贤能。后来就指读书人应试叫大比。

第十三出　春闱应试（众随外扮试官上唱）

仙吕引子【剑器令】奉命选贤才，要取尽鸾鹤凤〔一〕。（白）桃李〔二〕

无私蓄〔三〕，骅骝〔四〕有骏声。辟门称吁俊〔五〕，金马奋云程。下官翰林学士〔六〕是也。今当大比之年，考选天下奇才。左右，（杂白）有！（试官白）开了贡院〔七〕门。（杂白）开门！（生扮蒙正、丑扮举子上、白）众举子进。（杂白）进来。（蒙正丑举子白）大人在上，举子参见。（试官白）不消。分为天地二号。天字号举子听对。（蒙正白）愿闻。（试官白）北斗七星、水底连天十四点，（蒙正白）对就：南来孤雁、月中带影一双飞。（试官白）好，奇才！龙虎日看榜。请。（蒙正白）老大人提携〔八〕。（试官白）地字号举子听对。（丑举子白）愿闻。（试官白）江南枇杷能结果，（丑举子白）河北箫管会开花。（试官白）箫管怎么开花？（丑举子白）枇杷怎么能结果？（试官白）江南有颗枇杷树。（丑举子白）河北有个箫管花。（试官白）老夫倒也未闻。（丑举子白）生员也未闻。（试官白）再听一对。（丑举子白）愿闻。（试官白）一行征雁往南飞，（丑举子白）两只烧鹅往北走。（试官白）烧鹅怎么走？（丑举子白）蒸雁怎么飞？（试官白）我是征鸿之雁。（丑举子白）我是烧热之鹅。（试官白）胡说！赶出去！（丑举子下、杂白）掩门。（试官白）

青青凉伞盖，步步踏金阶。
马前人喝道〔九〕，齐报状元来。（下）

注：〔一〕鸾鹤凤——比喻优秀的文士。　〔二〕桃李——门生。为试官所录取的仕子。　〔三〕无私蓄——这是说为国选才，并不为私。“资治通鉴”记唐代狄仁杰的故事。有人说他曾经选拔了若干才士，后来都成了名臣，“天下桃李，悉在公门。”仁杰回答：“荐贤为国，非为私也。”
〔四〕骅骝——出色的赤色马，又称“枣骝”，是周穆王的八骏之一。这里用来比喻贤士。　〔五〕辟门吁俊——广开门路，招求贤俊。出“尚书”。
〔六〕翰林学士——从唐代起，宫廷特置学士院，里面有一些翰林学士，专管草拟皇帝的制诰。有时也派他们出来做考试官。〔七〕贡院——考试贡士的地方。会试、乡试的试场，一般都称贡院。〔八〕提携——提拔。〔九〕喝道——旧时官吏出行，前面仪仗队里有人专门吆喝，使行人让路。

第十四出 虎撞窑门（旦扮刘千金上唱）

高平引子【宴蟠桃】冻雪初晴，彤云乍歛。月照寒潭初现。（白）雪积月初圆，瑶峰耸碧天。罗帏春不暖，嫦娥本耐寒。奴家刘氏。自我丈夫前去求取功名，并无音信回来。不免步出窑门，一望则个。好月，（唱）

仙吕过曲【解三醒】月初圆见寒光掩映，冻云收白露空蒙。（虎上介）忽然一阵飕风冷，膻气冲人不堪闻。（白）夜深了，不免进窑去罢。（唱）回身忙把窑门扃〔一〕。（中场设空椅介）旷野寒风冷切身。（滚白）只见瑶窑月色明孤影，（内作乌鸦叫介）又听得绕树乌雅三两声。（唱）猛然听（重）是何人、夜静更深，来扣我门。（白）是那个？（唱）

仙吕犯曲【傍妆台】只得临门认。（重）（虎吼介、刘千金白）呀，不好了，天那！（唱）原来是南山白额〔二〕恶孽〔三〕来寻！（重）荒村里独守寒窑没个亲，那知猛虎临门近。（滚白）叫人见也，（唱八声甘州）心惊丧胆散魄消魂。百忙里无处可藏身。（滚白）念奴生长在相门，何曾遭凶狠。（虎又叫介、刘千金滚白）吼一声振的山摇动，唬得我战兢神魂冷。料生死微躯，只在须臾顷。（唱皂罗炮）奈荒村寂寞，也难逃奔。（傍妆台末）我只得紧闭这窑门。

【尾声】若还善恶无差应，天天怜念这孤贫。可怜我夫在皇都闻不闻。（下）

注：〔一〕扃——关闭。 〔二〕南山白额——虎。 〔三〕孽——孽畜。

第十五出　神坛伏虎（丑扮土地、副扮山神、杂扮小鬼上、唱）

仙吕过曲【刘衮】忙来取，（重）孽畜休无礼。（土地白）你是山神，（山神白）你是土地〔一〕。（土地唱）此是状元妻，休得如儿戏。惊唬诰命夫人，你我大家吃罪。

【江头带蛮牌令】小鬼忙向前将他拿住，忒不济，忒不济，委实不济！缘何放他走去了！（小鬼唱）虎势昂昂，我也拿他不住。（土地唱）你们忙向前将他拿住。小鬼躲在傍，山神爬上树。

【送江神】此事惊慌，叫我如何处治！你们在此守窑门，待吾神自去。（山神白）你去我也去。（土地白）我也不是去。（土地唱）待吾神急驾祥云奏闻玉帝。（同唱）速遣天兵将他拿住。（同下、众随净扮神坛上、白）手执金鞭驾火轮，长驱号令骤雷霆。金鞭黑虎随身护，飞身常在玉霄宫。某神坛赵元帅〔二〕。今早南天门〔三〕挂榜，南宋〔四〕新科状元，乃是城南吕蒙正，其妻刘氏，身居瓦窑。今被猛虎惊吓，奉玉帝敕旨，命吾下凡救护。就此蹑云〔五〕前去。（杂白）领法旨！（神坛唱）

双调北曲【新水令】玉帝敕旨下三天，骤风云驱雷掣电。身披金锁甲，手执水磨鞭。铁锁腰缠，俺这里扫妖氛把乾坤踏遍！

双调北曲【驻马听】回首云端，（重）上下天衢〔六〕只在顷刻间。降临黄壤，一声吼动振天关。恐惊星斗坠寒潭。这的是泰山崩裂把江流断！（白）吾神到此呵，（唱）鬼神惊心胆寒！（重）这的是龙降虎伏把烟尘散！（土地山神上白）山神土地迎接上圣。（神坛白）尔等即为一方之神，不能收伏猛虎，在此何干？（土地白）土地法力微小。（山神白）山神无力。（神坛白）哇！引路前去！（众应介、神坛唱）

双调北曲【沉醉东风】早来到小径荒山，转过古道城南。又只见星斗灿灿月色湾湾，愁云霭霭黑雾漫漫。呀，又闻得腥膻气吐恶冲翻。莫不是小毛团这答儿潜藏掩。（重）（唱）

【前腔】你那里不住的将身撼，俺这里伏神威睁睛看。那怕你摆尾摇头将路拦，那怕你张牙舞爪恁空蹿。也不用轮枪舞剑驾金鞭，也不用书符持咒驱雷闪。只叫你小毛团唬破胆！（重）（白）众神听令，仗吾神鞭，前去擒来。（众白）领法旨！（众擒住虎介、白）猛虎已擒！（神坛白）本该一鞭打死，此乃天生此物，鬼使！速放他归山去罢！（杂作放虎介、神坛唱）

【煞尾】只见他点头伏地转身还，这的是道高龙虎伏，方显得巍巍赤发赵神坛。（下）

注：〔一〕土地——里社神的俗称。 〔二〕神坛赵元帅——道家所尊奉的赵公明。相传是秦时人，修道功成，被封为正一玄坛元帅。掌管瘟疟疾病，保病禳灾。“三教搜神大全”里著录。后来又被奉为“财神”，就是常见的那个骑着黑虎、手里执鞭的神。 〔三〕南天门——神怪小说里说起要到玉帝所住的天庭里去时，首先要经过南天门。“南门”本来是星名。“注”说，“南门二星，在库楼南，天之外门也。”傅说本此。 〔四〕南宋——吕蒙正两次入相，在宋淳化、咸平年间。（公元九九〇——九九八）实际上并不是南宋。 〔五〕蹑云——驾云。踏着云头行进。 〔六〕天衢——天上的道路。

第十六出　差书报捷（生扮蒙正上唱）

高平引子【宴蟠桃】自别家山〔一〕，琼林宴〔二〕会，何日衣锦荣归。

（白）丹墀〔三〕对策〔四〕试英雄，御笔亲除〔五〕第一名。下官自别荆妻〔六〕，来京赴选，忝中魁名。不免差人接取夫人到京，共享荣华。院子梅香那里？（院子梅香上白）来了！堂上一呼，阶下百诺。老爷有何分付？（蒙正白）差你二人接取夫人到京，共享荣华。（院子梅香白）晓得。（蒙正白）看文房四宝过来。（二杂上白）不辞三步远，特地到此间。里面有人么？（院子白）什么人？（杂白）众位老爷俱齐，专候老爷赴琼林宴去。（院子白）少待。请老爷赴琼林宴去。（蒙正白）这怎么处？也罢，院子，（院子应介）有。（蒙正白）若要修书，争奈琼林宴上去匆匆，无暇修书寄玉容。夫人若

问书和信，宫花权当紫泥[七]封。（院子梅香应介）晓得。（蒙正白）唤齐各役，就此前去。（众白）请状元老爷上马。（下）

注：〔一〕家山——故乡。又有“故国”的意思。是旧日词曲里的常用语。词曲牌里有“念家山”和“念家山破”这些名目。〔二〕琼林宴——宋代宫廷里有“琼林苑”，苑内有“金明池”。皇帝在这里招待新科进士吃酒，叫“琼林宴”。〔三〕丹墀——宫殿的阶墀。〔四〕对策——古代的考试项目之一，出题目叫“策问”，据题答问叫“对策”。〔五〕除——官职的任命。〔六〕荆妻——称自己妻子的谦词。〔七〕紫泥——印泥。古时的信函都用泥作封。上面钤印。贵族们使用紫泥。

第十七出　宫花报喜（旦扮刘千金上唱）

仙吕犯曲【二犯傍妆台】想重瞳[一]，临轩[二]此日、殿试策英雄。天为皇家开文运，銮阙外彩云笼。（八声甘州五句至六句）日高乔木[三]喧灵鹊[四]，雷动中天起卧龙。（皂罗袍五句至六句）你若是鳌头独占[五]，鱼信[六]可通。（傍妆台尾）捷音[七]想出凤城[八]东。（重）

【前腔】思量一会转忧忡。俺这里无言可道，谩自里叩苍穹[九]。寻常谩道登天易，妾身毕竟望泥封。又听得流莺声啭花枝午，怎

不见捷骑尘飞柳陌风。你若是龙门空返，蠹简[一〇]枉攻[一一]，何颜再进此窑中。（重）（旦扮梅香上唱）

仙吕过曲【不是路】忙步奔匆，娘行幸喜遇芳丛。（折）夫人在上，梅香叩头。（刘千金白）起来，到此何事？（梅香唱）相传诵，彩楼佳婿今喜得成龙。（刘千金滚白）休胡哄，草茅[一二]焉敢望华封[一三]，又何劳䁖赖[一四]相讥讽。（梅香唱）人喧哄，吕相公鸿胪[一五]首唱[一六]皇都动。（白）老夫人一闻此言，遣妾来报。小梅香，（唱）恨不得飞捷前来羽翰[一七]翀[一八]！（刘千金白）想是谎言。（梅香唱）此言非哄。（刘千金唱）心思忖，（滚白）我儿夫果然得献贤臣颂，（唱）他自有敕赐傅宣下九重[一九]。（白）梅香，（唱）何劳你这般欢哄！（重）（梅香白）果然中了。（刘千金白）果然中了么？谢天谢地！（唱）

【皂角儿序】想儿夫时遭困穷，喜今日愤发登庸[二〇]。（刘千金白）梅香，彩楼上的言语，你还记得么？（梅香白）梅香忘记了。（刘千金白）你是贵人多忘事。你道吕相公行路把头低，好似雨打鸡。吕相公彼时回言道，雨打鸡毛湿，红冠不染尘。（滚白）五更能报晓，惊动世间人。（唱）比他做冒雨寒鸡，那寒鸡今做了朝阳鸣凤。这破窑，把台鼎[二一]豫[二二]陶镕[二三]。从此后声名增重。（梅香白）恭喜夫人，贺喜夫人。（刘千金唱）何劳你这般奖奉。喜上眉峰，这富贵陡然来恍如春萝，一似滕王风送[二四]。（末扮院子、丑扮梅香、众上、白）走嗄！（同唱）

【前腔】闹吵吵香车簇拥，喜孜孜金莲[二五]传送。看看来到破窑中，请夫人共享安荣。（丑梅香白）来此已是了。（院子白）前去问来。（丑梅香白）在我罢。院公哥，前面跕着个贩饴货[二六]的。（院子白）怎么说？（丑梅香白）堂客了么？（院子白）想是夫人，小心些。（丑梅香白）晓得！待我打扮打扮著。夫人在上，梅香叩头。（梅香白）姐姐请起，我也是个梅香。（丑梅香白）咱的！你也是！院公哥，我们出门不相当。（院子白）怎么说？（丑梅香白）梅香跪梅香。（院子白）晴天大日头，丫头跪丫头。（丑梅香白）啐！老屁打的！谁和你打牙吊嘴的！阿哟，我的同僚姐姐！（梅香白）那里来的？（丑梅香白）吕老爷得中状元，差得院子梅香，迎接夫人到京，共享荣华。烦姐姐通报一声。（梅香白）姐姐跕了，我替你通报。（丑梅香白）院公哥，与咱们通禀去了。（院子白）摆齐些。（梅香白）禀上夫人，吕老爷得中状元，差得院子梅香前来，迎接夫人到京，共享荣华。（刘千金白）教他们分班来见。（梅香白）姐姐过来，夫人分付，叫你们分班去见。（丑梅香白）院公歌，夫人分付，教我们分班去见。（院子白）摆齐些。（院子、丑梅香白）夫人在上，院子梅香叩头。（梅香白）起来。（杂白）轿夫们叩头。（院子白）两傍伺候。（刘千金白）可有书来？（院子白）修书不及。（滚白）琼林宴上去匆匆，无暇修书寄玉容。曾说彩楼恩义重，把宫花权当泥封。（刘千金白）那里是无暇修书，当日我把彩球抛掷与他，今日故把宫花报答我。彩楼一见喜非常，亲口许他效鸾凰。（唱）莫道妇人无眼力，尘埃先识状元郎。果然得中状元红，不枉了彩球儿将伊抛中。（院子白）恭喜夫人，贺喜夫人。（刘千金唱）有劳你这般奖奉。喜上眉峰，这富贵陡然来恍如春梦。一似滕王风送。（院子唱）

【前腔】六街〔二七〕上香尘滚滚，满城中仕女笑喁〔二八〕。引多少白叟与黄童〔二九〕，都来看夫人的光荣。（刘千金白）状元的光荣。（院子白）启上夫人，（滚白）那状元三年一中，不为罕哉。道夫人昔为丞相之女，今做状元之妻。不贪富势，甘守贫穷。（重）都道夫人贤德千载果奇逢，胜状元三年一中。吕相公青云路通，贺夫人顷刻褒封〔三〇〕。昔年间诗书勤攻，喜今朝策名高中。（唱）插宫花压帽峰。他在琼林宴上，逞英雄。争看著，（重）前呼后拥，金莲传送。香车簇拥。请夫人同临任所，共享安荣。（重）（丑梅香白）搭轿！（杂白）请夫人上轿。（刘千金上轿介、唱）

商调过曲【七贤过关】（梧桐树首句至四句）鸣驺出谷中〔三一〕。（丑梅香虚白、刘千金白）梅香，那里喧嚷？（丑梅香白）夫子们吵闹。（刘千金白）对他们说，我这里山路崎岖，比不得京城大路。教他们慢慢而行。（滚白）羊肠小路行人少，山道崎岖马难行。你教他，（唱）从容慢把香车拥。（丑梅香白）夫人说，教你们慢慢而行。（刘千金白）一时上轿，忘记辞窑。分付住轿。（丑梅香白）住轿！（杂白）请夫人下轿。（下轿介、丑梅香白）夫人要辞窑，我们铺下拜毡〔三二〕。（刘千金白）几年因守破窑中，我今撇你去匆匆。（滚白）非是夫妻情不久，争奈富贵催人上九重。（唱）物色出尘埃，坯块〔三三〕成何用。（滚白）你看青山青隐隐，绿水绿沉沉。花柳堪描画，村内小乾坤。（唱沉醉东风六句至七句）怎舍得淡淡烟笼，霭霭云封。（山坡羊七句至八句）往常间鹤唳猿啼会长空。（滚白）怎当得车如水，人似蚁，马如龙。（唱）鸟道鹏程〔三四〕路可通。（重）（杂白）来此岔道。（梅香白）禀上夫人，先到相府，后到京城。（丑梅香白）禀上夫人，先到京城，后到相府。（刘千金白）先到京城。（丑梅香白）先到京城。（刘千金白）是那个教你来的？（梅香白）老爷夫人。（刘千金滚白）多多拜上老相公，不记当初双双赶出门，夫妻无地可容身。早知富贵来接膺，何不当初莫用心。你与我多多拜上老相公，传言再拜上老夫人。昨日今朝事不相同，寒门敢向朱门踵。他那里是金屋，俺这里是茅檐。（唱香遍满第三句）一霎时金屋茅檐隔几重。（重）（梅香白）夫人，还是先到相府才是。（刘千金白）哇！贱人！还敢多说！（滚白）不记当初在彩楼，添言助骂吕穷流。早知穷流身荣贵，（唱东瓯令三句至四句）何不含惭自害羞。（滚白）你是一个贱丫头。（唱）自来不是夫人用，（皂罗袍四句至六句）又何须争道迎逢，逞著妾妇容。（梅香下、丑梅香白）搭轿！（杂白）请夫人上轿。（上轿介、合唱）满城灯火，笙歌乱拥。（桂枝香末二够用）快引神仙从〔三五〕，两道纱笼〔三六〕控玉骢。

【尾声】今朝天赐繁华梦，果然喜气融融。不枉了困守寒窑度几冬。（下）

注：〔一〕重瞳——指皇帝。“史记”记舜的眼睛里有两个瞳人，项羽也有重瞳。　〔二〕临轩——皇帝接见臣下，不在御座而到平台上来，叫“临轩”。　〔三〕乔木——木干挺直而高的树。　〔四〕灵鹊——俗传鹊声是喜庆的预兆。因而称“喜鹊”或“灵鹊”。　〔五〕鳌头独占——中了状元，俗称独占鳌头。照洪亮吉的解释：新进士傳胪已毕，赞礼官引导着东班的一个状元、西班的两上榜眼，向前走到殿陛下面。等殿试榜下来，状元先向前走两步，站在中间陛石之上。而这里的殿陛，是镌刻着龙和大鳌的浮雕的，即是所谓“螭头”。“独占鳌头”的传说，即本此。　〔六〕鱼信——即是鱼书、信札。“古诗”有这样的句子：“客从远方来，遣我双鲤鱼，呼童烹鲤鱼，中有尺素书。……”　〔七〕捷音——考试胜利的消息。　〔八〕凤城——京都。相傳秦穆公的女儿吹箫，引来了凤鸟降落在城上，于是就有“丹凤城”的说法。　〔九〕苍穹——天。　〔一〇〕蠹简——书册。被蠹鱼蛀过的简册。　〔一一〕枉攻——白白地研读。〔一二〕草茅——指在野而没有官职的人。　〔一三〕华封——“庄子”：尧到华山游览，华封人对他进行了三次祝贺。这里比喻能和天子接近，得到荣誉。　〔一四〕媵赖——女侍。“李九我评破窑记”这两句做：“草茅焉敢望华风，又何劳你誊舌相讥讽。”　〔一五〕鸿胪——从汉代开始设置的官名，是掌管仪节礼制的。　〔一六〕首唱——唱名时第一个唱到的，

指状元。〔一七〕羽翰——笔。〔一八〕翀——同冲。〔一九〕九重——皇帝的居处。〔二〇〕登庸——举用人才。〔二一〕台鼎——台是台阁，指阁臣；鼎是有三只足的，指三公宰辅。〔二二〕豫——预。〔二三〕陶镕——造就。〔二四〕滕王风送——俗语有“时来风送滕王阁”。指一个人时来运转。〔二五〕金莲——烛名。是皇帝贵族所用的，即所谓“金莲华炬”。〔二六〕饴货——糖。和下面的“堂客”同意，用作诨语。〔二七〕六街——长安城里，左右有六条街，有金吾街使掌管书夜巡警之责。见“通鉴注”。〔二八〕喁——应和的声音。〔二九〕白叟黄童——白头的老者和黄发的孩童。〔三〇〕褒封——皇帝赐给的封赠。〔三一〕鸣驺出谷中—— 鸣驺指贵人出行，这里意思是说发迹以后，有如从幽谷里走了出来。〔三二〕拜毡——拜跪时用来铺地的毡毯。〔三三〕坯块——陶器未烧之前叫坯。“破窑记”这一句前面有众人的一句“白”：“禀夫人，这些零碎家伙不要他吧。”可以知道，“坯块”是指窑中破旧的器皿。〔三四〕鹏程——远大的前程。〔三五〕神仙从——神仙的从属。指豪华的侍从行列。〔三六〕纱笼——灯。

第十八出　荣归谢窑（生扮蒙正上唱）

仙吕引子【剑器令】金榜挂名时，喜得荣登科第。（白）夫人，下官请旨，衣锦荣归。实是天恩浩荡。不免重游旧境，夫人意下如何？（旦扮刘千金上白）正该如此。（蒙正白）排执事！（杂扮院子白）哦，排执事！

（杂扮手下上、蒙正唱）

中吕北调【粉蝶儿】策马扬鞭，和风日暖二月天。遥望故园。一色杏花红十里，状元归云马如箭。（重）（合唱）携手双双归故园，正遇着不暖不寒天。（手下白）前面就是破窑。（蒙正白）我与你该拜谢才是。（刘千金白）正该如此。（唱）旧时从此别，今日里衣锦还。（众白）禀上老爷，来此已是旧窑。（手下白）请老爷下马，请夫人下轿。（蒙正白）摆下祭礼。（合唱）

中吕过曲【驻云飞】拜谢恩窑，喜得今朝挂绿袍。我得龙门跳，你也增荣耀。嗏，你本是养龙巢，（重）困龙窑。一举成名，天下皆知道。不枉了当年困此窑。（重）（蒙正白）人来。是那里鸣钟？（手下白）木兰寺鸣钟。（蒙正白）叫人来，将木兰寺里和尚，一齐拿住，不要放走一个。待我亲到木兰寺拈香。（众下）

第十九出　重游旧寺（丑小丑扮二和尚上唱）

高平过曲【光光乍】和尚出了家，身上披袈裟。每日听得钟声罢，可不快活煞光光乍。（丑和尚白）师弟，（小丑和尚白）师兄。（丑和尚白）师弟你可知道，如今吕蒙正，得中新科状元。（小丑和尚白）你可前去接他？（丑和尚白）必定前来报仇。想你我当初那样轻慢他，他怎肯干

观音堂

休。（小丑和尚白）正是。粉墙上是证见诗句，你我如今将红纱罩定。他若问时，只说仙人留得笔迹。饶了你我，也未可知。（丑和尚白）正是。罩起来！罩起来！（小丑和尚白）你我往那里避避才是？（丑和尚白）走了和尚走不了寺。（小丑和尚白）我们妆金刚。（丑和尚白）不像。（小丑和尚白）有了，妆韦驮〔一〕。（丑和尚白）也不像。（小丑和尚白）你我这样打扮，只好妆罗汉。（丑和尚白）使得、使得。走、走、走。（走介）哪，我们妆起来。（二和尚上椅妆势介、杂扮手下上白）上命差遣，盖不由已。老兄，来此已是木兰寺，你我进去看来。和尚，和尚，这些和尚都往那里去了？你我到罗汉洞里去。罗汉爷，保佑弟子拿住和尚，我许一个猪头。（又手下白）我许一罈酒。（手下虚白、打丑倒介、一手下通丑鼻孔拿下、生扮蒙正上唱）

高平引子【接云鹤】逻斋昔日寺门中，将咱特地来戏弄。（旦扮刘千金上唱）

【前引】思念爹妈弃奴时，焉知有夫荣妻贵。（手下白）请老爷下轿。（又手下白）禀老爷，和尚拿住了。（蒙正白）带上来。你就是堂头〔二〕阇黎？（丑和尚白）是，爷，小沙弥〔三〕。（蒙正白）我当初怎么对你说？如今正好抬眼看，他日相逢见面难。那和尚，那粉墙上、红纱罩定是什么东西？（二丑和尚白）那是仙人之笔。（蒙正白）胡说！揭开。（二丑和尚白）揭不得，揭了烂手。（蒙正白）揭下来！和尚念来！（丑和尚白）不念罢、爷！（蒙正白）念来！（丑和尚白）十度逻斋九度有，先吃肉来后吃酒。这是我和尚本来面目。（蒙正白）掌嘴！那一个念来！（小丑和尚白）不好！我说实话吧。十度逻斋九度空，恼恨阇黎饭后钟。（蒙正白）看文房四宝过来。（丑和尚取笔砚跪顶头上、蒙正写介、白）二十年来尘土埋，今朝始得碧纱笼。人来！将这和尚剥去袈裟，各打十三！（杂应介、二丑和尚同唱）

仙吕过曲【光光乍】和尚出了家，不曾受刑罚。老爷各打十三下，可不坏了光光乍。（蒙正白）打！（刘千金白）住了！看妾身分上，饶了他罢。（蒙正白）即是夫人讨饶，起去。（二丑和尚白）多谢老爷夫人。（蒙正白）寺院为何如此颓堕？（二丑和尚白）年深日久，都倒坏了。状元老爷。（蒙正白）看缘簿〔四〕过来。（丑和尚取介、蒙正白）待我书上。信官〔五〕吕蒙正，同妻刘氏，舍银一千两。重修木兰寺。去罢。（院子应写介、末扮院子上、白）状元、小姐在上，院子叩头。（蒙正白）起来。你就是执春联的院子，到此何事？（院子白）我老爷夫人请状元、小姐过潭府。（蒙正白）对你老爷说，我乃卑陋寒儒，怎敢入潭潭相府。（院子白）状元，休论长和短，莫讲是和非。（蒙正白）即如此，你先回去。（院子应下、蒙正白）夫人，我和你就此前去。看轿。（众白）请老爷上马，请夫人上轿。（二丑和尚跪介）和尚送老爷。（蒙正白）世情看冷暖，人面识高低。（下）

注：〔一〕金刚、韦驮——佛教里的护法神。一般庙宇里都塑着他们的神像。〔二〕堂头——一座寺院里的主持人所居之处，亦称方丈。住持的和尚称“堂头和尚”。〔三〕沙弥——初出家的小僧。〔四〕缘簿——和尚向施主募化的簿册。〔五〕信官——信仰佛法的官员。与“信男”“信女”是同类的用语。

第二十出　喜得功名〔一〕（外扮刘懋上、唱）

中吕北曲【粉蝶儿】瑞霭光辉，今日里瑞霭光辉。满庭帏篆烟〔二〕笼蔽。（老旦扮夫人上、唱）喜成龙红杏〔三〕鲜枝，一对对泥金〔四〕捷至。（生扮蒙正上、唱）宴琼林，插宫花，书锦〔五〕荣归。（旦扮刘千金唱）美满夫妻，（合）百岁共谐连理〔六〕。（蒙正白）多蒙岳父赐华筵，（刘千金白）爹娘何必苦相怜。（刘懋白）休题昔日闲言语，（夫人白）须信人间父母天。（刘懋白）略表意，且留连。（夫人白）夫妻母子永团圆。（蒙正白）名姓幸列黄金榜，（众白）留与人间作话傳。（刘懋白）恭喜贤婿，占天下之魁名，醉琼林之春色。可喜，可贺！（蒙正白）托赖岳丈福庇。（刘懋唱）

越调北曲【乔和笙】喜得功名遂，重蒙提携。荷天天配合一对儿，如鸾似凤夫共妻。（蒙正、刘千金唱）腰金衣紫〔七〕身荣贵，今日谢得亲帏。和你两情深感激。（同唱）喜喜重相会，华堂罗绮骈〔八〕珠翠。欢声宴乐香风细，今日再成姻契。和你效学于飞，如鱼似水。（同唱）

【调笑令】笑吟吟庆喜，（重）高擎着凤凰杯。（重）呀！端的是象板鸾笙兼玉笛，列杯盘、水陆〔九〕排嘉会。状元郎虎

榜〔一〇〕上名题。俺只见兰堂画阁列鼎〔一一〕食，永团圆世世的夫妻。（刘懋夫人唱）

【道合】日前、又恐怕人谈耻，一时嗔怒是虚脾〔一二〕。不道相嫌弃，此时无计可留伊。到得今日里，欢乐弃沉醉。（重）（众唱）不枉了昔日彩球儿。（院子梅香白）上酒。（合唱）

【耍斷儿】喜孜孜筵开玳瑁，细氤氲香袅似金猊〔一三〕。俺只见红围翠绕锦绣堆，听一派乐嗳声齐。端的堪依。

【包子令】春赏名园花似绮，景最奇。十里荷花棹轻移，也么两相依，华堂中日日排佳会。莫教辜负好良时。叫傍人傳说道彩楼记。

【圣药王】俺则见音律齐，声韵美。乐滔滔庆赏坐筵席。不暂离，步步随。好姻缘端的是不相移。（蒙正刘千金唱）和你永远效于飞。（合唱）

【梅花酒】逢节遇时，称心如意。香风宴乐歌声细。倾醁醽、泛金杯〔一四〕。华堂中欢声美。（刘千金唱）争如似我和伊。和你共乐绣帏。尽今生效连理。（众唱）

【尾声】前生料想曾结会，幸喜得今生相遇。父母共夫妻，团圆齐贺喜。（下）

注：〔一〕喜得功名——按这一折是从“破窑记”第二十九出衍化出来的，“破窑记”此出题“团圆封赠”，似较合，不宜仍题“喜得功名”。〔二〕篆烟——古代焚用的香，有“香篆”一种。“篆烟”即香烟。〔三〕红杏——春闱的季节正当杏花开放。所以一般写到考试的时候，也往往提到杏花。〔四〕泥金——古代的笺纸上面，洒了金屑的叫“泥金

贴”。通常进士及第，报喜的贴子多用泥金。〔五〕书锦——在白天里穿着锦衣。项羽说：“富贵不归故乡，如衣锦夜行。”典故本此。〔六〕连理——枝干相合的树木，用来比喻夫妇。〔七〕腰金衣紫——“金鱼袋”和紫服都是官宦服用的。〔八〕骈——邻比相接。〔九〕水陆——水里陆地出产的食品。〔一〇〕虎榜——进士中式所贴的金榜，又称“龙虎榜”。〔一一〕列鼎——鼎是食器。古代豪门富家宴会时，菜肴很多，接连地排列着，叫“列鼎而食”。〔一二〕虚脾——假装发怒。〔一三〕金猊——浮雕涂金狻猊的香炉。〔一四〕泛金杯——“泛觞”“流觞”。古人野餐时的一种方式。人们散立在小溪雨旁，把酒杯放在水中，顺流而下，流到谁的面前就取杯饮酒。

后记

"唐摭言"卷七：

王播少孤贫，常客扬州惠昭寺木兰院，随僧斋餐。诸僧厌怠。播至，已饭矣。后二纪，播自重位出镇是邦，因访旧游。向之题已皆碧纱幕其上。播继以二绝句曰：

"二十年前此院游，木兰花发院新修。而今再到经行处，树老无花僧白头。

上堂已了各西东，惭愧阇黎饭后钟。二十年来尘扑面，如今始得碧纱笼。"

"北梦琐言"卷三：

唐段相文昌家寓江陵。少以贫窭修进，常患口食不给。每听曾口寺斋钟功，辄诣谒餐。为寺僧所厌。自此乃斋后扣钟。冀其晚届而不逮食也。后入登台座，连出大镇。拜荆南节度。有诗题曾口寺云，"曾闻阇黎饭后钟。"盖为此也。……

这两个大致相近的传说，出现在同一时代产生的两本笔记里，应该不是偶然的事。

王定保和孙光宪都是唐末宋初人。这两本笔记都是记载唐代遗事的，材料的来源又都得自故老的传闻。不过“唐摭言”比较起来可信据的程度要更大些。

我们当然不必在这里进行考证，证明这故事到底是属于王播、还是段文昌的。但有一点却是明确的。这样的故事在当时是人们津津乐道的，而且传来传去，竟然发生了“异词”。这也就说明了这个故事有相当程度的典型社会意义，而且在相当长期延续的封建社会里，这种典型意义都不曾消失，因为同样的故事，后来就以更多种的文艺形式被更广泛地表现出来了。

首先将这个故事写进戏剧里去的是“也是园古今元明杂剧”里的“吕蒙正风雪破窑记”，题王实甫撰：明抄本，赵清常手校。故事的基本内容和“唐摭言”里所写是一样的，只不过将唐代的王播改为宋代的吕蒙正而已。

在明代中叶这个题材又被改写为传奇的形式，那就是“破窑记二卷”。我们现在可以看到的是“古本戏剧丛刊”初集所收的“刻李九我先生批评破窑记二卷”，万历中“书林陈含初继梓”，是闽中的书坊刻本。不著撰人。

到了明代末期，就又出现了传奇“彩楼记”。我们所能看到的是“古本戏剧丛刊”二集所收的二卷旧抄本。不著撰人。

拿这三个本子加以比勘，可以清晰地看出那衍变的痕迹来。

在元杂剧里，唐代的王播被改为宋代的吕蒙正了。惠昭寺木兰院也改成白马寺。王播和和尚的冲突被保留下来，又加上彩楼许婚的情节，成为以后戏剧发展的主线。那个嫌贫爱富的岳父是洛阳的刘仲实员外，彩楼许婚的是他的女儿刘月娥。和吕蒙正一起到彩楼下面去的是寇准。后来刘员外悔婚，出面和他评理的也是冠准。

吕蒙正得官回来，回到寒窑，先打发媒婆去试试妻子对自己的爱情是否忠贞，等到全无问题以后才又和她重圆。后来岳父求请女婿女儿回家，蒙正月娥本来是不肯的，还是寇准出来打了圆场。说明岳父所以赶他们夫妇出门，是为了激励蒙正上进的志气。而赴京赶考的路费，原来正是“丈人两锭花银”。

到了明中叶的传奇“破窑记”，就元杂剧原有的情节，又重新加以组织编写，刘员外改成为当朝宰相的刘懋，小姐改为刘千金。寇准被取消了。白马寺又恢复为“唐摭言”里的木兰寺。

传奇“破窑记”着重刻画了吕蒙正的贫困生活，也突出地描写了“相门逐婿”。取消了得官归来，试探妻子贞操的情节。最后虽然仍旧是大团圆，与岳家和好，但是却删去了暗赠路费的伏笔。

等到“彩楼记”出现，“二十九出”被删缩为二十出。主要的情节并不曾更动，只是更为精炼更为集中了。

比勘的结果，可以确定，“彩楼记”并不是一个新的创作，而只是“破窑记”的改编本。改编也并非出自剧作家之手，而是剧场艺人们多年来丰富加工的结果。

祁彪佳的“远山堂明曲品”里没有著录“彩楼记”，同样地也不曾著录“破窑记”，那原因是可以想象的。祁彪佳认为这和“西厢”“琵琶”一样是个从元代就有的旧节目，所以不收入“明曲品”中。

另外可能还有一个原因，这个剧本是属于弋腔系统的，不是正规的昆曲。“六十种曲”也没有收入这个剧目，可能根据的是同样的理由。

同时，从祁彪佳的日记里也可以看出，在崇祯末年，“彩楼记”是舞台上盛行的保留节目，而“破窑记”却不见演出了。

同样，在万历以还的一些戏曲选集里，如万历刻的两种总集，“新刻京板青阳时调词林一枝四卷”和“新刊徽板合像滚调乐府官腔摘锦奇音六卷”里都选有“破窑记”的零折。但到了天启中刻的“词林逸响”四卷和崇祯中刻的“新镌出像点板缠头百练二集”六卷、明末刻的“新镌绣像评点玄雪谱”四卷里，却只收入“彩楼记”的零折，而不见“破窑记”了。

（“词林一枝”所选为“吕蒙正游观破窑”一折；“缠头百练二集”所选为“友聚、初晤、争馆”等三折；“玄雪谱”所收为“归窑”一折。“词林逸响”月卷所收为“选俊”“闺思”“离情”“喜庆”等四折。）

这些材料使我们知道，“彩楼记”产生的时代大约是在万历中叶。

“彩楼记”在明代，应该是有刻本的。可惜到今天还没有发现。“二卷旧抄本”是一个“滚调”的本子，和“词林逸响”所选的几折对比，出入是很大的。例如，那“离情”一折，就是旧抄本全部删去了的。其他几折里，偶尔删去一两段曲文的地方也不是没有。

“缠头百练二集”里所收的“争馆”一折，未见原书，不能确指，但也似乎是“旧抄本”里所没有的情节。

这样看来，晚明通行的“彩楼记”，似乎有不只一个的演出本，在昆弋两个系统里都有同样的节目，而始终不曾出现过一个定本。

明代万历中叶，南戏的腔调是多种多样的。照王伯良的说法，从海盐、昆山以降，有弋阳、义乌青阳、徽州乐平、石台太平……这许多种不同的腔调，至于其间比较小的差别更是不胜枚举的。

在这种新腔叠起的情况下，就产生了一种所谓“滚唱”，属于戈阳、太平腔的系统，照王伯良所说，当时是谓之“流水板”的，而且说：“此又拍板之一大厄也。”

“滚唱”是一种新的唱法。旧有的剧本，可以增添词句，使之变为“滚唱本”。新的创作自然也有。万历刻本“新选南北乐府时调青昆”四卷里选有“彩楼记”，就是以这种“时调”的姿态出现的。照时代来看，这个选本里所选的“彩楼记”，应该就是从弋阳腔转化为青阳调的艺人们取旧本“破窑记”改编而成的一个本子。在同时，或滚唱的风气逐渐衰微以后，可能又出现了纯用昆腔形式演出的“彩楼记”。“词林逸响”所据，可能就是这种本子。

“古本戏剧丛刊”所收的旧抄“彩楼记”二卷本，那来源应该是较古的。

清康熙刻“新定十二律京腔谱”十六卷，王正祥撰。在“总论”里，有论到“滚调”的两段话：

> 尝阅乐志之书，有唱、和、叹之三义。一人发其声曰唱；众人成其声曰和；字句联络，纯如绎如而相杂于唱和之间者曰叹。兼此三者，乃成弋曲。由此观之，则唱者即起调之谓也；和者即世俗所谓接腔也；叹者即今之有滚白也。

这里的所谓“京腔”，是经过改造以后的弋阳腔，和京戏是没有关系的。王正祥又进而论及“滚白”说：

> 一、论滚白乃京腔所必需也。盖昆曲之悦耳也，全凭丝竹相助而成声。京腔若非滚白，则曲情岂能发扬尽善？但滚有二种，不可不辨。有某句曲文之下，加滚已毕，然后接唱下句曲文者，谓之加滚。亦有滚白之下，重唱滚前一句曲文者，谓之合滚。然而曲文之中，何处不可用滚，是在填词惯家用之得其道耳。如系写景传情，用文等剧，原可不滚。如系闺怨离情死节悼亡……一切悲哀之事，必须畅滚一二段。则情文接洽，排场愈觉可观矣。（以上据“白川集”转引）

王正祥是清初人，他的话可以说明清初弋腔唱法的大略情形。因为没有丝竹伴奏，只靠干唱，想要和昆曲竞争，那就只有在唱词中间，加上富于节奏感，能帮助培养情绪的词句，使观众能更密切地感染角色的心情。

这种唱法，是比较更素朴，也更接近观众的。在今天的许多地方戏里，高腔的唱法依旧保留着这种特色。那种曲里加白，由后帮腔，的确能使观众的情绪更为激动，更能达到戏剧的效果。

现在我们用一支“水红花”的曲文为例，用旧抄本和“词林逸响”本比较一下，就可以看出所谓“滚调”到底在昆曲本上增添了些怎样的东西。

这只曲子在“词林逸响”内是收在“闺思”一折里的。在旧抄本里则是第六折的“投店成亲”。除了曲文异字之外，凡是增添的“滚调”，这里都在边上用黑线标志出来。

水红花

今生相会是前缘，莫埋怨、百年姻眷。一心和你靠苍天，望周全、功名如愿。若早得名标金榜，平步便登仙。咱两个永同谐也罗。

商调过曲〔水红花〕今生相会是前缘。（滚白）我与你贫相守富相怜。（白）小姐若到寒舍，倘有不周之处呵（唱）望小姐千万的莫埋怨。（重）与你百年姻眷，（白）娘子过来，（刘千金滚白）一心和你告。（刘千金作住口羞介、蒙正白）

嗄、娘子不要害羞，这是人间之大礼。（刘千金唱）一心和你告苍天，望周全。(滚白) 周全我蒙正儿夫（唱）功名成就，早得名登金榜，平步便登仙。我与你永同谐也罗。（重）（内打二更介，刘千金唱）

除了一些舞台解说、说白，为选本略去了以外，在这里，所加的滚白就有四处，都是用来刻画人物内心的。而且限制也并不那么严，只能在悲哀气氛下使用；其实在任何场合，只要需要对人物内心做更深的挖掘，是都可以使用的。

这种“滚白”的形式，保存在今天地方戏里的也还不少。川剧的高腔唱法，基本上就是从这个系统衍化下来的。

现在我们用“破窑记”、旧抄本“彩楼记”、川剧“彩楼记”里同样一段曲文，比勘一下：

〔驻云飞〕回入窑中，呀，娘子你原来倦睡去了，忽睹娇妻（重）睡正浓。欲待要叫一声，又恐怕惊吓了他。本待相呼动，惊醒沉沉梦。嗏，你不厌贫穷，甘心陪奉。我有日成名，你的贤能、四海人傳讽。妻啊，你苦也只在今冬苦，富也只在来春富呵，耐烦捱过残冬苦，专听春雷起卧龙。

——万历本“破窑记”第十五出“逻斋空回”。

〔驻云飞〕归到窑中。(白) 娘子，我只道你去了，你还在这里盹睡。(唱) 只见我的娇妻睡正浓，且莫呼惊动，惊醒南柯梦。嗏，彩楼不弃我贫穷。（白）小姐，那日令尊十字街头，高结彩楼，择选才郎。下面有许多王孙公子，跻跻楼下，不将彩球抛掷于他。（滚白）将彩球付之于卑人。事到如今，严冬冷月，追之不及，悔之晚矣。小姐，是你彩楼不弃我贫穷。（唱）随我到窑中。（滚白）吕蒙正囊无斗粟，衣无数重。（唱）你心坦然，丈夫为你心酸痛。（白）妻，也是你守得好了。（滚白）又闻试期在迩，受苦在今冬。发迹就在来春。妻，你可耐烦且守寒冬苦，专听春雷起卧龙。

——旧抄本"彩楼记"第十二出，"辨踪泼粥"。

〔驻云飞〕

忙回窑中，（进窑）

（白）啊！（接唱）

但见姣妻睡朦胧，（上板）

本待相呼动，

又恐惊醒南柯梦；

彩楼不嫌我贫穷，（唱"一字"）

自随我来在寒窑之中，

粮无隔夜，衣无数重。

慢说他心酸，

就是我也心悲痛。

（白）小姐呀小姐，俺蒙正贫只贫在今冬，但等来春啊，（接唱）

但等来春便攀龙，（重句）

——西南川剧院整理：川剧"彩楼记"第七场"评雪"。

句旁加重点的，是"帮腔"。

这三个本子，出现时间的距离将近四百年，可是它们的面貌依然是相近的。“破窑记”里不曾明白标出“滚”的字样，可是那种夹白，也完全起的是“滚调”的作用；川剧新本自然不会再标出所谓“滚白”字样，但是那句“小姐呀小姐，俺蒙正贫只贫在今冬，但等来春啊……”的夹白，无疑是从旧本的滚白衍化出来的。

要想替“滚调”下一个非常明确的界说，或找出那写作的完整规律来，是困难的。因为这种形式本身就带着比较自由的特点，它的产生，也就是为了使演出更接近观众，更易于为观众理解、接受。于是它就大胆地突破了许多格律，在唱词前后中间自由地加入了韵文或说白，也可以唱，也可以作为夹白。目的只有一个，就是要淋漓尽致地写出人物的思想感情。

应该承认，在“滚调”这个字眼发生之前，艺人和观众就都有了这样的强烈愿望；在“滚调”的字眼消灭以后，“滚调”本身也不曾跟着一起消失，依旧保留下来了。不但在戈腔里流传下来，甚至在后来多种多样的戏剧形式里都留下了它的影响。

“彩楼记”是我国戏曲遗产里一个出色的喜剧。它所表现的依旧是那个常见的主题。歌颂坚贞的爱情，抨击千方百计反对这种爱情的封建势力。可是它是以喜剧的姿态出现的。它抓住了封建社会嫌贫爱富、世态炎凉这些丑恶面进行了强烈的讽刺。同时又真实地刻画了一对爱人。作为正面人物的吕蒙正，作者在进行刻画的时候没有采用简单的、直截了当的办法，让他像吉诃德先生似的和封建势力战斗一通，就在凯歌中归来。作者细心地分析了人物的生活，掌握了具有典型意义的细节，无所避忌地加以描写，充分地展开了人物的内心世界。唐代诗人元稹有一句诗："贫贱夫妻百事哀。"作者可以说是抓住了这个主题去描写的，但又是用喜剧的手法去处理一切大小素材的。对像吕蒙正这样一个胸怀大志、满腹才华，但又毫无例外具备一切知识分子弱点的秀才进行了善意的嘲讽。

时代已经过去了很久，可是这种脆弱、激动的性格依旧是存在的、为人民所理解而熟悉的。作者在这里创造了典型。

"破窑记"的第十五出"逻斋空回"具有了"评雪辨踪"的基本情节，可是它所占的篇幅也还不过是平均的长度。而且前后又有一半是给"冒雪归窑"和"上京应试"的情节占去了。到了"彩楼记"，"辨踪泼粥"一出就发展成占全剧五分之一的重场。这是艺人们在演出中间，找到了重点，努力进行丰富加工的结果。等到川剧"彩楼记"，"评雪"一场就几乎占到全剧三分之一强的篇幅，可以证明，几百年来，观众和艺人都是肯定了这样处理的方向的。

"评雪"一折，抓住吕蒙正对妻子行为的怀疑，进行了反复的描画，把典型环境里的典型人物细致地塑造了出来。

首先，作者所选择的这个细节，是十分真实的，因此做为矛盾冲突的基础，也是坚固的。

吕蒙正，一个穷秀才，却意外地和相府千金结了婚。他穷得那样，他真不能料想，千金小姐能陪着他挨这样穷苦的日子。他对刘千金充满了感谢与抱歉的心情。这是真实的。但是，他一定又在刻刻担心，时时忧虑，好日子能过好久。像刘千金这样的人物，在封建社会里，应该说是极为少见的。吕蒙正怎样能不担严重的心思呢？他即然有着这种极脆弱而不健康的情绪，那么，他的易于引起怀疑，自然是完全可以理解的。

其次，作者安排了矛盾以后，真正是充分展开了它，尽量利用了它，一直到无可发挥以后，才让矛盾结束。结束以后，也还留下了一二余波。

“彩楼记”不像我们今天的许多作品一样，在作品里安排了数不清的矛盾。这些矛盾都是费了大力才展开的，但这一朵朵刚刚开放的花，还没有来得及开足，又立刻都谢了。结果观众看来看去，全是些自生自灭的事件，眼花缭乱，一些“驻足而观”的余闲都没有。

这里就完全不是这样。观众有充分的时间，缓慢地走进人物的内心世界里去。徘徊流览，满足而后已。看过川戏“评雪辨踪”的人一定都会记得，这里没有大场面和豪华的布景——一座破窑；没有多少人物——一对穿着破旧衣衫的夫妻；但在一小时左右的时间里却让你耳目都不得闲，让你感叹，让你发笑，最后让你成了剧中人真正的知心朋友。

吕蒙正出场的时候，一肚皮是对和尚的愤恨。回到窑门，无意中却看到了雪地上的男踪女迹。作者在这里没有立刻把吕蒙正的疑心引到妻子的贞操上去。因为刘千金对他的爱情和婚后的生活都不会使他这样想。他想到了可能是岳家把妻子接回去了。这种想法是建筑在他对妻子的抱歉心情上的。他甚至也容忍了这种设想，没有什么别的怨言，只是怪妻子不辞而别，太是狠心。

别看轻了这点小小的波澜，作者在这里浓浓地写了一笔，渲染了他们夫妻之间深厚的感情。不然就不能想象，如果吕蒙正一直对妻子的贞操有着怀疑，又经过了那样一场争辩（这是在封建社会里有着非常严重意义的争辩），局势竟然会急转直下，了无痕迹的。

一进窑门，才使他先吃一惊，然后放下心来。原来妻子不曾走，却睡在那里。

作者这时还不急急揭开吕蒙正的疑因，还是尽量在写他们夫妻之间的恩爱。他不忍惊醒她；他想到了她的许多好处；他觉得百般对她不起；他用自己的幻想来安慰她，说不久就会有出头之日。

作者还有这样闲闲的笔墨来刻画环境、刻画人物，说他冷得要生火；生火生不着而埋怨自己的运气；琐琐碎碎，小人物的悲哀，渲染得如此有声有色。后来又写他在这样的环境里却发了诗兴，那么，这个人物就不是一般的穷汉，而是个“穷酸”。在这里，和后面的章节里，我们分明地看得出作者是怎样一笔一笔把这个人物钩勒出来的。

从刘千金醒来以后，她就一直在猜一个谜。她这个谜猜了许久。作者没有给她一次从容发问的机会，总是用一波未平一波又起的形势，让吕蒙正闹他的情绪。作者一直把这个谜底藏得紧紧的，却又把这个谜面渲染得十分动人。

后来她猜到了这个谜，却又不直接说破。她一定还要“气他一气！”她的这种举动，是受到了观众的全部同情与支持的。

作者尽力写她对丈夫的爱。刘千金替丈夫取了粥来，却受了一顿奚落。接着就是越逼越紧的盘问和冷言冷语。一直逼到最后，她已经不能不说明脚印的来历了，她还是想着丈夫这些无理举动的好的一面，认为他是“男子汉大丈夫”，是“饿死不吃嗟来食”的。

她接着说了下去：“我在此饥寒无所倚，冲寒蓦见梅香至。”可是就是这么两句话，丈夫都不肯让她一气说完，还在中间插上一句：“饥寒无所倚，就去那个！”听见梅香，接着就说：“说了半日，没得推了，推在梅香身上去了。”而且极自然地接上：“再一会连院子都来了！”作者这种细密的组织，的确已经达到绝无痕迹的境界，而喜剧语言的运用，也是极为精炼而性格化的。

两个演员，一座空台。作者运用丰富的想象，创造了多少渲染典型环境的细节，用生动的语言，一件件地形象化了。

那些看不见的可怜的“家私”，那漫天的大雪，那羊肠路和鸟道林，那些大的雪片和小的雪珠，那些刘千金回避不提的大大小小、疏疏密密的脚印儿，那只是一堆乱草的铺盖，以及刚刚送了来的银子和白米。

吕蒙正这样一个旧时代的知识分子，他身上带得有多少酸气！交错着多么浓重的碰不得的自尊心与自卑感。他的感情有多么脆弱。

等到吕蒙正发现了自己的错误，想尽方法要向妻子赔罪，逗她一笑时，她却板起了脸。他故意说些愚蠢的笑话，故意卖弄酸气，故意要在银子的“蜂窝”里去赶蜂。这些笑话和酸气，也都离不了他自己的身份。是一个穷困书生的语言，完全不能安置在别人的嘴里的。

真是所谓“曲曲人情”。在每一个家庭里面，不管是幸福或是不幸福的；在每一对夫妻之间，不管是感情好或不好的，不都多多少少发生过类似的情况，有过相近的纠葛。有谁不为这样的描写叹服，有谁会对剧中人吝惜自己的同情呢？

戏剧正是在这种地方，显示了它浓郁的人民性的。

在这一场喜剧将近结尾的地方，我们更能清楚地感到作者一笔不苟的功力和非凡的才能。本来误会已经解释清楚，夫妻也已经恢复了感情。戏剧的高潮已经过去。怎样结束这样一个大场面呢？所有的细节、线索可以说都已经经过了充分的利用。怎样结束才能与全局相称、才能和整体的喜剧风格谐和呢？

作者让吕蒙正在闲谈中间问起了院子和梅香，同时也对这两个人物表示了自己的态度。这一问问得非常合理，这是夫妇闲话必然会有的话题。这两个人物在开场与结尾时都曾经出现过，即使是配角，也得让他们鲜明起来，让观众明白他们与主角之间的矛盾而发生兴趣。

吕蒙正在说明自己对院子和梅香的态度时，也还是出之以笑谑的。闲闲之中，就又引起了不少笑料。一直过渡到结末，等吕蒙正在不知不觉中泼了粥，喜剧才以一个精炼的高潮而结束了。

从元人杂剧到“破窑记”到“彩楼记”的衍化过程，可以说是逐渐加工、丰富、洗练的结果。剧本是逐渐克服了许多缺点的。

像在前面已经提到的一些主要缺点，吕蒙正得中归来，先要试一下妻子的贞操才肯相认。这些地方都已经删去了。寇准这个并不惹人喜爱的帮闲人物的删除也是完全正确的。

还有一件值得注意的事，就是作者对刘丞相态度的变化，也就是作者体现戏剧反封建主题的过程。

在元杂剧里，这一点表现得很不好。刘员外的赶走女儿女婿，被写成是有意的为了激励女婿的志气；而且还赠银赶考，最后才由寇准说出。好像这个大地主非仅目光远大，而且行为磊落似的。无疑这是说不通的，违反真实的。

在“破窑记”和“彩楼记”里，这一点有了改进。可是依旧并不十分合理。好像刘懋在赶出女儿很久以后，才为自己找到了激励女婿志气的理由。这种说法是并不能使观众信服的。

不过在封建社会里，要求戏剧具有十分鲜明的立场，也是脱离实际的想法。“破窑记”是“李九我先生批评”的。这位李先生名廷机，是万历癸未科一甲第二人进士，太子太保、礼部尚书，文渊阁大学士。因为他是晋江人，所以福建书坊里出版的书就往往请他来“批评”一下，以广招徕。在“破窑记”

第七出“店起奸心”的眉阑上，就有他这样一段批语：

“此节话柄，比来多不搬演。在士庶家犹可任意戏谑，若官府中，只好点过节目。曾见多有廷怒者。戒之、戒之！”

这一折戏只是叙述了刘千金怎样被狠心的父亲赶出府来，店主婆和自己兄弟怎样谋取刘千金的首饰。这样的情节也会引起“廷怒”，也可以看出言路之窄和喜剧所受压力之大了。

这位大官兼戏剧批评家在“破窑记”第二十一出“夫人看女”眉阑上又写道：

“原本无夫人看女一出，今增之，似更完。”

可见这原本没有的一折是李先生亲笔或授意书坊增添的。“完”的意义可能比较复杂，我想是有调和矛盾、冲淡斗争意义的作用的。

如果我们想找一条士大夫阶级窜改通俗文学作品的证据，这应该可以算做一条。

但是，这些“批评”“增改”，终究不能掩盖作品的光辉。作品的战斗性和艺术性是那么强烈，终于使它通过了时间的考验成为古典喜剧的典范作品。

应该珍重这种优秀的传统，学习它，继承它，创造出更多更有光彩的喜剧来！

图书在版编目（CIP）数据

古籍校注三种/黄裳著. -- 济南：山东人民出版社，2022.2

（黄裳集．古籍研究卷．Ⅰ）

ISBN 978－7－209－12053－1

Ⅰ.①古… Ⅱ.①黄… Ⅲ.①古籍研究—中国
Ⅳ.①G256

中国版本图书馆 CIP 数据核字(2021)第 024422 号

古籍校注三种

GUJI JIAOZHU SANZHONG

黄裳　著

主管单位　山东出版传媒股份有限公司
出版发行　山东人民出版社
出 版 人　胡长青
社　　址　济南市市中区舜耕路 517 号
邮　　编　250003
电　　话　总编室（0531）82098914
　　　　　市场部（0531）82098027
网　　址　http://www.sd-book.com.cn
印　　装　天津图文方嘉印刷有限公司
经　　销　新华书店

规　　格　16 开（160mm×230mm）
印　　张　39
字　　数　380 千字
版　　次　2022 年 2 月第 1 版
印　　次　2022 年 2 月第 1 次
ISBN 978－7－209－12053－1
定　　价　90.00 元